Valentina Fast
Still wanting you

VALENTINA FAST

STILL
wanting
YOU

ROMAN

dtv

Von Valentina Fast
ist bei dtv außerdem lieferbar:
Still missing you

2. Auflage 2022
© 2022 dtv Verlagsgesellschaft mbH & Co. KG, München
Das Werk ist urheberrechtlich geschützt.
Jede Verwertung ist nur mit Zustimmung des Verlages zulässig.
Das gilt insbesondere für Vervielfältigungen, Übersetzungen und
die Einspeicherung und Verarbeitung in elektronischen Systemen.
Umschlaggestaltung: ZERO Werbeagentur GmbH
Umschlagmotive: shutterstock.com
Lektorat: Ulrike Gerstner
Satz: Fotosatz Amann, Memmingen
Gesetzt aus der Palatino
Druck und Bindung: CPI books GmbH, Leck
Printed in Germany · ISBN 978-3-423-71902-5

1

Amber

»Ich habe alles getan, um das zu sein, was er wollte.
Doch selbst das war nicht genug.«

Zu wissen, dass ich bereit gewesen wäre, diesen Trottel zu heiraten, verursachte mir spontanen Würgereiz.

»Amber.« Mein Ex-Freund Frederic hatte denselben tadelnden Tonfall drauf wie schon all die Jahre zuvor. Wie hatte ich den eigentlich immer überhören können?

Mein Puls hämmerte und ich war kurz davor, ihm die Tür vor der Nase zuzuschlagen. »Was willst du? Habe ich mich nicht klar ausgedrückt? Du bist hier nicht willkommen!«

Sein Lächeln wurde gönnerhaft und er zog einen Brief aus seiner Aktentasche. »Wie du willst. Du hast eine Woche, um das Haus zu verlassen.«

Ich stieß ein Lachen aus, das mehr wie ein Fauchen klang. »Das ist mein Haus.«

Gekünsteltes Mitleid huschte über seine Züge, die ich einst so attraktiv gefunden hatte. Nun war da nur noch Verachtung in mir, denn dieser Mann war nichts anderes als ein Betrüger, der mit meiner angeblichen Freundin ins Bett gestiegen war. »Tja, das stimmt nicht so ganz.«

Eine Ader pulsierte in meiner Schläfe. Zugleich zwang ich mich, Ruhe zu bewahren. Das waren alles Lügen. »Du kannst dir diesen Unsinn sparen.«

»Ich stehe im Kaufvertrag und im Finanzierungsvertrag. Erinnerst du dich? Ich habe das Gebäude gekauft und die Finanzierung geregelt. Du wolltest einfach nur deinen Anteil dazugeben. Wir haben danach nie über die Eigentumsverhältnisse gesprochen. Wieso auch? Als Eheleute hätten wir eh alles geteilt.« Die letzten Worte betonte er, indem er sie besonders langsam aussprach. Als wären sie der Schlüssel, um uns aus dem Sumpf aus Enttäuschung und Verrat zu holen.

Erst wollte ich lachen, doch sein selbstgefälliges Grinsen brachte mich dazu, ihm den Umschlag aus der Hand zu reißen.

Ich zog die Papiere heraus und überflog sie. Langsam setzten die Worte sich vor meinen Augen zu einem Taifun zusammen, der mich zu verschlingen drohte.

Nein! Das konnte nicht wahr sein!

Fassungslosigkeit. Ohnmacht. Wut.

Weiße Punkte tanzten am Rande meines Sichtfelds, während ich kurz davor war, auszuflippen. Sein Name. Überall!

»Du hast mich reingelegt!«

Er zuckte mit den Schultern und aus seinem aristokratischen Gesicht wichen jegliche Emotionen. Die Kälte in seinen Augen ließ alles verblassen, was ich einst an ihm attraktiv gefunden hatte. »Du hast noch die Chance, zu mir zurückzukommen. Wir vergessen diesen Unsinn und ich überlasse dir das Haus.«

»Das Haus, das ich bezahlt habe.« Wut ließ meine Stimme zittern. Die Dokumente knisterten in meiner Faust, und ich merkte, wie ich kurz davor war, einen Mord zu begehen.

Dieser elende Dreckskerl hatte die Frechheit, mich anzulächeln, während er auf die Unterlagen deutete. »Schau es dir in Ruhe an. Das Haus gehört mir.« Er machte einen

Schritt nach hinten und lächelte strahlend. »Komm zu mir zurück und ich überlasse es dir. Ansonsten«, sein Lächeln verschwand, »sehen wir uns in einer Woche zur Schlüsselübergabe. Einen schönen Abend dir noch.« Ohne eine Reaktion abzuwarten, stieg er die Verandastufen hinunter. Er beendete einfach das Gespräch und scherte sich nicht um meine Antwort. Wie immer.

Mein Atem ging viel zu laut. Ich nahm wahr, wie die beiden Nachbarinnen, die neugierig vom rechten Gartenzaun aus gelauscht hatten, leise tuschelnd ihr Gespräch wieder aufnahmen. Großartig. Das war die Kirsche auf der Sahne, nachdem ich Frederics Sachen vor Kurzem im Vorgarten verteilt und damit für genug Stoff zum Tratschen gesorgt hatte. Bitte schön.

Ich sah die beiden Mittdreißigerinnen mit einem falschen Lächeln an, das sie zögerlich erwiderten, trat zurück und schloss die Tür mit so viel Selbstbeherrschung wie möglich. In mir brodelte ein Vulkan und drängte danach, etwas zu zerstören.

Stattdessen atmete ich tief durch und schaute mir erneut die Unterlagen genau an, die Frederic mir so selbstgefällig hingehalten hatte. Es war die Kopie unseres Kaufvertrags – in dem eindeutig sein Name stand. Ich wurde dort nirgends erwähnt. Auf der zweiten Seite unten war meine Unterschrift neben seiner zu sehen. Doch sie bedeutete nichts. Gar nichts. Das konnte nicht wahr sein …

Ich eilte ins Büro, wo wir all unsere Unterlagen aufbewahrten, und betete innerlich, dass das Ganze nur ein kranker Scherz von Frederic war. Meine Hände zitterten, und ich zog mit so viel Schwung mehrere Ordner aus dem Regal, dass sie sich polternd auf dem dunklen Boden verteilten, den wir erst letztes Jahr hier hatten verlegen lassen. Ich ignorierte das Chaos und konzentrierte mich nur auf den einen Ordner, den ich eilig durchblätterte. Mit angehaltenem Atem starrte ich auf den Kaufvertrag. Er sah genauso aus wie die Kopie. Mit all seinen fürchterlichen Details!

So gut wie jeder Penny meines Gehalts steckte in diesem Haus. Es war das Haus, in dem ich die meiste Zeit meines Lebens verbracht und alt hatte werden wollen.

Aber es gehörte offensichtlich nicht mir. Ich war auf einen Betrüger hereingefallen!

Tränen schossen mir in die Augen, doch ich blinzelte sie weg, während ich zum Handy lief. Dann wählte ich die Nummer des Anwalts, der für die Belange meiner verstorbenen Pflegeoma Betty zuständig gewesen war.

Es klingelte zweimal, ehe seine Sekretärin abnahm. »Hallo, hier ist Amber Wilson. Ich brauche so schnell wie möglich einen Termin bei Mr Stewards.«

Grimmig zog ich meine Augenbrauen zusammen. Wut wandelte sich in Entschlossenheit und ich knallte den Ordner zu. So schnell würde dieser elendige Betrüger mich nicht brechen. Ich würde bis zum Schluss kämpfen.

Glücklicherweise hatte der Anwalt Zeit für ein spontanes Mittagessen, wie mir seine Sekretärin mitteilte. Direkt nachdem ich aufgelegt hatte, schnappte ich mir eine Tasche, schlüpfte in Pumps und Jacke, bevor ich nach draußen stürmte.

Frederic fuhr gerade aus der Parklücke vor dem Haus, und ich stand kurz davor, seinen Rücklichtern den Mittelfinger zu zeigen. Doch ich drängte diesen kindischen Impuls zurück und stieg voller Entschlossenheit in mein Auto.

Pah! Er konnte mich nicht betrügen und dann zu einer Obdachlosen machen. Dachte er etwa, er könnte mich *so* wieder zurückgewinnen?

Mein hektischer Atem erfüllte die Luft, und ich kniff die Augen zusammen, um mich zu sammeln. Ich ballte die Fäuste und startete dann den Wagen. *Seinen* Wagen. Er war ein Geschenk gewesen. Vermutlich lief das Auto ebenfalls auf seinen Namen und er konnte es mir mit einem Fingerschnippen wegnehmen.

Ich schluckte, drehte das Radio so laut, dass ich meine eigenen Gedanken nicht mehr hören konnte, und machte mich auf den Weg. Mit einer brüllenden Taylor Swift fuhr ich quer durch Eastwood. Ungläubige Blicke folgten mir, und ich drehte automatisch die Musik leiser, um nicht noch mehr Aufmerksamkeit auf mich zu lenken.

Ich parkte an der Straße, direkt vor der großen Fensterfront des Restaurants, und riss die Autotür auf.

Ein Hupen ertönte. Ich schrie auf, zog hastig die Tür zu und ein Wagen schoss mit wildem Dröhnen und einem wackeligen Schlenker an mir vorbei.

Ich zitterte vor Schreck und legte mir eine Hand auf die Brust.

Beim nächsten Aussteigen warf ich vorher einen Blick in den Seitenspiegel, um nach weiteren Verkehrsteilnehmern Ausschau zu halten. Erst als ich sicher war, keinen Unfall zu verursachen, trat ich auf die Straße, umrundete das Auto und lief zum Restaurant.

Mr Stewards würde mir helfen können. Das musste er.

Der Anwalt meiner verstorbenen Großmutter saß bereits an dem Tisch und erhob sich wie ein Gentleman, als ich auf ihn zukam. Sein Händedruck war warm und fest. Er trug sein weißes Haar etwas kürzer und auch sein grauer Schnäuzer war frisch gestutzt. »Was verschafft mir die Ehre eines gemeinsamen Essens?«

»Es geht um meinen Ex-Freund.« Ich setzte mich ihm gegenüber hin und riss mich so lange zusammen, wie die Bedienung brauchte, um unsere Bestellungen aufzunehmen, bevor ich Frederics Unterlagen aus meiner Tasche holte. Ruhe breitete sich in mir aus, während ich Mr Stewards alles erzählte. Der ältere Herr hatte eine Ausstrahlung, die mich erdete.

Er nickte, stellte Fragen und las sich die Dokumente genau durch. Dann hob er seinen Blick und seine Miene zeigte Bedauern. »Leider scheint Ihr ehemaliger Freund tatsächlich Eigentümer des Hauses zu sein. Wir können vor Gericht ziehen, aber ich muss ehrlich zu Ihnen sein – das ist nicht sehr Erfolg versprechend.«

Mir entglitten alle Gesichtszüge. »Nein ...«

»Gibt es Kontoauszüge, die belegen, dass Sie diese Zahlungen geleistet haben?«

»Natürlich.« Ich kramte mein Handy heraus und öffnete die Banking-App, in der ich die Kontoauszüge anklickte. »Hier. Da ist die letzte Rate.«

Er warf einen Blick darauf, nickte und stockte dann. »Hatten Sie ein gemeinsames Konto oder ist das Ihr eigenes?«

»Unser gemeinsames«, flüsterte ich und wusste in diesem Moment, dass ich verloren hatte. Tränen strömten aus meinen Augen, und ich stieß ein Schluchzen aus, das so gewaltig war, dass es meinen gesamten Körper zittern ließ.

Mr Stewards erhob sich, trat um den Tisch herum und legte mir die Arme um die Schultern.

»Ich bin so dumm«, stieß ich aus und wurde erneut von einem Schluchzer geschüttelt. »Er hat mich reingelegt!«

Der Anwalt sagte nichts, sondern strich mir nur beruhigend über den Rücken.

Ich brauchte eine Ewigkeit, um die Fassung zurückzuerlangen. Erst als ich mir nicht mehr so vorkam wie eine Ertrinkende an Land, strich ich meine Bluse glatt und dankte dem Anwalt mit einem Lächeln, das so viel selbstbewusster war, als ich mich fühlte.

Ich ging zu den Toiletten, richtete das ruinierte Make-up und straffte die Schultern. Frederic konnte doch nicht ernsthaft erwarten, dass er mir so eine Neuigkeit an den Kopf knallte und ich es einfach so hinnehmen würde. Mein grimmiger Blick traf mich durch den Spiegel, und trotz der geröteten Augen und der blassen Wangen sah ich keine Versagerin in der Spiegelung. Ich würde mich unter keinen Umständen von ihm brechen lassen. Auch wenn es jetzt aussichtslos schien, gab es doch sicher noch einen Ausweg. Es musste einfach einen geben.

Schnell checkte ich unser gemeinsames Bankkonto und überwies die Hälfte auf mein eigenes Konto. Glücklicherweise hatte ich wenigstens darauf bestanden, es zu behalten, statt alles zusammenzulegen.

Als ich zurückkam, betrachtete Mr Stewards mich beunruhigt. »Geht es Ihnen besser?«

»Ja, viel besser. Danke.« Mein Lächeln wankte nicht, obwohl meine Wangen heiß von dem Gedanken wurden, dass ich hier gerade mitten in diesem schicken Restaurant einen kleinen Nervenzusammenbruch erlitten hatte. Das war der Grund, weshalb ich weder nach rechts und links schaute, auch wenn die neugierigen Blicke unserer Tischnachbarn auf meiner Haut brannten.

Mr Stewards schien mich zu durchschauen, denn um seine Augen bildeten sich kleine Fältchen. »Ich werde mir in der Kanzlei alles noch einmal in Ruhe ansehen. Aber ich befürchte, dass dieser Fall recht eindeutig ist.«

Ich nickte langsam, denn diese Tatsache wurde mir ebenfalls bewusst. Frederic hatte von Anfang an geplant, mich zu überlisten. Er stand allein im Kaufvertrag. Der Kredit lief über ihn und die Raten wurden von unserem gemeinsamen Konto abgebucht.

Ich hatte mich auf Frederic verlassen, all mein Vertrauen in ihn gesteckt und war sicher gewesen, dass er nur das Beste für mich wollte. Wir kannten uns seit der Highschool. Er war mein Abschlussball-Date, und wir hatten schon darüber geredet, zu heiraten.

Wir galten sogar inoffiziell als verlobt!

Ich zuckte zusammen, als der Kellner auftauchte und die Meeresfrüchte brachte. Irgendwie rang ich mir ein Lächeln ab und bat darum, das Mittagessen doch zum Mitnehmen einzupacken, bevor ich darauf bestand, für alles zu bezahlen.

Mr Stewards wehrte sich nur kurz dagegen, weil er sicher wusste, dass ich knapp vor einem richtigen Nervenzusammenbruch stand und das einzig Hilfreiche für mich die Illusion von Kontrolle war.

Dabei leuchtete in meinem Kopf die ganze Zeit eine Leuchtreklame mit dem Wort *IDIOTIN*.

Wie hatte ich es nur so weit kommen lassen können?

»Ich bringe ihn um«, waren Hazels erste Worte, nachdem ich ihr am selben Abend von Frederics Betrug berichtete.

Sie stand hinter der Bar des *Red Chili* und sah aus, als würde sie das Glas, das sie gerade polierte, zertrümmern wollen. Dafür liebte ich meine Pflegeschwester. Sie war echt, und man wusste immer, woran man bei ihr war. Um uns herum war es laut, weil eine Gruppe von Collegestudenten feierte. Normalerweise nervte mich so ein Geräuschpegel, doch heute genoss ich die Intimität, die ihr Lärm verursachte. Niemand achtete auf unser Gespräch, während ich auf dem alten Barhocker saß und zu Hazel hinter die Bar blickte. Sie war seit ein paar Wochen hier fest angestellt, nachdem sie beschlossen hatte, in Eastwood zu bleiben. Zwar hatte ich zuvor einige Vorbehalte gegen dieses Lokal gehabt, aber ich arrangierte mich so langsam damit. Natürlich war es noch immer irritierend, dass sich der Fast-Food-Laden vom Tag am Abend wie eine Bar anfühlte. Das Mobiliar war abgegriffen und die rote Wandfarbe ausgeblichen. Zwar versuchte Joe, der Besitzer, alles durch ein paar hübsche Hängelampen und Blumen auf den Tischen aufzuwerten, aber meiner Meinung nach war hier nichts mehr zu retten.

Doch die Menschen liebten diesen Laden und Hazel arbeitete gerne hier.

Ich schlürfte an dem superleckeren Cocktail, den sie für mich gemixt hatte, und spürte Wärme in mir aufsteigen, die so langsam all die Wut in mir verdrängte. »Wenn jemand dran glauben sollte, bin es ja wohl ich. Die dümmste Kuh auf Erden.«

Hazel polierte mit zusammengebissenen Zähnen weiter. Ihr braunes Haar hatte sie zu einem perfekten, unordentlichen Dutt hochgedreht. Etwas, das ich noch nie hinbekommen hatte. Bei mir sahen Dutts immer streng aus. »Du warst leichtgläubig, und ich muss gestehen, das setzt meinem Schock noch mal ein Krönchen auf. Aber was ich nicht verstehe – wer hat diese Verträge aufgesetzt? Haben die alle nicht gewusst, dass du das Haus kaufen willst?«

»Der Notar ist Frederics Onkel. Der Typ von der Bank ist sein Schwager.« Langsam setzte die Scham ein. »Kein Wunder, dass er so gedrängt hat, die Unterlagen dort alle anfertigen zu lassen.«

»Aber hast du dir die gar nicht durchgelesen? Ich meine – Amber, du bist doch sonst nicht so!« Hazel versuchte vermutlich, nicht vorwurfsvoll zu klingen, scheiterte allerdings maßlos.

»Doch. Er hat mir vorher die ganzen Blankoverträge gegeben und mich unterschreiben lassen. Weil Lauren auf einmal Druck gemacht hat. Sie wollte überraschend auf Weltreise gehen und brauchte das Geld auf der Stelle. Deshalb hat Frederic alles innerhalb weniger Tage in die Wege geleitet.« Meine Kehle wollte sich zusammenschnüren und Tränen brannten mir in den Augen. Schnell nahm ich einen großen Schluck und spürte, wie der Alkohol den Schmerz kurz trübte. Wie armselig von mir!

»Lauren, dieses Miststück«, zischte Hazel und schien schon wieder ein Glas zerschmettern zu wollen. Sie hatte am meisten unter unserer Pflegemutter gelitten. Etwas, das mir erst kürzlich klar geworden war. Dafür würde ich mich vermutlich ewig schuldig fühlen.

Doch glücklicherweise waren wir sie für immer los, was uns Pflegegeschwister noch ein wenig mehr zusammengeschweißt hatte.

»Vergiss sie«, bat ich und sog mit meinem Strohhalm den Rest des Glases leer, bevor ich es ihr wieder zuschob. »Kümmere dich bitte um das hier.«

Sie hob eine Augenbraue, betrachtete meine mitleiderregende Gestalt und machte sich dann mit einem ergebenen Seufzen an die Arbeit. »Denkst du wirklich, dass Mr Stewards kein Schlupfloch findet?«

»Er wollte sich die Unterlagen noch einmal genau ansehen. Aber er war ziemlich sicher, dass da nichts zu machen ist. Bestimmt könnte ich vor Gericht ziehen. Nur habe ich keine Beweise, dass Frederic mich reingelegt hat.«

»So ein Mistkerl! Dabei hat er dieses verflixte Haus nicht einmal nötig!« Hazel goss einen Schuss weniger Rum in das Glas als vorher, was mir sofort auffiel, ich allerdings nicht kommentierte. »Warum hat er das überhaupt getan?«

»Weil er ein selbstgefälliger Arsch ist, der alles unter Kontrolle haben will. Sicher hat er seine Chance gewittert, mich so für immer an ihn zu ketten.« Allein bei dem Gedanken daran, wie oft er mich vielleicht sonst noch betrogen haben könnte, wurde mir übel. Ganz bestimmt war Angela nicht seine erste Affäre. Angela, mit der ich aufgewachsen war und die ich zu meinen besten Freundinnen gezählt hatte. »Allein die Vorstellung, dass er –«

»Quäl dich bitte nicht damit«, unterbrach Hazel mich sofort und legte ihre Hand auf meine. Ihre braunen Augen waren unerbittlich. »Er hat dich wie Dreck behandelt. Lass nicht zu, dass du dich wie Dreck fühlst. Du hast etwas Besseres verdient als diesen Vorstadtfuzzi.«

»Er war immer genau das, was ich wollte«, platzte es aus mir heraus, und ich zog das Glas an mich, das bisher einsam zwischen uns gestanden hatte.

Hazel schüttelte ihren Kopf. »Vielleicht symbolisierte er einfach nur das, was du brauchtest.«

Ich rümpfte die Nase und zog an dem Strohhalm.

»Stabilität. Er hat dich in ein Leben geführt, das scheinbar stabil war, und du hast dich dem angepasst.«

»Angepasst.« Ich spuckte dieses Wort aus, als wäre es eine Beleidigung. »Ich habe alles getan, um das zu sein, was er wollte. Doch selbst das war nicht genug.« Mein Blick glitt ins Leere, während ich an all die Male dachte, in denen ich mich verbogen hatte, kleine Spitzen seinerseits hinnahm, wenn ihm meine Art zu lachen, zu argumentieren oder gar mein finsterer Blick auf andere nicht passten. Ich hatte all diese

Dinge abgespeichert und mir vorgenommen, sie beim nächsten Mal zu vermeiden, um ihn nicht zu verärgern. Weil ich eine gute, gefällige Freundin sein wollte.

Ich war so dumm.

»Warte mal«, stieß Hazel aus und beugte sich nachdenklich zu mir vor. »Du hast keine Beweise für seinen Betrug. Aber was ist, wenn er es zugeben würde?«

»Wieso sollte er das tun?«, fragte ich, den Strohhalm noch an meinen Lippen.

»Weil du sein Spiel mitspielst.« Langsam hoben sich ihre Mundwinkel. »Wir könnten ihm eine Falle stellen. Wenn du erst mal den Beweis hast, dass er das alles geplant hat, hättest du eine Chance.«

Ich lehnte mich langsam zurück und starrte Hazel an. Entweder war sie ein Genie oder verrückt. Vielleicht ja beides. »Das könnte klappen. Frederic liebt es, anderen seine Siege unter die Nase zu reiben. Ich müsste nur so tun, als würde ich –« Meine Stimme versagte und mir wurde schlecht. Allein der Gedanke, ihn in der Nähe zu haben, in Kombination mit all den Cocktails, ließ meinen Magen bedrohlich grummeln.

»Ab jetzt gibt es nur noch Wasser.« Hazel deutete mit dem Finger auf mich. »Wag es nicht zu kotzen. Ich hole dir was zu essen.«

Ich verzog die Lippen und schob den Cocktail wieder von mir. Während Hazel in der Küche verschwand, beobachtete ich ihre Kollegin, die im Akkord Bestellungen abarbeitete und sicher genervt davon war, dass Hazel sich so auf mich konzentrierte.

Es war einiges im Laden los. Dennoch zog Hazel mich vor. So war sie einfach. Wir hatten uns so sehr zerstritten und beinahe gehasst. Trotzdem war sie beim ersten Anzeichen, dass etwas in meinem Leben schieflief, zu mir geeilt.

Dabei war sie diejenige gewesen, die eine helfende Hand hätte gebrauchen können.

Ich war so ein beschissener Mensch.

Niemals würde ich wiedergutmachen können, was früher passiert war, doch ich konnte Hazel jetzt eine gute Schwester sein – auch wenn wir nicht blutsverwandt waren.

Nebenbei musste ich noch irgendwie meinen Ex-Freund reinlegen. Das würde ich schaffen. Er hatte mich all die Jahre getäuscht. Wieso sollte ich jetzt Hemmungen haben, ihm das heimzuzahlen?

2

»Was ist eigentlich nicht richtig bei dir?«

Natürlich hatte ich recht gehabt und war am nächsten Morgen mit höllischen Kopfschmerzen aufgewacht. Aber selbst wenn ich nach einem Cocktail aufgehört hätte, wäre es auf dasselbe hinausgelaufen, weil ich schlichtweg keinen Alkohol vertrug.

Frederic hatte stets behauptet, dass betrunkene Frauen geschmacklos wären, weshalb ich mich immer auf nur einen Champagner beschränkt hatte. Allein bei dem Gedanken daran, wie sehr ich mich von ihm hatte leiten lassen, verstärkte sich das Pochen hinter meinen Schläfen noch.

Ich tastete nach dem Handy und kniff die Augen zusammen, weil ich gestern Nacht die Vorhänge nicht zugezogen hatte und mir jetzt ungehindert die Morgensonne ins Gesicht schien.

Blinzelnd starrte ich auf das Handydisplay und entdeckte eine Nachricht von Frederic.

Wie oft er sich seit der Enthüllung seines Betrugs gemeldet hatte, konnte ich an einer Hand abzählen. Obwohl ich am liebsten nie wieder ein Wort mit ihm sprechen wollte, verletzte es mein Ego trotzdem, wie wenig Mühe er sich gab, mich zurückzugewinnen.

Ich hatte Frederic geliebt. Ehrlich und echt. Das zwischen uns sollte für immer halten.

Aber jetzt, da seine fein säuberliche Fassade eines leicht arroganten und doch charmanten Gentlemans abgeplatzt war, konnte nichts auf der Welt mehr ändern, wie angewidert ich von ihm war. Allein die Vorstellung, dass er während seiner Geschäftsreisen mit einer anderen Frau geschlafen haben könnte und mir bei jeder Rückkehr einen Kuss gegeben hatte, ließ Galle in meinem Hals aufsteigen.

Einen Moment lang erwog ich, seine Nachricht zu löschen. Dann siegte meine Neugier. Nach dem Gespräch mit Hazel hatte mich dieser verrückte Plan, ihm eine Falle zu stellen, nicht mehr losgelassen.

Deshalb hatte ich ihm geschrieben:

Du hast eine Chance, dich zu erklären.

Zu etwas Netterem hatte ich mich nicht herablassen können.

Heute Abend ist ein Firmenevent. Sei meine Begleitung. Danach reden wir. Zieh etwas Schickes an.

Seine selbstgefällige Antwort brachte mich fast dazu, ihm ein Foto von einem Pavianhintern zu senden.

Stattdessen atmete ich tief durch.

Ein Firmenevent. Klar. Er wollte den Menschen weiter das Bild des perfekten Paares vorspielen. Auch wenn sie sicher alle längst wussten, dass ich ihn rausgeworfen hatte.

Schon der Gedanke, dort aufzutauchen und so tun zu müssen, als hätte ich ihm seinen Betrug verziehen, ließ meinen Magen zu einem Stein werden.

Alles in mir wehrte sich dagegen, und einen Moment lang war ich versucht, ihm abzusagen.

Aber was war schon mein Ego im Gegensatz zu den Zehntausenden Dollar und dem Haus, um das er mich betrogen hatte?

Ich legte mein Handy zur Seite und stand auf. Es war kurz vor Mittag und es gab einiges für mich zu tun. Auch wenn ich nun arbeitslos war – da es außer Frage stand, weiterhin für Frederic tätig zu sein.

Direkt nach dem College war ich als Sekretärin in der Firma seines Vaters eingestiegen und hatte seitdem dort gearbeitet.

Doch jetzt hatte ich ein neues Ziel: das Hotel leiten, das unsere verstorbene Pflegeoma Betty mir und meinen Pflegegeschwistern vererbt hatte. Sie hatte das Erbe an die Bedingung geknüpft, dass wir es alle gemeinsam renovieren mussten. Dadurch hatte sie es geschafft, uns wieder zusammenzubringen. Im Laufe der Arbeiten war mir klar geworden, dass dieses Hotel meine Chance auf einen Neubeginn war.

Allein bei dem Gedanken daran hob sich meine Laune, nur um schlagartig wieder in den Keller zu fallen.

Ich hatte keine Ahnung von Hotels. Deshalb war mein Plan gewesen, nebenbei Hotelmanagement im Fernstudium zu belegen, und dafür wollte ich eine Hypothek auf das Haus aufnehmen. Ich hatte schon versucht, mich für ein paar Stipendien zu bewerben, aber ohne Erfolg.

Meine Hände zitterten bei der Vorstellung, dass ich all das verlieren könnte. Es wäre doch Wahnsinn, ein Hotel zu leiten, wenn man keine Ahnung hatte, wie man es führte.

Ich drückte meine Hand gegen die Brust, um die aufsteigende Panik zu vertreiben, und lief in die Küche. Dort stellte ich mir einen Cappuccino an.

Danach klemmte ich mir meinen Laptop unter den Arm und ging auf die Terrasse, auf der es von der Frühlingssonne wohlig warm war.

Einen Moment lang betrachtete ich den gepflegten Rasen, die perfekt gestutzten Sträucher und den kleinen Teich, den Frederic hatte anlegen lassen. Alles war geradlinig und makellos aufeinander abgestimmt. Selbst das schlichte Baumhaus aus unserer Kindheit hatte einen neuen Anstrich erhalten, sodass es sich perfekt in die Umgebung einfügte. Für unsere zukünftigen Kinder …

Das Haus hatten wir gemeinsam renoviert, und natürlich hatte er ebenfalls Geld investiert, aber das rechtfertigte keinesfalls die Tatsache, dass er mir meins gestohlen hatte.

Ich schüttelte die aufsteigende Wut ab und machte mich daran, die Rechnungen von unserem Baukonto zu bezahlen, die Sam mir weitergeleitet hatte. Er war ein Kumpel von meinem Pflegebruder Derek und außerdem unser Bauleiter.

Da wir das Hotel in Eigenregie renovierten und uns nicht viel Geld zur Verfügung stand, mussten wir gut haushalten. Dafür sorgte ich.

Hazel wiederum schaffte es immer, die günstigsten Schnäppchen aufzustöbern, und Derek war als Tischler für dieses Projekt unbezahlbar.

Mein anderer Pflegebruder Ryan hingegen war derjenige, der das meiste Geld investiert hatte.

Wir waren zwar alle keine Blutsverwandten, aber sie waren die beste Familie, die ich mir nur wünschen konnte.

Deshalb durfte ich ihr Vertrauen nicht missbrauchen. Sie ermöglichten mir, das Hotel zu leiten, und ich würde diese Chance auf keinen Fall in den Sand setzen. Dafür brauchte ich dieses Studium.

Ich würde Frederic mit seinen eigenen hinterlistigen Waffen schlagen, um zu bekommen, was ich wollte.

Für dieses Ziel würde ich meine Seele dem Teufel eine Nacht lang leihen, auch wenn es bedeutete, meinem betrügerischen Ex vorzumachen, ich könnte zu ihm zurückkommen.

»Du siehst fantastisch aus, Darling.« Frederic hauchte mir einen Kuss auf die Wange und ich ließ es aus Gewohnheit geschehen. Sein Blick wanderte über mein dunkelblaues Etuikleid, zu dem ich Perlenschmuck und weiße Pumps kombiniert hatte. Seine Mundwinkel hoben sich zufrieden. »Es freut mich, dass du dich entschlossen hast, mich zu begleiten.«

Ich lächelte unverbindlich und verdrehte innerlich die Augen. »Was ist das für ein Event?«

Er führte mich auf die Terrasse eines schicken Fünf-Sterne-Restaurants, das am Wood Lake lag. Die untergehende Sonne glitzerte golden auf dem Wasser und ließ mich blinzeln. Dahinter erhoben sich riesige Bäume in Richtung Himmel, deren sattgrüne Baumkronen im sanften Wind hin und her wogten. Von hier aus schien der Wald endlos, als wären wir am Rande der Welt angekommen, hinter dem sich nur noch reine Natur befand. Frederics Firma hatte eigens einen kleinen Veranstaltungsraum hier angemietet, damit die Gesellschaft weitestgehend ungestört war.

Ich beobachtete die anderen Gäste, die durch den Haupteingang in das Gebäude traten, während wir im hinteren Teil die langsam eintrudelnde Gesellschaft begrüßten. Da Frederic zu der Geschäftsführung gehörte, waren wir die Ersten gewesen, die hier eingetroffen waren.

Frederic ignorierte die kühle Distanziertheit in meiner Stimme. »Nur ein nettes Zusammensein mit ein paar Geschäftspartnern.«

Daher wehte also der Wind. Bei diesen Veranstaltungen war meist nur die Geschäftsführung zugegen. Somit war keiner meiner ehemaligen Arbeitskollegen anwesend, die sich bestimmt das Maul über uns zerrissen hätten.

»Bitte benimm dich.«

Seine Rüge für mein geringes Entgegenkommen traf bei mir einen Nerv, und am liebsten hätte ich ihm den Aperitif ins Gesicht geschüttet, der mir beim Betreten des Restaurants gereicht worden war. Ohne eine Antwort zu erwarten, schob er mich in Richtung eines Geschäftspartners, den ich bei der letzten Weihnachtsfeier kennengelernt hatte.

In dem Moment, in dem wir Hallo sagten, schien es, als würde sich bei mir ein Schalter umlegen. Mein Lächeln wurde weicher, die Haltung offener, und während Frederic seinen Mandanten begrüßte, machte ich seiner Frau ein Kompliment zu ihrem Kleid.

Wie auf Autopilot erzählte ich von den Vorbereitungen für das diesjährige Eastwood-Sommerfest, in dessen Komitee ich war, und lud sie herzlich ein, dieses zu besuchen. Dabei ließ ich unerwähnt, dass ich mich in den letzten Wochen völlig daraus zurückgezogen hatte, weil ich es nicht ertragen konnte, meine Freunde zu sehen, die mich alle kaltblütig hintergangen hatten.

Ich lächelte und plauderte, genauso wie Frederic es erwartete.

Der Abend zog rasend schnell und zugleich unerträglich langsam an mir vorbei. Jede Faser meines Seins widerte es an, neben ihm zu stehen. Doch gleichzeitig genoss ich die Gespräche und das Gefühl, einen Teil meines Lebens zurückzubekommen. Ich fühlte mich für wenige Stunden wie die Amber, die ich vermisste. Die Amber, die einen Raum durch ihre Anwesenheit dominieren konnte und sich nicht wünschte, den Abend zu Hause verbringen zu dürfen.

Frederic legte seine Hand auf meinen Rücken, während er sich nach dem letzten Gang zurücklehnte und über irgendeinen Witz lachte, den jemand erzählt hatte.

Ich versteifte mich und musste mich zusammenreißen, um nicht angewidert aufzuspringen. Den ganzen Abend schon suchte er meine Nähe, streifte wie zufällig meine Hand, berührte mich und lächelte, als würde ich ihm etwas bedeuten.

Dabei wollte ich innerlich nichts anderes, als ihn zu ohrfeigen.

Aber mein Lächeln blieb standhaft.

Während einer Pause zwischen den Gängen setzte sich sein Großvater neben uns und legte seine Hand auf meine.

»Amber, ich hoffe, es geht dir langsam besser.«

Mr Richardson war ein groß gewachsener, schlanker Mann. Sein graues Haar machte ihn attraktiver, und er trug stets einen Ausdruck von leichter Überheblichkeit auf den geschürzten Lippen. Doch nicht dann, wenn er mit mir sprach. Er mochte mich und machte draus keinen Hehl. Und plötzlich wurde mir bewusst, was der Grund für Frederics Einladung war. Sein Großvater schätzte mich und hatte schon mehrmals erwähnt, dass er Frederic erst ernst hatte nehmen können, nachdem er sah, was für eine gute Wahl er bei seiner Partnerin getroffen hatte.

»Mir geht es gut. Danke.« Ich erwiderte sein Lächeln, aus Gewohnheit und weil ich ihn ebenfalls mochte. Trotz seiner Strenge war er immer gut zu mir gewesen. Als potenzieller Schwiegergroßvater, aber auch als Arbeitgeber. Die Vorstellung, er könnte wissen, dass ich Frederics Sachen in unserem Vorgarten verteilt hatte, ließ mich leicht erröten.

»Wundervoll. Frederic hatte angedeutet«, nun wurde seine Stimme leiser und sein Griff um meine Hand ein wenig fester, »du würdest seit dem Tod deiner Großmutter etwas straucheln. Ich wollte dir nur sagen, dass deine Auszeit so lange gehen darf, wie du es für nötig hältst.« Ohne eine Antwort abzuwarten, drückte er meine Hand und mischte sich wieder unter die Menge.

Mit offenem Mund starrte ich ihm hinterher, bevor ich mich zu Frederic umwandte, der so tat, als wäre er in ein Gespräch mit seinem Sitznachbarn vertieft. Dabei war ich mir sicher, dass er jedes Wort gehört hatte.

Hatte er etwa erzählt, ich wäre durchgedreht?

Und was war mit meiner Kündigung? Sein Großvater müsste doch spätestens dann die Wahrheit erfahren haben!

Es dauerte zwei geschlagene Stunden, bis wir uns endlich verabschieden konnten. Erst kurz vor ein Uhr stiegen wir in Frederics Wagen.

Ich zog sofort das Handy aus der Handtasche und öffnete eine Sprachnachricht an Hazel. Dann platzierte ich es so auf dem Schoß, dass die Tasche es verdeckte. »Ich habe meinen Teil der Abmachung erfüllt. Dieser Abend in Austausch für ein Gespräch.«

»War das nicht ein netter Abend?«, fragte Frederic und fuhr vom Parkplatz. »Du musst doch zugeben, dass wir ein gutes Paar abgeben.«

»Du hast mir mein Haus gestohlen«, erwiderte ich gepresst.

»Nein. Ich habe mich um die Verträge gekümmert. Wir haben das Haus gekauft und wollten es abbezahlen.«

»Nur, dass du es so gedreht hast, dass dir am Ende alles gehört.« Mein Herz klopfte hart gegen meine Rippen.

»Das war eine gemeinsame Sache. Mit unserer Eheschlie-ßung gehört uns alles zusammen.« Dieser verdammte Mistkerl umging einfach eine direkte Antwort!

»Warum hast du dich als alleinigen Käufer in den Notarvertrag eintragen lassen?«

»Wieso reitest du so auf Kleinigkeiten herum? Wir wollten es gemeinsam kaufen. Es ist doch egal, wer irgendwo drinsteht. Wichtig ist nur –«

»Mir ist es wichtig! Warum hast du mir das angetan?«

Frederic seufzte schwer und schüttelte den Kopf, als würde es keinen Sinn haben, mit mir zu sprechen. Es war, als würde er die Wahrheit nicht aussprechen wollen.

»Warum hast du mit Angela geschlafen?«

»Es war ein Ausrutscher. Ich habe mich bereits dafür entschuldigt. Wir sollten wirklich in die Zukunft blicken«, erwiderte er hörbar genervt.

Mein Puls verdreifachte sich. »Ist das dein Ernst?«

»Wieso musst du so emotional werden?« Er fuhr in den Black Bridge Forest, der die Kleinstadt Eastwood von Westwood trennte. Dunkle Laubbäume drängten sich an der Straße, und ihre Kronen schluckten jegliches Mondlicht, weshalb nur die Scheinwerfer vor uns ein Stück weit den Weg erhellten. »Es war ein Ausrutscher.«

»Ich glaube dir kein Wort«, zischte ich.

»Amber, bitte. Denk doch einfach darüber nach. Wir beide sind so ein ansehnliches Paar. Die Menschen lieben uns gemeinsam.«

Fassungslos starrte ich ihn an. »Was ist eigentlich nicht richtig bei dir?«

Er schnaubte, während er über die alte Black Bridge fuhr und dafür ein wenig vom Gas ging.

Mein Blick fiel auf das Handy, auf dem noch immer die

Sprachnachricht aufgezeichnet wurde. Ich räusperte mich. »Und wenn wir heiraten, wird das Haus dann uns gehören?«

»Natürlich wird es das«, erwiderte er wohlwollend. »Alles wird dann geteilt.«

»Und jetzt gehört das Haus dir.«

»Laut dem Vertrag«, gab er zu.

»Wieso sollte denn jemand glauben, dass du das Haus kaufen würdest, wenn ich doch darin aufgewachsen bin?«

»Weil ich Geschäftsführer bin und du Sekretärin. Mal ehrlich. Es war einfacher für mich, einen Kredit zu bekommen, als für dich.«

Ich schnappte nach Luft. »Also hast du mir einen Gefallen getan?«

»Richtig.« Er fuhr aus dem Wald, nach Eastwood hinein. Altmodische Laternen spendeten gelbliches Licht, und um diese Uhrzeit wirkte die hübsche Kleinstadt wie ausgestorben.

»Gib doch einfach zu, dass du mich reingelegt hast! Du hast mir Blankoverträge gegeben, damit ich sie unterschreibe und glaube, ich würde ein Haus kaufen! Ich habe die letzten Jahre jeden Penny in dieses Haus gesteckt!«

»Heirate mich, dann bekommst du es zurück«, erwiderte Frederic emotionslos.

Mir entfuhr ein wütender Schrei. »Du Scheißkerl! Halt sofort an!«

Ich umklammerte meine Tasche und war kurz davor, sie ihm mit voller Wucht gegen den Kopf zu knallen. Dieser verfluchte Mistkerl würde niemals zugeben, dass er mich reingelegt hatte, weil er vermutlich selbst glaubte, mir einen Gefallen getan zu haben!

»Mach dich nicht lächerlich. Wir sind gleich da.«

»Halt an!«, brüllte ich lauter und zitterte vor Wut.

Frederic hielt angesichts des Wutgebrülls an und schaute mich mit erhobenen Augenbrauen an. »Melde dich am besten, wenn du dich wieder beruhigt hast.«

Ich knurrte, öffnete den Gurt und schnappte mir meine Sachen, bevor ich aus dem Auto floh.

Frederic fuhr los, kaum dass ich die Tür hinter mir zugeschlagen hatte – vermutlich aus Angst, dass ich seine geliebte Limousine treten könnte.

Mit der Faust umklammerte ich mein Handy und schickte die Sprachnachricht an Hazel, bevor ich weiterlief und so laut schnaufte, dass es total lächerlich klang.

Ich wollte auf etwas einschlagen und zugleich ließ Fassungslosigkeit meine Schritte wacklig werden.

Ich hasste ihn so sehr! Dieser elendige Betrüger hatte mir das Haus gestohlen! Und das Schlimmste daran war, dass er vermutlich sogar damit durchkommen würde.

Mit wütendem Stechschritt lief ich durch Eastwoods Innenstadt. Vorbei an geschlossenen Läden, einem verwaisten Park und der imposanten Kirche, die den Mittelpunkt der Stadt bildete.

Wut vernebelte meine Gedanken und ich konnte mich kaum beruhigen, denn in meinem Kopf spielten sich all die letzten Jahre ab – all die Zeit, die ich vergeudet hatte!

Mein Handy vibrierte und ich nahm Hazels Anruf umgehend an. »Hast du es gehört?«

»Wo bist du gerade?« Im Hintergrund hörte ich Musik und Lachen.

»Beim Park.« Mein Blick wanderte über das Gelände, das in Dunkelheit gehüllt war, und auf dem ich noch grob die Umrisse des Brunnens und eines Spielplatzes ausmachen konnte.

»Warte dort. Ich bin im *Joanas* und gleich bei dir.«

»Nein. Ich komme zu dir!« Mit demselben wütenden Schritt lief ich in Richtung der kleinen Kneipe, die sich am entgegengesetzten Ende der Innenstadt befand. »Ich will Dart spielen oder irgendwas, das mich auf andere Gedanken bringt!«

»Du klingst, als würdest du die Einrichtung auseinandernehmen, wenn du herkommst.« Selbst durch das Telefon hörte ich ihr Lächeln. »Wenn du willst, wartet hier ein Bier auf dich.«

»Ich will einen Burger«, erwiderte ich und legte auf. Mein Magen knurrte, weil ich nur winzige Bissen von dem Essen zu mir genommen hatte – da sich mein Bauch sonst zu sehr aufblähte! Was war ich nur für eine blödsinnige Kuh, mir solche Gedanken zu machen!

Als ich das *Joanas* erreichte, hörte man schon von draußen leise Musik und Stimmengewirr. Hinter der Tür schlug mir der Geruch von Bier und Frittierfett entgegen. Gedämpftes Licht drang aus dem Inneren und dunkle Holzvertäfelung dominierte den lang gezogenen Raum, der nur aus Stehtischen und einer großen Bar zu bestehen schien.

Ich kannte die meisten Anwesenden schon seit meiner Kindheit und grüßte sie knapp, bevor ich zu der Ecke ging, in der sich die Dartscheibe und ein paar Stehtische befanden. Hazel lieferte sich hier mit unserem Pflegebruder Derek, der zugleich ihr Freund war, ein Turnier. Sie gewann jedes Mal, was ihn aber nicht daran hinderte, sie immer aufs Neue herauszufordern.

Ich begrüßte die beiden mit einer Umarmung. Zum Glück waren sie heute zu zweit hier. Mehr Menschen hätte ich nicht ertragen.

Zumal ich all die Blicke spürte, mit denen alle anderen

Gäste mein dunkelblaues Etuikleid, die hohen Schuhe und das aufwendige Make-up musterten. Hier in dieser Bar fiel ich mit meinem Outfit auf wie eine Discokugel am Tannenbaum. Aber ich scherte mich nicht um die Meinung der anderen. Seit Frederics Betrug, woraufhin ich all seine Sachen auf dem Rasen vor dem Haus verteilt hatte, wurde sowieso regelmäßig getratscht.

Hazel schob mir einen Teller entgegen, als ich mich auf dem Hocker am Stehtisch niederließ. »Ich habe einen vegetarischen bestellt.«

Herzhaft biss ich hinein. »Danke.«

Derek lachte neben mir, und als ich ihm einen finsteren Blick zuwarf, grinste er nur. Wie immer sah er aus, als käme er gerade direkt aus seiner Tischlerei. Unordentliches, dunkles Haar, Holzfällerhemd und verwaschene Jeans. Er war der ehrlichste und bodenständigste Kerl, den ich kannte. »Dass du mal mit vollem Mund reden würdest.«

Mein Lachen klang gepresst. »Hast du die Sprachnachricht auch gehört?«

Sofort verfinsterte sich sein Blick. »Dieser Dreckskerl glaubt seine beschissenen Lügen vermutlich auch noch. Er wird niemals zugeben, dass er dich reingelegt hat.«

Ich biss erneut in den Burger und nickte nur, denn dazu gab es nichts mehr zu sagen. Frederic würde die Wahrheit immer so drehen, wie sie ihm passte. Das hatte er schon früher getan. »Ich könnte dennoch vor Gericht gehen.«

»Hatte Mr Stewards nicht gesagt, dass das nicht viel bringen würde?« Hazel setzte sich neben mich auf einen Hocker und trank einen Schluck aus ihrer Bierflasche. Sie trug ihr mittellanges, braunes Haar heute in Wellen, die aussahen, als hätte sie gerade erst einen Dutt gelöst. So war Hazel. Schön, ohne sich anstrengen zu müssen.

»Hat er. Es kommt mir dennoch falsch vor, Frederic einfach damit durchkommen zu lassen.«

»Da hast du recht. Er kann nicht denken, dass er dich bestehlen kann und damit durchkommt. Wir müssen uns irgendwie an ihm rächen.«

»Wir könnten das Haus mit faulen Eiern bewerfen«, schlug Derek vor und lehnte sich an den Tisch, weil es keine freien Stühle mehr gab.

»Sind wir zehn Jahre alt?« Hazel versuchte, streng zu klingen, aber ihr Blick war dafür zu liebevoll.

Derek grinste ein bisschen mehr. »Es könnten richtig viele Eier sein.«

Ich lachte bei der Vorstellung und schüttelte den Kopf. »Ich wohne noch in dem Haus.« Schlagartig verdüsterte sich meine Miene. »Nächste Woche will er die Schlüssel haben. Ich habe keine Ahnung, wo ich hingehen soll.«

»Du kannst bei mir wohnen«, schlug Derek sofort vor, während Hazel sagte: »Bei Olivia und mir ist auch noch Platz.«

»Derek, ich will nicht auf deinem Sofa schlafen, und Hazel, das ist echt nett, aber bei euch wäre höchstens noch auf einer Luftmatratze oder ebenfalls auf dem Sofa Platz.« Ich ließ meinen Burger sinken, denn nun war mir endgültig der Appetit vergangen. »Ich muss mir noch was überlegen.«

Aus dem Augenwinkel nahm ich wahr, wie sich die Tür zur Bar öffnete, und automatisch hob ich den Kopf. Einen Wimpernschlag lang starrte ich den großen, breitschultrigen Mann mit seinem zurückgestrichenen dunkelblonden Haar nur an – und mit einem Mal schien sich die Luft in der Bar zu verändern. Als würde jemand den Sauerstoff entziehen und mich plötzlich am Atmen hindern.

Brian Donovan.

Er sah so aus wie damals – nur sehr viel heißer. Tausend Erinnerungen glühten in meinem Kopf auf, aber am prägnantesten war diejenige, die mir die Schamesröte in die Wangen schießen ließ.

»Verdammt«, flüsterte ich und glitt vom Barhocker. Gleichzeitig ließ ich Brian nicht aus den Augen, der jetzt mit einem Lachen zu einer Gruppe stieß. Er hatte mich noch nicht entdeckt. Aber die Bar war so klein, dass es unvermeidlich sein würde. Es war nur eine Frage von Minuten.

Daran hatte ich absolut kein Interesse.

»Alles klar?«, fragte Hazel und folgte meinem Blick. »Oh«, machte sie dann. Natürlich kannte sie Brian. Jeder kannte Brian. Den beliebtesten Jungen unseres Jahrgangs, Footballspieler, Lehrerliebling und Schwarm so ziemlich aller Mädchen, die ihm jemals begegnet waren.

»Ich verschwinde jetzt besser«, würgte ich heraus, tätschelte abwesend die Arme meiner Pflegegeschwister und verließ die Bar in einem möglichst normalen Tempo.

Dabei betete ich, dass er mich nicht bemerkte, und wandte mein Gesicht, so gut es ging, von ihm ab.

Schnell weg hier. Für heute reichte es mir mit den Männern aus meiner Vergangenheit.

3

Amber

»Du hast doch echt einen Schaden, wenn du denkst,
du könntest eine Frau mit Erpressung dazu bringen,
dich zu heiraten.«

Die ganze nächste Woche suchte ich nach Möglichkeiten,
das Haus doch noch behalten zu können. Ich hatte mehrere
Termine mit Mr Stewards und war am Ende sogar so verzweifelt, dass ich mit Frederics Mutter telefonierte. Leider
war sie eine selbstgefällige Hexe, die die Wahrheit so drehte,
dass ich dankbar sein sollte, von diesem Haus und dem
Schuldenberg befreit zu werden.

Egal, was ich tat – nichts half.

Genau eine Woche später, an einem sonnigen Dienstag-
vormittag, trat ich aus dem halb leer geräumten Haus. Bis
tief in die Nacht hatten mir Hazel, Derek und sogar Ryan dabei geholfen, meine wenigen Besitztümer herauszuschaffen.
Die meisten Möbel hatte Frederic gekauft, weshalb ich sie
zurückließ. Ich würde ganz sicher *nichts* von seinen Sachen
behalten, außer dem Schmuck und den Handtaschen, die
einfach zu teuer gewesen waren, als dass ich sie ihm überlassen würde. Immerhin waren es Geschenke. Bestechungs-
geschenke vermutlich, damit ich nicht merkte, was er hinter
meinem Rücken trieb. *Urgh.* Vielleicht sollte ich das Ganze
doch besser einfach verkaufen.

In diesem Moment steuerte Frederic mit seinem Mercedes in die Einfahrt und parkte hinter dem Auto, das ich ebenfalls zurücklassen würde, weil er es gekauft hatte.

Als er ausstieg und mich mit einem selbstgefälligen Lächeln bedachte, hätte ich am liebsten geschrien. Stattdessen hielt ich die Fassade aufrecht, reckte das Kinn, während mein Gesichtsausdruck Gleichgültigkeit ausstrahlte. Hoffte ich zumindest.

Tief in mir fühlte ich nur Schmerz über seinen Verrat und über meine eigene Dummheit. Wir waren seit der Highschool ein Paar gewesen, und selbst wenn es jetzt so schrecklich endete, änderte das nichts daran, dass ich ihn einmal geliebt hatte. Die alte Amber, tief in mir, trauerte um diesen Verlust.

Doch die neue, die genau wusste, dass ich ihm nie wieder vertrauen könnte, schaute Frederic an, als wäre er kaum mehr als ein unangenehmer Fremder.

»Du solltest es dir wirklich überlegen.« Er blieb vor mir stehen, den Blick auf das Gebäude gerichtet. »Heirate mich und behalte das Haus.«

»Du hast doch echt einen Schaden, wenn du denkst, du könntest eine Frau mit Erpressung dazu bringen, dich zu heiraten.«

»Du hast dich doch bisher auch außerordentlich gerne beschenken lassen.«

»Weil ich dachte, dass du mich liebst!« Ich presste die Worte hervor, und der Teil von mir, der ihn immer noch geliebt hatte, verschwand. All die jahrelange Liebe wandelte sich binnen Sekunden in Abscheu.

»Natürlich liebe ich dich«, erwiderte Frederic und hob eine Augenbraue.

Ich konnte ihm nicht einen Moment länger gegenüberstehen. Deshalb streckte ich ihm mit spitzen Fingern den Hausschlüssel entgegen und ließ ihn auf seine Handfläche fallen. »Viel Spaß.«

»Nun sei doch jetzt nicht so eingeschnappt.« Dieser Satz, der mich während unserer Beziehung immer wieder empfindlich getroffen hatte, prallte nun an mir ab.

Ich würdigte ihn keines weiteren Wortes, als ich an ihm vorbeiging, das Grundstück verließ und in Richtung Stadt lief. Das Haus bedeutete mir nichts mehr. Es war eine Geldanlage, und schlussendlich war es nie das Elternhaus gewesen, mit dem ich eine wunderschöne Kindheit verband. Hier war ich aufgewachsen, aber mir war gestern Abend klar geworden, dass nicht das Haus für mich Familie bedeutete – es waren meine drei Pflegegeschwister. Lauren hatte mich aufgenommen, als ich ein Kind gewesen war. Sie hatte sich um mich gekümmert und mir so etwas wie einen Rahmen geboten, einen Ort, an dem ich groß werden konnte. Was auch immer sie falsch oder richtig gemacht hatte – nichts davon würde mich länger an das Haus binden. Ich trauerte nur dem Geld nach, das ich verloren hatte. Betty hätte es Lehrgeld genannt und vermutlich dabei grimmig gelacht, weil sie Frederic sowieso nie hatte ausstehen können.

Dieser rief mir etwas hinterher, das ich aber ignorierte. Mit einem Mal fühlte es sich an, als würde ich endlich wieder Luft bekommen.

Vor meinen Augen spulten all die Erinnerungen ab, die ich mit diesem Haus verband. Die guten und die schlechten. Wie ich vor dem Haus Fahrradfahren lernte, auf der Veranda mit Hazel stritt, in dem Baumhaus im Garten heimlich mit Ryan meine erste und letzte Zigarette rauchte, in der Küche meine Hausaufgaben machte, im Wohnzimmer neben meiner Pflegemutter saß und die neuste Folge der Topmodels schaute.

Eine Menge meiner Erinnerungen beinhalteten meine Pflegemutter, die nie eine gute Mutter gewesen war. Ich hatte so viele Jahre damit verschwendet, ihr gefallen zu wollen. Genauso wie es all die Jahre auch bei Frederic gelaufen war.

Mir war derselbe Fehler zwei Mal passiert. Vielleicht würde ich nun endlich daraus lernen.

Ich hatte mich selbst aufgegeben und ihnen blind vertraut. Ab jetzt würde ich mich nur noch auf meine Geschwister und, allen voran, auf mich selbst verlassen.

»Bist du sicher, dass du hier wohnen willst?« Hazel wirkte ein bisschen verzweifelt bei dieser Frage, während sie mir dabei zusah, wie ich meine Koffer in dem einzigen Zimmer sortierte, das schon bewohnbar war – in der Suite unseres Hotels, oben unter dem Dach.

Das Hotel, das wir von unserer Pflegeoma Betty geerbt hatten, sah nach etlichen Monaten Sanierung so aus, als könnten hier tatsächlich in einigen Wochen Gäste übernachten.

Eigentlich hatten wir vorgehabt, es zu verkaufen. Doch dann war mir klar geworden, dass dieses Hotel eine Aufgabe war, die mir Freude bereiten würde.

Es war nicht das Hotel selbst, sondern die Unabhängigkeit, die mir dieser Job gewähren würde.

In all den Jahren, in denen ich als Frederics Sekretärin gearbeitet hatte, war ich nie glücklich gewesen. Ich erledigte einen Job, mit dem ich Geld verdiente, und das war lange Zeit okay gewesen, weil es mir Sicherheit verschaffte und mir Struktur verlieh.

Das Hotel zu leiten war ein Risiko. Eines, das ich nun bereit war einzugehen. Es war das erste Mal in meinem Leben, dass mich nichts zurückhielt – außer mir selbst. Ich musste mir und der Welt einfach beweisen, dass ich mehr als das eingebildete Vorstadtpüppchen war, das alle in mir sehen wollten.

Wenn ich jetzt nicht dieses Wagnis einging, würde ich nie wieder so eine Chance bekommen. Mit meinen Qualifikationen würde ich vermutlich erneut in einem Job landen, der mich unglücklich machte.

Sollte ich scheitern, konnten wir das Hotel immer noch verkaufen.

Aber ich hatte mir geschworen, nicht fehlzuschlagen.

»Ja, ich bin sicher.« Ich hängte eine Jacke an den Kleiderständer, den ich gestern günstig im Baumarkt gekauft hatte.

Die Wände waren verputzt, jedoch nicht gestrichen, dafür war bereits ein heller Fußboden verlegt worden. Eine Luftmatratze lag in der Ecke gegenüber der Doppelflügeltür, hinter dem sich der Balkon befand, von dem aus man eine fantastische Aussicht auf Vermonts Wälder hatte.

Es war ein Neuanfang. Vielleicht musste er genauso aussehen. Mit einer nackten Luftmatratze und einer fantastischen Aussicht.

»Du kannst immer noch bei Olivia und mir schlafen.«

»Wieso denn? Ich habe hier Strom und Wasser. Das Badezimmer ist bereits fertig, und ich kann die Tür abschließen, wenn mich die vielen Handwerker stören.«

Wobei die meisten davon sowieso Dereks Freunde waren. Das fühlte sich nicht so an, als wäre man mit völlig Fremden unter einem Dach. Und es erwies sich auch für das Budget als recht hilfreich, denn unsere Ersparnisse gingen langsam zur Neige. Deshalb machten wir möglichst viel selbst und dankten es den Helfern mit kleinen Grillfesten am Wochenende. Frederic hätte das armselig gefunden.

Ich wischte diesen Gedanken fort. Was Frederic von meinem Leben hielt, war nicht von Belang.

Was auch immer Hazel darauf entgegnen wollte, ging in dem Klopfen an der offenen Tür unter.

Im nächsten Moment trat unser Pflegebruder Ryan in den Raum. Wie üblich trug er einen perfekt sitzenden Anzug und hielt sein Smartphone in einer seiner ausgestreckten Hände. »Schwesterchen! Hast du dich etwa endlich von dem Höllenloch befreit, in dem wir groß geworden sind?«

»Es war nicht die Hölle«, erwiderte ich automatisch und ließ mich von Ryan zur Begrüßung umarmen. Er war groß, muskulös und roch immer nach teurem Aftershave.

»War es doch«, entgegnete Hazel und umarmte Ryan ebenfalls. »Hast du mal wieder ein bisschen Zeit zwischen zwei Terminen gehabt?«

»Für meine Schwestern habe ich immer Zeit«, verkündete er ein wenig großspurig, und doch wusste ich, dass er es ernst meinte. Seine Familie ging ihm über alles.

»Na dann – willkommen in meinem neuen vorübergehenden Zuhause.« Mit einer ausschweifenden Geste deutete ich um mich herum. »Ich mache es mir noch nett.«

»Es ist fürchterlich. Zieh doch bei mir ein«, bot er sofort an. »Du weißt, dass mein Haus groß genug ist, damit wir uns sogar tagelang aus dem Weg gehen könnten.«

Mir schossen umgehend Tränen in die Augen, weil meine Pflegegeschwister mir trotz aller Zwistigkeiten in der Vergangenheit sofort Hilfe anboten. Sie waren für mich da, ganz uneigennützig. Das musste Liebe sein. Nicht so wie das, was ich mir von meiner Pflegemutter und Frederic hatte erarbeiten müssen.

»Danke, aber ich denke, ich brauche das hier gerade.«

»Eine Baustelle?«, fragte Ryan irritiert und öffnete die Türen zum Balkon, als müsste er frische Luft reinlassen. Es roch tatsächlich ein wenig staubig.

»Ich brauche es, alleine zu sein.«

»Ich könnte dir ein Hotel mieten, in dem du alleine sein kannst und sogar noch Zimmerservice bekommst.«

Bei Ryans verständnislosem Tonfall musste ich lachen.

»Ich weiß. Vielleicht komme ich ja nach meiner ersten Nacht darauf zurück.«

Hazel seufzte, schaute auf die Uhr und fluchte leise. »Ich muss ins *Red Chili*. Meine Schicht geht gleich los.« Ihr besorgter Blick fiel auf mich. »Kann ich dich wirklich hierlassen?«

»Keine Sorge. Ich führe sie zum Essen aus.«

Wir starrten beide Ryan an.

»Was denn? Ich habe mir von meiner Sekretärin alle Mittagstermine streichen lassen.«

»Du hast mittags mehrere Termine?«, fragte Hazel verblüfft, schüttelte dann den Kopf und küsste uns nacheinander auf die Wangen. »Egal. Super. Wir hören uns ganz bald!« Damit rauschte sie davon.

Ryan lachte leise und legte dann seinen Arm um meine Schultern. »Komm mit. Du hast sicher heute noch nichts gegessen. Worauf hast du Lust? Sushi?«

»Bitte kein Fisch«, bat ich ihn und zog die Nase kraus. »Der Gestank von Dereks Angelausrüstung geht mir immer noch nicht aus der Nase.« Aus einem mir nicht erfindlichen Grund war Hazel mit den ganzen Angelsachen aufgetaucht und hatte sie im Flur deponiert. Während wir meine Sachen aus unserem alten Haus räumten, wäre ich beinahe zweimal darüber gestolpert, aber Hazel hatte sich geweigert, sie wieder rauszubringen.

Ryan brummte nachdenklich. »Hat Hazel dir eigentlich verraten, wofür sie das Zeug mitgebracht hat?«

»Nein. Sie meinte nur, ich sollte nicht so viele Fragen stellen. Der Gestank war sogar heute Morgen noch im Haus, obwohl sie die Sachen wieder mitgenommen hat.«

»Ist doch ein nettes Abschiedsgeschenk für Frederic.«

Ich schnaubte und löste mich von seinem Arm, um nach meiner Handtasche zu greifen. »Wie wäre es mit Indisch?«

»Dann auf nach Westwood«, rief Ryan heiter und lief voraus.

Er strahlte so eine positive Stimmung aus, dass sich meine Laune hob, während ich ihm durch das Hotel folgte. Noch war hier nichts los, weil Derek und seine Freunde alle nach Feierabend herkamen.

Die Wände mussten teilweise noch verputzt und abgeschliffen und die Türzargen erneuert oder ausgetauscht werden. Es fehlten so gut wie alle Bodenbeläge und von den Einrichtungsgegenständen wollte ich gar nicht sprechen. Wir konnten uns so gut wie nichts mehr leisten, weshalb die Arbeiten nur noch schleppend vorangingen.

Das war aber ein Thema, über das ich mir jetzt keine Gedanken machen wollte.

Ryan fuhr mich in das Herz von Westwood zu einem kleinen indischen Restaurant, das versteckt in der Fußgängerzone lag. Oft schreckten mich hier die ganzen Touristen ab, aber heute brauchte ich den Trubel um uns herum.

Kaum hatten wir bestellt, platzte Ryan sofort mit der Frage heraus, über die ich mir in der letzten Woche den Kopf zerbrochen hatte. »Weißt du schon, wann dein Fernstudium losgeht?«

»Ich habe kein Geld mehr für ein Studium. Deshalb werde ich das vorerst nicht realisieren können. Vielleicht wäre es aber sinnvoll, stattdessen ein Praktikum zu machen, um einen Eindruck von der Arbeit in Hotels zu bekommen.«

»Und als was willst du das Praktikum absolvieren? Im Management?«, fragte Ryan völlig wertfrei und lehnte sich auf seinem Platz zurück, als hätte er alle Zeit der Welt. In diesem Moment brachte die Kellnerin unsere Getränke, aber nicht ohne Ryan gründlich zu mustern. Fast, als würde sie überlegen, ihm heimlich ihre Nummer zuzustecken. Schlagartig dachte ich an Angela und wie sie sich an Frederic rangemacht haben musste. Diese Frau hier wusste ja gar nicht, ob Ryan mein Bruder oder mein Date war.

Ich dankte ihr und betrachtete sie so frostig, dass sie eilig wieder verschwand. »Nein. Ich fange ganz unten an. Am besten mache ich das Praktikum einmal quer durch ein Hotel, sodass ich alle Abläufe kennenlerne.«

Er nickte bedächtig. »Du weißt schon, dass du dann solche Dinge erledigen musst wie Toiletten putzen und Betten machen?«

»Das ist mir bewusst«, erwiderte ich ein wenig pikiert. »Zumindest so lange, bis wir uns eigene Zimmermädchen leisten können. Außerdem ist unser Hotel recht klein, wie anstrengend kann das schon sein?«

Ryans Lippen kräuselten sich zu einem Schmunzeln. »Hattet ihr eine Putzfrau für euer Haus?«

»Ich hatte nie Zeit, um selbst zu putzen.« Um das Thema zu beenden, trank ich einen Schluck von meinem Wasser. Mein Pflegebruder schien mich für naiv zu halten. Doch ich war mir durchaus im Klaren was auf mich zukam. Aber von ein bisschen körperlicher Arbeit würde ich mich nicht aufhalten lassen. Dass ich zu Beginn einiges im Hotel selbst machen müsste, war mir klar – glücklicherweise konnte ich mit Hazels Unterstützung rechnen.

»Gut. Ich kenne den Manager des Westwood Inn und werde etwas in die Wege leiten.«

»Was?« Beinahe hätte ich vor Schreck das Glas umgeworfen »Wirklich?«

»Er ist ein echt netter Kerl und leitet eines der größten Hotels in der Nähe, und ich schätze, wenn du dort ein Praktikum machst, lernst du am meisten.«

»Das wäre fantastisch!« Im Westwood Inn hatten ein paar alte Freunde ihre Hochzeiten gefeiert und sein guter Ruf war über die Stadtgrenzen hinaus bekannt. »Mit dem Chef komme ich schon klar.«

Ryan lächelte mich an und zückte sein Handy. »Ich kümmere mich sofort darum. Sicher willst du keine Zeit verlieren.«

»Nicht, wenn wir unser Hotel noch dieses Jahr eröffnen wollen.«

Mein Pflegebruder nickte nur, als gäbe es an diesem Vorhaben keinen Zweifel, und tippte auf seinem Handy herum.

Wärme flutete meinen Bauch, und ich lehnte mich auf dem Platz zurück, als ich merkte, wie steif meine Haltung geworden war. Zwar war mein Leben aktuell weit von all dem entfernt, was ich mir immer für die Zukunft gewünscht hatte, aber ich war mir sicher, dass ich gerade erst dabei war, den Fuß des Berges zu besteigen.

Drei Tage später war ich zu einem Bewerbungsgespräch eingeladen. Auf Ryans Mail folgte die Aufforderung, eine Bewerbung abzuschicken, an die sich ein Anruf mit der Einladung zum persönlichen Gespräch anschloss.

Hazel half mir bei der Auswahl meines Outfits, denn auch wenn sich unser Geschmack in keiner Weise ähnelte, war sie die perfekte Wahl als Helferin. Sie sorgte dafür, dass ich mit meiner dunklen Hose, den zurückhaltenden schwarzen Schuhen ohne Absatz und der cremefarbenen Bluse nicht zu overdressed aussah. Immerhin war dies eine Stelle als Praktikantin. Hier passten weder meine Kleider noch die heiß geliebten Pumps hin.

Das Westwood Inn befand sich im nördlichen Teil der Stadt und wurde umrahmt von Wäldern und einer schicken Parkanlage.

Das Gebäude war vor einigen Jahren renoviert worden und war mit seinen Stahlträgern und den etagenübergreifenden Glasfassaden moderner als die meisten Bauten in der Umgebung.

Als ich die klimatisierte Eingangshalle betrat, bemerkte ich als Erstes einen riesigen, funkelnden Kronleuchter, der von der hohen Decke hing. Man konnte von den oberen Etagen über stählerne Balkone mit Glasgeländern in die Lobby hinunterschauen, direkt auf den futuristischen Springbrunnen aus Glas, der sich in der Mitte der Halle befand. Mannshohe Ficusbäume in extragroßen Töpfen standen an den grau gestrichenen Wänden und vermittelten Behaglichkeit, trotz des modernen Charakters.

Dieses Haus war das genaue Gegenteil von dem, was wir erschufen. Unser Hotel wurde zwar ebenfalls renoviert, aber es würde niemals so glatt, so neu und so strahlend sein. Ich schüttelte das flaue Gefühl ab, das sich in meinem Bauch breitmachte, und straffte die Schultern. Dieses Hotel war vielleicht modern, chic und beeindruckend. Dafür hatte unseres einen liebenswerten Charakter und war exakt das, was sich Leute für ihren Urlaub in Vermont wünschten.

43

Ich wusste zwar noch nicht genau, was unser Konzept sein würde, aber das würden wir schon finden.

»Hallo, ich bin Amber Wilson«, begrüßte ich die Dame an der Rezeption, die mich mit geübtem Lächeln empfing.

»Willkommen. Mr Morris erwartet Sie bereits.« Sie schickte mich zu den Aufzügen, wo ich in den obersten Stock fuhr und von Mr Morris' Sekretärin empfangen und zu seinem Büro geführt wurde.

Der Hotelchef erhob sich hinter seinem Schreibtisch und kam mit einem breiten Lächeln auf mich zu. Er war älter, als ich erwartet hatte, vermutlich um die sechzig. Sein graues Haar trug er kurz geschnitten und sein Anzug saß ein wenig locker. Ansonsten machte er einen netten Eindruck. »Willkommen, Miss Wilson.« Sein Händedruck war fest und warm.

»Danke, dass Sie mich empfangen.« Ich erwiderte sein herzliches Lächeln und meine Nervosität legte sich ein wenig.

Er deutete auf den Stuhl vor seinem Schreibtisch. »Setzen Sie sich doch.«

»Gerne.«

Mr Morris nahm wieder mir gegenüber Platz und stützte sich auf seine Ellenbogen. »Ryan hat mir nur Gutes von Ihnen erzählt. Sie haben bisher bei einem renommierten Versicherungsmakler im Sekretariat gearbeitet. Wie kommt es, dass Sie nun ein Praktikum im Hotel machen möchten?«

Ryan und ich waren uns einig gewesen, dass es dumm wäre, zuzugeben, dass dieses Praktikum nur dafür da war, ein wenig Erfahrung in eigener Sache zu sammeln. Die meisten Leute wussten zwar, dass wir ein Hotel renovierten, aber nicht von unserem Plan, es selbst zu eröffnen. Und womöglich hatte Mr Morris noch gar nichts von unserem Hotel mitbekommen. Dennoch war die Branche in der Nähe überschaubar, und wir wollten nicht als Stümper abgestempelt werden, noch bevor wir überhaupt eröffnet hatten.

Deshalb log ich. »Nach der Trennung von meinem Partner ist mir klar geworden, dass es mir nicht liegt, den ganzen Tag im Büro zu sitzen. Darum wollte ich verschiedene Richtungen ausprobieren, bevor ich mich erneut festlege. Das Hotelgewerbe hat mich schon immer interessiert, weswegen ich einmal alle Stationen innerhalb eines Hotels kennenlernen wollte.«

»Das ist eine wirklich gute Idee. Sie werden im Westwood Inn einen guten Überblick über den Hotelalltag bekommen.«

»Das heißt, ich habe den Job?« Ich schaffte es kaum, meine Überraschung zu verbergen. Das hatte sehr viel schneller funktioniert als erhofft.

»Natürlich.« Er lächelte ein wenig breiter. »Ein durchschnittliches Praktikum dauert bei uns drei Monate.«

»Das klingt fantastisch.« Drei Monate. Das war genug, um einen Rhythmus zu bekommen und alles im Hotel vorzubereiten.

»Wunderbar. Der Beginn des Praktikums wäre dann nächsten Montag. Ist Ihnen das recht?«

»Das ist perfekt.« Ich lächelte so ehrlich wie schon lange nicht mehr und spürte, wie ein riesiger Felsbrocken von meiner Brust fiel. Dieses Praktikum würde kein Studium ersetzen und es würde mir nur kleine Einblicke bieten. Aber es würde reichen, um mich nicht völlig planlos dastehen zu lassen. Das hoffte ich zumindest.

Als ich das Hotel mit einem frisch unterschriebenen Praktikumsvertrag verließ, schöpfte ich zum ersten Mal seit Tagen Hoffnung, dass jetzt alles wieder gut werden könnte.

4

Amber

»Das ist der makabre Humor von Waschmaschinen.
Sie beuten unsere Hoffnungen aus
und lassen uns zappeln.«

Als ich am nächsten Montag zu meinem ersten Tag im Hotel erschien, wurde ich durch eine Mitarbeitertür geschickt, die mich in einen schmalen Flur führte. Dort würde mich Mrs Simmens, die Hausdame und meine neue Chefin, empfangen.

Etwas irritiert lief ich über den abgetretenen blauen Teppichboden, vorbei an geschlossenen Türen und unter dem künstlichen Licht von Leuchtstoffröhren.

Nach ein paar Schritten zweifelte ich schon, ob ich wirklich hier alleine entlanggehen sollte, da hörte ich Stimmen und Gelächter.

Bei einer offenen Tür, die in eine Waschküche führte, wurde ich langsamer.

Ehe ich mich bemerkbar machen konnte, drehte sich eine füllige Frau Mitte vierzig um und musterte mich kurz, bevor sie lächelte. »Du musst Amber sein.« Sie kam mir mit ausgestreckter Hand entgegen. »Ich bin Mrs Simmens.« Sie deutete auf den Raum, in dem sich etwa zehn Waschmaschinen und Trockner befanden. »Du kommst genau richtig, denn deine erste Aufgabe wird das Wäschewaschen sein. Ein paar meiner Wäscherinnen sind krank geworden, deshalb arbeitest du in den nächsten Tagen hier.«

»Gerne.« Selbst ich hörte, wie übereuphorisch ich klang, und als ein amüsiertes Lächeln auf Mrs Simmens Lippen trat, erklärte ich schnell: »Ich bin ein bisschen aufgeregt.«

»Das ist doch gar nicht nötig. Du bist aber ein wenig zu schick angezogen.« Mrs Simmens deutete auf meine schwarze Leinenhose, die ich mit einer weißen Bluse kombiniert hatte. »Meine Wäscherinnen tragen meistens Leggings und schlichte Shirts, weil es hier schnell sehr warm werden kann.«

»Oh«, machte ich und bemerkte ebenfalls, dass die zwei anderen Wäscherinnen deutlich einfachere Kleidung als ich trugen. Dabei war das bereits das legerste Outfit, das ich besaß, ohne dass ich in Jogginghose herumlief. »Das geht schon für den ersten Tag.«

»Ich denke, ich besorge dir lieber ein Shirt.«

»Ist okay«, winkte ich schnell ab. »Das geht wirklich.«

Mrs Simmens wirkte zwar nicht überzeugt, nickte dann aber, bevor sie zu den Wäscherinnen schaute. »Ella!«

Die jüngere der beiden Frauen, mit schwarzem Longbob, geröteten Wangen und schlanker Figur, hob den Kopf, als hätte sie nicht die ganze Zeit gelauscht, was wir besprochen hatten. Sie legte die Handtücher zurück in die Wäschebox und band sich einen tiefen Zopf, während sie auf uns zuging. Dabei musterte sie mich gründlich und versuchte, sich bei meinem Outfit ein Lächeln zu verkneifen. »Hi.«

»Ella, das ist Amber. Sie ist unsere neue Praktikantin und wird die ersten Tage mit in der Wäscherei aushelfen.«

»Hallo«, begrüßte ich Ella, die ungefähr in meinem Alter zu sein schien, und reichte ihr die Hand. »Es freut mich.«

Sie erwiderte den Händedruck fest. »Mich auch. Wir können hier immer Hilfe gebrauchen.«

»Ella zeigt dir alles. Sie ist eigentlich Zimmermädchen, aber hilft hier aus. Halte dich einfach an sie. In den nächsten Monaten werdet ihr öfter zusammenarbeiten.«

»Genau«, meinte Ella mit einem Zwinkern und drehte sich wieder in Richtung der Waschmaschinen. »Eigentlich ist es echt leicht. Wir waschen die Bettwäsche und die Handtücher hier. Manchmal auch Kleidungsstücke für Gäste, aber das kommt eher selten vor.« Sie zeigte mir, wie man die Maschine einstellte, und maß einen Becher Waschpulver ab, den sie oben in die Lade kippte. »Während die Maschine läuft, sortieren wir Wäsche oder falten die bereits trockenen Sachen.« Sie deutete auf drei Körbe, in denen sich Handtücher stapelten. »Die sind gerade fertig geworden.«

»Bis später dann«, flötete Mrs Simmens und ließ uns alleine.

Ella zeigte auf ihre Kollegin, die mich nur mit einem knappen Nicken bedachte und sich wieder zu dem Bügelbrett hinter ihr drehte. Sie schien etwas älter als Mrs Simmens zu sein. »Wanda hasst es, bei der Arbeit gestört zu werden. Dabei hört sie nämlich immer Hörbücher.«

»Oh«, machte ich und bemerkte die kleinen schwarzen Stöpsel in ihren Ohren. »Darf sie das denn?«

»Klar.« Ella lachte. »Wieso nicht? Hier ist es meistens so laut, dass man sich eh kaum unterhalten kann.« Sie stellte die Waschmaschine an und unterstrich damit ihre Worte. Dann deutete sie auf die Körbe, schnappte sich eines der Handtücher und begann zu falten.

Ich tat es ihr nach und versuchte, ihre Handbewegungen nachzuahmen.

Das war ja gar nicht so schwierig.

Acht Stunden später schwitzte ich so sehr, dass man meinen BH durch die Bluse sehen konnte. Meine Haare, die ich heute Morgen zu einem gepflegten Dutt gedreht hatte, waren zerzaust und meine Füße taten vom vielen Stehen weh.

»Gar nicht so übel, für deinen ersten Tag.« Ella und ich verließen gemeinsam das Hotel und liefen über den Parkplatz.

»Danke.« Das meinte ich ehrlich, denn sie hatte mich beim Mittagessen mitgenommen und den anderen Angestellten vorgestellt, die ebenfalls alle echt nett gewesen waren. »Wie schaffst du das nur den ganzen Tag? Meine Füße bringen mich jetzt schon um.«

Sie schmunzelte. »Könnte daran liegen, dass ich extraweiche Einlagen trage. Gerade in der Wäscherei ist die Schuhwahl Mrs Simmens egal. Wenn ich wieder als Zimmermädchen unterwegs bin, ist sie strenger. Dann sollten wir auch immer unsere Uniformen anhaben. Deine bekommst du sicher, sobald du eingewiesen wirst.«

Ich nickte und merkte mir innerlich, dass ich Mrs Simmens unbedingt danach fragen musste. »Okay, dann muss ich mir wohl heute bequemere Schuhe kaufen.«

Ella lachte und zog ihr Handy aus der Tasche. Ihr Lachen erstarb, nachdem sie einen Blick auf das Telefon geworfen hatte, und sie zeigte ein gequältes Lächeln. »Dann bis morgen, ja?«

»Klar, bis morgen.« Ich schaute ihr hinterher, als sie eilig einen alten Ford ansteuerte, und drehte mich dann zu meinem Wagen. Es war Ryans rotes Cabrio, das er mir netterweise und ohne jedes Zögern zur Verfügung gestellt hatte.

Ich war völlig verschwitzt, müde und meine Füße taten weh. Dennoch war der Tag ein voller Erfolg gewesen. Nun wusste ich, dass wir dringend einen Waschplan und einen

Hauswirtschaftsraum in unserem Hotel brauchten. Bei den wenigen Zimmern würden ein oder zwei Waschmaschinen und Trockner für uns reichen.

Auf dem Heimweg rief ich Hazel an. »Du musst mit mir shoppen gehen.«

Hazel stockte am anderen Ende der Leitung. »Ich habe Schicht im *Red Chili*.«

Verwundert fiel mein Blick auf die Uhr und ich stöhnte. »Oh Mann.« Es war kurz nach fünf, und der einzige Ort, der noch geöffnet haben würde, sobald ich fertig mit duschen war, war das Einkaufszentrum in Westwood.

»Frag doch Olivia. Sie hat aktuell eine Schaffenskrise und sicher Zeit.«

Ich seufzte hörbar. »Olivia ist deine Freundin.« Die Bitterkeit in meiner Stimme schluckte ich hinunter, denn dafür konnte Hazel nichts. Die einzigen Frauen, von denen ich immer geglaubt hatte, sie wären meine Freundinnen, waren die Mitglieder des *Eastwood Ladys' Club* gewesen. Dem hatte schon unsere Pflegemutter Lauren angehört, und sie hatte mich mit reingebracht, auch wenn ich keinen teuren Familiennamen trug. Der Club bestand aus den reichsten und angesehensten Bürgerinnen Eastwoods, die sich um Feste, Jahrestage und alle öffentlichen Veranstaltungen der Stadt kümmerten. Ich hatte es geliebt, ein Teil von ihnen zu sein, und geglaubt, niemand könnte mich jemals dazu bringen, dort auszutreten.

Zumindest bis herausgekommen war, dass sie alle von Frederics Betrug gewusst hatten. Offensichtlich waren sie eher die Freundinnen von Angela – die mit meinem Freund geschlafen hatte. Meine Kehle wurde enger und ich umfasste das Lenkrad fester. »Schon okay. Ich geh kurz allein, ich brauche nicht viel.«

»Amber.« Hazel zog meinen Namen lang, wie immer, wenn ich etwas tat, was sie nervte. Das hatte sie bereits als Kind gern getan und ließ es seit unserer Versöhnung wieder aufleben. »Du solltest deine sozialen Kontakte nicht nur auf deine Familie beschränken.«

»Ich habe soziale Kontakte! Erst heute habe ich acht Stunden lang in fremder Gesellschaft verbracht.«

»Das zählt erst, wenn du mit dieser Gesellschaft auch ein Bier trinken gehen würdest. Oder einen Sekt oder so was«, fügte sie hinzu, als ich unwillig schnaubte. »Ich weiß, dass die letzte Zeit echt mies für dich war.«

»Ich würde es katastrophal nennen«, erwiderte ich ein bisschen eingeschnappt, weil ich selbst wusste, dass ich so langsam zu einer einsamen Lady mutierte, der nur noch ihre Katzen fehlten. »Du bist doch auch nur im *Red Chili* oder im Hotel.«

»Und ich gehöre seit Neuestem zu Eastwoods Damen-Handballmannschaft«, fügte sie stolz hinzu. Im Hintergrund rief jemand ihren Namen, und ich hörte, wie sie die Person vertröstete. »Du kannst ja auch dazukommen.«

»Nein, Handball ist wirklich nicht das, was ich mir unter Spaß vorstelle.« Ich versuchte, gelangweilt zu klingen. Insgeheim beneidete ich sie jedoch. Hazel war sechs Jahre weg gewesen, und die Leute feierten sie wie eine zurückgekehrte Prinzessin und nahmen sie überall gerne auf.

Ich hingegen hatte mir offenbar den Ruf als Oberzicke erarbeitet, und nun mieden die meisten Menschen meine Nähe. Es war, als würde ich nach altem Käse stinken, so schnell hauten die Leute ab, kaum dass sie mich gesehen und eine knappe Begrüßung rausgewürgt hatten.

Mir war nie aufgefallen, wie unbeliebt ich in Eastwood war. Natürlich könnte ich Frederic und den Clubmitgliedern die Schuld daran geben, aber das tat ich nicht. Im Endeffekt hatte ich meinen Weg selbst gewählt.

»Ich habe Olivia gerade geschrieben, und sie hat geantwortet, dass sie gerne mitkommt. Du kannst sie direkt abholen.«

»Hazel!«

Sie lachte ins Handy. »Du hättest dich eh nicht getraut. Behaupte einfach, du brauchst noch ein frühes Weihnachtsgeschenk für mich.«

»Ich habe längst eins!« Erst kürzlich hatte ich eine wunderschöne Handtasche gefunden, die perfekt zu ihrem rockig-lässigen Stil passte. Sie machte sich zwar nichts aus teuren Dingen, aber selbst sie wusste schöne Taschen zu schätzen.

Kurz war Hazel leise. »Echt?«

»Natürlich!«, erwiderte ich und musste dann selbst lachen, während ich in Richtung von Olivias Wohnung abbog. »Es wird dir gefallen.«

»Was ist es denn?«

Ich grinste, weil es niemanden gab, den Überraschungen so wahnsinnig machten wie Hazel. Sie war einfach schrecklich neugierig und bohrte so lange nach, bis man kapitulierte. »Als ob ich dir das verrate!«

»Oh Maaann«, quengelte sie ins Telefon. »Mist. Ich muss auflegen. Aber du wirst mir schon noch erzählen –«

»Bis nachher.« Lachend legte ich auf und hielt kurze Zeit später vor dem Gebäude an, in dem Olivia ihre Wohnung gekauft hatte. Sie hatte ganz offensichtlich alles richtig gemacht und sich nicht von einem Typen übers Ohr hauen lassen.

Ich seufzte schwer bei diesem Gedanken und meine Ohren brannten vor Scham über diese Naivität.

Doch das hier war ein Neuanfang, und den würde ich mir nicht von den Gedanken an diesen Idioten versauen lassen.

Ich stieg aus Ryans Cabrio aus und konnte bereits einen von Britney Spears ersten Hits aus dem Gebäude dröhnen hören. Das war sicher Olivia.

Deshalb umrundete ich das Haus und öffnete ihr Gartentor, hinter dem sich ein gewollt verwilderter und dennoch gepflegter Garten befand. Die Musik wurde lauter, je näher ich dem Gartenhaus kam, wo sie sich gerade ihre bunten Finger mit einem Tuch abwischte.

Als sie mich sah, leuchteten ihre Augen. »Amber! Wie schön, dich zu sehen!«

»Ist echt lange her.« Ihre ehrliche Freude traf mich mitten ins Herz. »Danke, dass du mich beim Shoppen begleitest.«

»Gerne. Ich brauche sowieso noch ein paar Sachen.« Sie legte ihren Kopf schief und runzelte plötzlich die Stirn. Braune Strähnen hingen lose aus einem nachlässig gebundenen Zopf, und Farbspritzer zierten ihre Wange. »Was ist denn mit deiner sonst so perfekten Frisur los?«

Ich griff in meine Haare und stöhnte, als mir klar wurde, dass ich ja eigentlich hatte duschen gehen wollen. »Anscheinend habe ich vergessen, dass ich mich vorher noch frisch machen wollte.«

Olivia lachte, als wäre ihr das ebenfalls schon passiert. »Du kannst auch gerne hier duschen.«

Einen Moment überlegte ich und schnüffelte unauffällig an meiner Bluse. Ich wollte bereits vorschlagen, nach Hause zu fahren und gleich wiederzukommen, doch dann hörte ich Frederics leicht angewidertes Brummen im Kopf, und Trotz stieg in mir auf. »Deo sollte reichen.«

»Damit kann ich dienen.« Olivia lächelte und ging voraus in Richtung Terrasse. »Was willst du denn einkaufen?«

»Ich brauche einfache Leggings, Shirts und gemütliche Schuhe.«

»Das ist ja leicht.«

Mir entfuhr ein Lachen und ich folgte ihr über die Terrassentür hinein in den großen Wohnbereich. Ihre Wohnung konnte man nicht anders als gemütlich beschreiben. Die Farben ihrer Einrichtung beschränkten sich auf schwarze Akzente und Pastelltöne. Genau mein Geschmack.

Im Badezimmer überreichte mir Olivia ein Deospray. »Möchtest du noch einen Kaffee, bevor wir fahren? Hazel hatte erwähnt, dass du arbeiten warst.« In ihren Worten schwang hörbar Neugier mit. Natürlich. Sie war quasi hautnah bei dem Drama rund um Frederics Betrug dabei gewesen. Sie wusste, dass ich den Job dort gekündigt hatte und nun plante, das Hotel nach der Renovierung zu leiten.

»Nur ein kleines Praktikum in einem Hotel.« Ich sprühte mich unter den Armen ein und ließ die Worte so klingen, als wäre nichts Besonderes dabei.

»Ein bisschen Erfahrung sammeln«, schlussfolgerte Olivia sofort und spritzte sich Wasser ins Gesicht, um die Farbkleckse loszuwerden. »Gute Idee. Dafür sind dann vermutlich auch die schlichten Klamotten?«

»Genau.« Ich lächelte und gab ihr das Deo zurück.

Olivia zog ihr bunt besprenkeltes, übergroßes Hemd aus, schnappte sich ihre Tasche, und kurz darauf saßen wir schon in Ryans Cabrio und waren auf dem Weg in Richtung Westwood.

Das Shoppen ging recht schnell, weil Olivia sofort wusste, wo wir alles fanden.

Danach lud ich sie zum Essen in mein liebstes Sushi-Restaurant ein. Wir unterhielten uns über Kunst, Filme und alles, was nicht mit Eastwood zu tun hatte.

»Wie läuft es eigentlich mit Troy und dir?«, fragte ich schließlich auf dem Heimweg.

Sofort wurde ihr Gesichtsausdruck weich und sie seufzte schwer. »Er macht es mir wirklich nicht leicht, ihn nicht zu mögen.«

»Ihr seid doch ein Paar, oder?«

»Stimmt. Ich habe auch keine Ahnung, wie das passieren konnte.«

Mein Lachen erfüllte den Wagen. Olivia und Troy hatten eine unschöne Vergangenheit, doch vor einigen Wochen waren sie überraschend wieder zusammengekommen. »Hauptsache, ihr seid glücklich.«

Sie seufzte theatralisch. »So sollte das echt nicht laufen, aber das sind wir wohl.« Ich wusste, dass sie Troy für seine Fehler hatte leiden lassen wollen. Doch wirklich unglücklich über die Wendung ihrer Geschichte schien sie nicht zu sein, denn als ich ihr einen Seitenblick zuwarf, lächelte sie.

Nachdem ich Olivia abgesetzt hatte, wurde mir klar, wie gut mir dieser Abend getan hatte. Hazel hatte recht gehabt. Es war wirklich nett gewesen, mal ausnahmsweise etwas mit jemand anderem außerhalb meiner Familie zu unternehmen.

Am nächsten Tag fühlte ich mich beim Betreten des Mitarbeitereingangs schrecklich unwohl. Ich trug eine schwarze Leggings, ein weißes Shirt und Schuhe, die sportlicher aussahen als diejenigen, die ich zum Fitnesstraining anhatte. Nichts an diesem Outfit passte zu dem Rest meines Kleiderschranks, und während ich durch den Angestelltenflur lief, erwartete ich halb, dass jeder, der mir entgegenkam, die

Nase rümpfte. Stattdessen wurde ich mit einem Nicken und diversen Morgengrüßen empfangen.

Doch als Ella mich mit einem anerkennenden Grinsen empfing, wusste ich, dass ich nicht reingelegt worden war und dies tatsächlich die bevorzugte Kleiderwahl war. »Du siehst ja aus, als hättest du in eine Zitrone gebissen.«

Sofort glättete ich meine angespannten Züge und deutete etwas verlegen auf die Klamotten. »Das ist nicht unbedingt das, was ich sonst gerne trage.«

Ella lachte und zog ein Haarband von ihrem Handgelenk, um ihre Haare zu einem tiefen Zopf zu binden. »Das habe ich mir schon gedacht, nachdem du hier gestern aufgetaucht bist, als wolltest du die neue Sekretärin werden.«

Sofort verdüsterte sich meine Laune und ich blickte zur Seite, um mir dies nicht anmerken zu lassen. »Wie lange arbeitest du hier eigentlich schon?«

Ella schien meinen Stimmungswechsel nicht zu bemerken, oder sie ging nicht darauf ein. »Ach, viel zu lange. Es hat als Aushilfsjob angefangen und ich bin irgendwie hängen geblieben. Wir haben übrigens noch einen Neuen, der superheiß sein soll.« Nun war sie diejenige, die das Thema wechselte.

Ich ließ mich darauf ein. »Ach ja? Erzählt man sich noch etwas über ihn oder wird er aktuell noch auf seinen heißen Körper reduziert?«

»Solange ich ihn noch nicht selbst kennengelernt habe, muss ich mich wohl mit diesen Oberflächlichkeiten begnügen.«

Meine Mundwinkel zuckten amüsiert. »Wird über mich denn auch schon getratscht?«

»Vermutlich. Wir sind knapp einhundert Angestellte. Da hat man nach ein paar Wochen alle gesehen.«

Da sie nicht genauer ausführte, was so über mich erzählt wurde, musste ich davon ausgehen, dass es nicht unbedingt schmeichelhaft war. Das war ich gewohnt. Wie oft hatte ich die Leute darüber tuscheln hören, dass ich steif und verklemmt sei, dass ich keine Ahnung von Spaß hätte und nie mehr sein würde als die Frau eines erfolgreichen Mannes. Früher hätte ich über diese Tuscheleien gelächelt. Jetzt spürte ich, dass tief unter meinem Mantel aus Gleichgültigkeit Schmerz flackerte.

Diesmal schien Ella meinen Stimmungsumschwung mitzubekommen und beugte sich zu mir, während neben uns die Waschmaschine im Schleudergang dröhnte. »Ich hatte mal ein Gespräch mit Mr Morris und habe um eine Gehaltserhöhung gebeten. Beim Rausgehen hat er mir wohl eine Sekunde zu lange hinterhergeschaut. Seitdem wird uns eine Affäre angedichtet«, vertraute sie mir an. »Klatsch und Tratsch macht hier vor keinem halt.«

»Wie beruhigend.« Ich lachte und biss mir auf die Unterlippe. Mein Blick fiel auf das Display der Maschine und ich runzelte irritiert die Stirn. »Sag mal, zeigt die jetzt schon seit fünf Minuten an, dass sie nur noch eine Minute braucht?«

Hinter uns regte sich Wanda am Bügelbrett. »Das ist der makabre Humor von Waschmaschinen. Sie beuten unsere Hoffnungen aus und lassen uns zappeln.« Sie seufzte schwer und drehte sich dann weg, als hätte sie nicht soeben offenbart, dass sie unserer gesamten Unterhaltung gelauscht hatte.

Ich presste die Lippen zusammen, um nicht laut loszulachen, als Ella bedeutungsvoll ihre Augen aufriss und dann ein »Wohl wahr!« ausstieß, das vor unterdrücktem Lachen bebte.

In diesem Moment piepte die Waschmaschine und wir

räumten sie aus. Während ich den Trockner mit den feuchten Handtüchern befüllte, schob Ella schon wieder eine neue Ladung in die Maschine.

»Wir haben kaum noch Waschmittel«, stellte Ella fest und nickte mir zu. »Dann kann ich dir direkt zeigen, wo sich die Putzmittel befinden. Normalerweise haben wir hier immer genug stehen, aber ich hatte bisher keine Lust, was zu holen. Die Pakete sind einfach unfassbar schwer.«

Ich folgte ihr aus der Waschküche heraus und dann den Flur hinunter. Sie öffnete eine Tür zu unserer Rechten, gerade als ich von vorne Stimmen herannahen hörte.

Ella stoppte so abrupt, dass ich beinah in sie hineingelaufen wäre, und schnurrte, während sie den Flur entlangschaute. »Da ist der heiße Neue ja.«

Ich brauchte einen Moment, um zu realisieren, dass sie vermutlich den neuen Mitarbeiter meinte.

Bei seinem Anblick erstarrte ich und unterdrückte den Impuls, Ella zur Seite zu schieben und mich in dem Putzmittelraum zu verstecken.

Brian Donovan. Schon wieder!

Er kam gerade neben Mrs Simmens den Flur herunter und lachte über irgendwas.

Um seine Schultern spannte sich ein weißes Hemd, dazu trug er eine eng anliegende schwarze Hose und eine Weste. Genauso wie die Angestellten des Hotels.

Nein! Das konnte doch nicht wahr sein!

»Ella, Amber, darf ich euch Brian vorstellen? Er ist unser neuer Hausmeister.«

Verdammt!

Brian lächelte strahlend und reichte Ella die Hand. Mein Herz klopfte mir bis zum Hals, und ich hatte keine Ahnung, was ich sagen sollte, als er sich mir zuwandte.

»Hi«, sagte er und schüttelte mir ebenfalls die Hand. Dabei blitzte Überraschung in seinen Augen.

»Ella ist Zimmermädchen und Amber ist unsere neue Praktikantin. Beide arbeiten aktuell in der Wäscherei. Wenn du also Fragen hast – dein Büro ist nur ein paar Türen weiter, und du kannst dich ganz bestimmt an sie wenden.«

»Aber sicher«, erwiderte Ella eifrig, den Tonfall höflich, während ihre Augen funkelten.

Mein Lächeln war hingegen knapp und gerade noch verbindlich, während ich zusah, wie er und unsere Chefin weitergingen.

»Süß, oder?« Ella betrachtete mich mit einem wissenden Blick.

»Attraktiv ist er«, antwortete ich nur und wandte mich von dem Flur ab. »Also, wo ist das Waschmittel?« Je mehr Abstand ich zwischen Brian und mich brachte, umso besser.

5

Brian

»Du musst deinen Wert nicht dort beweisen,
wo dein Vater versagt hat.«

Nichts. Absolut nichts hätte mich darauf vorbereiten können, hier unten im Keller des Westwood Inn auf Amber
Wilson zu treffen. Amber, die noch immer so aussah wie auf
dem Abschlussball. Wie eine Königin, erhaben und uner-
reichbar.

Amber, die nun offensichtlich hier arbeitete und so fehl
am Platz wirkte wie eine Rose inmitten eines Getreide-
feldes.

Ich hasste es, dass ich noch immer den Duft von Rosen in
der Nase hatte, wenn ich auch nur an sie dachte. Rosen, die
ich ihr bei unserem ersten Date geschenkt hatte.

Unser erstes und einziges Date, das den Rest unseres gemeinsamen Weges zur Katastrophe hatte werden lassen.

Ich schaffte es kaum, mich auf die Führung meiner vorü-
bergehenden Vorgesetzten Mrs Simmens zu konzentrieren.
Die ganze Zeit dachte ich an diese kurze Begegnung mit
Amber und was sie bedeuten könnte.

Ich hatte keine Ahnung, wie viel sie über mich und mein
Leben wusste. Immerhin hatten wir uns das letzte Mal an
unserem Highschool-Abschlussball gesehen und waren auch
nicht im Guten auseinandergegangen.

Aber sie könnte zu einer echten Gefahr für meine Aufgabe werden. Immerhin war ich hier quasi undercover unterwegs, und wenn sie wusste, wer mein aktueller Arbeitgeber war, und dies jemandem verriet, könnte das ein Problem werden.

»Noch Fragen?« Mrs Simmens beendete den Rundgang am Empfang, wo er auch begonnen hatte.

»Keine Fragen. Ich werde mich gleich an die Aufgabenliste machen.«

Nachdem Mrs Simmens sich verabschiedet hatte, ging ich in Richtung des Mitarbeiterflurs. Von dort aus konnte ich alle Etagen ungesehen erreichen, und niemand würde sich wundern, dass ich hier herumlief. Immerhin befand sich das Hausmeisterbüro hier unten.

Ich passierte die Waschräume und hörte ein Lachen, das mir bis in die Brust fuhr. Ein beklemmendes Gefühl, das alleine Amber in mir auslösen konnte, setzte langsam ein, und ich beschleunigte die Schritte.

Niemand wurde gerne ausspioniert.

Als ich um die Ecke bog, wäre ich beinahe in jemanden hineingelaufen. Abrupt stoppte ich, und die Entschuldigung erstarb auf meinen Lippen, als ich Amber erkannte.

Sie starrte mich mit großen Augen an und für einen Moment sah sie wie ein verschrecktes Reh aus. Dann glätteten sich ihre Züge und ihr Blick wurde hart. So wie früher. »Kann ich vorbei?«

Mir fiel auf, dass ich mitten im Weg stand. Es wäre nur ein kleiner Schritt zur Seite gewesen, aber etwas in mir, ein Überbleibsel aus der Highschool, machte genau dort weiter, wo wir vor Jahren aufgehört hatten. Ich verschränkte die Arme vor der Brust und grinste sie an. »Ist das der Ton, in dem wir miteinander sprechen?«

»Ich wünschte mir, wir müssten überhaupt nicht miteinander sprechen«, erwiderte sie und straffte ihre Schultern.

»Müsstest du jetzt nicht Sekretärin für deinen Mann spielen?« Mir entfuhren die Worte, noch bevor ich sie zurückhalten konnte. Eine alte Bitterkeit, von der ich sicher gewesen war, sie wäre schon seit Jahren verschwunden, kochte so plötzlich in mir hoch, dass ich ihr nun doch Platz machte. Offenbar mutierte ich noch immer zum Idioten, wenn ich Amber gegenüberstand.

»Du bist genau dasselbe Arschloch wie früher«, erwiderte sie leise und eine Spur weniger bissig, als ich es in Erinnerung hatte.

»Und du hast dich kein bisschen verändert.« Ich betrachtete den zarten Schwung ihrer Lippen einen Moment zu lange. Lippen, die mich zu viele Jahre in meinen Träumen begleitet und gequält hatten. Dabei hatten wir uns nicht einmal geküsst. Ich hasste es, wie sie dieses lächerliche Gefühl von damals wieder in mir hochholte und Aufregung in mir brodeln ließ.

Sie schnaubte, drehte sich um und lief den Flur hinunter.

Einen Moment lang starrte ich ihr hinterher, seufzte dann und ging in die entgegengesetzte Richtung.

Amber war schon immer ein wunder Punkt in meinem Leben gewesen. Das Letzte, was ich von ihr wusste, war, dass sie und Frederic ihre Verlobung planten – so eine Schwachsinnsidee konnte nur von Frederic kommen. Auch ihn hatte ich schon seit dem Abschlussball nicht mehr gesehen. Doch die Leute schienen es zu lieben, über sie zu sprechen. Es war zum Verrücktwerden. Egal, wie weit ich fortging, bei jeder Rückkehr erfuhr ich trotzdem alles über sie.

Daher wusste ich auch, dass sie als Frederics Sekretärin

arbeitete. Eigentlich. Sie hier im Hotel als Wäscherin zu sehen, kam überraschend. Und ungelegen.

Es war eine der rangniedrigsten Stellen des Hotels, doch da es sich offenbar nur um ein Praktikum handelte, konnte es nichts Dauerhaftes sein.

Wenn sie für etwas Vorübergehendes – für eine Laune – einen festen Arbeitsplatz aufgab, konnte ihr eh niemand mehr helfen. Ich hielt nicht viel von Menschen, die grundlos hohe Risiken eingingen.

Mein Leben hatte schon oft genug bewiesen, wie schief so was gehen konnte.

• • • • • •

Den Rest des Tages sah ich Amber nicht mehr, konnte aber glücklicherweise jeden Gedanken an sie abschütteln, als ich das Hotel verließ.

Ich war schon seit einer Weile nicht mehr in der Gegend gewesen, weil ich ein Projekt gemeinsam mit meinem Cousin und meinem Onkel in Afrika betreut hatte. Die Donovan Corp. hatte in ein großes Resort investiert, das von Grund auf neu strukturiert und renoviert werden musste.

Mein Onkel Steven und mein Cousin Collin waren früher abgereist, um die Maßnahmen in diesem Hotel zu beaufsichtigen. Deshalb war ich der perfekte Kandidat, um herauszufinden, ob hier in Westwood alles rundlief, nachdem sie ihre Arbeit auf dem anderen Kontinent beendet hatten.

Solche Undercover-Überprüfungen machten wir meistens nur, wenn es kleine Unstimmigkeiten in den Abläufen des jeweiligen Hotels gab, denen wir auf den Grund gehen wollten. Ich hatte daher nicht vor, länger als ein oder zwei Wochen hierzubleiben.

Keiner hier kannte mich – außer Amber.

Diese Tatsache war ärgerlicher, als ich mir zunächst eingestehen wollte. Vermutlich bedeutete es, dass ich sie im Auge behalten musste.

Damit würde ich mich aber später befassen. Jetzt hatte ich einen viel wichtigeren Termin.

Ich öffnete das Fenster meines Mietwagens und ließ frische Luft herein. Vermonts Sommer stand vor der Tür und die ersten heißen Tage hatten sich angekündigt.

Ich durchquerte Westwood und fuhr dann in den Black Bridge Forest hinein. Bäume drängten sich an den Straßenrand und die dicht bewachsenen Baumkronen ließen nur wenige Sonnenstrahlen hindurch.

Als ich die alte Black Bridge erreichte, fuhr ich ein bisschen langsamer. Wie oft ich hier früher einen Penny ins Wasser geworfen und mir etwas gewünscht hatte.

Ich gab Gas und schnaubte. Das war vorbei. Wünsche waren etwas für Träumer. Wenn man Erfolg haben wollte, half nur harte Arbeit.

Als ich durch Eastwood fuhr, regten sich so viele Erinnerungen, dass ich merkte, wie meine Mundwinkel sich hoben. Obwohl ich nach der Highschool nicht schnell genug hatte abhauen können, um an einem College am anderen Ende des Landes zu studieren, kehrte ich dennoch gerne zurück.

Eastwood war diese typische Kleinstadt, in der man jeden kannte und sich sofort wohlfühlte, selbst als Stadtmensch. Die Leute hier waren grundsätzlich nett. Die Straßen waren sauber und die Kriminalität ging gegen null.

Die Hälfte der Anwohner arbeitete in Westwood, aber ihr Leben fand hier statt.

Das war vermutlich der Grund, weshalb meine Mutter hier so gerne lebte.

Ich fuhr in den Norden Eastwoods, wo sie mit meinem Stiefvater am Rande ihrer kleinen Apfelplantage wohnte. Ich durchquerte ein schmiedeeisernes Tor, das mich auf eine mit Bäumen gesäumte Allee führte. Am Ende des Weges stand ihr zweistöckiges Herrenhaus. Rechts davon befand sich eine Pferdeweide, da mein Stiefvater passionierter Reiter war, und links ein Hektar Apfelbaumreihen. Dieser Hektar war verhältnismäßig wenig, aber sein Urururgroßvater hatte das Land einem insolventen Bauern abgekauft und behielt es im Familienbesitz.

Ich parkte auf der freien Fläche vor dem Haus und stieg aus. Mit mehreren Blumensträußen bewaffnet, ging ich über die Veranda zur Haustür.

Bevor ich sie öffnen konnte, wurde sie aufgerissen und ein schreiender Teenager stürmte mir entgegen und warf mich beinahe um. Lachend erwiderte ich die Umarmung meiner jüngeren Schwester Clara. »Ich freu mich auch, dich zu sehen.«

Sie löste sich von mir und grinste typisch schief. Ihr blondes Haar hatte sie von unserer Mutter, aber ihre Größe von eins siebzig und ihre Augen waren eindeutig von meinem Stiefvater. »Ich dachte, du kommst erst morgen an.«

»Ich wollte euch überraschen.« Mit diesen Worten zog ich einen kleinen Blumenstrauß aus dem Bukett in meiner Hand und überreichte ihn ihr. »Ich hoffe, Rot ist immer noch deine Lieblingsfarbe.«

Vor Rührung schob sie ihre Unterlippe vor. »Wann bist du so nett geworden?«

»Seit ich vier Jahre im Ausland gelebt habe«, erwiderte ich. »Außerdem muss ich doch wiedergutmachen, dass ich an Weihnachten nicht kommen konnte.«

»Na ja, an dem Schneesturm bist du wohl nicht schuld.«
Sie grinste und winkte mich herein. »Los, die anderen werden bestimmt ausflippen, wenn sie dich sehen.«

Ich folgte Clara in das Haus, in dem ich zwar nicht aufgewachsen war, mich aber mehr zu Hause fühlte als irgendwo sonst auf der Welt.

Die Holzdielen knackten unter unseren Schritten und der Duft von Blumen und Apfelkuchen hing in der Luft.

Als ich in die Küche kam, hörte ich zunächst das überraschte Keuchen von Mila, dann einen freudigen Laut von Lucas. Beide hatte mein Stiefvater Matthew aus seiner ersten Ehe mitgebracht. Sie hatten dunkles Haar, so wie er früher, und waren ebenfalls groß gewachsen.

Mila, die sogar ein bisschen größer als Clara war, stand sofort von ihrem Stuhl am Esstisch auf und umarmte mich. »Was für eine Überraschung!«

»Brüderchen!«, rief der achtzehnjährige Lucas, vorlaut wie immer, und schlang einen Arm um mich, als Mila Platz machte. Er war mit seinen knappen zwei Metern gut zehn Zentimeter größer als ich. »Schön, dass du da bist.«

Ich tat so, als hätte ich Mühe, an seinen fast kahl rasierten Kopf zu kommen. »Hast du eine Wette verloren?«

»Haushoch.« Clara kicherte schadenfroh.

»Ich wusste doch, dass ich deine Stimme gehört habe!« Meine Mutter kam durch die hintere Verandatür in die Küche und breitete ihre Arme aus. Sie trug ihr dunkelblondes Haar kürzer als bei unserem letzten Videotelefonat.

»Schicke Frisur«, sagte ich deshalb und erwiderte ihre Umarmung.

Sie machte ein entzücktes Geräusch und drückte mich noch fester. »Du warst schon immer so aufmerksam, mein Schatz. Ich freue mich, dass du wieder da bist.«

Ich inhalierte die Liebe, die sie verströmte, und lächelte sie breit an, als wir uns voneinander lösten. »Finde ich auch.«

Sie machte Matthew Platz, der hinter ihr eingetreten war. Er war genauso groß wie Lucas und hatte einen ergrauten Schnäuzer, der sich jetzt nach oben bog, während Lachfältchen seine Augen umrahmten. Auch wir umarmten uns. »Mein Junge, du bist braun geworden!«

Ich lachte und deutete auf die Küche. »Und hier sieht alles noch genauso aus wie immer.«

»Stimmt nicht!«, rief Clara und zeigte auf eine Uhr über der Tür. »Die ist neu. Lucas hat hier nämlich Basketball gespielt und die alte kaputt gemacht.«

Lucas stöhnte laut. »Das wird mir ewig vorgeworfen, oder?«

»Für immer«, stimmte Mila mit einem Kichern zu und nickte ausschweifend. »Du hast Urgroßmutter Lisas Uhr kaputt gemacht. Das kann man nicht mit einem einfachen Sorry und einer Runde Eis wiedergutmachen.«

»Es gab Eis?«, fragte ich mit gespieltem Entsetzen und sah ihn vorwurfsvoll an. »Ich will auch auf ein Eis eingeladen werden!«

Lucas deutete mit dem Schäler auf mich. »Dann haben wir später ein Date, Kumpel!«

Ich lachte schallend und meine Mutter stimmte mit ein, während sie mich erneut in den Arm nahm, wobei ihre Augen verdächtig schimmerten. »Es ist so schön, euch alle wieder im Haus zu haben.«

»Noch mehr Mäuler zu stopfen«, brummte Matthew und zwinkerte mir zu, als ich ihn grinsend ansah.

»Wir könnten ja Pizza bestellen«, schlug ich vor und erhielt sofort einen Klaps von meiner Mutter auf den Arm.

»Pizza! Bist du denn wahnsinnig! Wir feiern unser erstes Familientreffen seit Monaten doch nicht mit einer Pizza!«

»Barbecue!«, riefen Mila und Clara gleichzeitig, während Matthew in Richtung Flur lief. »Ich besorge Steaks! Tim hat in seiner Metzgerei sicher etwas Gutes für uns liegen.«

»Was ist mit den Kartoffeln?«, fragte Lucas und warf gespielt erbost sein Schälmesser auf die Unterlage. »All die Arbeit umsonst!«

»Backkartoffeln!«, rief Mila und hüpfte auf und ab.

Clara sprang vom Stuhl auf und lief ihrem Vater hinterher. »Wir müssen noch in den Supermarkt und Salat holen.«

»Und was mache ich?«, fragte meine Mutter amüsiert.

»Wir trinken einen Kaffee auf der Veranda.« Ich lachte, als Lucas mich drohend ansah, und warf ihm eine Kusshand zu. »Heute bekomme ich noch eine Sonderbehandlung.«

»Morgen darfst du hier schuften«, rief er mir hinterher, als ich in Richtung der hinteren Veranda ging.

»Ich bringe euch gleich Kaffee«, sagte Mila und lächelte meine Mutter zuckersüß an. »Wenn ich dafür später den Wagen haben kann?«

Mom lachte auf und nickte. »Gut. Aber du bist um Mitternacht zu Hause.«

Mila schien einen Moment protestieren zu wollen, zuckte dann mit den Schultern und nickte. »Deal.«

»Ich durfte in ihrem Alter nur bis elf Uhr raus«, brummte ich, als wir nach draußen traten.

Meine Mutter lachte leise und ging zu der Hollywoodschaukel, die sie vor Jahren an den Dachbalken angebracht hatten und die den atemberaubenden Ausblick auf hügelige Apfelplantagen freigab. Im Gegensatz zu ihrer kleinen Apfelfarm befanden sich dahinter die großen Plantagen der Nachbarn, die Dutzende Erntehelfer in Bungalows unterbrachten.

Meine Familie hingegen engagierte zur Erntezeit meist

Collegestudenten aus Westwood, die gerne für gutes Geld hier halfen.

Ich setzte mich neben sie und atmete tief ein, während mein Blick über den blauen Himmel wanderte und die grünen Baumwipfel streifte.

»Du hast mir gefehlt«, gab meine Mutter zu und lächelte mich von der Seite her an.

Ich erwiderte ihr Lächeln. »Es tut gut, wieder hier zu sein. Ich soll dich übrigens von Onkel Steven grüßen.« Selbst nach der Scheidung von Dad hatten wir ein gutes Verhältnis zu meinem Onkel – Dads Bruder – aufrechterhalten. Was nicht selbstverständlich war, nachdem mein Vater so viel vermasselt hatte.

»Danke. Wie war es mit ihm und Collin?«

»Onkel Steven ist echt cool. Ich habe jede Menge gelernt. Collin ist … hmm, er ist eben Collin.« Ich zuckte mit den Schultern. Die letzten Jahre hatten unser Verhältnis verschlechtert. Etwas, von dem ich nicht geglaubt hatte, dass es möglich wäre.

»Macht es dir denn Spaß, in der Firma zu arbeiten?«

»Klar. Es ist ein gut bezahlter Job, und irgendwie habe ich das Gefühl, dass dort mein Platz sein sollte.« Ich kannte allerdings auch nichts anderes. Nach dem College hatte mein Onkel mir sofort einen Job bei der Donovan Corp. angeboten, und da diese Firma von meinem Urgroßvater gegründet worden war, hatte ich unbedingt Teil davon sein wollen. Auch wenn das Dad gehörig gegen den Strich ging, nachdem er selbst ausgestiegen war. Aber das war sein Weg gewesen, nicht meiner.

»Du musst deinen Wert nicht dort beweisen, wo dein Vater versagt hat.«

»Ich weiß. Aber es ist ein guter Job, und irgendwie ist es ja auch meine Familie. Grandpa Jacob hätte es sicher toll gefunden, wenn er wüsste, dass seine Enkel beide dort arbeiten.«

»Stimmt.« Ihr Lächeln wurde sanft. »Er wäre sehr stolz auf dich.« Der Blick meiner Mutter richtete sich in die Ferne und wurde traurig. »Dennoch können wir froh sein, dass dein Großvater vieles nicht mitbekommen hat.«

Die Anspielung auf meinen Vater drückte die Stimmung, und ich atmete erleichtert aus, als Mila mit zwei dampfenden Kaffeetassen nach draußen trat. »Du weißt sicher, was du tust.«

Ich dankte Mila und sie knickste zum Spaß, bevor sie wieder reinging.

»Also, was gibt es hier Neues?«, erkundigte ich mich und nippte an dem Kaffee. »Klatsch und Tratsch, den du loswerden willst?«

»Was denkst du denn bitte von deiner Mutter?«

Ich sah sie fragend an.

Sie lachte und trank ebenfalls einen Schluck Kaffee. »Ach, seit Amber und Frederic sich so spektakulär getrennt haben, ist eigentlich nichts wirklich Aufregendes passiert.«

Amber. Dass das Thema so schnell auf sie kommen würde, damit hätte ich nicht gerechnet. »Spektakulär?« Ich ließ die Frage beiläufig klingen, während ich einen weiteren Schluck meines Kaffees nahm. »Was kann man sich darunter vorstellen?«

»Habe ich dir das etwa nicht erzählt?« Sie unterdrückte ein Grinsen, und ich wusste genau, dass sie es genoss, mir davon zu berichten. »Amber und Frederic sind ja schon seit der Highschool ein Paar gewesen und sogar von Heirat war die Rede. Das weißt du ja alles. Offensichtlich war Frederic der armen Amber aber nicht treu, und als sie das herausfand, hat sie all sein Hab und Gut auf dem Rasen im Vorgarten entsorgt.«

Ich zog die Augenbrauen wieder nach oben. »Amber?«

Mom nickte ausladend. »Du kannst dir vorstellen, wie sehr über sie getratscht wurde. Aber ich finde, dass sie es genau richtig angestellt hat. Sie hat ein Statement gesetzt und deutlich gemacht, dass sie sich nicht so behandeln lässt. Nicht so wie die arme Dorothy, die dreißig Jahre lang die Affären ihres Mannes mitgemacht und sich dann mit fünfzig getrennt hat. Es ist wirklich nicht leicht, in dem Alter einen anständigen Kerl zu finden.«

Ich schnaubte, unfähig zu einer Erwiderung. Meine Mutter nahm das zum Anlass, mir von ein paar anderen Sachen zu erzählen. Doch ich konnte die ganze Zeit nur daran denken, dass ich Amber an den Kopf geknallt hatte, warum sie nicht bei Frederic Sekretärin spielte.

Ihre Trennung war offenbar der Grund, weshalb sie sich neu ausprobierte. Doch wieso machte sie ein Praktikum in einem Hotel? Mit ihren Vorkenntnissen würde sie ganz unten anfangen, und das schien nicht zu ihr zu passen.

Aber am Ende ging es mich nichts an, was sie mit ihrem Leben machte. Ungünstig war nur, dass sie es direkt vor meinen Augen tat und wir uns in nächster Zeit jeden Tag sehen würden.

Morgen musste ich mir überlegen, wie ich herausfinden konnte, ob sie eine Ahnung hatte, für wen ich arbeitete. Donovan war zwar mein Nachname, allerdings war der Name nicht selten. Aber das war ein Thema für morgen.

Ich lehnte mich zurück, nippte am Kaffee und lauschte meiner Mutter.

6

Amber

»Er hat noch nachgetreten. Ich bin gerade dabei,
wieder aufzustehen.«

»Das ist schon das dritte Mal in diesem Monat, dass sie zu
spät kommt.«

Ich wollte wirklich nicht lauschen, aber Mrs Simmens
klang so genervt, dass ich kurz meinen Kopf heben musste.
Sie stand neben Wanda, die ausnahmsweise ihre Kopfhörer
rausgenommen hatte.

»Dieses Mal muss ich ihr eine Abmahnung aussprechen.
Das kann so einfach nicht weitergehen.«

Mein Magen verkrampfte sich, und ich merkte, wie mir
ein undefinierbarer Laut entfuhr. Sofort drehte Mrs Simmens sich zu mir um. »Oder hast du was von Ella gehört?«

»Sie hat mir heute Morgen geschrieben, dass es ihr nicht
gut ginge. Sie – ähm, sie wollte etwas nehmen und sich
dann schnell wieder melden.« Die Lüge kam mir so glatt
über die Lippen, dass Gänsehaut meinen Nacken kribbeln
ließ.

»Oje«, meinte die Chefin und glaubte mir offenbar jedes
Wort. Sofort fühlte ich mich schrecklich. Ich hatte keine
Ahnung, wieso ich für Ella log. Wir kannten uns nicht mal,
und wenn das auffliegen würde, hätte ich es mir sicher hier
verscherzt. Meine Wangen brannten, und plötzlich drängte

alles in mir, die Lüge zurückzunehmen. Doch das würde diese verzwickte Situation nur schlimmer machen.

Schritte dröhnten durch den Flur und im nächsten Moment erschien eine abgehetzte Ella.

Mein Puls stieg ins Unermessliche.

»Es tut mir leid«, stieß sie aus und versuchte, keuchend zu Atem zu kommen.

»Schon gut. Amber hat mir erzählt, dass es dir nicht gut ging. Wie fühlst du dich jetzt? Möchtest du dich lieber krankmelden?«

Ella schüttelte den Kopf und lächelte. »Alles okay. Mir geht es wieder besser. Danke.«

Mrs Simmens erwiderte das Lächeln voller Wärme, und ich hasste mich, dass ich diese nette Frau angelogen hatte. »Sollte etwas sein, melde dich einfach bei mir.«

»Danke, das wird nicht nötig sein.«

Wanda betrachtete uns neugierig, zuckte dann mit den Schultern und wandte sich erneut der Bügelwäsche zu. Währenddessen verließ Mrs Simmens den Waschraum.

»Tut mir leid«, flüsterte Ella und stellte sich neben mich an die Waschmaschine. »Ich mache es wieder gut. Danke.«

»Ich hoffe, ich habe es aus gutem Grund gemacht«, erwiderte ich und stopfte Bettwäsche in die Maschine. »Ich fühle mich schrecklich. Aber sie wollte dir eine Abmahnung verpassen –«

»Oh mein Gott«, flüsterte Ella und packte meinen Arm. »Danke. Du hast mich echt gerettet. Ich brauche diesen Job wirklich dringend und es wäre einfach –« Sie stockte und zog ihre Nase kraus. »Es wäre wirklich eine Katastrophe für mich, ihn zu verlieren.«

Mein schlechtes Gewissen wegen der Lüge legte sich ein klein wenig. »Schon okay.«

Sie lächelte und atmete hörbar aus, als hätte sie gefürchtet, ich würde meine Lüge für sie wieder zurücknehmen. Als könnte ich das, ohne mich völlig lächerlich zu machen.

»Dafür lade ich dich zum Mittagessen ein.« Ella stellte sich vor die Waschmaschine neben meiner und befüllte diese mit der restlichen Bettwäsche.

»Okay.« Es fiel mir schwer, mein aufkommendes Grinsen zu unterdrücken. Ich würde mit einer Kollegin essen gehen. Etwas, das nichts mit der Arbeit zu tun hatte.

Ich konnte also doch sozial sein. Pah, Hazel würde staunen!

Zum Mittagessen hatten wir die Wahl zwischen der Hotelkantine für die Mitarbeiter oder wir konnten auswärts essen.

Da das Hotel in der Nähe von ein paar netten Restaurants und Imbissen lag, bestellte Ella für uns eine Sushiplatte die wir abholen konnten.

Statt im Lokal zu essen, dirigierte sie mich zum Wood River, der sich quer durch Westwood schlängelte und von einer hüfthohen Mauer gesäumt wurde. Sie setzte sich auf eine Bank und klopfte neben sich.

Einen Moment lang starrte ich sie nur an und fragte mich, ob das ihr Ernst war.

Als sie ihre Augenbrauen hob, hatte ich meine Antwort. Frederic hätte das hier lächerlich gefunden. Auf einer Parkbank sitzend zu essen, war für ihn die Krönung der Würdelosigkeit. So etwas taten nur Obdachlose, hatte er mal erwähnt, nachdem wir ein junges Pärchen dabei beobachtet hatten. Deshalb setzte ich mich. »Nette Aussicht.« In unserem Rücken war die Straße, doch rechts und links von uns befanden sich Bäume. Vor uns lag das Wasser und auf der gegenüberliegenden Seite war der Westwood Park, auf dessen Rasenfläche ein paar Jugendliche saßen. Vielleicht waren es auch Studenten aus dem nahe gelegenen College, das ich ebenfalls besucht hatte.

»Ich liebe es, hier zu sitzen.« Ella stellte die Sushibox zwischen uns und öffnete sie. »Der Ausblick auf das Wasser entspannt mich irgendwie.«

»Warst du schon mal am Meer?«, fragte ich sie und nahm mir ein Stück Maki mit Gurke. »Nichts entspannt mich so sehr wie das Rauschen der Wellen.«

»Nein. Dafür hatte ich nie Zeit.«

Ein wenig überrascht schaute ich zu ihr. Das Meer lag drei Stunden von hier entfernt. Wie konnte sie mit – schätzungsweise – Anfang, Mitte zwanzig noch nie das Meer gesehen haben? »Es würde dir sicher gefallen.« Ich schob mir das Stück Sushi in den Mund und kaute genüsslich.

»Wie findest du es bisher bei uns?« Ella öffnete eine kleine beigelegte Flasche Sojasoße und goss sie in eine Ecke der Sushibox, die freigelegt war.

»Ich bin ja erst ein paar Tage da.« Ich zuckte mit den Schultern und nahm mir noch ein Stück, das ich in die Soße tunkte. »Die Leute scheinen ganz nett zu sein.«

Sie lachte leise. »Tut mir leid, dass du für mich lügen musstest. Das kommt wirklich nie wieder vor.«

»Darf ich denn erfahren, weshalb ich überhaupt gelogen habe?«

»Meine Tochter ist über Nacht krank geworden, und ich musste jemanden organisieren, der während meiner Schicht auf sie aufpassen kann.« Sie biss von ihrem mit Lachs belegten Nigiri ab.

75

Währenddessen starrte ich sie an. »Wow. Du hast eine Tochter?«

»Weißt du, ich wäre jetzt gern bei ihr. Aber wir brauchen das Geld. Ich habe meine sieben bezahlten Krankentage für dieses Jahr schon aufgebraucht.« Sie kniff ihre Lippen zu einem gequälten Lächeln zusammen und mir wurde klar, wie unangenehm ihr dieses Geständnis sein musste.

»Wie alt ist deine Tochter denn?«

»Fünf.« Sie lachte, als sich langsam Verstehen auf meinem Gesicht ausbreitete. »Ich war siebzehn, als ich schwanger wurde.«

»Siebzehn«, wiederholte ich ehrfürchtig. »Das war sicher hart.«

Ella lachte einmal kurz auf. »Hart, aber ich würde es niemals anders machen.«

»Und du bist allein mit ihr?«, hakte ich zögerlich nach, denn wenn sie sich jemanden zum Aufpassen organisieren musste, war es vermutlich nicht der Vater.

Sie nickte und deutete auf das Sushi. »Die Pause ist zur Hälfte vorbei.«

Ich verstand den Wink und aß weiter. Ella hatte mir etwas aus ihrem Leben anvertraut und irgendwie empfand ich den tiefen Drang, das zurückzugeben. »Ich habe meinen Freund beim Fremdgehen erwischt und habe gekündigt, weil ich seine Sekretärin war.«

»Uff«, machte Ella und legte mir ihre Hand auf die Schulter. »Ich hoffe, du hast dem Penner so richtig in die Eier getreten.«

Ich dachte an das Haus, seinen Erpressungsversuch und meinen Umzug in das Hotel, das eine Baustelle war. »Er hat sogar noch nachgetreten. Ich bin gerade dabei, wieder aufzustehen.«

»Sag Bescheid, wenn du eine helfende Hand brauchst.«
Sie lächelte mich an.

Ich lachte und deutete mit dem Zeigefinger auf sie. »Pass auf, sonst nehme ich dich noch beim Wort.«

»Kannst du! Aber gib mir vorher ein oder zwei Minuten Zeit, um einen Babysitter zu organisieren.«

Ich musste so heftig lachen, dass mein Bauch wehtat und mir Tränen in die Augen schossen.

Ella stimmte mit ein, und für einen Augenblick kam ich mir wie eine andere Amber vor. Eine Amber, die sich besser anfühlte als die bisherige Version. Noch roh und ungeschliffen, mit Ecken und Kanten, die sich nicht mehr in die Erwartungen anderer pressen lassen würde.

Ich wischte mir die Tränen aus den Augen und konnte nicht aufhören zu lächeln.

Die restliche Pause verbrachten wir damit, zu essen und das Wasser zu beobachten. Ich hatte vermutlich noch nie neben jemandem gesessen und mich so gelöst gefühlt wie mit Ella. Zumindest war es mir bisher mit keiner meiner vorherigen Freundinnen so ergangen. Sie hatten immer jedes Schweigen mit Plapperei gefüllt, als würde es sie sonst niederdrücken.

Dabei merkte ich jetzt, wie befreiend Stille sein konnte.

Ryan hatte bei seiner Einladung vor ein paar Stunden behauptet, es fände bei ihm ein kleines Treffen unter Freunden statt. Da ich nach dem netten Mittagessen mit Ella entschieden hatte, dass es Zeit für mich wurde, wieder mehr unter Menschen zu gehen, hatte ich kurzerhand zugesagt.

Doch als ich sein Haus betrat, das sich zentral in Westwood

befand, drängten sich Menschen dicht aneinander und lachten zu dem unheilvollen Bass, der die Wände erzittern ließ.

In direkter Nachbarschaft lag eine Straße mit Bars, die um einiges leiser waren als er.

Einen Moment lang befürchtete ich, irgendwem aus Eastwood in die Arme zu laufen. Doch schon nach einem kurzen Blick in den Flur sah ich, dass das hier eine bunte Mischung an Leuten war, zu denen mein ehemaliger Freundeskreis kein bisschen passte.

Auf die Nachfrage, wie denn die Kleiderordnung war, hatte ich von Ryan die Antwort bekommen, dass ich mich nicht allzu schick anziehen musste.

Doch mit meinem dunkelblauen Jumpsuit und den High Heels war ich geradezu leger gekleidet, wenn ich die Frauen sah, die hier in kurzen Partykleidern herumliefen.

Ich schob mich an den Leuten vorbei, lächelte und fühlte mich für einen Moment an eine der Veranstaltungen zurückerinnert, zu denen Frederic mich immer mitgenommen hatte. Schnell löste ich mein aufgesetztes Lächeln und machte mir klar, dass ich nicht hier war, um irgendwem gegenüber sympathisch zu wirken.

Einst hatte meine Pflegemutter Lauren mir gesagt, ich sähe ohne mein Lächeln wie eine fiese Zicke aus. Seitdem achtete ich immer peinlichst darauf, meine Gesichtszüge in der Öffentlichkeit nicht allzu sehr zu entspannen.

Es war erschreckend, wie schnell ein dahergesagter Kommentar einem das ganze Leben nachhängen konnte. Es war wie mit der Farbe Gelb. Seit sie mir ebenfalls empfohlen hatte, Gelb für meine Kleiderwahl zu meiden, trug ich es nicht. Egal, wie hübsch das Kleidungsstück war. Wenn es gelb war, schrie ein Teil von mir alarmiert, dass ich darin wie ein Kanarienvogel aussehen würde.

Also lächelte ich nicht. Zudem war es nicht nötig. Die Leute hier achteten kaum auf mich. Bis auf ein paar Typen, die alle anwesenden Frauen nacheinander abcheckten.

Ich lief durch den Flur, vorbei an lachenden Gästen, in Richtung der Küche. Ryans Haus war zwei Stockwerke hoch, doch seine Partys fanden immer nur im Erdgeschoss statt. Er hasste es, wenn Leute in seine privaten Räume oben eindrangen, und die leere Treppe bewies, dass sich seine Gäste daran hielten. Dafür war es hier unten umso voller.

Als ich am Wohnzimmer vorbeikam, warf ich einen schnellen Blick hinein. Doch es schien nur aus tanzenden Leibern, zuckenden Lichtern und bassgetränkter Musik zu bestehen. An dem Gästebad hatte sich eine kleine Schlange gebildet und irgendwer klopfte genervt gegen die Holztür.

Von innen ertönte ein hörbares Würgen.

Ich machte ein angewidertes Geräusch und lief schneller weiter in die Küche, die sich am Ende des Flures befand und genauso groß war wie das Wohnzimmer. In der einen Ecke stand ein langer Echtholztisch, an dem Bierpong gespielt wurde, und auf der anderen Seite eine elegante graue Küche, an der sich ebenfalls Gäste zusammendrängten.

Ryan entdeckte ich nirgends.

Wie unschön.

Ich biss mir auf die Unterlippe und überlegte einen Moment lang, was ich jetzt tun sollte.

Hazel hatte mir geschrieben, dass sie und Derek nach ihrer Schicht vorbeikommen würden. Diese endete aber erst in einer halben Stunde.

»Sekt?«

Gänsehaut überzog meinen Körper, während ich mich langsam zu der bekannten Stimme umdrehte. Brian stand direkt hinter mir. Sein dunkelblondes Haar hatte er zurückgestrichen, und er trug eine dunkle Jeans, dunkelbraune Schuhe, einen gleichfarbigen Gürtel und dazu ein hellblaues Hemd, das seine Augen betonte.

Automatisch verzog sich mein Mund zu einem Lächeln. Es war, als gäbe es einen Knopf, den andere Leute drücken mussten, damit ich instinktiv in eine Rolle verfiel. Schnell ließ ich meine Mundwinkel wieder nach unten sacken. Brian war niemand, dessen Anwesenheit erfreulich war. »Nein. Danke.«

Ich war drauf und dran, mich wegzudrehen, da stellte er sich mir in den Weg. »Komm schon. Wir sollten das Kriegsbeil begraben. Immerhin sind wir jetzt Arbeitskollegen.«

»Wir sind nicht mehr auf der Highschool. Diesen Unsinn sollten wir längst hinter uns gelassen haben«, erwiderte ich und merkte, wie meine Wangen kurz glühten, als in meiner Erinnerung automatisch die grausigen Bilder abgespielt wurden. Brian und ich hatten früher nie Berührungspunkte gehabt, weil wir trotz desselben Jahrgangs immer in anderen Kursen gewesen waren. Unsere Freundeskreise waren ebenfalls unterschiedlich gewesen, auch wenn wir uns öfter bei Partys über den Weg gelaufen waren.

Auf einer davon hatte er mich gefragt, ob ich mit ihm gemeinsam zum Halloweenball unserer Schule gehen wollte.

Es war schön gewesen. Richtig schön. Wir hatten getanzt, gelacht, heimlich getrunken und uns beinahe geküsst.

Ich konnte mich kaum an die Details erinnern, nur an das phänomenal schreckliche Ende. Denn genau in dem Moment war mir der heimlich getrunkene Alkohol wieder hochgekommen. Also hatte ich ihm voll auf sein Hemd gekotzt.

Man hätte meinen können, dass das zwar peinlich war, aber man irgendwann darüber hinwegkommen würde. Stattdessen hatte Brian seinen Freunden davon erzählt, die mich für den Rest meines Abschlussjahres damit aufgezogen hatten.

Es war die Hölle gewesen, auch wenn ich immer so getan hatte, als würden mir ihre Sticheleien nichts ausmachen. Doch innerlich hatte es mich gebrochen. Jeder blöde Kommentar und jeder verletzende Würgelaut beim Vorbeigehen hatten Wunden in mir hinterlassen, die mich nur noch aufrechter hatten gehen lassen. Wenn ich geglaubt hatte, die Spitzen meiner Pflegemutter wären schmerzhaft gewesen, hatten es diese Bemerkungen geschafft, mich in eine vermeintlich steife und humorlose Person zu verwandeln. Dieses Abschlussjahr hatte mich gelehrt, eine Maske zu tragen, um niemandem zu zeigen, wie sehr sie mich verletzen konnten.

Brian und ich waren zu Feinden geworden, die sich Gemeinheiten an den Kopf warfen, sobald sie sich sahen.

Ich hatte gehofft, ihn nie wiederzusehen, nachdem er auf ein College weit weg gegangen war. So konnte man sich täuschen.

»Ich hatte nicht vor, wieder Streit anzufangen«, erwiderte Brian und nippte an seinem Bier. »Du wirktest nur ein wenig verloren, und da wollte ich dir einen Sekt aus der Dose und meine Gesellschaft anbieten.« Er deutete auf die Schalen voller Eis und Getränkedosen.

»Du musst nicht nett zu mir sein, nur weil wir jetzt Arbeitskollegen sind.« Ich trat an ihm vorbei an die Küchentheke und betrachtete die Dosen, die mir zuvor nicht aufgefallen waren. Darin befanden sich verschiedene Cocktails, die offenbar schon gemixt waren. »Warst du früher immerhin auch nicht.«

Ich griff demonstrativ am Sekt vorbei und nahm mir einen

Mojito, den ich mit einem Zischen öffnete. Ohne ihn anzusehen, trank ich einen Schluck, auch wenn es mir widerstrebte, aus einer Dose zu trinken. Es war widerlich, und nur mit äußerster Mühe schaffte ich es, meine Oberlippe nicht zu kräuseln.

Brians Blick verfinsterte sich. »Hör zu, das damals –«

Ich hob das Getränk und schnitt ihm das Wort ab. »Lass es einfach. Ich will deine fadenscheinige Entschuldigung nicht hören.« Ich gab ihm keine Gelegenheit weiterzusprechen, sondern drängte mich aus der voller werdenden Küche zum Wohnzimmer hindurch. Dort tat ich das Einzige, was mir in den Sinn kam, um mir die Wartezeit zu verkürzen.

Ich lief auf die volle Tanzfläche, die sich inmitten des Wohnzimmers befand, und bewegte mich zwischen völlig fremden Menschen, die sich kein Stück für mich interessierten.

Ein Song verging, dann ein zweiter, und ich entspannte mich.

Plötzlich tauchte Brian vor mir auf und tanzte dicht neben mir. Sein Blick war eindringlich und in seinen blauen Augen lag ein Schmunzeln, während er sich dem Rhythmus des Liedes anpasste. »Es sollte keine fadenscheinige Entschuldigung werden.«

Ich hörte mitten in der Menge abrupt auf zu tanzen und starrte ihn nieder. »Verfolgst du mich etwa?«

»Ist das so offensichtlich?« Er schmunzelte und bewegte seine Hüften. Verdammt. Er war schon immer ein guter Tänzer gewesen. Ich versuchte, nicht auf seine muskulösen Beine zu schauen, die in engen Jeans steckten. Hinter ihm entdeckte ich die ersten Gäste, die seinen Po wohlwollend betrachteten. »Ich will mich wirklich entschuldigen.«

Dieses Lächeln. Es war dasselbe wie damals, und mein

Herz flatterte in meiner Brust, als würde es sich genau an ihn erinnern. Dass er mir wehgetan hatte, schien es zu ignorieren. »Du hilfst mir mehr, wenn du mich einfach in Ruhe lassen würdest.«

Brian hörte auf zu tanzen und neigte den Kopf. »Du wirst mir nicht ewig entkommen, Amber.«

»Warum flirtest du mit mir?«, erwiderte ich genervt. »Hast du überhaupt keinen Respekt? Das hat nichts mit einer Entschuldigung zu tun!«

Sein Lächeln verblasste und er nickte langsam. »Mein Hirn scheint in deiner Nähe auszusetzen.«

Ich schnappte nach Luft. »Also ist es meine Schuld, dass du ein Arschloch bist?«

Er öffnete den Mund und trat zurück, während er ergeben die Hände hob. »Nein. Das schaffe ich offensichtlich auch allein. Ich wollte mich bei dir entschuldigen. Aber vermutlich sollte ich besser gehen.«

»Das solltest du!«, erwiderte ich und hatte keine Ahnung, was hier vor sich ging.

Brian verschwand, und ich stand auf der Tanzfläche wie eine Idiotin und schloss die Augen, bevor ich weitertanzte, weil ich nicht wusste, was ich sonst tun sollte.

Im nächsten Moment umfasste jemand meine Hüften und wiegte sich damit. Ich war so perplex, dass ich nur die Augen aufriss und einen Moment brauchte, um herumzuwirbeln.

Hazel lachte und hob ihre Arme in die Luft. Sie trug wie immer zerrissene Jeans, doch heute hatte sie diese mit schwarzen Sandaletten und einem weißen Spitzentop kombiniert. Ihr dunkles Haar hatte sie zu einem unordentlichen Zopf gebunden. »Du tanzt!«

Automatisch verfinsterte sich mein Gesicht. »Seit unserem Wochenendtrip solltest du doch wissen, dass ich das kann.«

Hazel lachte nur lauter und zog mich für eine feste Umarmung an sich. »Damals haben wir dich gezwungen. Jetzt sehe ich niemanden, der damit droht, dich mit peinlichen Fotos zu erpressen.«

Ich lachte bei der Erinnerung daran. »Das war echt biestig von euch.«

Sie zuckte mit den Schultern und tanzte weiter. Dabei flog ihr Blick zu der Sofalandschaft, wo Derek herumlief und mit Faustcheck seine Kumpels begrüßte. In ihren Augen funkelte ein Lächeln, und ihr Blick strahlte eine solche Liebe aus, mit der man die Schwärmerei von vor sechs Jahren nicht vergleichen konnte.

Genauso hatte ich Frederic früher angesehen. Diesen Trottel.

Ich tanzte langsamer und überflog die Menge, um zu sehen, ob nicht doch jemand da war, den ich kannte.

Fast sofort entdeckte ich wieder Brian. Er stand mit einer Gruppe von Leuten zusammen, die ich auf den ersten Blick nicht einordnen konnte. Die anderen unterhielten sich, aber er fixierte mich, als hätte er die ganze Zeit über nichts anderes getan.

Gänsehaut überzog meine Arme. Dennoch erwiderte ich seinen Blick. Er und seine Freunde hatten mir das Abschlussjahr zur Hölle gemacht. Er sollte nicht glauben, dass ich dies so einfach vergessen würde. Dachte er ernsthaft, so eine lächerliche Entschuldigung könnte alles wiedergutmachen? Ich wandte mich demonstrativ von ihm ab.

Sofort begegnete ich Hazels wackelnden Augenbrauen und ihrem schalkhaften Lächeln. »Ist das nicht Brian Donovan, mit dem du damals dieses schreckliche Date hattest?«

»Er ist jetzt mein Arbeitskollege im Hotel«, erwiderte ich und winkte ab. »Es ist nur seltsam, ihn hier zu sehen. Ich wusste nicht, dass er und Ryan befreundet sind.«

Hazel lachte und machte eine ausschweifende Geste. »Ich denke nicht, dass Ryan mit all diesen Leuten befreundet ist.«

Da musste ich ihr recht geben.

»Wie kommt ihr denn auf der Arbeit zurecht?«, fragte Hazel und tanzte immer langsamer, obwohl die Musik zugleich schneller wurde. Natürlich hatte sie mitbekommen, wie seine Freunde mich in unserem letzten Jahr an der Highschool schikaniert hatten.

Es hatte eine halbe Ewigkeit gekostet, den *Eastwood Ladys' Club* glaubhaft zu überzeugen, dass dieser übermäßige Alkoholkonsum eine Jugendsünde gewesen war, die ich nicht zu wiederholen gedachte. Den Club, dem ich seit der Zeit kurz nach meinem Abschluss angehörte und mit dessen Mitgliedern ich mich seit meiner Trennung von Frederic erst ein einziges Mal getroffen hatte. Denn daraufhin war aufgeflogen, dass sie alle von seinem Betrug gewusst hatten. Keine von ihnen hatte mir davon erzählen wollen. Dabei waren sie angeblich meine Freundinnen gewesen.

Ich bemerkte, dass Hazel auf eine Antwort wartete, und winkte ab. »Wir haben eigentlich nichts miteinander zu tun. Er ist Hausmeister.«

Sofort zogen sich Hazels Augenbrauen zusammen. »Hausmeister? Er war doch auf so einem superteuren College, und ich habe mal von Maggy gehört, dass er bei seinem Onkel arbeitet.«

»Vielleicht wurde er gekündigt?«, überlegte ich laut und zuckte mit den Schultern, als würde es mich nicht interessieren. Dabei war ich schon neugierig.

»Um dann als Hausmeister anzufangen? Klar, das ist ein wichtiger Beruf, aber das passt doch gar nicht zu ihm, oder?«

Mir entfuhr ein Schnauben. »Mich hat er ja auch gefragt, ob ich nicht gerade die Sekretärin für meinen Freund spielen sollte.«

Hazel riss die Augen auf und hörte auf zu tanzen. »Wie unverschämt!«

Ich nickte ausladend. »Dachte ich mir auch!«

»Was hast du erwidert? Du hast das doch sicher nicht unkommentiert gelassen.«

»Ich habe ihm gesagt, dass er dasselbe Arschloch ist wie damals.«

»Sehr gut.« Sie schüttelte den Kopf und ihre Augen schossen böse Blitze in die Richtung, in der Brian stand. Er schien uns glücklicherweise nicht mehr zu beobachten, sondern konzentrierte sich jetzt auf seine Freunde.

»Ich gehe ihm einfach aus dem Weg. Ich will bei dem Praktikum etwas lernen und nicht irgendwelche kindischen Kleinkriege weiterführen.« Unsere Begegnung von vorhin ließ ich aus, weil ich selbst nicht wusste, was ich über sein Verhalten denken sollte.

»Sehr gut.« Hazel deutete in Richtung Ausgang. »Sollen wir was trinken?«

Ich hatte noch immer die Dose mit dem Cocktail in der Hand. »Ich brauche nichts, aber ich komme mit.«

Wir drängten uns durch die ständig größer werdende Gästeschar. Von wegen kleines Treffen unter Freunden!

Als wir den Flur erreichten, fanden wir Ryan, der gerade mit einer Frau an jedem Arm durch die Tür kam, als wäre er selbst nur ein Gast. Sobald er uns sah, entschuldigte er sich bei den beiden, bevor er Hazel und mich einmal fest zur Begrüßung umarmte. »Wie schön, dass ihr gekommen seid!«

»So stellst du dir also eine kleine Party vor.« Ich musste lachen, weil gute Laune aus jeder seiner Poren strahlte. »Was ist denn der Anlass?«

»Nichts«, erwiderte er und grinste breit. »Meine Partnerin meinte nur, ich sollte mir mal Urlaub gönnen, und deshalb habe ich uns allen für morgen freigegeben. Damit es sich auch lohnt, sind meine Angestellten hier und dürfen sich auf meine Kosten betrinken.« Er lachte laut auf.

»Das ist doch ein Scherz.« Hazel schüttelte ihren Kopf. »Wer würde sich denn vor seinem Chef betrinken?«

Ryan schnaubte. »Also einer von ihnen hat wohl gerade meine Gästetoilette ruiniert. Netterweise steht meine Reinigungskraft heute auf Abruf.«

»Auf Abruf? Wie beim Notdienst?«, fragte Hazel entsetzt.

»Quatsch! Sie feiert auch, nur wird sie dafür bezahlt und sollte halbwegs nüchtern bleiben.«

Hazel klappte der Mund auf, während ich ein Lachen unterdrückte.

»Wenn ihr ein bisschen Ruhe braucht, dürft ihr natürlich nach oben gehen«, informierte er uns und trat zurück, um seine wartenden Bekanntschaften wieder in die Arme zu schließen. »Feiert noch schön, und wir quatschen ganz bestimmt später noch mal.«

»Sicher«, meinte Hazel und schüttelte ihren Kopf, während sie ihm hinterhersah. »Wie verrückt ist das denn bitte?«

Ich zuckte mit den Schultern. »Das nenne ich gut organisiert.«

»Feiert er öfter solche Partys?«

»Selten«, antwortete ich ihr und deutete in Richtung Küche, weil sie sich ja eigentlich etwas zu trinken hatte holen wollen. »Er ist ein Arbeitstier durch und durch.«

»Aber wir haben Mittwoch«, meinte Hazel und schnappte

sich in der Küche ebenfalls einen Cocktail aus der Dose. »Was für ein Glück für uns.« Sie zog mich in den Flur und dann zur Treppe. Sie ging ein paar Stufen hoch und setzte sich hin.

Irritiert blinzelte ich sie an. »Was tust du da?«

Sie lachte laut auf. »Ich mache es mir gemütlich.«

»Auf Treppenstufen?«

Sofort hüpften anklagend ihre Augenbrauen hoch, aber ihre Mundwinkel zitterten vor unterdrücktem Lachen. »Du machst doch jetzt keine Szene deswegen, oder?«

Das letzte Mal hatte ich mich auf Treppenstufen gesetzt, nachdem ich Brian aufs Hemd gekotzt hatte. Danach hatte ich mir geschworen, meine Würde nie wieder zu verlieren. Das hatte aber nichts mit der Treppe zu tun. Deshalb gab ich mir einen kurzen Ruck, folgte ihr und setzte mich neben sie. Aufgrund des gläsernen Handlaufs hatten wir freie Sicht auf das Wohnzimmer und den Flur.

»Auf deine coole Seite, die immer mehr zum Vorschein kommt.« Hazel öffnete ihre Dose mit einem Zischen und prostete mir zu. Sie zog mich auf, das konnte ich ihr ansehen.

Früher hätte ich das gar nicht witzig gefunden. Doch ich merkte selbst, dass ich mich verändert hatte. Mir wurde bewusst, wie sehr ich mich von Frederics Steifheit hatte mitreißen lassen, wie sehr ich sie als Teil meiner Persönlichkeit übernommen hatte. Sie hatte mir Halt geschenkt. Aber jetzt war es nur noch ein schäbiges Überbleibsel unserer Beziehung, das ich schleunigst loswerden wollte.

Ich schnaubte und stieß mit meiner Dose an. »Auf einen netten Mittwochabend.«

Sie kicherte und trank einen großen Schluck, während ich nur nippte und dann angewidert meinen Mund verzog, weil der Cocktail mittlerweile lauwarm war.

Ich lehnte mich ein wenig zurück, beobachtete das Treiben und bemerkte, dass ich von hier gute Sicht auf Brians Hinterkopf hatte.

Als würde er meinen Blick spüren, drehte er sich plötzlich um. Er schaute über die Tanzenden und runzelte kurz seine Stirn, als würde er nach jemandem Ausschau halten, ihn aber nicht finden.

Es wäre doch verrückt zu glauben, er würde nach mir suchen. Oder?

7

Brian

»Du sagst mir Bescheid, wenn du das Gefühl hast,
er würde mich bei meinem nächsten Besuch
nicht rauswerfen?«

Am Morgen nach Ryans Party machte ich mich vor der Schicht auf den Weg zum Büro des Hotelmanagers Mr Morris.

Der Mittsechziger hatte sich damals bei der Donovan Corp. gemeldet, nachdem sein Hotel seit Jahren rote Zahlen schrieb und er kurz vor einer Insolvenz stand. Mit unserer Hilfe wandelte sich das einstige Familienhotel zu einem Kongresshotel, in dem nun hauptsächlich berufsbezogene Übernachtungen stattfanden.

»Mr Donovan, schön, Sie zu sehen«, begrüßte der grauhaarige Mann mich mit einem breiten Lächeln. Die Spitzen seines Schnäuzers bogen sich nach oben.

»Guten Morgen, Mr Morris.« Ich nahm dankend den Platz vor seinem Schreibtisch an, bevor ich mir selbst Kaffee einschenkte.

»Wie läuft denn die Observierung?«

Ich lachte leise und trank einen Schluck Kaffee. »Hervorragend. Bisher habe ich nichts bemerkt, was man weiter ausbauen könnte.«

»Sehr gut.« Er atmete hörbar aus. »Nicht, dass ich das vermutet hätte. Aber es ist gut, das zu hören.«

»Das Hotel macht sich wirklich hervorragend. Die Buchungen sind überdurchschnittlich gut. Die Rückmeldungen sind das Einzige, was wir im Auge behalten müssen. Mein Aufenthalt ist nur vorübergehend und obligatorisch, da ich mir sicher bin, dass wir den Grund schnell herausfinden werden. Ich bin immer noch froh, dass Sie dem zugestimmt haben.«

»Natürlich.« Er nickte und trank ebenfalls einen Schluck Kaffee. »Sagen Sie mir Bescheid, wenn Sie etwas brauchen. Meine Tür steht Ihnen immer offen.«

Ich hatte keine Bedenken. Das Hotel lief gut, und für diese Größenordnung war das schon eine Herausforderung. Doch glücklicherweise gab es in der Nähe keine Kongresshotels und wir hatten kurzerhand Fortbildungsmöglichkeiten für Firmen geschaffen, die man zusammen mit Übernachtungen buchen konnte. Dass das Hotel für den Rest des Jahres so gut wie ausgebucht war, sprach für sich.

Dennoch waren da diese kleinen Spitzen in den Bewertungen, die wir lieber im Auge behalten wollten. Es waren keine sich häufenden Beschwerden, sondern hier ein Patzer oder da eine Unannehmlichkeit.

Bevor wir uns wieder zurückzogen, sollte alles einwandfrei laufen. Dafür war ich hier.

Wir unterhielten uns ein wenig, bis ich mich verabschiedete und über den Mitarbeiteraufzug ins Erdgeschoss fuhr, wo mein Büro lag.

Da ich keinen Abschluss als Facility Manager hatte, musste ich mich auf die Aufgaben beschränken, die ich auch wirklich einwandfrei erledigen konnte. Mrs Simmens würde über kurz oder lang auffallen, wenn ich gewisse Dinge liegen ließ. Aber glücklicherweise waren bisher keine Aufgaben angefallen, für die ich eigens einen Handwerker hatte rufen müssen.

Mittlerweile hatte ich mich schon mit ein paar Angestellten bekannt gemacht. Doch so richtig hatte ich noch nichts herausfinden können.

Wären die Bewertungen wenigstens eindeutig, könnte ich gezielt nach der Fehlerquelle suchen. Nur wie es schien, gab es an allen Ecken und Enden immer mal wieder kleine Fehler. Dies wäre an und für sich kein Problem. Aber aus Erfahrung wussten wir, dass man so etwas am besten so früh wie möglich klärte, damit Unstimmigkeiten nicht zu großen Problemen wurden.

Ich war alle Foren durchgegangen und hatte mir die neuesten Bewertungen angesehen. Glücklicherweise hatten erst kürzlich mehrere große Konferenzen hintereinander hier stattgefunden und die Arbeitgeber hatten auf unsere Bitte um Rückmeldung positiv reagiert.

Nun hatte ich eine Liste mit allem gemacht, was mir aufgefallen war. Fehlende Tischgedecke, eine kaputte Glühbirne, die nach drei Tagen nicht ausgetauscht worden war, und noch viele weitere Kleinigkeiten standen darauf.

Die Hausmeisterstelle wurde im Zuge unserer Modernisierung neu geschaffen und würde nach meiner baldigen »Kündigung« sicher schnell wieder besetzt sein. Dann hoffentlich von jemandem, der mehr Ahnung von dem Job hatte als ich.

Ich betrat das kleine, fensterlose Büro, in dem ein Schreibtisch mit Computer sowie ein Schrank voller Werkzeug standen, und setzte mich.

Meine Mails bekam ich ausnahmslos vom Empfang, der von den anderen Mitarbeitern Informationen über zu erledigende Aufgaben erhielt und an mich weiterleitete.

Eine defekte Spülmaschine in der Küche. Fantastisch.

Ich schnappte mir einen Werkzeuggürtel und eilte hinaus. Natürlich hatte ich keine Ahnung von Spülmaschinen. Dennoch tat ich in der nächsten halben Stunde so, als würde ich sie untersuchen, während ich den Mitarbeitern zuhörte.

Aktuell war die Frühschicht da, die die Reste des Frühstücks beseitigte und zugleich schon Vorbereitungen für das Mittagessen traf.

Ich versuchte mitzubekommen, ob es irgendwelche Unstimmigkeiten gab, aber die meisten Angestellten waren zu sehr in ihre Arbeit versunken, als dass sie tratschten. Dummerweise war genau das mein Ansatzpunkt gewesen.

Doch hier würde ich heute Vormittag nichts mehr erfahren.

Als mir dies klar wurde, rief ich einen Elektriker, unter dem Vorwand, dass sich das nur ein Fachmann anschauen konnte.

Es war frustrierend. Das war mein dritter Tag, und bisher hatte ich nicht einen Anhaltspunkt, ob es sich um ein allgemeines Problem handelte oder schlicht um Pech.

Dabei wollte ich mir nicht mehr Zeit als eine Woche nehmen.

Zum Mittagessen fuhr ich heute in die Innenstadt von Westwood. Mein Onkel Steven hatte am Vormittag dort einen Termin und hatte mich spontan zum Essen eingeladen.

Als ich in das angesagte Steakhouse trat, saß er an einem Tisch am Fenster, mit Ausblick auf den Wood Lake.

Er stand auf und umarmte mich einmal fest zur Begrüßung. »Brian, die Uniform steht dir.«

Ich lachte laut auf und erwiderte seine Umarmung. »Liegt am Körper, nicht an den Klamotten.«

Er grunzte vor Lachen und klopfte mir auf den Rücken. »Wie läuft es bei dir?«

Ich setzte mich und wir bestellten sofort, als die Kellnerin zu uns kam.

»Du hattest wohl recht«, begann ich und erzählte ihm, dass ich bisher keine Fortschritte gemacht hatte.

Er lockerte die rote Krawatte ein wenig, die perfekt zu seinem dunkelbraunen Anzug und den rotbraunen Lackschuhen passte. Das graue Haar trug er kürzer seit unserer letzten Begegnung. »Kleine Unstimmigkeiten brauchen länger, bis sie sich offenbaren. Lass dir Zeit. Momentan verhandeln wir ein neues Projekt, bei dem wir dich später involvieren.«

Ich nickte und erkundigte mich nach dem neuen Projekt, an dem er gerade arbeitete. Offenbar versuchte mein Onkel, Collin die Leitung dafür zu übertragen. Er sagte es nicht, doch es klang, als würde sein Plan nicht aufgehen.

Mein Cousin Collin war ebenso wie ich als Manager eingestellt worden. Wir standen über den Sachbearbeitern, aber unter der Geschäftsführung. Dabei arbeiteten wir eng mit meinem Onkel Steven zusammen, der versuchte, uns gleichwertig in das Unternehmen einzuarbeiten.

Er versuchte es wirklich. Doch Collin war ein verbohrter Idiot, der eher das Gefühl hatte, dass ich bevorzugt wurde, als dass er sich selbst eingestehen würde, wie wenig Mühe er sich gab. Collin wurde – bei totaler Ahnungslosigkeit – einfach mit durchgeschleift. Das wusste die ganze Firma, auch wenn es niemand laut aussprach. Ich war zugegebenermaßen froh, dass ich diesmal alleine arbeiten konnte. Ohne Collin am Bein zu haben, mit dem ich ständig zusammenarbeiten sollte – vermutlich, damit wenigstens einer von uns seinen Job erledigte.

Die Leute redeten vielleicht über ihn, aber am Ende war er der Sohn des CEO, der sicher in ein paar Jahren ebenfalls in die Geschäftsführung aufsteigen würde.

Mein Onkel Steven leitete die Donovan Corp., doch ließ es sich zugleich nicht nehmen, ganz nah bei einigen Projekten mitzumischen.

»Hast du in letzter Zeit etwas von deinem Vater gehört?«, fragte Onkel Steven so unerwartet, nachdem uns das Essen gebracht wurde, dass ich einen Moment lang nur mein Steak anstarrte.

»Er hat sich auf meine Nachrichten nicht gemeldet.« Ich zuckte beiläufig mit den Schultern, nachdem der erste Schock überwunden war. Mein Vater war ein Thema, das meistens gemieden wurde. Aber es hätte klar sein sollen, dass Onkel Steven nicht lange nach seiner Rückkehr aus Afrika mit einer Nachfrage warten würde.

Ein schweres Seufzen folgte. »Er trifft seine eigenen Entscheidungen, aber …«

»Ich hatte sowieso vor, bei ihm vorbeizuschauen.« Nicht, dass ich mich sonderlich darauf freute, meinen Vater zu besuchen, doch der pflichtbewusste Sohn in mir betrachtete es als seine Verantwortung, wenigstens einmal nach ihm zu sehen. Selbst wenn er sich nie meldete und so tat, als würde er sich einen Scheißdreck für mich interessieren.

»Du sagst mir Bescheid, wenn du das Gefühl hast, er würde mich bei meinem nächsten Besuch nicht rauswerfen?« Steven versuchte zu lachen, doch ich sah den Schmerz in seinen Augen. Seit mein Vater die Firma verlassen hatte, mied er seinen eigenen Bruder wie die Pest. Als wäre er nicht selbst schuld an allem.

Mir entfuhr ein leises Schnauben, das ein Lachen ersetzte. Dabei griff ich nach dem Salzstreuer, um meine Hände zu beschäftigen, nur um ihn sofort wieder hinzustellen. »Klar. Dann bekommt er hoffentlich mal mehr Besuch als nur von mir und seiner viel zu netten Nachbarin.«

»Er kann wirklich dankbar sein, dass sie das Einkaufen für ihn übernimmt.«

Ich nickte nur, denn allein über meinen Vater zu sprechen, ließ die Stimmung auf einen Tiefpunkt sinken.

»Mom lässt dich übrigens grüßen«, lenkte ich das Gespräch in eine andere Richtung.

»Danke.« Stevens Schultern hoben sich ein wenig, genauso wie seine Mundwinkel, während er ein Stück der Kartoffelbeilage aufspießte. »Wie geht es ihr?«

»Alles beim Alten. Drei Teenager im Haus und trotzdem ist sie die Ruhe selbst.«

»Und Matthew will seine Plantage immer noch nicht erweitern?«

»Du kennst ihn doch. Er ist zufrieden mit dem, was er hat, und will seinem Glück nicht auf die Füße treten.« Ich kaute genüsslich, während ich meinen Blick nach draußen über den See schweifen ließ. Die Sonne stand hoch, und ich konnte am anderen Ende das Badeufer sehen, an dem einige Leute in Schwimmsachen lagen. Im klimatisierten Restaurant vergaß man schnell, dass draußen Vermonts Sommer bereits schwüle Hitze verströmte.

»Stimmt. Von ihm kann man sich echt eine Scheibe abschneiden.«

Ich deutete mit meiner Gabel auf ihn. »Du lässt das aber besser, mit dem Kürzertreten.«

Er lachte zustimmend. »Was wäre ich für ein CEO, wenn ich meine Firma zum Stillstand verdammen würde?«

Auf jeden Fall ein besserer als mein Vater, der zu viele Risiken eingegangen war und alles verloren hatte. Das sagte ich aber nicht. »Wohl wahr.«

Während des restlichen Essens unterhielten wir uns über ein paar alte Projekte, zu denen Onkel Steven sich in den letzten Tagen die Bilanzen angesehen hatte. Einige liefen gut, andere schlechter als erwartet. Doch das war schon immer so gewesen. Er überlegte laut, ob er nicht Collin damit beauftragen sollte, eine mögliche Prüfung der Hotels in Betracht zu ziehen.

»Collin müsste abwägen können, ob sich die Hotels selbst frühzeitig wieder fangen, ohne dass wir eingreifen müssen«, sagte ich und zuckte mit den Schultern. »Lass es ihn doch probieren.« Ich grinste meinen Onkel an. »Dann kann er uns eine schöne Präsentation mit allen Punkten vorstellen, die dafür oder dagegen sprechen.«

Onkel Steven schwieg einen Moment und schien darüber nachzudenken, ob er das in Betracht ziehen könnte.

»Mach keinen Unsinn«, drohte ich ihm und bereute den Scherz sofort. »Er würde das hassen.«

»Aber so läuft die Prozedur doch ab.« Fast unschuldig zuckte er mit den Schultern.

»Nur, dass wir dir sonst Berichte vorlegen und keine Präsentationen halten. Lass ihn die Berichte schreiben. Das wird ihn schon genug beschäftigen.« Ich biss mir auf die Zunge, als mir klar wurde, wie abschätzig ich vor Steven über seinen Sohn redete. So etwas verkniff ich mir normalerweise.

»Ich weiß, euer Verhältnis ist ein wenig angespannt. Aber ich habe wirklich das Gefühl, er lernt viel, wenn er mit dir zusammenarbeitet.«

Nur, dass er mich jedes Mal ein Stück weit mehr hasste, wenn er mir zugeteilt wurde. Aber das war Kinderkram und damit würde ich meinen Onkel nicht belasten. Ich war dankbar, dass er mir die Chance gab, weiter im Familienunternehmen arbeiten zu können, auch wenn er es nicht bräuchte. Mein Vater hatte den Teil der Firma verspielt, der uns gehört

hatte. Nun mussten wir alle mit den Konsequenzen leben.
»Sicher. Vielleicht ist er ja schon so weit, ein wenig Verantwortung zu tragen. Immerhin arbeitet er genauso lange in
der Firma wie ich.«

»Meinst du, ich sollte ihm mehr zutrauen?«, fragte mein
Onkel nachdenklich und häufte etwas Salat auf seine Gabel.
»Vielleicht hast du recht.«

Ich neigte leicht den Kopf und konzentrierte mich auf das
Essen. »Mach einfach, was du für richtig hältst. Er hat ja bereits einige Erfahrung im Job.«

»Stimmt.« Steven schien sich im Sitzen ein wenig aufzu-
richten. »Und was haben wir schon zu verlieren? Er ist gut
in dem, was er tut, und sollte auch endlich die Chance bekommen, das zu beweisen. Vermutlich habe ich ihn viel zu
lange zurückgehalten. Damit ist jetzt Schluss.«

Darauf konnte ich nichts erwidern und aß weiter. Vielleicht hatte er recht, und Collin würde mit einer eigenen
Aufgabe über sich hinauswachsen. Ich merkte selbst, wie
gut es tat, ein wenig Abstand zu haben und eigenverant-
wortlich zu arbeiten.

Wir wurden passend zum Ende meiner Mittagspause fertig, und ich musste mich beeilen, um nicht allzu spät wieder
ins Hotel zu kommen.

Danach wartete ein nicht funktionierender Beamer auf
mich. Zum Glück hatte ich von den Dingern wenigstens ein
bisschen Ahnung.

Nach Feierabend fuhr ich zuerst zurück ins Hotel, checkte
aus und packte meine Koffer in den Mietwagen. Als Mom
bei unserem letzten Treffen herausfand, dass ich in einem

Hotel übernachtete, war sie entsetzt. Nicht, weil das Eastwood Inn derart schlecht war, sondern weil sie nur wenige Fahrminuten weiter wohnte.

Sie bestand darauf, dass ich in meinem alten Zimmer schlief, solange ich hier war.

Der Firmensitz der Donovan Corp. befand sich in Westwood, und weil ich die letzten Jahre außer Landes war, hatte ich damals meine Wohnung gekündigt und das meiste Zeug verkauft.

Eigentlich war es nicht der Plan gewesen, wieder bei meiner Mutter zu wohnen. Doch das hatte sie nicht gelten lassen, und als sie an mein Gewissen appellierte, konnte ich unmöglich Nein sagen.

Aber statt nach dem Auschecken direkt dorthin zu fahren, war mein Ziel zunächst das *Red Chili*. Hier gab es das beste Fast Food der Stadt, und mir stand der Sinn gerade nach einem ordentlichen Burger, der meinen Vater über meinen relativ spontanen Besuch hinwegtrösten würde. Den konnte ich einfach nicht noch weiter aufschieben, weshalb ich kurz vor Feierabend beschlossen hatte, das endlich hinter mich zu bringen.

Schon als ich eintrat und mich der Geruch von Frittierfett sowie das Lachen einer Gruppe Teenager begrüßte, fühlte es sich an wie früher. Der Laden weckte Erinnerungen an diverse Dates und mein erstes offizielles Bier.

Noch immer wurde das *Red Chili* von dem alten Joe geführt. Er stand hinter der Theke, und als er mich sah, lachte er auf. »Wenn das nicht der gut aussehende Donovan ist!«

Ich lachte bei seiner Begrüßung. Für ihn war ich stets der Gutaussehende gewesen, während er Collin als den Gewitzten bezeichnet hatte. Keine Ahnung, was davon besser war, aber es tat gut, dass er mich erkannte. Wir begrüßten uns per Handschlag.

»Wo ist denn dein Schnäuzer hin?« Wie früher schon hatte er sein Haar kurz geschnitten und trug eine Jeans sowie einen schlichten Pullover. Nur fehlte sein stattlicher Schnurrbart, den er hatte, seit ich ein kleiner Junge gewesen war.

»Frauen«, murmelte er nur und zog seine Nase kraus. »Mir wurde mitgeteilt, dass ich damit nicht gut aussehe.«

Ich lachte überrascht auf. »Wer hat denn das gewagt?«

Hinter Joe ertönte ein Kichern, als seine Bedienung durch die Küchentür zur Theke trat. Ich brauchte einen Moment, um sie als Ambers Pflegeschwester Hazel zu erkennen. Sie grinste Joe an. »Ja, wer hat denn das gewagt?«

Er funkelte sie an, sah dann wieder mich an. »Tut gut, dich zu sehen. Essen geht heute für dich aufs Haus. Aber nur, weil du so lange weg warst. Gewöhn dich nicht dran.«

»Nicht nötig. Ich wollte hier noch eine zusätzliche Portion bestellen.« Obwohl Hazel beschäftigt nach einem Glas griff, das gespült werden musste, konnte ich förmlich sehen, wie sie die Ohren spitzte.

Joe runzelte einen Moment lang die Stirn, doch dann schien ihm aufzugehen, dass die andere Portion für meinen Vater war. »Ist trotzdem aufs Haus. Für dich, Junge.«

Ich seufzte ergeben und nickte. Aber nur, weil er und mein Dad früher mal Freunde gewesen waren. Bevor mein alter Herr jeden vergraulte, der ihm mal wichtig war. »Danke.«

Joe brummte etwas und verschwand in der Küche.

»Weißt du schon, was du haben willst?«, fragte Hazel und stellte das Glas zum Trocknen auf die Abtropffläche neben der Spüle.

Ich nickte und bestellte zwei Burger mit Pommes. Das war das Standardessen, das ich bei meinen Besuchen mitbrachte.

Ich hatte mich per Textnachricht bei Dad angemeldet und keine Antwort erhalten. Also hatte er entweder sein Handy verlegt oder war ausnahmsweise unterwegs. Ich hoffte auf Letzteres.

Während ich auf meine Bestellung wartete, schaute ich mir auf dem Fernseher über der Theke die Wiederholung eines Footballspiels der Eastwood High an. Die liefen hier quasi in Dauerschleife, und früher war auch ich darauf zu sehen gewesen.

Ich hatte den Sport geliebt, aber es war nie mehr als ein Hobby. Ich bin nicht der Beste des Teams gewesen, doch den ein oder anderen weiblichen Fan hatte es schon gegeben. Ein kleines Lächeln stahl sich auf meine Lippen bei den Erinnerungen an meine Zeit in der Highschool.

Hazel versuchte zwar, nicht auffällig zu sein, aber ich spürte ihre Blicke. Ich hatte sie mit Amber zusammen auf Ryans Party gesehen und sicher hatten sie über mich geredet, so wie sie zu mir herübergesehen hatten.

Aber da Hazel kein wütendes Funkeln in den Augen hatte, schien sie sich nicht von Ambers Antipathie gegen mich anstecken zu lassen.

Ich dachte wieder an ihre Worte und die Verletzlichkeit, die dabei durch ihren Blick gehuscht war. Sie hatte das letzte Highschool-Jahr nicht vergessen, und es wurde Zeit, dass ich mich dafür entschuldigte. Manche Fehler verjährten nicht und verdienten mehr als nur einen blöden Spruch. Offenbar wurde ich mit jeder neuen Begegnung mit Amber dümmer. Statt auf Knien vor ihr zu rutschen, hatte ich sie angebaggert. Es war, als wäre bei ihrem Anblick, in dem schicken Jumpsuit und bei diesem sexy arroganten Blick, ein Schalter bei mir umgeklappt. Doch Amber war nicht mehr das Mädchen, das bei meiner Anwesenheit rote Wangen bekommen hatte. Sie war eine Frau mit Narben, für die ich verantwortlich war, und sie verdiente, dass ich sie um Verzeihung bat.

Zehn Minuten später fuhr ich in den Süden Eastwoods, dorthin, wo vereinzelte Farmhäuser standen, zu denen aber kaum Land gehörte.

Bei dem vorletzten Haus am Stadtrand bog ich auf eine geschotterte Straße ab und wurde langsamer, als das verwitterte Haus meines Vaters in Sicht kam. Im Gegensatz zu dem, in dem Mom jetzt lebte, sah man dem Gebäude sein Alter schon von Weitem an. Dad hatte absolut nichts dran gemacht, weshalb überall Farbe abblätterte. Das Unkraut wucherte dort, wo einst Sträucher gewesen waren, und bei dem Anblick fehlte nur noch, dass eines der Fenster eingeschlagen war.

Überraschenderweise waren die Scheiben sogar halbwegs sauber, weshalb ich davon ausging, dass seine Nachbarin mal wieder ihre Hilfe angeboten hatte. Ich wusste nicht viel von ihr, nur dass sie für ein paar Dollar putzte und regelmäßig einkaufen ging.

Ich parkte den Wagen neben dem alten Honda meines Vaters, dessen Radkästen von Rost zerfressen waren. Es war still um mich herum, und obwohl es früher Abend war und die Sonne schien, wirkte hier alles ein wenig düsterer als im Rest von Eastwood.

Ich stieg die Verandastufen hoch, die wie der Rest des Hauses einen neuen Anstrich benötigten, oder besser ausgetauscht werden sollten, und klingelte. Dann wartete ich.

Als sich im Inneren nichts regte, drückte ich erneut die Klingel.

In mir kämpften Erleichterung und Sorge. Einerseits wäre ich liebend gerne umgedreht und wieder abgehauen. Andererseits konnte ich nicht fahren, ohne mich zu vergewissern, dass es ihm halbwegs gut ging. Klar war er ein erwachsener Mann und konnte tun und lassen, was er wollte – dennoch war er mein Vater.

Ich klingelte ein drittes Mal, und dann endlich hörte ich Geräusche, die aber von der anderen Seite des Hauses zu stammen schienen. Deshalb stieg ich von der Veranda herunter und umrundete das Gebäude. Dahinter befand sich ein Garten, der an den Wald grenzte. In diesem Stadtteil hatte vor einigen Jahrzehnten ein Farmer seine Apfelplantage abgerissen, das Grundstück zerlegt und an Interessenten verkauft. Hier hatte mein Ururgroßvater gelebt, als er die Donovan Corp. gegründet hatte. Es war der Ort, an dem alles begann, und zugleich der Ort, an dem alles zerbrochen war.

Der alte Schuppen hinter dem Haus hätte längst zerfallen sein sollen. Doch stattdessen waren die Löcher ausgebessert worden und das Dach wirkte neu.

Unkraut hatte hier Besitz vom Garten ergriffen. Zugleich führte eine deutliche Spur in Richtung des Schuppens. Außerdem deutete das Klopfen eines Hammers darauf hin, dass mein Vater sich dort aufhielt.

»Dad?«, rief ich vorsichtshalber, denn es war nie klug, jemanden auf seinem eigenen Grundstück zu erschrecken. »Hier ist Brian!«

Das Klopfen hörte auf.

Einen Augenblick lang gab es nur das Rauschen der Blätter im Wind. Dann ertönten leise Schritte.

Im nächsten Moment trat mein Vater aus dem Schuppen. Er trug seinen obligatorischen ausgeblichenen Overall, dazu abgetragene Boots und ein helles Shirt. Sein graues Haar war ein wenig länger als bei unserer letzten Begegnung und die Falten um seine Augen waren deutlich mehr geworden.

Bei meinem Anblick rang er sich nicht einmal ein Lächeln ab. »Bist also auch wieder da.« Es klang wie ein Fluch.

Ich ging nicht darauf ein und hielt die Tüte hoch. »Ich habe Essen mitgebracht.«

Einen Augenblick lang schwieg mein Vater, als würde er in Erwägung ziehen, mich wieder wegzuschicken. Dann brummte er etwas und ging zurück in den Schuppen. Das nahm ich als Zustimmung.

Der Schuppen stellte sich als schlichte Werkstatt heraus. Die Werkbänke musste er selbst zusammengebaut haben, denn sie waren aus rohem Holz, ungeschliffen und rau.

Auf einer der Bänke lagen zwei kleine Bretter, die er offensichtlich zusammengehämmert hatte. Ich konnte nicht erkennen, was es am Ende werden sollte, und fragte auch nicht. An den Wänden hingen schmale Regale mit Holzfiguren, die mich allerdings nicht weiter interessierten.

Ein paar leere Flaschen Bier standen herum, aber das wunderte mich kaum. Mein Vater war keiner jener Alkoholiker, die sich ständig bis zur Besinnungslosigkeit betranken. Er war einer, der sich täglich zwei, drei Bier gönnte. Etwas, das ich nicht unbedingt gut fand, aber verkraften konnte.

Er bot mir keinen Platz an, deshalb zog ich mir kurzerhand einen Hocker unter der Bank hervor und ließ mich selbstständig nieder.

Währenddessen setzte er sich auf den alten Stuhl, der früher in der Küche gestanden hatte.

Ich nahm mir eine Portion vom Essen heraus, bevor ich ihm die Tüte hinschob. »Mit Grüßen von Joe.«

Die Oberlippe meines Vaters kräuselte sich. Bedauern und Verbissenheit spiegelten sich in seinen Augen. Einen Moment lang erwartete ich, dass er dieses Friedensangebot nach meiner langen Abwesenheit ablehnen würde. Stattdessen griff er wortlos nach dem Burger und wickelte die Folie ab, bevor er hineinbiss.

Wir aßen schweigend und wechselten auch danach kein Wort, außer als ich mich nach etwa einer Viertelstunde verabschiedete.

Es war wie ein Ritual. Als müsste mein eigener Vater sich wieder an meine Anwesenheit gewöhnen.

Als ich das Grundstück verließ, fühlte ich mich gleichermaßen erleichtert und niedergeschlagen.

Am liebsten wäre ich nie wiedergekommen, und gleichzeitig drängte der kleine Junge in mir, morgen erneut vorbeizuschauen.

Er war kein guter Vater gewesen, nachdem er alles verloren hatte. Trotzdem war er zugleich der Einzige, den ich hatte.

8

»Wie gut, dass du jetzt eine Frau bist und nicht mehr
den Träumen eines Mädchens nachjagen musst.«

Die Freitagabende hatten früher immer Frederic und mir gehört – wenn er nicht gerade auf einer Geschäftsreise war.
Diese Kurztrips waren oft vorgekommen. Ich hatte seine
Reisen sogar jedes Mal gebucht. Trotzdem hatte er es geschafft, mich auf mindestens einer davon zu betrügen.

Entweder ich war eine grottenschlechte Sekretärin oder er
ein verdammt gewitzter Lügner. Ich tippte auf Letzteres.

Nun gehörten die Freitagabende Hazel und Olivia. Sie
bestanden darauf, dass dies unser Filmabend sein sollte. Andere Frauen in unserem Alter gingen zu Beginn des Wochen-
endes in Bars und in Clubs. Wir saßen in gemütlicher Kleidung auf Olivias Couch, tranken Wein und aßen Chips und
diskutierten darüber, welchen Film wir uns heute ansehen
wollten. Eigentlich war ich dran gewesen, einen auszusu-
chen, aber offenbar traf ich mit *Casablanca* nicht den allge-
meinen Geschmack.

»Ich hasse ihn«, stieß Olivia aus und sah mich flehend an.
»Tu mir das nicht an. Ich ertrage es nicht, diesen Film zu
sehen.«

Ich musste lachen. »Was genau ist denn das Problem damit? Es ist ein Klassiker.«

Olivias Antwort wurde durch die Türklingel unterbrochen und sie stand auf, legte aber die Handflächen wie zum Gebet aneinander. »Bitte lass uns irgendwas anderes schauen.«

Mein fragender Blick fiel auf Hazel, nachdem Olivia in den Flur lief.

Sie grinste. »Sie hat eine totale Abneigung gegen Schwarz-Weiß-Filme. Keine Ahnung, wieso. Aber die machen sie irre.«

»Wow!«, rief Olivia aus dem Flur.

Hazel und ich wechselten einen Blick, bevor wir ihr folgten. So hatte Olivia den Pizzalieferanten sicher noch nie begrüßt.

Im Flur wartete jedoch keine Pizza, sondern ein Karton, der genauso groß war wie sie.

»Das hat eben ein Kurier für dich gebracht, Amber.« Olivia deutete auf den Karton, während sie ihn umrundete. »Aber es steht kein Absender drauf.«

»Wieso sollte jemand was hierherliefern? Ich wohne hier doch gar nicht.«

Hazel lachte und rannte in die Küche. »Das finden wir schnell heraus.« Mit einem Messer in der Hand kehrte sie zurück und durchtrennte kurzerhand das Klebeband, das den Karton verschloss.

Dann zog ich die große Klappe nach vorne hin auf und entdeckte zunächst eine Kleiderstange oben, an der ein Kleiderhaken befestigt war. »Was –« Meine Stimme versagte, als ich den Karton weiter öffnete und das darin hängende Hochzeitskleid sah. Es war das Kleid von Frederics Großmutter, das bereits seine Mutter getragen hatte. Das hatte er auch mir andrehen wollen.

»Okay, krass. Woher kommt denn das?« Hazel beugte sich in den Karton. »Moment, da ist noch was drin.« Sie zog ein Paket heraus und offenbarte einen Rosenstrauß, dessen Duft sich innerhalb von Sekunden im Flur ausbreitete.

Als sie ihn mir überreichen wollte, zuckte ich mit einem angewiderten Geräusch zurück. »Da ist eine Karte.«

»Ich befürchte das Schlimmste«, murmelte Olivia.

Hazel machte ein Würggeräusch. »Soll ich vorlesen?«

Alles in mir schien wie zu Eis erstarrt zu sein, dennoch schaffte ich es, zu nicken. Mein Kopf war leer, mein Herz klopfte beunruhigend langsam, und ich wagte nicht zu denken, nicht zu fühlen.

»Meine liebste Amber, du bist die Frau, die dazu bestimmt ist, an meiner Seite zu sein. Wir werden unsere Differenzen beilegen und eine Hochzeit feiern, wie sie noch niemand zuvor gesehen hat.« Bei den letzten Worten wurde Hazel immer langsamer. Dann runzelte sie die Stirn. »P. S.: Ich hoffe, er gefällt dir.«

»Nein!«, brach es aus Olivia heraus, und sie zog eine kleine Schachtel aus dem Strauß, die uns zuvor nicht aufgefallen war. »Das wird er nicht wagen!«

»Wäre schon schräg, einfach einen Ring zu schicken. Ich meine, wie lange habt ihr nicht mehr miteinander gesprochen? Soll das jetzt sein Heiratsantrag sein?«

»Seit der Schlüsselübergabe«, brachte ich heraus und betrachtete die kleine schwarze Schachtel. »Was erhofft er sich davon?«

»Sicher will er dich mit einem riesigen Klunker überzeugen, ihm zu verzeihen.« Olivia schnaubte. »Wie groß kann ein Ego eigentlich sein? Denkt er wirklich, dass er dich so zurückhaben könnte?« Sie öffnete die Schachtel, und zum Vorschein kam ein silberner Ring mit einem Diamanten, der so groß war, dass wir drei gleichzeitig nach Luft schnappten.

Olivia ließ den Deckel wieder zuschnappen. »Ein Jammer, dass er so ein Arsch ist.«

Ich lachte, obwohl Frederic es geschafft hatte, dass ich mich elend fühlte. Ich trauerte allerdings nicht unserer Beziehung hinterher, sondern der Zeit, in der ich geglaubt hatte, Frederic wäre meine große Liebe und seine Gefühle aufrichtig.

Mit einem Mal wünschte ich mir, der Betrug wäre schon viel früher aufgeflogen. Bevor Heiraten überhaupt zu einem Thema hatte werden können.

Meine Finger wanderten wie von selbst über den perlengesäumten Ausschnitt des Kleides. Es bestand aus doppelt gewebter Seide, war schmal geschnitten und bestach durch seinen minimalistischen und zugleich edlen Stil. Frederics Mutter hatte es nach ihren Wünschen umnähen lassen. »Als Kind habe ich immer von einer großen Hochzeit geträumt. Ich habe von einer Familie geträumt. Von Stabilität und … Kindern.« Ich lächelte traurig. »Frederic hat mir vermeintlich alles geben können, was ich mir schon seit meiner Kindheit wünschte.«

»Tja«, stieß Olivia aus und legte ihren Arm um meine Schultern. »Wie gut, dass du jetzt eine Frau bist und nicht mehr den Träumen eines Mädchens nachjagen musst.«

Ich nickte, denn sie hatte recht. Alles, was ich mir bei Frederic gewünscht hatte, war einer seltsamen Kindheit entsprungen. Durch Nachforschungen wusste ich, dass meine Mutter mich im Krankenhaus zurückgelassen hatte. Sie war jung und drogenabhängig gewesen. Bis ich fünf Jahre alt war, hatte ich bei einem älteren Pärchen gelebt, bis die Frau krank wurde und ich wieder dem Staat übergeben wurde. Danach hatten Lauren und ihr damaliger Mann mich aufgenommen und großgezogen.

Lauren war wie eine Mutter gewesen. Nicht die, die ich vielleicht gebraucht hätte, aber die Einzige, die da gewesen war. Es war eine toxische Beziehung, bei der ich immer versucht hatte, ihr zu gefallen.

Es hatte in der Familie noch andere Kinder gegeben, die nie lange dageblieben waren, nur Hazel und Ryan waren – trotz aller Zwistigkeiten, die wir miteinander hatten – wie Geschwister für mich gewesen. Derek kam zuletzt zu uns, da waren wir schon kurz vorm Ende der Highschool-Zeit. Doch er blieb und wurde ebenfalls ein Teil unserer Familie.

»Ich kümmere mich darum, dass das Kleid zurück bei Frederic landet.« Olivia klappte entschlossen den Karton zu, aber nicht, ohne vorher den Rosenstrauß wieder zu verstauen und den Ring ebenfalls hineinzuwerfen, als wäre es ein billiges Schmuckstück und nicht Tausende Dollar wert.

»Danke.« Tief atmete ich aus und fühlte mich ohne den Anblick des Kleides wieder freier.

Olivia nickte nur und schob den Karton in eine Ecke des Flurs. Dann sah sie zu Hazel. »Wie wäre es mit einem Cocktail?«

Ich unterbrach meine Pflegeschwester, bevor sie überhaupt antworten konnte. »Ehrlich gesagt, ist mir irgendwie der Spaß vergangen. Ich würde jetzt doch gerne zurück ins Hotel und ein wenig alleine sein.«

Hazel trat zu mir und betrachtete mich besorgt. »Du meldest dich aber, wenn du trotzdem Gesellschaft haben möchtest, okay?« Sie fragten nicht, ob ich sicher war, und dafür war ich dankbar. Ich brauchte niemanden, der an meinen Worten zweifelte. Nie wieder.

»Warte«, rief Olivia schnell und lief in die Küche. Als sie zurückkam, hatte sie eine Tiefkühlpackung Sushi in der Hand. »War für den kleinen Hunger gedacht. Du hast noch nichts gegessen, und ich weiß ja nicht, wie gut du im Hotel ausgestattet bist.«

Ich dankte ihr mit einer Umarmung.

Dann verabschiedete ich mich von den beiden und fuhr

mit Ryans geliehenem roten Cabrio nach Hause. Es war dunkel, als ich in die Kieseinfahrt des Hotels einbog und kurz darauf davor stehen blieb. Die Scheinwerfer beleuchteten die Fassade und den Bauzaun, der das gesamte Gebäude umschloss. Aktuell wurde der Putz ausgebessert, bevor das Hotel einen neuen Anstrich bekam.

Als ich den Schlüssel abzog, erstarb das Licht des Wagens und völlige Dunkelheit umgab das Gelände. Zwar erhellte der Mond den Parkplatz, aber meine Augen brauchten einige lange Sekunden, bis sie sich daran gewöhnt hatten.

Mein Herz klopfte ein wenig schneller.

Ich hätte es nie vor den anderen zugegeben, doch ich gruselte mich davor, nachts alleine hier zu sein. Sicher hätten sie mich sofort bei sich aufgenommen, wenn sie davon erfahren würden. Doch ich wollte nicht mehr von irgendwem abhängig sein. Egal, auf welche Weise.

Deshalb biss ich die Zähne zusammen, als meine Augen sich so weit an die Dunkelheit gewöhnt hatten, dass ich die Eingangstür sehen konnte. Dann riss ich die Wagentür auf und stieg mit meinen Sachen aus. Während ich eilig in Richtung der Veranda lief, verriegelte ich das Auto und hatte bereits in der anderen Hand den Hotelschlüssel.

Ich hielt die Luft an, bis ich endlich die Hoteltür hinter mir abschloss und zugleich das Licht anmachte. Sofort wurde der Eingangsbereich von nackten Glühbirnen beleuchtet, die an der Decke hingen.

Mein Herzschlag war viel zu laut in meinen Ohren. Ich fühlte mich schon ein wenig sicherer, dennoch eilte ich die Treppen hoch und löschte hinter mir das Licht. Als ich oben in der Suite angekommen war und die Tür verriegelt hatte, stieß ich den Atem geräuschvoll aus.

Ich trat zu dem kleinen Tisch, den Derek mir gestern erst

hochgetragen hatte und auf dem meine Kaffeemaschine stand. Auf keinen Fall hätte ich die Frederic überlassen! Ich startete sie und ging dann nach nebenan, um unter die Dusche zu steigen.

Im Hotel zu wohnen, war nachts wirklich ein bisschen gruselig. Doch das würde sich schnell ändern. Sobald wir es eröffneten, würde es hier immer Licht und Leben geben.

Dieses Hotel hatte meine Pflegegroßmutter uns vermacht, weil sie selbst es nicht mehr aufbauen konnte. Vermutlich hatte sie gehofft, die zerrüttete Beziehung unter uns Geschwistern würde sich dadurch retten lassen – und sie sollte recht behalten. Aber dieses Hotel war so viel mehr.

Es war meine Chance zu beweisen, dass ich von niemandem abhängig sein musste, um etwas leisten zu können. Ich würde endlich wieder Sicherheit finden, und diesmal war es nicht bei einem Menschen, der unweigerlich mein Herz brechen würde. Halt würden mir das Fundament aus Beton geben und Wände, die stehen blieben, selbst wenn ich wankte.

Dennoch war es schwer, etwas loszulassen, das so fest in mir verwurzelt war. Auch wenn die Beziehung mit Frederic nicht perfekt gewesen war, hatte er mir zugleich Halt und die Aussicht auf eine Familie geschenkt. Mein ganzes Leben lang hatte ich von einer Hochzeit, einem Haus und ein bisschen auch von Kindern geträumt. Das alles war zum Greifen nah gewesen und mit einem Mal wieder weggebrochen. Doch es zeigte mir ebenso, dass ich meine Träume zu sehr auf Frederic gestützt hatte.

Meine Vergangenheit war alles gewesen, was ich mir immer gewünscht hatte. Aber nachdem diese in Scherben lag, wurde es Zeit für einen neuen Wunsch.

9

Amber

»Für diese miese Nummer ist
ein Kaffee doch sicher drin.«

Trotz aller Vorsätze dachte ich selbst am Sonntagmorgen bei meinem Marktbesuch an das Hochzeitskleid und all die Dinge, die es verkörperte. Frederics Betrug hatte ich nur durch Zufall herausgefunden. Wäre ich nicht auf diverse Quittungen gestoßen, hätte ich jetzt unserer Zukunft entgegengefiebert. Blumen. Schmuck. Spitzenunterwäsche. Dinge, für die ich keine andere Erklärung fand und die Frederic auch nicht einfach wegdiskutieren konnte.

Allein die Vorstellung, dass meine ehemalige Freundin Angela mir weiterhin fröhlich ins Gesicht gelächelt hatte, während sie mit ihm ins Bett gestiegen war, ließ Übelkeit in mir aufsteigen.

Ich ergatterte einen Parkplatz in der Nähe der Kirche, von wo aus ich auf den kleinen Farmers Market ging, der hier wöchentlich stattfand.

Es dauerte nicht lange, bis ich die ersten bekannten Gesichter entdeckte und zum Plaudern stehen blieb. Dabei bemerkte ich ein paar alte Freundinnen aus dem Club, die ich seit dem letzten Frühstück vor einigen Monaten bei mir nicht mehr wiedergesehen hatte.

Nachdem sie mich derart hintergangen hatten, war mir

zwar die Lust auf ein weiteres Treffen mit ihnen vergangen. Doch dass sie sich gar nicht bei mir gemeldet hatten, versetzte mir zusätzlich einen Stich.

Wie üblich posierte ein Teil der Clubmitglieder bei einem Stand mit frischen Waffeln, dessen Einnahmen jede Woche gespendet wurden. Heute war Angela dabei. Sie, Rachel, Linda und Marleen spähten immer wieder verstohlen zu mir herüber.

Ich warf ihnen einen vernichtenden Blick zu und gab damit zu verstehen, dass ich ihr Getuschel mitbekam. Sofort wandten sie entsetzt ihre Köpfe um – nur um noch aufgeregter zu tuscheln. Nein, wie ungehörig von mir, sie böse anzuschauen, wenn sie doch so offensichtlich über mich redeten.

Allein der Gedanke daran, dass ich einst Teil von ihnen gewesen war, ließ mich angewidert meinen Mund verziehen. Zugleich war tief in mir drin ein stechender Schmerz darüber, dass diese vermeintlichen Freundschaften so leicht zerbrochen waren.

Ich wandte ihnen demonstrativ den Rücken zu und lief zum Gemüsestand, wo ich mich mit ein wenig Obst eindeckte.

Beim Umdrehen rempelte ich versehentlich eine Frau an. Mit einem Rums landete ihr Korb auf dem Kopfsteinpflaster.

»Entschuldigung!«, stieß ich erschrocken aus und kniete mich sofort hin, um ihre Einkäufe einzusammeln.

»Schon gut.« Sie lachte und ging ebenfalls auf die Knie, worauf wir gemeinsam alles aufsammelten.

Erst als wir uns erhoben, betrachtete ich die Mittfünfzigerin genauer und stellte überrascht fest, dass es sich um Brians Mutter handelte. »Oh, hallo.« Ich lächelte etwas verkniffen. »Ich hoffe, es ist alles okay?«

Sie tätschelte meinen Arm. »Alles bestens.«

Im nächsten Moment legte sich ein Schatten auf mich. »Was ist bestens?« Brians Blick war vorwurfsvoll auf mich gerichtet.

»Noch mal, Entschuldigung«, wiederholte ich und sah ihn nicht einmal an, bevor ich mich von seiner Mutter verabschiedete und weitereilte.

Mit einem Mal waren all die Blicke und das Getuschel zu viel. Ich hatte keine Ahnung, was mich glauben ließ, ein Marktbesuch wäre genau das Richtige gewesen.

Ich erreichte das Ende des Marktes, als plötzlich jemand neben mir aufholte. »Wieso rennst du denn so?«

Erschrocken fuhr mein Kopf zu Brian herum, der mit lässig in den Hosentaschen vergrabenen Händen mit mir Schritt hielt. »Und wieso rennst du mir hinterher?«

»Wer sagt denn, dass ich dir folge?«

»Wäre es anders, hättest du sicher nicht meine Geschwindigkeit kommentiert«, erwiderte ich und wurde zugleich ein wenig langsamer, nachdem wir den letzten Stand mit Blumen passiert hatten. Wir befanden uns direkt vor dem Park, von dessen Spielplatz das Geräusch von tobenden Kindern herübergeweht wurde.

»Stimmt. Meine Mutter war ein wenig überrumpelt von deiner Flucht. Eigentlich wollte sie dich zum Kaffee einladen und hat mich jetzt hinter dir hergeschickt.« Sein Blick zuckte für einen Moment unruhig über mich hinweg, fast so, als kämpfte er mit sich, mich anzuschauen. Ich trug eine helle Seidenbluse und blau-weiß gestreifte Shorts, die vorne mit der Schleife des Bindegürtels verziert wurden. Brian betrachtete eine Millisekunde lang meine Beine, bevor er mir eilig wieder in die Augen sah.

Ich hatte keine Ahnung, was ich von diesen Blicken halten sollte, und starrte ihn verwirrt an. Wollte er jetzt etwa an seine unwillkommenen Flirtversuche von Ryans Party anknüpfen? »Wieso will deine Mutter mit mir Kaffee trinken?«

»Vermutlich wegen dem Schreck.« Er zuckte mit den Schultern. »Was weiß ich. Mütter muss man nicht immer verstehen.«

Ich hob die Augenbrauen. Es war kein Geheimnis, dass Lauren uns als Pflegekinder aufgenommen hatte.

»Shit«, stieß er aus, als der Groschen bei ihm fiel, und rieb sich verlegen über seinen Nacken. »Sorry, das war –«

»Schon okay«, unterbrach ich ihn. Dabei verlagerte ich mein Gewicht auf das andere Bein und schaute wieder kurz zum Markt, wo ich sehen konnte, dass seine Mutter uns mit Argusaugen beobachtete.

Statt wie früher einen dummen Spruch zu bringen, lachte er. »Für diese miese Nummer ist ein Kaffee doch sicher drin.«

Ich zögerte, denn ich hatte nicht unbedingt Lust auf einen Kaffee mit ihm und seiner Mutter. Die alte Amber hätte ohne zu zögern zugesagt, um nicht unhöflich zu sein.

Brians Handy klingelte in diesem Moment und rettete mich. Ich wollte schon ein feiges »Ich muss wirklich los« einschieben, da fuhr sein Kopf herum. Seine Augen suchten vor Argwohn zusammengekniffen den Marktplatz ab und er stieß ein Knurren aus. »Das meinst du nicht ernst.«

Das wäre die Chance für mich gewesen zu fliehen, aber neugierig, wie ich war, folgte ich seinem Blick, unsicher, wonach ich suchte. Doch da fiel mir auf, dass seine Mutter nirgends mehr zu sehen war.

Vor Erleichterung biss ich mir auf die Unterlippe. Offenbar erledigte sich das Problem von selbst.

Brian legte auf und schob sein Handy in seine Hosentasche, wobei er schwer seufzte. »Meine Mutter ist … plötzlich verhindert. Sie will auf jeden Fall, dass wir den Kaffee trinken. Ihre Einladung an dich holt sie nach.«

»Oh, ich –« Mir lag eine Ausrede auf der Zunge, doch Brian schien andere Pläne im Sinn zu haben.

Er deutete auf den Marktstand fünf Tische weiter und meinte: »Wir machen es kurz. Du siehst eh aus, als wärst du nur auf dem Sprung hier.«

»Stimmt«, stieß ich aus und vertat meine Chance, höflich aus dieser Sache herauszukommen.

Brian bemerkte gar nicht, dass ich ihm lieber einen Korb gegeben hätte, und lief zielstrebig voraus. Vielleicht lag es daran, dass ich ihm früher meine Meinung immer ins Gesicht geschleudert hatte, dass er meine Abwehr gar nicht wahrnahm. Gerade dann, wenn er seine Idiotenfreunde mal wieder auf mich gehetzt hatte. Alte Abneigung kroch in mir hoch und kratzte an meinen Nerven.

Ich folgte Brian, der schon fast den Marktstand erreicht hatte, und verdrehte innerlich die Augen. Wie unhöflich von ihm, quasi wegzulaufen. Andererseits zeigte es mir, dass er keinerlei Interesse an mir hatte. Aber wieso sollte er auch? Es war ja nicht so, als hätten wir uns gegenseitig Herzchen und Abschiedsgrüße ins Jahrbuch geschrieben.

Ich hatte diesen Typen gehasst und Konfetti geworfen, als die Highschool uns nicht mehr zwang, uns täglich zu sehen.

Brian bestellte für sich einen großen Kaffee und eine kleine Packung Donuts. Ich nahm einen Latte Macchiato, den er überraschenderweise bezahlte. Dann deutete er auf den Park. »Da können wir sitzen.«

Ich zuckte nur mit den Schultern und merkte, wie allein die Erinnerung an unser letztes Highschool-Jahr reichte, um meine Stimmung weiter zu dämpfen. Wir könnten zwar so tun, als wären wir alte Schulkameraden. Aber am Ende würde es nicht auslöschen, was alles zwischen uns passiert war.

Dennoch setzte ich mich mit ein wenig Abstand neben ihn auf die Bank, die unter den hohen Amberbäumen stand, die den gesamten Park umrahmten. Von hier aus hatten wir einen guten Blick auf den Spielplatz, der sich weiter hinten befand, sowie auf den großen Brunnen, um den herum Rosenbeete angelegt worden waren.

Brian stellte die Donuts zwischen uns und öffnete die Schachtel. »Bedien dich.«

Okay, er hatte definitiv kein Interesse. Deshalb tat ich etwas, das ich seit Ewigkeiten nicht mehr freiwillig gemacht hätte – ich nahm mir einen Donut mit Erdbeerglasur und biss, noch auf der Parkbank sitzend, davon ab. Puderzucker schmolz auf meinem Gaumen, und ich lächelte kauend, während ich das Wasser betrachtete, das aus dem schlichten, großen Brunnen sprudelte.

Dass ich so oft hintereinander auf einer Bank etwas essen würde, hätte ich nie gedacht. Aber ein Donut mit Glasur, ohne Reue vor den Kalorien – möglicherweise war es die Trennung von Frederic allein dafür wert.

»Was erhofft sich deine Mutter wohl hiervon?« Es hatte keinen Sinn, einem von uns vorzumachen, sie hätte bei dieser Aktion keine Hintergedanken. »Immerhin wusste sie sicher, wie sehr wir einander in der Highschool gehasst haben.«

»Ich habe dich nicht gehasst«, erwiderte Brian und biss ein großes Stück seines Gebäcks ab, während er das Wasserspiel des Brunnens beobachtete.

Spöttisch zog ich die Augenbrauen nach oben. »Hat sich anders angefühlt.«

Brians Blick schoss zu mir, und er strich sich mit einer fahrigen Bewegung durchs Haar, während er schwer ausatmete. »Es tut mir leid. Du hattest diese Behandlung nicht verdient. Ich wünschte mir, ich könnte all das ungeschehen machen.«

Ich starrte ihn an und wusste nicht, was ich erwidern sollte.

Er nahm das zum Anlass weiterzusprechen. »Ich war ein Idiot. Das ist die einzige Erklärung dafür, dass ich zugelassen habe, wie sie dich behandelten.« Brian lächelte nicht, sondern hielt meinem ungläubigen Blick stand. Er meinte es ernst.

»Ich werde dir jetzt keine Absolution erteilen, falls du dir das erhofft hast«, erwiderte ich, statt seine Entschuldigung anzunehmen. »Nichts kann das wiedergutmachen. Mein letztes Jahr war schrecklich. Wegen euch.« Ich stand auf, weil ich keine Sekunde länger hier sitzen wollte. All die Scham, Hoffnungslosigkeit und Unsicherheit von damals überschwemmten mich. Wie furchtbar ich mich gefühlt hatte! Seine Entschuldigung war überfällig, und zugleich konnte sie nicht ändern, was in jener Zeit passiert war.

»Danke für den Kaffee«, schob ich schnell nach und deutete auf mein leeres Handgelenk. »Aber ich muss echt los. Wir sehen uns sicher bald.«

Ich floh vor ihm und all den miesen Gefühlen, die er in mir hervorgrub. Ginge es nach mir, müssten wir uns nie wiedersehen.

Da meine momentane Bleibe über keine Küche verfügte, hatten wir das Sonntagsdinner auf unbestimmte Zeit in Dereks Wohnung verlegt.

Er wohnte zentral in Eastwood über dem Schuhgeschäft, in dem Lauren früher für uns Kinderschuhe gekauft hatte.

Normalerweise war ich immer für das Sonntagsessen verantwortlich, doch irgendwann in den letzten Wochen hatten die drei mir diese Sache abgenommen. Es war rührend, wie nett sie zu mir waren. Dabei kochte ich eigentlich gerne. Trotzdem war es zur Abwechslung ganz schön, wenn andere sich um einen kümmerten.

Als Derek mir die Tür öffnete, hörte ich heiteres Lachen aus dem Inneren der Wohnung.

»Wie immer pünktlich«, begrüßte er mich mit einer Umarmung.

Ich folgte dem Lachen ins Wohnzimmer. »Und offenbar auch die Letzte.«

»Du wirst gleich überfallen«, warnte er mich.

Im selben Moment trat ich in den großen Wohnbereich und erblickte auf dem Sofa Maggy, die Schwester meiner verstorbenen Pflegegroßmutter. Sie trug ihr graues Haar in einer Dauerwelle und ihre rot lackierten Fingernägel passten perfekt zu ihrer roten Bluse. Als sie mich sah, lächelte sie und winkte. In der anderen Hand hielt sie ein Bier. »Amber, Liebes, wir haben gerade über dich gesprochen!«

Ich trat zu ihr und küsste sie auf die Wange, bevor ich mich ihrer besten Freundin Elinor zuwandte. Sie hatte ihre Haare dunkel gefärbt und trug wie immer ein klein wenig zu viel Schminke. Ich hatte sie noch nie ohne Make-up gesehen, und dabei kannte ich sie schon mein ganzes Leben lang. Auch sie begrüßte ich mit einem Wangenkuss. »Ach ja? War es was Böses?«

»Wie kommst du denn darauf?«, fragte Hazel kichernd, die neben dem Sofa stand und mich kurz umarmte. »Renn, so schnell du kannst«, raunte sie mir dabei kaum hörbar zu.

Ich lachte irritiert und begrüßte Ryan, der auf der Sofakante saß und grinste, als hätte er einen unanständigen Witz gehört. »Lauf«, formte er mit seinen Lippen.

Doch dann drückte Derek mir ein Glas mit einem Aperitif in die Hand. Alle anderen tranken Bier, nur für mich hatte er ein rosa Getränk, in dem Himbeeren schwammen und das ein wenig nach Sekt roch. »Danke.«

»Hat Hazel gezaubert«, erwiderte er und nippte selbst an einem Bier.

Ich prostete ihr zu und probierte das prickelnde Getränk. »Gut zu wissen, dass meine Aperitifs vorher wohl unnötig waren.«

»Sei doch nicht direkt eingeschnappt«, rügte mich Maggy und grinste ein wenig verschlagener. »Also, da du ja jetzt seit geraumer Zeit wieder auf dem Markt bist –«

»Geraumer Zeit?« Irritiert runzelte ich meine Stirn. »Erst seit ein paar Monaten.«

Maggy winkte ab. »Genug Zeit, immerhin wirst du bekanntlich nicht jünger.«

Ich kniff meine Augen zusammen. »Was soll das werden?«

»Wir werden dich wieder auf den Markt werfen«, verkündete Elinor schadenfroh lachend.

»Ihr könnt euch gerne selbst auf den Markt werfen«, erwiderte ich mit finsterem Blick.

Hazel lachte schallend, während Derek sich an seinem Bier verschluckte und Ryan sich die Hand vor den Mund schlug.

Die beiden alten Damen zogen gleichzeitig die Augenbrauen hoch.

Ich imitierte ihren Gesichtsausdruck. »Schaut mich nicht so vorwurfsvoll an. Ich brauche keinen Partner. Braucht ihr einen?«

»Tja, Maggy ist ja so gut wie vergeben«, frotzelte Elinor und stieß ihre beste Freundin mit ihrem Ellenbogen an. »Joe rennt ihr hinterher wie ein Hündchen.«

»Rede nicht so von meinem Chef«, ermahnte Hazel sie und kicherte noch immer. »Aber er mag Maggy wirklich.«

Diese strafte uns mit finsteren Blicken. »Wir sind alte Freunde. Hört auf, etwas sehen zu wollen, das es nicht gibt. Außerdem ist das nicht das Thema des Abends. Wir haben eine Reihe von geeigneten Männern, die wir dir in der nächsten Zeit vorstellen möchten.«

»Nein«, entfuhr es mir etwas zu heftig, und ich atmete tief durch, bevor ich gefasster weitersprach. »Das ist sicher nett gemeint, aber ich habe aktuell noch kein Interesse an Dates.«

»Du wolltest doch immer eine Familie.« Elinor sagte es, als wäre es dafür bereits in den nächsten Tagen zu spät.

»Ich bin Mitte zwanzig. Ich kann auch noch entspannt in fünf bis zehn Jahren ein Kind bekommen.«

Die beiden sahen mich an, als hätte ich den Verstand verloren.

Hilflos wandte ich mich an Hazel. »Mach bitte was.«

Sie presste ihre Lippen zusammen und schien ernsthaft darum zu ringen, nicht erneut schallend loszulachen. »Sie will das nicht«, sagte sie extralaut.

»Schätzchen, wir sind nicht taub«, erinnerte Elinor sie.

»Ich war mir nicht sicher«, erwiderte Hazel lachend und tätschelte Elinors Schulter. »Lasst Amber in Ruhe. Sie arbeitet echt hart momentan.«

»Stimmt«, stieß Maggy aus und wandte sich mit großen Augen mir zu. »Wir wurden darüber informiert, dass du jetzt ein Zimmermädchen bist.«

»Ich mache ein Praktikum«, präzisierte ich und nippte an meinem Getränk, während ich mich auf einen freien Stuhl setzte. »Dort lerne ich etwas über Hotels. Wenn wir irgendwann eröffnen möchten, sollte ich wenigstens ein paar Dinge wissen.«

»Stimmt, wann wollt ihr denn eröffnen?«, hakte Maggy nach.

Ryan machte ein nachdenkliches Geräusch. »Das haben wir noch nicht festgelegt. Wie wäre es mit September?«

»Das wäre direkt im Anschluss an mein Praktikum«, überlegte ich laut, und während die Aufregung stieg, wurde mir zugleich flau im Magen. »Stimmt, das würde sich anbieten.«

»Schaffen wir das denn?«, fragte Hazel und stemmte sich mit den Unterarmen auf die Sofalehne. Dabei schaute sie zu Derek hinüber. »Die Restarbeiten erfolgen komplett über Eigenleistung. Und es ist ein erheblicher Aufwand, alle Wände zu streichen und die Böden zu verlegen. Ganz zu schweigen von der Inneneinrichtung, die wir noch immer nicht besitzen.«

»Secondhand«, warf Ryan ein und trank einen Schluck aus seinem Bier, während er seine Krawatte lockerte. »Wir arbeiten doch ressourcenschonend. Das sollten wir so durchziehen.«

Ich schmunzelte über diesen Running Gag, den Hazel irgendwann eingeworfen hatte und der sich so viel besser anhörte, als zu sagen, dass wir an allen Ecken und Enden sparen mussten und uns deshalb nichts Neues leisten konnten.

»Apropos«, warf Hazel ein und deutete mit dem Flaschenhals ihres Bieres auf mich. »Ich habe da etwas entdeckt, das dich interessieren könnte. Nicht weit von hier löst wohl jemand den Hausbestand einer verstorbenen alten Dame auf, und soweit ich online gesehen habe, hatte sie ein paar Schätze. Derek müsste sie ein bisschen aufarbeiten.« Sie warf ihm einen entschuldigenden Kussmund zu. »Aber ein paar der Sachen könnten gut ins Hotel passen.«

Ich nickte langsam und versuchte, mir nicht anmerken zu lassen, wie sich meine Kehle zusammenschnürte. Natürlich wollte ich das Hotel leiten. Unbedingt. Dennoch fühlte ich mich überhaupt nicht darauf vorbereitet. Ich war erst seit ein paar Tagen in der Wäscherei tätig und wusste allenfalls, wie man Handtücher richtig sauber bekam. Aber ich konnte ja nicht einmal Betten machen! Ich bemerkte meinen schneller werdenden Atem erst, als Ryan mir einen fragenden Blick zuwarf. Hastig lächelte ich und nippte am Getränk. Gleichzeitig knurrte mein Magen, weil ich seit heute Morgen nichts mehr gegessen hatte.

»Perfektes Timing«, rief Maggy, als sie das Geräusch hörte. »Wie steht es um das Abendessen?«

»Ist bereit, wenn ihr es seid.« Derek reichte Maggy die Hand, um ihr beim Aufstehen zu helfen.

»Danke, mein Junge.« Sie ließ sich hochziehen und dann von ihm zum Essbereich führen.

Ryan trat an Elinors Seite, während Hazel und ich den vieren zum Esstisch folgten.

»Alles klar bei dir?«, fragte Hazel im Flüsterton und betrachtete mich eindringlich.

»Klar.« Ich antwortete ein wenig zu schnell und kassierte augenblicklich ein Paar erhobene Augenbrauen. »Die Situation ist irgendwie … anstrengend«, gestand ich zögerlich.

»Wohn bei mir«, bat sie sofort leise und zugleich eindringlich. »Es gefällt mir überhaupt nicht, dass du alleine im Hotel übernachtest.«

»Ich weiß, aber es ist wirklich nicht so schlimm«, versicherte ich ihr und war gerührt, dass sie sich solche Sorgen um mich machte. »Ich mag das Hotel. Außerdem werde ich schon bald Tag und Nacht da verbringen. Ich hatte eh überlegt, mir den Raum hinter dem Büro fertig zu machen, damit ich dort in der ersten Zeit übernachten kann. Da wird es sicher am stressigsten.«

»Bestimmt, klingt logisch«, meinte Hazel und zuckte mit den Schultern. »Ich habe auch keine Ahnung von Hotels.«

»Wir sind schon eine ganz schöne Katastrophe.« Ich lächelte, aber in mir sammelte sich ein wenig Panik. Wie hatte ich jemals glauben können, es wäre der richtige Weg für mich, ein Hotel zu leiten? Ich hatte doch keine Ahnung davon!

»Also, ich möchte gerne meinen Geburtstag in eurem Festsaal feiern.« Elinor lenkte damit alle Aufmerksamkeit auf sich und verzog ihre dunkelrot geschminkten Lippen so sehr, dass sich die feinen Fältchen darum glätteten. »Immerhin werde ich Mitte Oktober achtzig, und das sollten wir gebührend feiern.«

»Kennst du überhaupt so viele Leute, dass du einen Saal damit füllen könntest?«, zog Maggy sie auf, während ihre Augen leuchteten.

»Natürlich«, erwiderte Elinor pikiert.

»Perfekt!«, rief Ryan und zog für sie einen Stuhl zurück, damit sie sich setzen konnte. »Unsere erste Veranstaltung! Ich bin begeistert, wie gut das bisher läuft.«

Ich stimmte nur halb in das anklingende Gelächter mit ein.

Wir setzten uns an den Tisch, der bereits gedeckt war und auf dem sogar ein paar hübsche Wildblumen in Vasen standen.

Derek und Hazel gingen zur offenen Küche und holten die vorbereiteten Teller, auf denen sie einen Salat als Vorspeise angerichtet hatten.

»Das sieht wirklich lecker aus«, meinte Elinor und probierte etwas davon. Sofort meldete sich mein schlechtes Gewissen. Ich hatte nie daran gedacht, die beiden ebenfalls zu unseren Sonntagsdinnern einzuladen. Für mich waren es immer nur Ryan und Derek gewesen. Doch als Hazel zurückgekehrt war, hatten wir wieder mehr Kontakt zu Maggy und Elinor. Für mich waren sie stets nur Bettys Clique gewesen.

Anders als Hazel hatte ich ihnen nie nahegestanden. Das lag vermutlich daran, dass unsere Pflegemutter Lauren die Dreiergruppe immer verteufelt hatte und ich daher das Gefühl hatte, mich besser von ihnen fernhalten zu müssen.

Etwas, das natürlich totaler Unsinn war. Doch ich hatte damals zu Lauren aufgesehen wie zu einer Mutter.

Ich war unendlich froh, dass ich keinen Kontakt mehr zu ihr hatte. Lauren war ein Mensch, der immer meine wunden Punkte traf, und solche Leute wollte ich nie wieder um mich herum haben.

Während wir aßen, erzählte Ryan Anekdoten über eine kürzliche Partynacht, die völlig aus dem Ruder gelaufen war. Es wurde laut gelacht und durcheinandergeredet. Dabei beobachtete ich meine Familie und merkte, wie die vorherige Panik sich langsam verflüchtigte.

Das Hotel war mein Ziel, das ich nicht alleine erreichen musste. Mit meiner Familie würde ich alles schaffen. *Sie* waren wichtig, sonst niemand.

Mir fiel das Brautkleid ein und ich atmete tief durch. Das war Vergangenheit.

Vielleicht würde ich irgendwann wieder ans Heiraten denken. Aber ich konnte mir aktuell nicht einmal vorstellen, so schnell eine neue Beziehung einzugehen. Nicht, dass es da jemanden geben würde.

10

Amber

»Meine Pfanne habe ich heute Morgen zerstört,
als mein Ex versucht hat, sich Zugang
zu meinem Haus zu verschaffen.«

Als ich Montagmorgen zur Arbeit fuhr, versuchte ich, nicht daran zu denken, dass Brians Mutter uns dazu gezwungen hatte, auf einer Parkbank einen Kaffee zusammen zu trinken.

Nicht, dass es mir peinlich war, aber mittlerweile fragte ich mich, warum ich überhaupt Ja gesagt hatte. Immerhin mochten wir uns beide nicht einmal. Wieso hatte ich mich dann dazu bringen lassen, mich mit ihm auf die Parkbank zu setzen?

Während ich an einer Ampel darauf wartete, dass diese auf Grün sprang, wurde mir klar, dass ich es ihm nur hatte recht machen wollen. Nicht, weil er mich dazu gedrängt hatte, sondern durch seine Frage, die ich nicht verneinen konnte.

Ich schnaubte und wurde wütend auf mich selbst. Brian war doch das perfekte Beispiel. Wir mochten uns nicht, und trotzdem hatte ich nichts dagegen gesagt!

Als ich beim Westwood Inn aus dem Wagen stieg, bog zeitgleich ein schwarzer Geländewagen auf den Parkplatz, und ich erkannte auf den ersten Blick, dass Brian hinter dem Steuer saß.

Nach meinem abrupten Abgang am Wochenende hatte

ich keine Lust auf ihn und beeilte mich deshalb extra, um zum Mitarbeitereingang zu gelangen. Seine Entschuldigung ging mir durch den Kopf. Er hätte das nicht sagen müssen und so tun können, als wäre das von damals nicht mehr wichtig. Aber das hatte er nicht. Das ließ die Narben zwar nicht verschwinden, doch es dämpfte den alten Schmerz.

Als ich in den Mitarbeiterflur trat, drang mir der Geruch von Waschmittel in die Nase. Und als ich in der Waschküche ankam, begrüßte mich eine genervte Wanda. »Weißt du, wo Ella steckt? Sie müsste seit einer halben Stunde da sein!«

»Sie kommt gleich«, log ich, in der Hoffnung, dass es stimmte.

»Das will ich ihr auch raten! Kann doch nicht sein, dass jeder hier ständig krank ist und ich alles alleine machen muss!« Sie stopfte sich demonstrativ die Kopfhörer in die Ohren und wandte sich von mir ab.

Bevor Wanda sich noch mehr aufregen konnte, machte ich mich schnell an die Arbeit und versuchte, so viele Wäscheberge wie möglich abzuarbeiten.

Glücklicherweise kam Ella zehn Minuten später. Sie war völlig verschwitzt und außer Atem.

»Alles klar?«, fragte ich sie und betrachtete die dunklen Ringe unter ihren Augen.

Sie winkte ab. »Wird schon. Hat sich jemand beschwert?«

Ich nickte nur kurz in die Richtung von Wanda, die Ella demonstrativ mit Nichtachtung strafte. »Sonst keiner.«

»Puh«, stieß sie aus und fing sofort mit der Arbeit an. »Das war eine beschissene Nacht. Keine Ahnung, was los war, aber man hat mich heute kaum schlafen lassen.«

Kurz wunderte ich mich über ihre Ausdrucksweise, bis mir klar wurde, dass sie nicht zu wollen schien, dass Wanda von ihrer Tochter wusste.

Die Frage nach dem Warum beschäftigte mich den gesamten Vormittag, weshalb ich damit herausplatzte, als wir gemeinsam zum Mittagessen gingen.

»Weil das Probleme mit sich bringt«, gestand Ella leise. »Ich bin auf diesen Job angewiesen und einfach austauschbar. Sobald jemand davon erfährt, werde ich als unflexibel und unzuverlässig eingestuft.«

Ich öffnete schon den Mund, um ihr zu widersprechen, da tauchte jemand neben uns auf. »Hallo, die Damen.«

Brian lächelte von der Seite und begleitete uns in die Mitarbeiterkantine.

»Hi«, erwiderte Ella sofort verzückt.

Mein Hallo klang weniger enthusiastisch.

»Wie gefällt es dir hier?«, wandte sich Ella an Brian und stupste mich verstohlen mit dem Ellenbogen an. Was sie dazu sagen würde, wenn sie wüsste, dass er und ich erst gestern auf einer Parkbank Kaffee getrunken hatten?

»Gut. Die Kollegen hier sind wirklich *nett*«, antwortete Brian, und ich meinte, in dieser Betonung einen Hauch von Zweideutigkeit zu hören.

Irritiert schaute ich an Ella vorbei zu Brian, der genau in diesem Moment meinen Blick erwiderte.

»Warum bist du jetzt überhaupt Hausmeister?«, schob ich eilig hinterher, nur um ihm nicht das Gefühl zu vermitteln, ich würde ihn grundlos anstarren.

Sofort runzelte er die Stirn. »Und warum bist du Praktikantin?«

»Es schadet nicht, neue Sachen auszuprobieren.« Ich stellte mich als Erste in die Warteschlange in der Kantine und drehte mich zu Brian um, während Ella zwischen uns stand. »Irgendwie dachte ich die ganze Zeit, du würdest etwas total Tolles machen. Deine Mutter hat mal erwähnt, dass du –« Ich unterbrach mich selbst und runzelte die Stirn, weil mir nicht mehr einfallen wollte, was sie mir vor Ewigkeiten mal bei einem Wochenmarkt über seinen beruflichen Werdegang erzählt hatte.

»Jetzt bin ich offensichtlich hier, also kann es wohl nicht so falsch sein.« Brian lächelte, doch seine Augen wirkten kalt. Wie seltsam. Offenbar hatte ich mit meinen Fragen einen wunden Punkt getroffen.

»Sehe ich auch so«, fügte Ella hinzu und stieß mich unauffällig mit ihrem Fuß an. »Ich wollte übrigens meinen Geburtstag am Wochenende mit ein paar Leuten feiern, und wenn ihr Zeit habt, seid ihr eingeladen.«

Überrascht starrte ich sie an. »Dieses Wochenende?«

Ella lachte auf. »Da habe ich Geburtstag. Aber wenn du was vorhast –«

»Nein, ich komme gerne«, unterbrach ich sie ein wenig zu schnell und strahlte. »Das klingt nach Spaß.«

»Aber es kommen leider keine anderen Kollegen.« Ihre Stimme wurde immer leiser, bis sie flüsterte: »Weil ich den Rest einfach nicht mag.«

Ich stieß ein ersticktes Lachen aus und machte einen Schritt vor, als es in der Warteschlange weiterging.

»Dann komme ich ebenfalls. Sonst langweilt sich Amber noch.« Brian ignorierte meine gerunzelte Stirn und lächelte Ella an.

»Perfekt«, rief diese und klatschte mehrmals hintereinander mit ihren Fingerspitzen aneinander.

Ja. Perfekt.

Nach meinem Feierabend fuhr ich in die Stadt und war gerade auf dem Weg, um Hazel einen kleinen Besuch im *Red Chili* abzustatten und mit ihr über ein geeignetes Geburtstagsgeschenk für Ella nachzudenken, da entdeckte ich Rachel aus dem Club.

Sie stand vor *Floras Flowers* und betrachtete einen bepflanzten Korb, in dem ein Willkommensschild steckte.

Einen Moment lang überlegte ich, an ihr vorbeizugehen und so zu tun, als hätte ich sie nicht gesehen. Doch falls sie mich entdecken würde, würde das sicher eine unangenehme Situation werden.

»Hallo Rachel.« Ich scannte ihr legeres Outfit, das aus schwarzen Shorts und einer hellblauen Bluse bestand, die perfekt zu ihren blauen Sandalen passte. Es war schick und zugleich knapp an der Grenze dessen, was der Club als angemessene Kleidung betitelte. Was das anging, waren sie ziemlich eigen. Mir wurde klar, dass ich meine Outfits all die letzten Jahre nach ihren Regeln ausgewählt hatte.

Als die Erkenntnis mich traf, wusste ich nicht, was überwog: das Entsetzen oder die Abscheu.

Einen Moment lang wirkte Rachel irritiert, als hätte sie nicht damit gerechnet, angesprochen zu werden. Dann lächelte sie mich ehrlich erfreut an. »Amber, wie schön dich zu sehen! Ich dachte –« Sie verstummte.

Ich konnte mir schon denken, was sie sagen wollte. »Dachtest du, dass ich mich in meiner Schmach und Schande verstecke?«

Sie schnaubte belustigt. »So lauten zumindest die Gerüchte. Wahlweise hast du bereits einen neuen Lover oder zehn Kilo zugenommen.« Ihr Blick wanderte über meinen Rock und die Bluse. »Da du aussiehst, als hättest du eher fünf Kilo abgenommen, hoffe ich, dass dein Lover dich tröstet.«

Ich lachte überrascht auf. »Tut mir leid, da muss ich dich wohl enttäuschen. Kein Lover.«

Ihre Augenbrauen schnellten in die Höhe und dann sagte sie mit affektierter Stimme: »Aber du hattest doch ganz offensichtlich mit Brian Donovan ein Date.«

»Ähm, *nein*. Das war ein Kaffee auf einer Parkbank und sicher kein Date. Kennst du ihn?«, fragte ich verwundert und überrumpelt, da sie erst seit ein paar Jahren in der Stadt lebte und Brian kurz vorher weggegangen war.

»Nein. Aber natürlich habe ich sofort alle Informationen über ihn erhalten, die Eastwood so zu bieten hat.«

»Oje«, murmelte ich und seufzte, als sich ihr Gesicht für einen Moment mitleidvoll verzog. »Dann hast du sicher auch von unserem katastrophalen Date aus der Highschool gehört. Das werden die Leute hier niemals vergessen.«

»Klang episch.« Sie grinste und deutete die Straße hinunter. »Hast du Lust auf einen Kaffee?«

»Klar.« Ich zögerte kurz. »Also hast du kein Problem mit mir?«

Sie wollte schon loslaufen, stoppte dann aber und sah mich mit zusammengezogenen Augenbrauen an. »Wieso sollte ich?«

»Weil offenbar jedes Mitglied des Clubs davon gewusst hat, dass Angela mit meinem Freund schläft.« Ich schaffte es nicht, die Bitterkeit aus meiner Stimme zu halten.

Ihre Gesichtszüge entgleisten. »Angela hat was?«

Ich kniff ungläubig die Augen zusammen. »Sie hat mit Frederic geschlafen. Die anderen haben so getan, als hättet ihr alle es gewusst und gebilligt.«

»Welche anderen?« Rachels Mund stand offen und in ihrem Blick rangen Abscheu und Entsetzen miteinander.

»Linda und Marleen.«

Sofort klappte ihr Mund zu und sie zog die Augenbrauen nach oben. »Die beiden kriechen Angela so tief in den Hintern, dass es mich nicht wundern würde, wenn sie aus deren Hals winken könnten.«

»Das ist so ekelhaft«, stieß ich aus und musste zugleich lachen. »Also wusstet ihr nichts davon? Wieso sollten sie es dann behaupten?«

»Um dich vom Club fernzuhalten«, erwiderte sie sofort und zog ihr Handy aus ihrer Handtasche. »Warte, gleich wissen es alle.« Sie blickte zu mir auf. »Wenn das für dich okay ist.«

Ich nickte und sah ihr dabei zu, wie sie eine Nachricht eintippte. Währenddessen ließ ich das eben Erfahrene sacken. Sie hatten mir etwas vorgemacht, und ich war total drauf reingefallen.

Die ganze Zeit über hatte ich mich gefragt, warum ich so unbeliebt war, dass die anderen so ein hinterhältiges Verhalten akzeptierten.

Frederic hatte mich verletzt, und sie nutzten das aus, genau zu der Zeit, in der ich dringend Freundinnen gebraucht hätte.

»Ich steige aus«, hörte ich mich da plötzlich sagen und lachte leise auf. »Ich bin raus aus dem Club und aus den Spielchen.«

Rachels Kopf fuhr hoch. »Nein, wir haben dich vermisst und geglaubt, du bräuchtest Abstand, nachdem Frederic dich verlassen hat. Du bist ein wichtiges Mitglied im Club, und wir kennen uns zwar noch nicht lange, aber selbst mir ist aufgefallen, wie sehr du es liebst, all diese Feste zu organisieren.«

Ich dachte an die unzähligen Veranstaltungen, deren Planung ich übernommen hatte. Ja, ich hatte das geliebt und vermisste diese kreative Arbeit im Club noch mehr als die Mitglieder.

Das Bild des großen Saals in unserem Hotel tauchte vor meinem geistigen Auge auf, der perfekt für Veranstaltungen wäre.

Eine Idee ließ mich kurz die Luft anhalten, bevor ich lächelnd wieder ausatmete.

Man könnte ihn eigens dafür vermieten. Hochzeiten, Geburtstagsfeiern. Ich brauchte einen Augenblick, bis ich antworten konnte, weil sich in meinem Kopf Dutzende Möglichkeiten auftaten. »Da hast du recht. Aber momentan habe ich viel zu tun.«

»Was machst du denn aktuell? Ich habe gehört, ihr renoviert ein altes Hotel. Das ist sicher aufregend.« Sie deutete in Richtung Café und wiederholte damit ihre Einladung zum Kaffee.

Ich nickte und setzte mich in Bewegung. »Das ist es tatsächlich. Es ist eine große Aufgabe und zugleich macht es Spaß.«

»Das klingt toll. Wisst ihr schon, was danach damit passiert? Habt ihr einen Käufer? Ich würde sofort dort brunchen, nur um mir ein Bild machen zu können, wie es aussieht.«

»Es steht noch nichts fest«, antwortete ich vage. Ich mochte sie zwar, jedoch hatten wir uns darauf geeinigt, vorerst niemandem von unseren Plänen zu erzählen. »Brunch klingt gut.« Wir würden einen Koch brauchen und Servierpersonal. Wie würden wir das mit dem Abendessen regeln? Ein paar kleinere Hotels, in denen ich bisher übernachtet hatte, hatten so etwas angeboten. Mir drehte sich der Kopf und wieder stieg Panik in mir auf. Ich rieb mir unauffällig die Brust, um den plötzlichen Druck zu lösen.

Wir gingen in Richtung des Cafés, da entdeckte ich im

Schaufenster unseres Gemischtwarenladens eine kleine Ausstellung mit diversen Kaffeesorten. »Moment«, stoppte ich Rachel und deutete auf den Laden. »Können wir da wohl kurz rein?«

»Natürlich. Ich brauche sowieso eine neue Bratpfanne. Meine Pfanne habe ich heute Morgen zerstört, als mein Ex versucht hat, sich Zugang zu meinem Haus zu verschaffen.«

Meine Gesichtszüge entgleisten und ich starrte Rachel an. Statt mir zu sagen, dass das ein Scherz sei, zuckte sie mit den Schultern und öffnete die Ladentür.

Dabei ertönte ein leises *Bing* und kühle Klimaanlagenluft wurde mir entgegengepustet.

Ich brauchte einen Moment, um Rachel zu folgen. »Wie genau ist die Bratpfanne dabei kaputtgegangen?«

»Ich wollte seine Finger treffen, bin aber gegen die Tür gekommen. Offenbar war die Pfanne jedoch von minderwertiger Qualität, denn sie ist total zerdellt. Zum Glück hat die Tür nichts abbekommen.«

»Und dein Ex?«

»Der ist geflohen.« Sie schnaubte, als wäre dies das Schlimmste, was in dieser Situation hätte passieren können.

»Du bist ein bisschen irre, oder?« Wieso musste ich gerade an Hazel denken?

Rachel grinste mich über ihre Schulter hinweg an. »Er hat meine Schwester angebaggert.«

»Okay, dann hat er es verdient«, stieß ich hervor und lachte. »Aber ist das denn dein Haus oder seins?«

Sie lief voraus in Richtung der Pfannen, die sich passenderweise gegenüber der Kaffeeabteilung befanden. »Meins. Ich habe es gekauft, als ich hergezogen bin. Außerdem haben wir erst seit einem halben Jahr gedatet. Er hat erst vor Kurzem einen Schlüssel bekommen. Gott sei Dank hat meine

Mutter mir immer eingebläut, mich bloß nicht zu voreilig zu binden. Wäre er schon eingezogen, wäre ich ihn sicher nicht so schnell wieder losgeworden.«

Da war sie schlauer als ich und hatte sich nicht übers Ohr hauen lassen.

»Aber wie schön, dass wir jetzt beide single sind. Wir sollten mal ausgehen, wenn du Lust hast.«

Ich hob eine Tasse mit hübschen handgemalten Blumen auf, um sie mir genauer anzusehen. »Gerne. Am Freitag bin ich auf einem Geburtstag und aktuell auf der Suche nach einem Geschenk. Was hältst du von Samstag?«

»Witzig, Freitag bin ich auch auf einem Geburtstag. Von meiner Cousine Ella.«

»Ella?« Beinahe hätte ich die Tasse fallen gelassen. »Arbeitet sie zufällig im Westwood Inn?«

»Ja! Heißt das etwa, wir sind auf derselben Party?«

Als ich nickte, stieß Rachel ein Lachen aus. »Dann müssen wir ja nicht mal für die Drinks bezahlen!« Sie deutete mit dem Finger auf mich. »Ich habe das perfekte Geschenk für dich. Ella liebt Macarons abgöttisch! Von mir kriegt sie eine Spülmaschine, weil ihre kaputt ist. Aber Macarons sind bei mir nicht mehr drin. Außer selbst gebackene, doch die werden ihr sicher nicht schmecken.«

»Danke für den Tipp. Ich glaube, ich habe eine hervorragende Idee für ein Geschenk«, überlegte ich laut, und in meinem Kopf ratterte es. Ich kannte Ella zwar nicht lange, aber ich mochte sie, und es schadete nicht, wenn ich mir ein paar Freunde suchte. Darunter fiel auch Rachel.

Die griff nach einer Pfanne und tat so, als wäre sie ein Tennisschläger. Ich erstickte fast an meinem plötzlichen Lachen, das so heftig war, dass selbst der Ladenbesitzer hinter der Theke neugierig zu uns herüberschaute.

11

Brian

»Sorry, aber ich war noch nie so cool,
dass ich das konnte.«

Mir offenbarte sich das Problem in genau dem Moment, als ich dabei war, am Freitag Feierabend zu machen. Frustriert davon, dass ich schon wieder eine weitere Woche hatte verstreichen lassen, hatte ich genervt die lose Ecke eines Teppichbodens in einem der Konferenzräume festgemacht. Währenddessen hatten sich die Putzfrauen im Flur unterhalten und darüber beschwert, dass sie es kaum schafften, in der vorgegebenen Zeit eine ganze Etage zu reinigen.

Da war es mir wie Schuppen von den Augen gefallen. Es war ein Personalproblem. Grundsätzlich hatte ich das bereits ausgeschlossen, weil für die Größe des Hotels genug Personal in allen Abteilungen eingeplant war. Theoretisch.

Doch offenbar schien da etwas nicht zu passen.

Nun musste ich herausfinden, ob es zu viel Arbeit für zu wenig Personal war oder ob das Problem woanders lag.

Pfeifend schnappte ich mir meine Sachen und machte Feierabend. Ich zog die Bürotür zu und lief an der Waschküche vorbei, wo sich Ella und Amber aufhielten. Sie lachten über irgendetwas, und mein Herz setzte für einen Moment aus, als Ambers glockenhelles Lachen durch den Flur schwebte. Ein Ton, den ich schon seit Ewigkeiten nicht mehr gehört hatte und der mir noch genauso in die Brust stach wie damals.

Ich belächelte mich selbst und blieb vor der Waschküche stehen. »Bis heute Abend.«

Ella schaute zu mir herüber und strahlte ein wenig mehr. »Bis später!«

Ambers Gesichtszüge verhärteten sich hingegen, auch wenn sie versuchte, sich ihren Missmut nicht anmerken zu lassen.

Sie hasste mich noch immer. Nach all den Jahren sollte unsere kleine Fehde über dieses versaute Date doch langsam begraben sein, aber das war sie offensichtlich nicht.

Und daran war ich genauso schuld wie meine ehemalige Clique, die sie bis zum Abschluss damit aufgezogen hatte. Sie trieben dieses Spiel so weit, dass selbst ich am Ende keine Lust mehr auf die Jungs hatte. Nun hatte ich nur mit einigen wenigen von ihnen Kontakt.

Erst auf dem College war mir klar geworden, wie dumm ich gewesen war. Ich hatte zugelassen, dass meine angeblichen Freunde das Mädchen niedermachten, in das ich seit Jahren heimlich verliebt war. Damals mied ich den Stempel des verknallten Trottels. Trotz meiner Beliebtheit wollte ich nur dazugehören.

Amber und ich waren danach immer wieder aneinandergeraten und ihre Wut auf die idiotischen Sprüche meiner Freunde hatte sich in Hass mir gegenüber gewandelt. Wir waren zu Feinden geworden und ich hatte dieses Spiel mitgespielt. Weil von ihr ignoriert zu werden, noch mehr wehgetan hätte.

Allein der Gedanke daran, wie kindisch das war, ließ mich

seufzen, während ich in den Wagen stieg und nach Hause fuhr.

Beim Einbiegen auf die lange Einfahrt entdeckte ich meine beiden Schwestern Clara und Mila auf der Veranda, die Karten spielten.

Es wäre so ein heimeliges Bild gewesen, wenn keine Münzen auf dem Tisch gelegen hätten. Die bemerkte ich aber erst beim Näherkommen. »Lasst das bloß nicht Mom sehen.«

»Sie hat uns dazu angestiftet«, sagte Mila, ohne von ihren Karten aufzuschauen.

Ich lachte. »Nie im Leben.«

»Doch«, rief Clara sofort und schaute hinter ihren Karten hervor. »Sie meinte, wir wären so schlecht, dass nur etwas Anreiz uns helfen könnte, beim Kartenspielen besser zu werden.«

»Und euer Anreiz ist Geld? Reicht für euch keine Schokolade mehr?« Ich schmunzelte, als mich die beiden Teenager mit gerunzelter Stirn anstarrten, und sofort hob ich meine Hände. »Schon gut. Wer von euch gewinnt denn?«

»Da sind wir uns noch nicht sicher«, meinte Mila langsam und betrachtete die Karten, als müsste sie ein Rätsel lösen.

»Vielleicht solltet ihr dann vorerst nur gegeneinander spielen«, riet ich ihnen und trat ins Haus.

Dort empfing mich der Duft von frisch gebackenem Apfelkuchen und der Klang von leiser Musik.

Ich folgte beidem in die Küche.

»Pünktlich auf die Minute.« Meine Mutter lächelte mir vom Herd aus zu, wo sie in einer Soße rührte. »Kannst du noch Getränke holen?«

»Klar.« Ich strubbelte meinem Halbbruder Lucas über sein raspelkurzes Haar, weil er schon am Tisch saß und sich bedienen ließ. Das kommentierte er mit einem abgelenkten »Hey«, starrte aber weiterhin auf sein Handy.

Als ich mit Wasser und Limonade zurückkam, hatte sich die ganze Familie in der Küche versammelt. Es war laut und durcheinander, und ich konnte nicht aufhören zu lächeln, während ich mich zu ihnen setzte.

Das hier war ein Zuhause, das ich meiner zukünftigen Familie später bieten wollte. Meine Mutter hatte bewiesen, dass man aus jeder schlechten Situation austreten und von vorne beginnen konnte, ohne verbrannte Erde zu hinterlassen.

Niemals hatte sie mir das Gefühl gegeben, mich hinter sich lassen zu wollen. Selbst meinem Vater hatte sie lange Zeit noch die Freundschaft angeboten. Doch dafür war er stets zu verbohrt gewesen.

»Ich habe dir übrigens den Cider zur Seite gestellt, den du bestellt hast«, informierte mich Matthew, als sich gerade alle über den Braten hermachten und für einen Moment Ruhe herrschte.

»Ist der etwa für Amber?«, fragte meine Mutter viel zu beiläufig.

»Wer ist Amber?«, platzten Mila und Clara gleichzeitig heraus.

»Amber ist nur eine Kollegin«, antwortete ich lang gezogen. »Außerdem ist der Cider für jemand anderen. Ich bin heute Abend doch auf einem Geburtstag.«

Meine Mutter grinste. »Wird Amber auch da sein?«

Das würdigte ich keiner Antwort. »Sie findet mich schon schlimm genug, seitdem ich sie zu einem Kaffee nötigen musste.«

Das machte offenbar auch Lucas neugierig, denn er sah jetzt mit weit aufgerissenen Augen von seinem Teller auf. »Wen musstest du nötigen?«

»Mom wollte uns verkuppeln.« Dafür bekam sie einen strafenden Blick. »Dabei kann Amber mich nicht ausstehen.«

»Könnte an deinen altmodischen Klamotten liegen«, meinte Mila und deutete auf mein helles Hemd. »Heutzutage trägt man einfach keine Hemden in seiner Freizeit.«

»Schon gar nicht im Sommer«, warf Clara wenig unterstützend ein.

»Vielleicht liegt es aber auch an seinem nicht vorhandenen Charme gegenüber Frauen«, überlegte Lucas laut.

Meine Mom kringelte sich vor Lachen, und Matthew bemühte sich, ernst dreinzublicken, während seine Mundwinkel verdächtig zuckten und er seine schmalen Lippen zusammenpresste.

»Hoffnungslos«, murmelte ich schnaubend.

»Keine Sorge«, rief Clara ernst. »Wir helfen dir. Lucas hat sicher ein paar coole Klamotten. Damit kannst du Amber auf der Party beeindrucken.«

»Ich will Amber nicht auf der Party beeindrucken!«

Meine Mutter strahlte. »Also wird sie auch da sein?«

Ich stöhnte und warf die Arme in die Luft, als würde ich mich geschlagen geben. »Ja, ist sie. Wir sind beide eingeladen worden. Von einer Kollegin.«

Mila kicherte und klang dabei jünger als ihre sechzehn Jahre. »Wenn du es noch öfter betonst, wird es nicht glaubwürdiger.«

»Gut, dass ich nichts beweisen muss«, meinte ich und aß weiter, wobei ich die ganze Zeit versuchte, nicht loszulachen.

Dass sie mich mit Amber aufzogen, machte mir nichts aus. Ich war keine sechzehn mehr und hatte meine Verliebtheit in sie überwunden. Wir hatten uns jetzt schon ein paarmal unterhalten, und ich war ihr nicht sabbernd hinterhergelaufen. Ein untrügliches Zeichen dafür, dass es mir hervorragend ging.

●　.　.　●　.　.
●　　.　　.
　　●

Okay. Ich war am Arsch.

Offenbar war Ellas kleine Party eine Poolparty. Sie wohnte in einem Reihenhaus am Rande einer Wohnsiedlung im Osten von Westwood. Der Garten war lang und schmal und sie hatte drei größere Planschbecken mit Wasser darin verteilt aufgestellt. Diverse Wimpelketten und Lichterketten spannten sich von der einen Seite des Zaunes zur anderen, und sie hatte sich alle Mühe gegeben, hier Urlaubsstimmung aufkommen zu lassen.

Die Hälfte der weiblichen Gäste trug nur einen Bikini, während die Männer mit Badehosen gekommen waren.

Doch das war nicht das, was meinen Herzschlag kurz aussetzen ließ. Es waren Ambers endlos lange Beine, die in Shorts steckten, die nicht einmal sonderlich knapp geschnitten waren. Dazu trug sie ein weißes Spitzentop, was ihre leichte Bräune betonte und den zarten Ansatz ihrer Brüste offenbarte. Sie sah umwerfend aus.

Irgendein Partygast hatte mir die Tür geöffnet, und ich hatte mich sofort auf die Suche nach Ella gemacht, um ihr zu gratulieren.

Sie stand bei Amber und einer anderen Frau und stieß Geräusche aus, die denen von Milas verstorbenem Meerschweinchen ähnelten.

Ich zwang mich, den Blick von Amber abzuwenden, und trat zu ihnen. »Happy Birthday!«

Ella quietschte erneut und fiel mir dann um den Hals.

»Danke schön!« Sie roch nach Sonne und ein bisschen nach Rum.

Als sie sich von mir löste, überreichte ich ihr meine Geschenke. »Ein hausgemachter Cider und die hübschesten Blumen, die Eastwood zu bieten hatte.«

Sie kicherte, nahm mir dann beides ab und sog den Blumenduft ein. »Danke, das ist wirklich so nett von dir. Ich stelle sie schnell in eine Vase und komme gleich wieder. Nimm dir gerne ein Bier.« Sie deutete auf eine Schubkarre voller Eiswürfel, in denen Bierflaschen steckten. »Dahinten ist noch eine Bar für Cocktails, falls du dir einen mixen willst. Ansonsten fühl dich wie zu Hause.«

»Also, ich finde, du siehst eher aus, als müsstest du gleich noch ins Büro«, meinte Amber und betrachtete kritisch mein Outfit aus Jeans und Hemd. Vielleicht hatten Mila und Clara recht gehabt. Aber das konnte meine Laune nicht trüben. Zog Amber mich gerade auf? Und wieso musste ich deshalb wie blöd grinsen?

»Ich bin Rachel«, stellte sich die Frau neben Amber selbst vor und streckte mir die Hand entgegen.

»Ich bin Brian.« Ich erwiderte ihren festen Händedruck.

»Weiß ich.« Sie grinste und nippte an ihrem leuchtend blauen Cocktail.

Hatte Amber ihr etwa von mir erzählt? Mein fragender Blick traf Amber, die sofort ihre Hände hob. »Sie hat uns auf dem Markt gesehen und gehört zum Club.«

Moment. Bedeutete das, sie könnte mehr über mich wissen? Immerhin war dieser Club berüchtigt für Klatsch und Tratsch. In Eastwood passierte so gut wie nichts, ohne dass es von ihnen breitgetreten wurde. Die meisten der Mitglieder kannte ich seit meiner Kindheit. Es wäre eine ziemliche Katastrophe, wenn sie mit Ella und Amber zufällig über meinen Job sprechen würde. Immerhin war meine Aufgabe im Hotel nicht abgeschlossen.

Doch auch Amber war Teil des Clubs gewesen und hatte kein besonderes Interesse an meiner beruflichen Stellung gehabt. Das ließ mich hoffen.

Ich setzte ein charmantes Lächeln auf und wandte mich Rachel zu. »Also bist du auch aus Eastwood? Wie kann es sein, dass wir uns dann noch gar nicht kennen?«

Rachels Blick wanderte ungeniert über meine Oberarme. »Ich bin erst vor drei Jahren hergezogen. Du warst im Ausland?«

Sie wusste also nichts Genaues. »Richtig. Ich habe meinen Onkel unterstützt. Woher kommst du denn? Und was hat dich gerade nach Eastwood verschlagen?«

»Die Familie. Meine Schwester braucht ein wenig Unterstützung zu Hause, und da mich das Großstadtleben in New York sowieso genervt hat, bin ich einfach hergekommen. Das Versicherungsunternehmen, für das ich arbeite, hat hier glücklicherweise ein Büro.«

»Es ist echt nett von dir, dass du dich für deine Schwester extra hast versetzen lassen«, überlegte Amber laut und trank dann ihren Cocktail leer. »Will noch jemand was?«

Rachel hob ihr Glas. »Ich habe noch genug.«

»Das Bier hat mich gerade angelacht«, warf ich ein.

»Ich bringe dir eins mit«, bot Amber an und lief los, ohne eine Antwort abzuwarten. War es meine Anwesenheit, die sie flüchten ließ, oder etwas anderes?

Rachel trat näher. »Was ist das zwischen euch?« Sie schaute Amber hinterher und warf mir einen nachdenklichen Blick zu. »Das geht mich natürlich nichts an. Aber ich wurde – in bester Gossip-Manier – sofort von eurer Vorgeschichte informiert.«

»In Eastwood wird nie etwas vergessen.« Ich zuckte mit den Schultern und schob die Hände in meine Hosentaschen. »Da ist nichts zwischen uns. Wir sind Kollegen.«

Rachel schnaubte leise. »Ein Kollege würde Amber niemals so nervös machen.«

»Du denkst, ich mache sie nervös?« Jetzt grinste ich. Die Vorstellung, Amber könnte auf mich reagieren, sollte mich nicht so erfreuen. Aber verdammt, sie tat es.

»Wenn es nicht offensichtlich wäre, würde ich es nicht sagen.« Sie schaute zu Amber, die an einer kleinen improvisierten Bar aus Paletten einen Drink zusammenmixte. »Sie hat eine harte Zeit hinter sich und nicht verdient, schlecht behandelt zu werden.«

»Ich behandle sie nicht schlecht.«

Ihre gute Laune verflog, und sie sah mich an, als würde sie nicht zögern, mir ernsthaft wehzutun. »Da habe ich andere Dinge gehört.«

Ein Kerl stellte sich neben Amber, und so, wie er seine Brust herausdrückte, schien er sie anzubaggern. »Das waren meine damaligen Freunde. Ich wollte nie, dass Amber verletzt wird.« Ich konnte die Augen kaum von ihr losreißen, während ich zusah, wie sie ihm irgendwas sagte und er darauf eine Grimasse zog und abzischte. Offenbar hatte sie ihm eine Abfuhr erteilt.

»Oh, du warst also verliebt in sie?«

Ich war so darin vertieft, Amber zu beobachten, dass ich zu spät reagierte. Mein Kopf ruckte zu ihr herüber und ich bemühte mich um eine neutrale Miene. »Nein.«

»Lügner.« Rachel nahm einen Schluck und lächelte in das Glas. »Ich behalte es für mich. Keine Angst.«

Natürlich hätte ich alles leugnen können, doch das nützte vermutlich nichts, deshalb zuckte ich nur mit den Schultern.

Meine Gefühle für Amber waren Vergangenheit. Trotzdem konnte ich nicht aufhören, sie anzustarren.

Amber war ein wunder Punkt, den ich nie losgeworden war.

»Und ihr seid befreundet? Ich hatte gehört, Amber wäre nicht mehr im Club.« Das hatte meine Mutter mir heute beim Essen erzählt.

»Wir können ja trotzdem Freundinnen sein. Amber ist … cooler als früher.« Sie lachte leise. »Verrat ihr das bitte nicht. Aber seit sie ihren Loser von Ex-Freund losgeworden ist, scheint sie ein ganz anderer Mensch zu sein.«

»Stimmt.« Kurz nach unserem Date hatte sie begonnen, mit Frederic auszugehen, und schon damals war mir eine Veränderung an ihr aufgefallen. Im negativen Sinne. Sie hatte nach und nach all ihre alten Freunde gegen seinen Freundeskreis ausgetauscht und sich genauso herablassend verhalten wie ihr neuer Freund.

»Aha. Du magst sie also offensichtlich immer noch.«

Meine Augenbrauen sprangen in die Höhe, als ich sie warnend ansah. »Rachel, es ist schön, dich kennenzulernen, aber du interpretierst ein bisschen zu viel in Dinge hinein, von denen du keine Ahnung hast.«

Sie lachte laut auf und stieß mich mit ihren Ellenbogen an. »Ich verdiene mein Geld zwar mit Versicherungen, aber du siehst den größten Fan von Liebesromanen überhaupt vor dir. Eine alte Liebe kann ich zwei Meilen gegen den Wind riechen.«

»Richtig. Alte Liebe.« Ich sah sie warnend an, als Amber zur Schubkarre ging und mir ein Bier holte. »Ist das Thema jetzt beendet?«

»Natürlich.« Sie lächelte süßlich.

Ich glaubte ihr kein Wort. Aber für weitere Warnungen

war es zu spät, denn Amber trat zu uns. In ihrer Hand hielt sie einen grünen Cocktail, aus dem ein schwarzer Strohhalm ragte. In der anderen war ein Bier, das sie mir reichte. »Ich habe leider keinen Flaschenöffner gesehen.«

»Kein Problem.« Rachel zog ein Feuerzeug aus ihrer Handtasche und wollte es mir geben.

Doch ich winkte ab. »Sorry, aber ich war noch nie so cool, dass ich das konnte.«

Amber schnaubte und hob abschätzig ihre Augenbrauen. »Sagt Mr Beliebtester-Schüler-des-Jahrgangs.« Es hätte ein Kompliment sein können, wäre der süffisante Tonfall nicht gewesen.

Mein Mundwinkel zuckte. »Man kann eben nicht in allem gut sein.«

»Darf ich?«, fragte Rachel und schaute fasziniert zwischen uns hin und her.

Ich reichte ihr meine Flasche und sie entfernte routiniert den Kronkorken mit dem Feuerzeug. »Danke.«

Es folgte eine Stille, die von der Musik ausgefüllt wurde, die aus diversen Lautsprechern erklang. Mindestens genauso laut waren die Stimmen der Partygäste.

Nur wir sagten nichts, und ich hatte das Gefühl, dass Ambers Schweigen an meiner Anwesenheit lag. Ich wollte nicht schuld daran sein, dass sie sich unwohl fühlte.

Außerdem hing es mir nach, dass Rachel glaubte, ich würde noch immer etwas für Amber empfinden. Das tat ich nicht. Nicht so wie früher. Aber plötzlich fühlte ich mich in ihrer Gegenwart anders, und mir wurde bewusst, dass dies seit unserer ersten Begegnung so war. In ihrer Nähe spürte ich alles viel intensiver und dachte zu viel nach. Amber machte mich nervös – und das war nicht gut.

Beim Umschauen entdeckte ich kurz darauf einen alten

Bekannten. »Wir sehen uns später.« Ich hob Amber dankend mein Bier entgegen und nickte den beiden zu, bevor ich davonschlenderte.

Kurz darauf hörte ich Ambers Stimme hinter mir und spürte den gesamten Weg über ihren Blick auf mir. Ich hatte keine Ahnung, wieso mein Fokus so sehr auf Amber lag. Mittlerweile war mir klar, dass sie nicht wusste, was ich eigentlich – jenseits meines Hausmeisterjobs – im Hotel tat. Es war sowieso von Anfang an unsinnig gewesen, mehr herauszufinden zu wollen. Hätte sie gewusst, für wen ich wirklich arbeitete, wäre ich sofort aufgeflogen.

Als ich meinen alten Collegefreund ansprach und einen kurzen Blick zur Seite warf, sah ich Amber zu mir herüberspähen. Sie hielt dem Augenkontakt ohne Scheu stand, durchdringend und nachdenklich. Fast, als würde sie sich ebenfalls fragen, was ich hier überhaupt tat.

Ella und ich waren keine Freunde, nur Kollegen. Wir kannten uns nicht mal wirklich.

Wir wussten daher vermutlich alle, dass ich nur wegen Amber hier war.

Obwohl ich mich mit meinen alten Freunden amüsierte, konnte ich nicht aufhören, Amber zu beobachten. Sie kam immer mehr aus sich heraus, lachte und tanzte sogar zwischendurch. Immer wieder schaute sie zu mir herüber, und ich ertappte mich selbst, wie ich darüber nachdachte, ob das etwas zu bedeuten hatte.

Amber hatte mir noch nicht verziehen. Aber egal war ich ihr auch nicht.

Verdammt, ich konnte echt nicht aufhören, sie anzustarren. Sie sah genauso schön aus wie damals, doch jetzt hatte sie die Ausstrahlung einer Frau, die wusste, was sie wollte. Und ich stand unheimlich auf so ein Selbstbewusstsein.

12

Amber

»Du hast ihm wohl ganz schön den Kopf verdreht,
wenn er jetzt so den Beschützer raushängen lässt.«

Ich war zu betrunken, als dass Autofahren eine Option gewesen wäre. Meine Beschwipstheitsskala bewegte sich noch
im anständigen Bereich, lag aber deutlich über dem, was
der Club oder Frederic toleriert hätten. Gott sei Dank waren
hier keine Barkeeper anwesend, aus deren Bauchnabeln ich
trinken könnte. Und keine Hazel und Olivia, die mich dazu
anstachelten.

Stattdessen saß ich mit Rachel um vier Uhr morgens in
einem der Planschbecken und kicherte, als wäre ich wieder
dreizehn. Die Lichterketten über uns schwankten im sanften
Wind, und es war so warm, dass ich die Abkühlung im Wasser genoss.

Brian kam auf uns zugelaufen und er sah eindeutig zu
attraktiv aus. Sein dunkelblondes Haar lag noch immer so
perfekt wie bei seiner Ankunft und in seinen blauen Augen
spiegelte sich das Funkeln der Lichterketten. Da war es
egal, dass er bei den Temperaturen Jeans und ein Hemd
trug.

Er lächelte, als er vor uns in die Hocke ging. »Ich fahre
jetzt. Soll ich eine von euch mitnehmen?«

»Danke, aber ich schlafe hier.« Rachel gähnte und streckte

sich, wobei sie mich antippte. »Wenn du willst, kannst du mit mir auf der Couch schlafen.«

»Das klingt nicht gerade gemütlich. Außerdem wollte ich mir ein Taxi rufen.«

»Unsinn!«, rief Rachel sofort und stemmte sich hoch, wobei Wasser gegen den Rand des Planschbeckens schwappte. »Brian fährt dich!«

Ich kicherte und setzte mich ebenfalls auf. Das weiße Top war völlig durchsichtig und offenbarte meinen BH, wie mir jetzt auffiel. Ich ignorierte es allerdings und grinste Rachel an. »Ist das etwa ein Befehl?«

»Oh ja.« Rachel streckte Brian ihre Hand entgegen, worauf er ihr aufhalf.

Ich ließ mir ebenfalls von ihm helfen. Sein Griff war selbstsicher und warm. Er zog mich mit einem sanften Ruck hoch und hielt mich für eine winzige Sekunde zu lange fest. Ich betrachtete seine blauen Augen und war für einen Moment völlig fasziniert von dem Sturm, der darin tobte. »Aber ich würde dein Auto nass machen.«

»Ella besitzt eine ganz grandiose Erfindung. Man nennt sie Handtücher«, zog Rachel mich auf und wankte in Richtung Haus, wo ein paar Partygäste saßen. Die Musik lief leise und die meisten waren in der letzten Stunde gegangen.

»Darfst du überhaupt fahren?«, fragte ich Brian, während ich neben ihm stehen blieb und erschauerte. »Im Wasser war es irgendwie wärmer.«

»Ich habe nur ein Bier getrunken.«

»Echt?«, rief ich überrascht, während Ella schon wieder auf dem Rückweg war und mir ein Handtuch zuwarf.

»Wieso?« Schnell wickelte ich mich in den weichen Stoff ein.

Brian entfuhr ein Lachen. Vermutlich, weil ich so klang,

als wäre es völlig abwegig, dass er nach nur einem Bier hatte aufhören können. »Weil ich meinen Schwestern versprochen habe, sie morgen noch zum Shoppen herumzufahren, und keinen Kater haben möchte. Wäre doch mies, wenn ich mein Versprechen wegen ein paar mehr Bier nicht halten könnte.«

»Verdammt, du bist süß«, stieß Rachel aus und grinste, bevor sie erneut gähnte. »Leute, ich muss ins Bett, sonst schlafe ich gleich hier im Planschbecken ein und ertrinke elendig.«

»Das wäre ein echt unschöner Ausgang für Ellas Geburtstag«, erwiderte ich trocken.

Rachel kicherte und stieß mich an, bevor sie Brian zunickte. »Bring sie vorsichtig nach Hause.«

»Sonst was?« Seine Augenbrauen hoben sich, und ich musste schmunzeln, weil sie versuchte, ernst zu klingen, aber ihre Worte nur verwaschen über ihre Lippen kamen.

»Sonst würde ich sie vermissen.« Sie zwinkerte mir übertrieben zu und klopfte Brian auf die Schulter. »War nett, dich kennengelernt zu haben.« Dann wankte sie in Richtung Haus und schien vergessen zu haben, dass wir denselben Weg hatten.

Ich biss mir auf die Unterlippe und spürte überdeutlich, wie dicht ich neben Brian stand. Er strahlte eine Wärme aus, die meine Haut prickeln ließ und mich daran erinnerte, wie wir vor Jahren miteinander getanzt hatten. Keiner von uns trat zur Seite. »Willst du mich wirklich nach Hause bringen?«

»Natürlich. Ich muss doch sowieso nach Eastwood, und es ist so früh, dass bestimmt noch kein Taxi unterwegs ist. Du müsstest ewig warten, und vermutlich würdest du dir am Ende eine winzige Ecke des Sofas mit Rachel teilen.«

Angesichts seiner düsteren Vision runzelte ich die Stirn, während ich neben Brian in Richtung Terrasse lief. »Stimmt. Dann könnte ich genauso gut in meinem Wagen schlafen.«

»Wäre das wirklich eine Option für dich?« Er lachte, als schien das völlig undenkbar. Bis vor Kurzem wäre es das tatsächlich auch gewesen.

»Ella hat sicher eine Decke für mich übrig«, überlegte ich laut.

»Ausgeschlossen. Ich bringe dich nach Hause. Du schläfst morgen aus, und wenn du willst, kann ich dich auf unserem Shoppingtrip morgen wieder hier absetzen, damit du deinen Wagen abholen kannst.«

Überrascht schaute ich ihn von der Seite her an und beobachtete, wie sein Gesicht sich erhellte, als wir auf Ella zugingen, die mit den letzten Gästen auf einer gemütlichen Lounge saß.

»Danke, dass ihr da gewesen seid«, rief sie begeistert, bevor sie uns nacheinander umarmte. »Ihr seid jetzt meine Freunde und keine Arbeitskollegen mehr.«

Ich lachte und erwiderte ihre Umarmung fest. »Das klingt toll. Ich hoffe nämlich wirklich, dass ich nicht ewig in der Wäscherei arbeiten muss.«

Ella kicherte. »Ich arbeite da bestimmt noch, wenn mein Mädchen ihren Abschluss macht.« Vorhin hatte sie mir und Rachel erzählt, dass sie ihre Tochter bei einer guten Freundin übernachten ließ und morgen – also heute, nur ein paar Stunden später – mit ihr gemeinsam einen Geburtstagskuchen backen würde. Eine Tradition, weil ihre Mutter nie für sie einen Kuchen gebacken hatte. Traurig und schön zugleich.

»So kannst du auf keinen Fall fahren«, rief Ella lachend, als ich das Handtuch abnahm und ihr überreichen wollte. »Komm mit.« Sie führte mich den Flur hinunter und dann eine Treppe rauf.

Brians Lachen folgte uns. »Ich warte hier.«

Oben zog sie mich in ihr Schlafzimmer, wo sie ein paar Klamotten aus ihrem Kleiderschrank zerrte. »Zieh das an. Du solltest wirklich nicht so nass herumfahren.«

»Das ist echt nett von dir.«

Sie warf mir eine Kusshand zu und ließ mich dann in ihrem Schlafzimmer stehen. Es war ordentlich und zugleich minimalistisch eingerichtet. Hier gab es nur ein großes Bett und einen Kleiderschrank. Die Wände waren weiß gestrichen, und im Gegensatz zum Rest des Hauses wirkte es fast, als hätte sie hier keine Lust mehr gehabt, es wohnlich zu machen.

Schnell schlüpfte ich aus meinen feuchten Klamotten und entschied, die Unterwäsche auszuziehen, weil sie durch die Kleidung durchnässen würde. Ich zog Ellas Jogginghose und ein Shirt über. Beides saß recht eng, aber es passte.

Mit den nassen Sachen unter dem Arm ging ich wieder herunter, wo Brian und Ella schon auf mich warteten.

»Danke«, wiederholte ich. »Es war eine tolle Party.«

»Das lag nur an den tollen Gästen«, erwiderte sie, umarmte uns beide noch einmal fest, und dann verabschiedeten wir uns voneinander.

Brian hatte am Straßenrand geparkt, und als ich in seinen SUV einstieg, kuschelte ich mich in die gemütlichen Ledersitze. »Ein schönes Auto.«

»Ist ein Mietwagen, aber danke.«

»Wieso fährst du denn einen Mietwagen?«, fragte ich und beobachtete ihn dabei, wie er den Motor startete.

»Weil ich lange weg war und vorher alles verkauft habe.«

»Und jetzt fängst du hier neu an?«

Er runzelte seine Stirn auf eine Weise, wie er es schon früher getan hatte. Für einen Augenblick sah er aus wie der beliebte Highschool-Junge, der mich überraschend nach einem

Date gefragt hatte. Ich war damals so glücklich gewesen. Nun wusste ich, dass es besser gewesen wäre, abzusagen.

»Das steht noch nicht ganz fest.«

»Wieso?«, fragte ich interessiert. »Du bist doch im Westwood Inn der Hausmeister.«

Brians Lippen öffneten sich zu einer Antwort, aber dann schloss er sie wieder. Kurz zuckte sein Mundwinkel, nur erfreut schien er nicht zu sein. »Möchtest du noch was essen? Ich habe echt Hunger, und auf dem Weg wäre ein Drive-in, bei dem ich gerne halten würde.«

»Können wir machen.«

Brian lenkte den Wagen durch die leeren Straßen Westwoods und bog kurz darauf bei einer Fast-Food-Kette ein. Nachdem er bei einem Fenster bestellt und wenig später schon das Essen entgegengenommen hatte, fuhr er auf den Parkplatz.

Ich stieß die Tür auf und streckte mich. »Irgendwie brauche ich frische Luft.«

Er folgte mir vor das Auto, und gemeinsam setzten wir uns auf die Bordsteinkante, die die Parkfläche von dem Gehweg trennte. »Da hilft nur ein Burger.« Kurz erfüllte das Rascheln der Tüte die Stille um uns. Hin und wieder fuhr ein Auto über die Hauptstraße, die sich hinter dem Restaurant befand. Um den Parkplatz herum schmiegten sich Autohäuser aneinander, deren kühle Beleuchtung die neuesten Autos anstrahlte. Der Asphalt unter uns war noch warm von der Hitze des Tages, und eine leichte Brise kitzelte über meine nackten Arme.

Brian reichte mir einen in dünn beschichtetes Papier eingewickelten Burger. »Veggie ist noch richtig?«

Ich lächelte zu ihm hinüber und nahm ihn ihm ab. »Wer hätte gedacht, dass du dir das merken würdest?«

Er erwiderte mein Lächeln und biss dann hinein.

Einen Moment lang schwiegen wir und kauten bloß. »Das war echt eine schöne Party. Danke, dass du mich mitnimmst«, sagte ich leise.

»Das war doch klar und …« Er stieß schwer Luft aus. »Es tut mir leid. Alles. Das damals war nicht okay.«

»Nein«, erwiderte ich langsam und war überrascht, wie ernst er klang. Ich glaubte ihm jedes Wort, und es tat gut, dass er sie aussprach. »Es ist mir immer noch peinlich.«

»Muss es nicht. Es war eine wirklich blöde Situation. Aber meine alten Freunde haben daraus mehr gemacht, als es war. Ich bereue es, dass ich sie damals nicht aufgehalten habe.«

»Wieso aufgehalten?« Irritiert blinzelte ich ihn an und spürte, wie sich langsam der Alkohol verflüchtigte. »Wir waren quasi Feinde danach.«

»Das wollte ich nie. Ich konnte aber verstehen, dass du mich gehasst hast. Das hatte ich verdient. Ich hoffe wirklich, du kannst mir irgendwann verzeihen«, sagte er ehrlich betroffen und betrachtete die Tüte zwischen uns.

»Ich hasse dich nicht. Ich war nur erschrocken, als wir uns wiedergesehen haben. Das hat blöde Erinnerungen hochgeholt.« So langsam wurde mir klar, dass ein paar Jahre seitdem vergangen waren und wir beide uns verändert hatten. »Also lass uns einfach nie wieder von diesem Abend reden.«

»Ich habe schon seit Ewigkeiten nicht mehr daran gedacht«, schwor er mir und lächelte so breit, dass sein gesamtes Gesicht davon erhellt wurde. Er war genauso attraktiv wie damals. Auf seinen Wangen hatten sich unscheinbare Grübchen gebildet, und wenn er lächelte, tat er es von ganzem Herzen.

Mir entfuhr ein leises Seufzen.

»Alles okay?«, fragte Brian besorgt.

»Ja, ich bin nur müde.« Das war ich, aber nicht mehr so sehr wie zuvor. Diese kleine Aussprache tat mir gut. Sie ließ mich in seiner Gegenwart sofort ein wenig freier atmen. Ich wollte nicht mehr wütend auf ihn sein. Eastwood war klein und die Wahrscheinlichkeit, ihm öfter über den Weg zu laufen, war hoch. Brian schien sich zudem verändert zu haben. Er war noch immer frech, witzig und gut aussehend, aber er war nicht mehr der Footballer, den ich auf ein Podest gestellt hatte. Er war ein wirklich netter Mann, der mit seinen Schwestern shoppen fuhr oder eine Frau nicht alleine im Auto schlafen ließ, sondern nach Hause brachte.

Zudem würde es mir sicher ein paar graue Haare ersparen, wenn ich über meinen Schatten sprang und die Wut von damals losließ.

Ich aß den Rest meines Burgers und knüllte das Papier zu einer Kugel, bevor ich es in die mittlerweile leere Tüte warf.

Brian tat es mir nach und erhob sich. »Lass uns fahren.«

Ich nickte und nahm ihm die Tüte ab, um sie in den Mülleimer neben dem Eingang zu werfen. Währenddessen fuhr er den Wagen vor und ließ mich einsteigen.

»Wo wohnst du überhaupt?«

Ich gähnte und schnallte mich an. »Ähm, es liegt direkt auf dem Weg. Kurz vor dem Ortseingang von Eastwood müssen wir rechts rein.«

»Da ist ein Wald«, sagte er langsam, als würde er meiner Wegbeschreibung nicht trauen.

»Und eine kleine Zufahrt.« Ich lachte leise und gähnte erneut. »Ich sage dir Bescheid, wenn wir da sind. Man fährt schnell dran vorbei.«

»Hmm«, machte Brian und schwieg ansonsten.

Leise Musik drang aus dem Radio, und nach unserem Gespräch – aber vermutlich auch, weil ich noch ein klein wenig betrunken war – schien mit einem Mal alles ganz leicht zwischen uns zu sein.

Wir erreichten den Black Bridge Forest und ich setzte mich ein wenig gerader hin. »Wir sind gleich da.«

»Also wohnst du echt im Wald? Wieso?«, fragte Brian, als würde er meiner Wegbeschreibung immer noch nicht trauen.

»Ähm.« Ich stieß Luft aus, als mir klar wurde, dass er gleich sehen würde, wo ich aktuell zu Hause war. Es stand nicht im Plan, irgendjemandem davon zu erzählen.

Wieso hatte ich da nicht vorher drüber nachgedacht?

»Du musst es mir nicht verraten.«

»Sagen wir, es gab eine Verkettung von ungünstigen Umständen.« Und ich war zu dickköpfig, um auf den Sofas meiner Familienmitglieder zu schlafen.

»Mhm.« Es war nur ein Geräusch, aber ich konnte heraushören, wie neugierig er war, und hielt es ihm zugute, dass er nicht weiter nachhakte.

»Du kannst mich auch einfach gleich an der Straße rauslassen. Den Rest des Weges kann ich alleine gehen.«

Brian schnaubte. »Auf keinen Fall. Ich lasse dich doch nicht mitten in der Nacht mutterseelenallein durch den Wald laufen.«

Die Vorstellung war tatsächlich gruselig. »Aber die Sonne geht gleich auf.« Ich deutete auf den Himmel, der sich erhellte.

»Die Sonne geht frühestens in einer halben Stunde auf.« Er wurde langsamer, als wir die Black Bridge erreichten und er darüberfuhr. »Amber, wieso willst du nicht, dass ich sehe, wo du wohnst?«

Ich wimmerte leise.

»Hast du überhaupt ein Zuhause?«

Irritiert blinzelte ich ihn an. »Wieso sollte ich keins haben?«

»Na ja, du könntest in einem alten Trailer wohnen, in einem Zelt, oder vielleicht sogar in einer verlassenen Hütte.«

»Verlassene Hütte würde ich es jetzt nicht nennen«, murmelte ich und kaute nervös auf meiner Unterlippe herum. Aber was hatte ich zu verlieren? Brian wirkte nicht, als würde er sich über mich lustig machen oder überall herumerzählen, dass ich in einem verlassenen Hotel wohnte. Er war bisher echt nett gewesen. Vielleicht sollte ich ihm eine Chance geben. Es gab niemanden mehr in der Stadt, dessen Meinung mir wichtig war – außer die von meiner Familie.

»Du machst mich neugierig, und ich muss gestehen, auch ein wenig besorgt.«

Ich stieß ein Lachen aus. »So schlimm ist es nicht. Vielleicht habe ich ein bisschen übertrieben.« Ich streckte meinen Arm aus, als im Kegel seiner Scheinwerfer ein unscheinbarer Kiesweg auf der rechten Seite zwischen den Bäumen auftauchte. »Da vorne musst du rein.«

»Hier hätte ich dich niemals einfach rausgelassen«, stellte er klar und bog ab.

Im Dunkeln wirkte der Weg nicht besonders vertrauenserweckend. »Immer weiter geradeaus.«

Rechts glitzerte der kleine See und ich musste bei seinem Anblick lächeln. Auch wenn die Dunkelheit drum herum ein bisschen beängstigend war.

»Ist das das Hotel, von dem die ganze Stadt spricht?«

Ich blickte nach vorne, wo das Herrenhaus vor uns aufragte, umgeben von Baugerüsten, die seine Schönheit verdeckten. »Ja, das ist es.«

»Sag nicht, dass du auf einer Baustelle wohnst.« Er klang entgeistert. »Alleine.«

»Doch.« Ich öffnete die Tür und stieg aus. Es war warm, und es deutete sich bereits an, dass es einen heißen Tag geben würde. Ich drehte mich zum Auto und sah, dass Brian ebenfalls ausgestiegen war. »Danke fürs Bringen. Ich denke, wir sehen uns dann Montag?«

Mein Versuch, ihn loszuwerden, war nicht von Erfolg gekrönt. Brian warf die Fahrertür zu, worauf der laute Knall über den leeren Parkplatz hallte. Dann ging er auf das Hotel zu und deutete mit gequältem Gesichtsausdruck darauf. Als wäre allein die Vorstellung von mir in diesem verlassenen Gebäude zu viel für ihn. »Das ist nicht dein Ernst.«

»Was denn?« Nervös trat ich zurück. Mein leichter Schwips verabschiedete sich und zurück blieb das Gefühl, nackt vor einem Fremden zu stehen. Ich verschränkte die Arme vor der Brust, als könnte mich das vor seiner Wertung schützen. »Ich bin erwachsen.« Dabei traf es mich hart, dass er mich offensichtlich so verurteilte, nachdem wir uns vorhin erst ausgesprochen hatten. Wieso glaubte er, dass er das Recht dazu hatte? Wir waren ja nicht einmal Freunde. Er war mein Arbeitskollege und jemand, der in meiner Vergangenheit eine wichtige Rolle gespielt hatte. Aber das war längst vorbei. »Was soll das überhaupt?«

Er presste seine Lippen zusammen, sein Kehlkopf hüpfte und er atmete schwer aus. Dann schüttelte er den Kopf und seine Hände hoben sich entschuldigend. »Tut mir leid, natürlich bist du das. Ich bin nur – überrascht.« Es war mehr als das. Doch ich war zu aufgewühlt und verletzt, um mir Gedanken darüber zu machen, warum ihn meine Wohnsituation so mitzunehmen schien.

»Gut. Und ich bin müde.« Ich straffte meine Schultern, denn ich wollte nicht von ihm verurteilt werden. Es war unser Hotel. Es sprach überhaupt nichts dagegen, hier zu wohnen. In ein paar Monaten würden hier schon Gäste schlafen, also sollte er sich mal nicht so anstellen. Wut grummelte in meinem Bauch. »Danke fürs Fahren. Wir sehen uns Montag.«

Damit lief ich in Richtung des Hoteleingangs, der mich überhaupt nicht mehr gruselte, sondern mir jetzt eher wie eine Rettung vorkam.

»Amber.« Brian seufzte leise, als würde ihm langsam klar werden, wie blöd er sich verhielt. Meine Güte, wir waren nicht einmal richtige Freunde. Er hatte gar kein Recht, so mit mir zu sprechen.

»Gute Nacht.« Ich drehte mich nicht mehr zu ihm um, sondern lief über die Veranda, schloss das Hotel auf und ging hinein. Erst als ich die Hoteltür wieder hinter mir abgeschlossen hatte, atmete ich hörbar aus.

Ich wollte nur ins Bett und schlafen.

Mein Handy zeigte zehn Anrufe in Abwesenheit an, als ich gegen elf Uhr aufwachte. Irritiert zog ich die Augenbrauen zusammen und blinzelte gegen die Sonnenstrahlen an, die mein ganzes Zimmer erhellten. Ich brauchte wirklich schnellstens Vorhänge. Plötzlich begann das Handy in meiner Hand zu vibrieren, noch bevor ich prüfen konnte, wer mich so dringend sprechen wollte.

»Hallo?« Ich unterdrückte ein schwermütiges Gähnen.

»Amber!« Frederics Stimme peitschte durch den Hörer und ließ mich zusammenzucken. Sofort zog sich alles in mir zusammen. »Warum stinkt das Haus derart nach Fisch?«

»Was?« Ich richtete mich langsam auf und atmete den Schreck über seine Stimme weg. Mir fiel jetzt erst auf, wie lange ich schon nicht mehr an ihn gedacht hatte, und das hob meine Stimmung schlagartig. »Was kann ich denn dafür, wenn das Haus komisch riecht?«

»Ich bin jetzt erst von einer längeren Geschäftsreise zurückgekommen und das ganze Haus stinkt nach Fisch!«

Geschäftsreise. Ich wollte laut schnauben, blieb aber gelassen. »Dann hättest du vorher den Müll rausbringen müssen. Das ist nicht mehr mein Problem, seitdem ich dir den Schlüssel überlassen musste.« Mit diesen Worten legte ich auf und schaltete Frederic auf stumm, als er erneut versuchte anzurufen.

Warum machte er mich denn bitte dafür verantwortlich, wenn es im Haus stank? Ich war seit der Schlüsselübergabe nicht mehr dort gewesen. Das war ganz sicher nicht mehr mein Problem.

Ich stand auf und machte mir einen Kaffee an der Kaffeemaschine, die auf einem kleinen Beistelltisch thronte. Sofort erfüllte der Duft von frisch gemahlenen Bohnen das Zimmer. Ich wickelte mich in meinen Morgenmantel und trat mit der dampfenden Kaffeetasse in der Hand auf den Balkon.

Eigentlich hätte der Balkon bei der Sanierung dran glauben müssen, weil es uns damals zu teuer erschien ihn zu erneuern. Aber Hazel hatte sich durchgesetzt, nachdem ich mich ihr gegenüber so unfair verhalten hatte. Noch immer verzog sich vor schlechtem Gewissen alles in mir, wenn ich nur daran dachte, wie mies ich sie damals behandelt hatte.

Ich nippte an meinem Kaffee und schaute über die sattgrünen Baumkronen zu den Bergen, die sich entlang des Horizonts erstreckten. Es war warm und die Vormittagssonne hatte die Luft bereits aufgeheizt.

Langsam lehnte ich mich gegen das Geländer und trank meinen Kaffee, während ich an den gestrigen Abend dachte.

Es war mir unangenehm und zugleich machte es mich wütend.

Wieso glaubte Brian, mich verurteilen zu dürfen?

»Das ist nicht dein Ernst«, äffte ich ihn leise nach und war gleichzeitig genervt, wie sehr mir seine Reaktion was ausmachte.

Ich stöhnte verhalten und rieb mir die Stirn. Seine Äußerung machte mir etwas aus, weil ich ihn gemocht hatte.

Als er mich in der Highschool bat, sein Date zu sein, wäre ich fast vor Glück geplatzt. Ich schwärmte damals für ihn, wie alle anderen Mädchen auch.

Doch nachdem seine Freunde mich danach so mies behandelt hatten, war jegliche Zuneigung in Hass umgeschwungen. Ihn nun ständig in der Nähe zu haben, ließ meine Gefühle gefährlich schwanken. Ich war nicht mehr wütend, aber dennoch spürte ich, dass ein kleiner Teil von mir noch immer darauf wartete, dass er mich mies behandelte.

Dabei war er bisher wirklich nett gewesen. Meistens.

Ich stöhnte laut. Wieso hatte er überhaupt so eine Wirkung auf mich?

Plötzlich hörte ich das Knirschen von Kies und schaute hinunter. Ryans Jaguar fuhr die Einfahrt des Hotels hinauf und parkte vor der Veranda. Darauf folgte Dereks roter Pick-up.

Überrascht, aber erfreut lief ich zurück in mein Zimmer und zog mir schnell etwas anderes an, bevor ich nach unten eilte.

Als ich den Empfang erreichte, kamen meine drei Pflegegeschwister durch die Hoteltür.

»Guten Morgen«, begrüßte ich sie strahlend und stockte, als ich Ryans Koffer bemerkte. »Willst du in den Urlaub fahren?«

Ryan trug ein schickes Poloshirt, dazu eine dunkle Chinohose und Lackschuhe. Er sah aus, als würde er gleich erster Klasse fliegen. »Ich ziehe hier ein.«

Ich löste mich aus seiner Umarmung. »Was meinst du damit?«

»So, wie er es sagt.« Hazel lachte und begrüßte mich als Nächste. »Offenbar hat ein Kumpel von ihm mitbekommen, dass du hier wohnst, und ihm die Ohren lang gezogen, weil er das zulässt.«

»Und er hat recht«, meinte Derek und drückte mich einmal, nachdem Hazel zurückgetreten war. Ich blickte auf seine Schuhe, die aussahen, als hätte er erst vorhin Holz darüber gehobelt. »Du solltest hier nicht alleine sein.«

»Und wenn du nicht zu mir kommen willst, komme ich eben zu dir.«

»Ich wollte auch, aber es gibt nur noch ein Zimmer, das bezugsfertig ist«, warf Hazel ein. »Außer, es macht dir nichts aus, mit mir in einem Zimmer zu schlafen. Auf die guten alten Zeiten und so.«

Mir entfuhr ein überraschtes Lachen. »Ihr seid doch verrückt.« Dann wandte ich mich Ryan zu, der bereits einen dritten Koffer in den Empfang schob. »Das musst du nicht. Wirklich.«

»Brian war da anderer Meinung, als er mich mitten in der Nacht angerufen hat und mich gefragt hat, wie ich das zulassen kann.« Ryan schnaubte und grinste. »Du hast ihm wohl ganz schön den Kopf verdreht, wenn er jetzt so den Beschützer raushängen lässt.«

»Also, als er letztens im *Red Chili* war, wirkte er echt nett«, meinte Hazel und wackelte mit ihren Augenbrauen. »Wie kommt es denn, dass er weiß, dass du hier wohnst? Ich dachte eigentlich, ihr könntet euch nicht leiden.«

»Ach, Hazel«, stöhnte Derek und schlang ihren Arm um ihre Schulter, um sie zurückzuziehen. »Amber ist doch gerade erst den einen Trottel losgeworden. Da wird sie sich nicht direkt den nächsten schnappen.«

Meine Augenbrauen schnellten hoch.

Hazel hob ihren Zeigefinger und wedelte damit vor Dereks Nase herum. »Wer sagt denn, dass sie keinen Spaß haben kann?«

»Warte mal, was meinst du damit?«, fragte Ryan sofort und runzelte die Stirn. »Ich dachte, ihr wärt nur Arbeitskollegen und Brian hätte dich bloß gefahren, weil du getrunken hast. Wenn er was versucht hat –«

»Er hat gar nichts«, rief ich und lachte. »Hört auf mit dem Unsinn! Brian *ist* mein Arbeitskollege«, betonte ich und schaute Hazel warnend an. »Zwischen uns läuft nichts, und das wird es auch niemals.«

Hazel schnaubte, während Derek und Ryan die Stirn runzelten.

Ich warf die Arme in die Luft. »Kommt, oben gibt es Kaffee!«

Über Ryans Einzug beschwerte ich mich nicht, weil ich mich ehrlich gesagt sogar darüber freute. Es würde schön sein, nicht mehr jede Nacht hier alleine zu sein. Weniger gruselig.

Mit meiner Familie im Rücken ging ich nach oben und konnte kaum aufhören zu lächeln. Es war schön, sie um mich herum zu haben. Egal, was sie für wilde Theorien aufstellten.

Brians Einmischung gefiel mir zwar nicht, aber ein bisschen war ich ihm dankbar.

Nicht, dass ich das laut aussprechen würde.

13

Amber

»Jetzt schau mich nicht an,
als wäre ich ein kranker Stalker.«

Am Montag wurde ich das erste Mal den Zimmermädchen zugewiesen. Meine Uniform bestand aus einem schlichten, schwarzen Kleid und einer weißen Schürze.

Ich hatte schon eine Stunde in der Wäscherei ausgeholfen, bevor Mrs Simmens mich über den Wechsel informierte und mir eine Uniform reichte. Um kurz nach acht Uhr wurden alle Zimmermädchen in den Besprechungsraum für Dienstboten gerufen.

Ella war heute wieder spät dran, was aber Mrs Simmens vor mir bemerkte, worauf eine Kollegin meinte, dass Ellas Verspätungen langsam auffielen.

Ella war mittlerweile zu einer Freundin geworden, weshalb ich bereits den Mund öffnete, um mir eine Ausrede für sie einfallen zu lassen, da eilte sie jedoch schon durch die Tür. Sie richtete ihre Schürze und verzog ihr Gesicht entschuldigend.

»Das klären wir später«, unterbrach Mrs Simmens sie, als Ella schon zu einer Erklärung ansetzen wollte.

Meine Freundin wurde blass und nickte, während sie sich neben mich stellte. Wir hatten uns an ihrem Geburtstag kurz unterhalten, nachdem ich mit Ryan das Cabrio abgeholt hatte. Dabei musste ich die ganze Zeit an Brian denken, der mir angeboten hatte, mit mir und seinen Schwestern gemeinsam den Wagen abzuholen. Ich hatte ihm aber von Ella ausrichten lassen, dass das nicht nötig war. Als sie versuchte, mir seine Handynummer aufzudrängen, hatte ich ein wenig zu heftig abgewehrt.

Mrs Simmens ignorierte Ella und richtete ihre Aufmerksamkeit auf mich. »Da wir heute Abend eine große Veranstaltung hier haben, werden einige von euch sich der Vorbereitung dafür widmen müssen.« Ihr Blick wanderte zwischen Ella und mir hin und her. »Ihr beide seid für das Anrichten der Tische zuständig. Ich werde euch einweisen.«

»Natürlich«, erwiderte ich langsam und hatte das ungute Gefühl, dass wir damit bestraft wurden.

Die Zimmermädchen verließen nacheinander den Raum, und wir warteten auf Mrs Simmens, die uns anwies, ihr zu folgen. »In diesem Hotel haben wir kein eigenes Restaurant mehr, sondern nur noch eine Küche für das Frühstück. Der Rest wird über Catering angeboten. Deshalb haben wir keine fest angestellten Kellner«, erklärte sie mir und ging strammen Schrittes voraus. »Diese werden vom Catering gestellt und wir sind für die Vorbereitung der Räumlichkeiten zuständig.«

Mrs Simmens brachte uns in einen Saal, der so groß war, dass man eine Hochzeit mit sicher hundertfünfzig Personen darin hätte feiern können. Tische waren an den Rand geschoben worden und darauf stapelten sich Tischdecken und Dekoration. Nur in der Mitte des Raumes stand ein einzelner Tisch, der gedeckt war. Mrs Simmens lief schnurstracks auf ihn zu. »Weiße Tischdecken, darauf ein grauer Läufer. Auf jeden Tisch kommen sechs Teller, die sich gegenüberstehen. Das Besteck besteht aus acht Teilen.« Sie blickte mich mit hochgezogenen Augenbrauen an. »Kennst du dich damit aus, wie man Besteck für vier Gänge platziert?«

Ich nickte sofort. »Sicher.«

»Gut.« Sie schaute wieder auf den Tisch. »Drei Gläser für jeden Gast, eine Serviette, und die Platzkarten werden vom Veranstalter selbst verteilt.«

»Wir müssen bis heute Abend fertig sein?«, fragte Ella entsetzt und deutete auf den Tisch. »Wie viele Tische müssen wir denn anrichten?«

»Es sind hundertzwanzig Gäste, also zwanzig Tische. Bitte jeweils vier Tische als lange Reihe, also fünf Reihen parallel zueinander stellen.« Sie gestikulierte mit dem Arm, in welche Richtung die Tische zeigen sollten.

»Das schaffen wir nie im Leben zu zweit«, gab Ella zu bedenken und betrachtete die Hausmutter zweifelnd. »Bis wann haben wir Zeit?«

»Fünfzehn Uhr.« Mrs Simmens presste ihre Lippen zusammen. »Ihr müsst das schaffen.«

Ellas Augen weiteten sich entsetzt. »Aber ich muss um dreizehn Uhr gehen.«

»Dann schafft es bis dreizehn Uhr. Wir haben leider keine weiteren Kapazitäten. Die Zimmer müssen hergerichtet werden, und wegen der gestrigen Konferenz sind die alle bis zehn Uhr belegt und müssen bis sechzehn Uhr bezugsfertig sein.«

Ich klatschte in die Hände, weil Ella so aussah, als würde sie jeden Moment ohnmächtig werden – oder wahlweise Mrs Simmens eine Ohrfeige verpassen. »Dann legen wir los.«

Mrs Simmens nickte lächelnd. »Ihr wisst, wo ihr mich findet.« Dann eilte sie aus dem Raum.

»So ein Mist«, fluchte Ella und rieb sich ihr Gesicht. Erst jetzt fiel mir auf, wie müde sie wirkte.

»Harte Nacht?«

»Ja, die Kleine war total aufgekratzt, nachdem sie das erste Mal bei ihrer Freundin übernachtet hat. Sie wollte gestern unbedingt in meinem Bett schlafen und genau so eine tolle Übernachtungsparty mit mir feiern. Sie hat mich kaum ein Auge zumachen lassen.«

»Oje.« Ich wusste nicht, was ich dazu sagen sollte, weil ich keine Ahnung von Kindern hatte. »Wir schaffen es bis dreizehn Uhr.«

»Müssen wir. Ich muss heute dringend mit ihr zum Arzt, weil sie die ganze Zeit sagt, ihr Arm tut weh. Man sieht zwar nichts, aber die andere Mutter meinte, sie wäre blöd hingefallen, hätte sich allerdings nach dem ersten Schreck schnell beruhigt.«

»Das würde ich auch nachschauen lassen«, stimmte ich ihr zu. »Dann sollten wir jetzt wohl mit den Tischen anfangen. Danach kommt die Deko und schon sind wir ruckzuck fertig.«

»Deinen Optimismus hätte ich gerne«, schnaubte Ella, folgte mir aber zu den Tischen.

Ich lachte und stellte mich vor den ersten, um ihn von einer Seite anzuheben. »Den verkaufe ich abgefüllt in Flaschen.«

Ella grinste und packte an der anderen Seite mit an. »Ich frage besser nicht nach, wie du den genau abfüllst.«

Lachend brachten wir den ersten Tisch in Position, bevor wir uns an den nächsten machten.

Wie ich mir gedacht hatte, waren die Tische schnell aufgestellt. Danach folgten die Tischdecken und die Läufer, bevor wir die Tische zusammenschoben und fünf lange Reihen bildeten.

Ella blickte besorgt auf ihre Armbanduhr. »Wir haben schon halb zehn.«

»Das ist mehr als genug Zeit, um einzudecken«, versicherte ich ihr und ging zu einem der mit Besteck und Geschirr beladenen Servierwagen.

»Wie kannst du nur so gut drauf sein, bei dieser Arbeit?« Ella schnappte sich ebenfalls einen Servierwagen und schob ihn zu der ersten Reihe, aber stellte sich gegenüber von mir auf. Parallel begannen wir einzudecken. »Brian hat dich nach Hause gebracht, oder? Wie war es denn?«

Ich hob meine Augenbrauen. »Er hat mich einfach nur nach Hause gefahren.«

»Er hat dich während des Geburtstags die ganze Zeit angestarrt. Ich dachte ja, er wäre an mir interessiert, aber das ist er eindeutig nicht. Er steht voll auf dich.«

»Tut er nicht.«

»Oh, doch. Ich weiß, wann ich einen vernarrten Typen sehe.« Sie kicherte, und ich spürte ihren Blick, während ich so tat, als wäre ich völlig in die Arbeit vertieft.

»Er steht kein bisschen auf mich.« Seine Reaktion auf meine Wohnsituation fiel mir ein und ich zog die Nase kraus. »Wir hatten unser erstes und letztes Date schon vor Jahren, und das reicht mir wirklich.«

»Wie du meinst. Ich werde dich nicht damit belästigen. Aber ich wollte es nur mal loswerden.«

Ich atmete auf, als sie das Thema fallen ließ, und stattdessen begann, über die Party zu sprechen. Offenbar hatte sie Spaß gehabt, und das war das Wichtigste.

»Dein Geschenk möchte ich übrigens so bald wie möglich einlösen«, offenbarte sie mir.

»Soll ich mal einen Termin ausmachen, und dann stimmen wir ab, ob es passt?«

Ella strahlte mich an. »Unbedingt. Wie bist du denn auf die Idee für einen Macaron-Kurs gekommen?«

»Rachel meinte, du würdest die gerne essen. Da fand ich es doch eine nette Vorstellung, wenn wir uns selbst welche backen könnten.«

»Das ist eine tolle Idee. Gerade weil ich meine Tochter dafür nicht abgeben müsste, wenn wir den Kurs bei mir zu Hause machen.«

Ich lächelte sie über den Tisch hinweg an. »Dachte ich mir auch.«

Einen Moment lang grinsten wir beide, und ich spürte, wie sich unsere frische Freundschaft festigte. Ein schönes Gefühl.

»Bist du sicher, dass du das alleine hinkriegst?« Ellas Stimme bebte vor Schuldgefühlen.

Ich deutete auf die gedeckten Tische. »Wir sind so gut wie fertig. Die paar Servietten schaffe ich doch im Schlaf. Immerhin habe ich noch zwei Stunden Zeit.«

Sie biss sich zweifelnd auf die Unterlippe.

Ich schob sie in Richtung Ausgang, denn es war bereits drei Minuten nach dreizehn Uhr, und ich wollte nicht schuld daran sein, wenn sie zu spät kam. »Außerdem hast du mir jetzt schon fünfmal vorgemacht, wie ich sie falten muss. Geh bitte. Wir sehen uns morgen.«

Sie seufzte ergeben, wenn auch widerwillig. »Dafür schulde ich dir was.«

»Du schuldest mir überhaupt nichts«, erwiderte ich streng und deutete auf die Tür. »Dasselbe würdest du für mich tun.«

Ellas Gesicht erhellte sich ein wenig. »Das würde ich.«

»Gut. Dann geh!«

Sie seufzte und wirkte noch immer ein bisschen verzweifelt. »Okay, bis morgen.«

»Bis morgen.« Ich winkte ihr und wandte mich den hundertfünfzehn Servietten zu, die zu einem Schiff gefaltet werden sollten.

Ich kannte diese Form von ein paar Veranstaltungen, die Frederics Firma gegeben hatte. Es symbolisierte, dass alle im selben Boot saßen. Was für ein Quatsch.

Eine Stunde später stand ich kurz vor einem mittelgroßen Zusammenbruch. Ich hatte kaum mehr als die Hälfte geschafft, weil ich zu langsam war. Jede einzelne Serviette musste ich mindestens einmal entfalten, bevor ich es halbwegs hinbekam, dass sie wie ein Schiff aussah.

Hätte ich bloß mein Handy hier! Dann könnte ich mir zumindest eine Anleitung aus dem Internet anschauen.

»Verdammt!«, entfuhr es mir, und ich warf genervt die mittlerweile total zerknitterte Serviette vor mich auf den Tisch.

»Alles okay?« Als Brians Stimme vom Eingang ertönte, zuckte ich so heftig zusammen, dass mein Knie gegen den Tisch knallte und die Gläser klirrten.

Brian lachte und trat ein. »Sorry, ich wollte dich nicht erschrecken.«

Ich rieb mir das Knie und schaute zu ihm hinüber. Er trug einen Overall und ein dunkles Shirt, das sich um seine Schultern spannte. Sein dunkelblondes Haar war zurückgestrichen, als wäre er gerade erst mit den Fingern hindurchgefahren. Es dauerte einen Moment, ehe ich den Werkzeug-koffer und eine Tasche in seiner Hand bemerkte. »Schon okay.« Ich konzentrierte mich auf die Serviette und strich sie möglichst glatt, bevor ich einen erneuten Versuch startete. Gleichzeitig schielte ich zu Brian hinüber, der sich eine Lei-ter holte und diese unter einer Beamer-Vorrichtung an der hohen Decke aufstellte.

Mit einem Koffer unter dem Arm kletterte er hoch und machte sich dann daran, den Beamer aus der Tasche zu holen und an der Decke anzuschließen.

Mein Blick wanderte über seine schwarze Hose, die sich um seine Beine schmiegte und seinen netten Po betonte. Er war etwas schlanker als zu seinen Footballzeiten, dennoch trainiert.

Ich biss mir auf die Unterlippe und betrachtete das Spiel seiner Armmuskeln. Ich hätte mich immer als eine Frau be-zeichnet, die auf den Charakter eines Mannes stand. Doch bei Brian schien mein Körper anders zu ticken. Meine Wan-gen wurden warm und in meinem Bauch spürte ich ein leichtes Ziehen. Mein ganzer Körper begann zu prickeln, und ich musste den Drang niederringen, an mir herumzu-zupfen, um meine plötzliche Befangenheit nicht zu offen-baren.

Vielleicht lag es daran, dass die Wut ihm gegenüber ver-raucht war und mir wieder bewusst wurde, warum ich mich damals so stark zu ihm hingezogen gefühlt hatte.

Plötzlich schaute er herunter zu mir, und uns beiden fiel auf, wie ich ihn anstarrte.

Ein Funkeln ließ seine Augen strahlen und ein Lächeln zupfte an seinen Mundwinkeln. »Du darfst also Servietten falten?«

»Ich hasse es.« Ich konzentrierte mich wieder auf meine

Aufgabe. »Aber ich schaffe das.« Wäre doch gelacht, wenn mich ein paar blöde Servietten in die Knie zwingen würden.

Brian machte ein nachdenkliches Geräusch, und kurz darauf hörte ich, wie er weiterarbeitete.

Als er wenig später die Leiter herunterstieg, hatte ich erst eine Serviette geschafft. Armselig.

Irgendwie hatte ich erwartet, er würde gehen. Stattdessen stellte er sich neben mich. »In gut einer Stunde geht es hier los, oder?«

»Ja«, antwortete ich knapp.

»Brauchst du Hilfe?« Als ich irritiert zu ihm aufschaute, deutete er auf die Servietten. »Ich könnte dir helfen, wenn du willst.«

»Weißt du denn, wie man Schiffe faltet?«

Er grinste schief, als würde er über etwas lachen, das ich nicht verstand. »Ich musste das schon ein paarmal machen.«

»Und du hast Zeit?« Nur die Verzweiflung hielt mich davon ab, ihn wegzuschicken.

Er schnaubte und zog sich den Stuhl gegenüber von mir zurück. »Ich kann mir Zeit nehmen.«

Ich schaute ihm dabei zu, wie er geschickt innerhalb von dreißig Sekunden ein Schiff faltete.

Er legte es zur Seite und griff schweigend nach der nächsten Serviette.

Ich zwang mich, weiterzumachen und ihn nicht anzustarren. »Du hast offenbar Übung?«

Brian brummte zustimmend, schien aber auf keine weiteren Erklärungen eingehen zu wollen.

Schweigen breitete sich aus, während wir falteten. Er war deutlich schneller als ich.

»Danke.« Ich spuckte das Wort geradezu aus und räusperte mich. »Du hättest Ryan aber nicht zwingen müssen, ins Hotel zu ziehen.«

»Wärst du meine Schwester, hätte ich dich nicht unter diesen Umständen dort wohnen lassen. Nicht, wenn du Angst davor hast, nachts alleine zu sein.«

Mein schnelles Blinzeln war der einzige Hinweis darauf, dass er mich überrumpelt hatte. »Woher weißt du das?«

Er lachte auf, als er meinen Gesichtsausdruck sah. »Jetzt schau mich nicht an, als wäre ich ein kranker Stalker. Das hast du mir bei unserem Date erzählt.«

Ich atmete laut aus. »Aber das ist doch schon eine Ewigkeit her!«

Nun war er derjenige, der konzentriert auf die Servietten schaute und dabei mit seinen Schultern zuckte. »Hab ich mir wohl gemerkt.«

Nicht einmal Frederic hatte von dieser Angst gewusst, die mich schon seit der Kindheit begleitete. Weil ich ihm gegenüber nicht schwach wirken wollte.

Ich erinnerte mich nicht einmal, Brian davon erzählt zu haben. Aber ich war ja auch betrunken gewesen.

»Warum hast du mich damals überhaupt um ein Date gebeten? Wir hatten nur wenige Kurse zusammen und kannten uns kaum.« Die Frage hatte ich mir schon lange gestellt und jetzt war sie raus.

Ich schaute unter gesenkten Lidern zu ihm hinüber und sah, wie er lächelte, obwohl er sich weiter auf das Falten konzentrierte. Vor ihm stapelten sich Serviettenschiffe, und weil ich nur einen Bruchteil so schnell wie er war, stand ich auf, um sie schon mal zu verteilen. Und um etwas anderes mit meinen Händen zu tun, außer die Servietten zu malträtieren.

»Ich mochte dich damals sehr«, gab er leise zu, und als er

aufschaute, traf mich ein umwerfendes Lächeln, das bis in seine Augen hinein strahlte. »Leider endete das zwischen uns katastrophal.«

»Was meinst du damit, dass du mich mochtest?«

Er zuckte mit seinen Schultern. »Ich fand dich einfach gut.« Mehr sagte er nicht, was nicht zu ihm passen wollte. Bei unseren letzten Begegnungen hatte er sich nie zurückgehalten. Doch nun machte er nichts anderes, als dass er hier saß und mir half.

Nichts.

Trotzdem war da plötzlich ein Gefühl in mir. Warm und aufregend. Wie ein lauer Sommertag, der mit einem Sommersturm endete.

»Ich fand dich auch gut«, hörte ich mich sagen und räusperte mich dann, als mein Herz gefährlich stolperte. »Aber das war ja wohl bei der Hälfte der weiblichen Schülerschaft der Fall.«

Brian schnaubte. »Sie fanden nur toll, dass ich Football gespielt habe. Ohne das Trikot wäre ich sicher nicht so beliebt gewesen.« Zugleich bohrte sich sein Blick in meine Augen und ein feines Lächeln umspielte seine Mundwinkel. »Aber bei dir hatte ich nie das Gefühl, du würdest mich nur deshalb mögen.«

»Ich fand dich heiß und dachte, da wäre mehr hinter deiner Angeberfassade«, erwiderte ich und schnappte mir schnell die nächsten Serviettenschiffe, um sie an den Plätzen zu verteilen. »Ist lange her.«

»Du fandest mich heiß?«

Bei seinem selbstgefälligen Ton verdrehte ich die Augen. »Bilde dir bloß nichts darauf ein.«

Brians Grinsen vertiefte sich und meine Wangen wurden warm. Es schien eine Ewigkeit zu dauern, bis er sich wieder auf die Servietten vor sich konzentrierte. »Warum bist du hier eigentlich alleine?«

»Weil Ella früher Feierabend machen musste, und es niemanden mehr gab, der helfen konnte. Alle anderen Zimmermädchen wurden für die Zimmer eingeteilt.«

»Das passiert hier öfter, oder? Falsches Zeitmanagement und zu knappe Einteilung des Personals.«

Ich nickte und lief die lange Tischreihe entlang, wobei ich noch einmal alles überprüfte. »Mindestens eine Person mehr hätte hier helfen müssen. Ich bin sicher, die Zimmermädchen könnten die Zimmer auch so schaffen.«

Brian brummte zustimmend. »Gefällt es dir hier eigentlich? Also die Arbeit«, fügte er hinzu, als ich ihn fragend anschaute.

»Klar, die Leute sind echt nett.«

»Würdest du hier länger arbeiten wollen?«

»Mein Praktikum dauert nur drei Monate«, antwortete ich ausweichend und richtete eine perfekt liegende Gabel neu aus. »Wie gefällt es dir hier?«

»Gut«, sagte er unbeschwert, aber einsilbig.

Unauffällig beobachtete ich ihn, wie er weiter geschickt Schiffe aus Servietten faltete. Mir wurde klar, dass ich gar nicht mehr das Bedürfnis hatte, vor ihm zu fliehen.

Wir wurden fertig, als Mrs Simmens mit den Leuten vom Catering in den Raum trat.

Mrs Simmens Gesicht war gerötet und sie redete schneller als üblich. »Perfekt! Ich hatte so gehofft, dass ihr es pünktlich schafft.«

Neben mir schnaubte Brian, aber wurde gar nicht von

Mrs Simmens beachtet, die direkt auf mich zukam. »Ich brauche dringend deine Hilfe. Das Catering hat zu wenig Leute geschickt. Kannst du heute Nachmittag bitte einspringen?«

»Beim Catering?« Meine Stimme war ein entsetztes Quieken. Zimmermädchen war das eine. Aber Kellnern würde ich sicher nicht schaffen, ohne mindestens ein Glas zu Bruch gehen zu lassen.

»Ja. Du musst«, entschied sie und deutete auf die Leute hinter sich. »Zeig ihnen, wo sie alles finden können. Du kennst dich ja bereits gut hier aus. Ich muss mich um die Zimmer kümmern und sie abnehmen, bevor die Gäste eintreffen.« Mit diesen Worten rauschte sie davon.

Die Leute vom Catering schüttelten ihre Köpfe. »Es wurde übrigens zu wenig Personal bestellt«, teilte mir eine von ihnen mit und wirkte nicht sehr begeistert. »Na ja, wir machen das Beste draus.«

Ich stand total überrumpelt da und hatte keine Ahnung, was ich sagen sollte. Offensichtlich wurde jetzt von mir erwartet zu kellnern, obwohl ich das überhaupt nicht konnte.

»Keine Sorge«, meinte einer von ihnen und lachte. »Du kannst am Tisch mit den Häppchen stehen und musst nur aufpassen, dass genug da sind. Wir sind so wenige, dass wir es nicht schaffen, die Häppchen und die Getränke gleichzeitig zu verteilen.«

Erneut schnaubte Brian leise hinter mir.

»Okay«, sagte ich schnell, denn es sollte nicht so rüberkommen, als würde ich diese Arbeit nicht machen wollen. Außerdem klang es gar nicht so schwer, hinter dem Tisch mit den Häppchen zu stehen. Ich deutete auf ihre Outfits. »Habt ihr für mich auch eine Schürze?«

»Du kannst meine Ersatzschürze haben«, meinte einer,

während er auf die Armbanduhr schaute. »Dann sollten wir mal loslegen. Wir haben noch eine Stunde, um alles vorzubereiten.«

Etwas überrumpelt nickte ich und drehte mich schnell zu Brian. »Danke für deine Hilfe.«

»Gerne.« Er lächelte, aber es erreichte seine Augen nicht, während er stirnrunzelnd die Leute vom Catering betrachtete. Ich fragte mich, worüber er nachdachte. Doch dann hoben sich seine Mundwinkel und um seine Augen kräuselten sich feine Lachfältchen. »Wir sehen uns.«

Plötzlich und ganz ohne Vorwarnung machte mein Herz einen Hüpfer und ich presste ein ersticktes »Klar« heraus.

Schnell fuhr ich herum und lief dem Cateringteam hinterher. Oh mein Gott! Was sollte das denn jetzt?

14

Brian

»Ich wäre alleine klargekommen! Du hättest nicht wie
ein Gorilla reinstürmen müssen, um mich zu retten!«

Es war eindeutig ein Organisationsproblem. Die Angestellten
wurden falsch eingeteilt, und dadurch entstand offensichtlich Personalmangel, während an anderen Stellen zu
viele Leute eingesetzt wurden.

Ich unterhielt mich mit einem der Zimmermädchen, das
gerade Feierabend machte. Sie bestätigte mir, dass sie sich
beim Herrichten der Zimmer gegenseitig im Weg gestanden
hatten.

Mittlerweile war es so spät, dass die ersten Gäste der heu-
tigen Veranstaltung eintrafen.

Ich trug Jeans und ein Jackett, weil mein Onkel mich zum
Essen eingeladen hatte. Beziehungsweise hatte er mich zu
sich beordert, da auch Collin da sein würde und Onkel
Steven sicher eine Zwischenbilanz von uns hören wollte.
Ich war vermutlich mal wieder nur ein Puffer, damit mein
Cousin dachte, er wäre nicht der Einzige, der Bericht erstat-
ten sollte.

Weil ich nicht anders konnte, lief ich nicht durch den Mit-
arbeiterausgang, sondern durchs Foyer. Dort befanden sich
ein paar der Gäste in schicker Abendgarderobe und plauderten. Ich hielt Ausschau nach Amber und entdeckte sie kurz

darauf an einem Tisch nahe des Eingangs. Sie lächelte ungezwungen, während sie den Leuten die Häppchen anbot.

Damit sie mich am Ende nicht tatsächlich für einen Stalker hielt, sollte ich mich lieber aus dem Staub machen.

In diesem Moment kniff Amber ihre Augen zusammen und verschränkte die Arme vor der Brust, während sie den Mann beäugte, der sich ihr näherte. Der Kerl stürmte so eilig heran, dass ich glaubte, er würde gleich den Tisch niedertrampeln.

Stattdessen umrundete er den Tisch und packte Amber grob am Arm, um sie dahinter hervorzuziehen.

Ohne darüber nachzudenken, lief ich los und schob dabei ein paar der Gäste zur Seite, die sich neugierig der Szene zuwandten.

»Sei nicht albern!«, zischte Amber gerade und riss ihren Arm weg.

Doch ich sah rot.

Ich lief zu ihr, packte den Mann und zerrte ihn von Amber weg. »Fassen Sie die Dame nicht an!«

»Das ist meine Freundin«, erwiderte der Idiot durch zusammengebissene Zähne, und erst im zweiten Moment erkannte ich ihn als Frederic wieder.

»Bin ich nicht!« Amber kochte vor Wut und funkelte Frederic an. »Wag es ja nicht, mich noch einmal anzufassen!«

»Mach dich nicht lächerlich und hör auf, unseren Namen zu beschämen, indem du hier wie eine billige Kellnerin stehst.« Frederic sprach so leise, dass nur wir ihn verstanden.

Amber schnappte nach Luft, und ich war kurz davor, ihm eine reinzuhauen.

Da trat Mr Morris, der Hotelbesitzer, zu uns. Seine sonst so freundlichen Gesichtszüge waren jetzt undurchschaubar, gaben keine Emotionen preis. »Ist alles in Ordnung?«

»Nein«, stieß Frederic aus und wirkte, als würde er gleich mit Boshaftigkeiten um sich werfen.

Das brauchte er aber gar nicht, denn Mr Morris' unerbittlicher Blick war auf Amber und mich gerichtet. »Das tut uns sehr leid. Bitte lassen Sie mich einen Augenblick mit meinen Angestellten alleine.«

Frederic wirkte, als würde er etwas sagen wollen, doch Mr Morris' Ton war so bestimmt, dass er schließlich aufgab und den Rückzug antrat.

»Sie sollten unsere Gäste nicht derart aufbringen.«

»Er hat Miss Wilson gegen ihren Willen angefasst«, erwiderte ich und zwang mich, diesem Trottel nicht zu folgen und ihm eine reinzuhauen.

»Ist das wahr?«

Amber nickte langsam und hob zugleich trotzig ihr Kinn. »Das hat sich jetzt aber geklärt.«

»Sind Sie sicher? Ich lasse es nicht zu, dass meine Angestellten schlecht behandelt werden. Auch nicht von unseren Gästen.« Er wurde mir immer sympathischer.

»Ich bin sicher«, erwiderte Amber und ihre Augen glänzten leicht.

Mr Morris sah zu mir. »Sie sollten dennoch beide besser gehen.«

Amber nickte leise, schnappte sich ihre Tasche, die offenbar unter dem Tisch gelegen hatte, und eilte aus dem Hotel.

Ich wollte etwas hinzufügen, beließ es aber dabei. »Einen schönen Abend noch, Sir.« Dann lief ich Amber hinterher, die draußen fast ihr Auto erreicht hatte.

Sie fuhr herum, als sie hörte, wie ich ihr folgte. Da die Veranstaltung gleich begann, waren keine Gäste mehr auf dem Parkplatz. »Was sollte das?«, schnauzte sie mich an.

»Ich wäre alleine klargekommen! Du hättest nicht wie ein Gorilla reinstürmen müssen, um mich zu retten!« Sie spuckte das letzte Wort geradezu aus.

Wut kochte in mir hoch. Frederic hatte sie schlecht behandelt – und ich war der Arsch? »Es ist mir eben nicht egal, wie man mit dir umgeht!«

»Wieso?«, rief sie, und das Wort schien über den großen Parkplatz zu hallen.

»Keine Ahnung!«, erwiderte ich genauso laut und starrte sie an. »Weil ich nicht wollen würde, dass ein Kerl meine Schwestern so anfasst!«

Das nahm ihr völlig den Wind aus den Segeln und ihre Wut schien zu verpuffen. »Das war …«

»Was?«, knurrte ich und erwartete schon irgendeine Beleidigung, weil ich in ihrer Welt sowieso auf ewig ein Arsch sein würde.

Sie schüttelte ihren Kopf und trat auf mich zu, fast als würde sie gar nicht merken, wie sie mir immer näher kam. Als sie vor mir stehen blieb, lag ein fragender Ausdruck in ihren Augen. »Das war die perfekte Antwort.«

»Das war mein Ernst.« Ich war wie erstarrt, denn alles in mir drängte danach, sie zu berühren.

Ambers Zunge schoss vor und befeuchtete ihre Lippen. »Warum bist du so?«

»Wie bin ich?« Ihre wunderschönen grünen Augen paralysierten mich. Meine Beine waren wie festgewachsen.

»Nett«, flüsterte sie und schaute auf meine Brust, während sich ihre Augenbrauen zusammenzogen. »Du solltest ein Arsch sein. Genauso wie früher. Stattdessen bist du einfach nur nett und hilfst mir. Wir könnten wirklich …«

»Was könnten wir?« Meine Stimme wurde rau, und all diese Gefühle, die ich immer in ihrer Nähe empfand, schienen sich zu verstärken. Alles, was ich bisher unterdrückt hatte, brach durch, und ich wollte sie an mich reißen.

Sie schaute zu mir auf, ihre Lippen leicht geöffnet und ihre Augen funkelten. »Wir könnten wirklich Freunde werden.«

Der Boden wankte, als ihre Worte zu mir durchdrangen. Kurz stockte ich, dann entfuhr mir ein hartes, lautes Lachen. Ich legte meine Hände an ihre Oberarme und umfasste sie. Fest und doch so leicht, dass sie sich jederzeit hätte losreißen können. »Wir könnten niemals Freunde sein.«

Verwirrt blinzelte sie, und ich wusste genau in diesem Moment, wenn ich es jetzt versaute, würde ich nie wieder eine Chance bekommen.

Deshalb zog ich sie an mich, senkte meinen Kopf und flüsterte an ihrem Mund. »Ich kann nicht aufhören, mich zu fragen, wie deine Lippen wohl schmecken. Seit fast sieben Jahren schon. Sag mir, dass ich dich endlich kosten darf.«

Sie atmete meine Worte ein, die Augen geweitet. Die Luft um uns herum knisterte, wie kurz vor einem Gewitter.

»Sag es«, knurrte ich und zog sie so fest an mich, dass wir uns überall berührten. Hitze schoss durch meinen Körper, drängte mich danach, ihr diesen Kuss einfach zu stehlen. Doch das würde ich nicht. Sie sollte sich nach mir verzehren und es genauso wollen wie ich.

Ihre Hand glitt an meiner Brust hinauf, über meinen Hals, und ihre Finger gruben sich in meine Haare. »Warum?«

»Weil ich dich schon so lange will. Damals war ich dumm, doch ich mache meine Fehler nie zweimal.«

Ihre Wimpern flatterten. »Damals?«

»Ich war so verdammt verknallt in dich«, stieß ich hervor. »Ich habe Wochen gebraucht, bis ich mich getraut habe, dich zu fragen, ob du mein Date sein willst. Und dann habe ich es versaut.«

»Das hast du«, flüsterte sie und atmete schneller, als würde ihr langsam bewusst werden, was ich da sagte.

»Ich will dich schon so lange küssen.«

Ihr Blick verdunkelte sich vor Verlangen, und ihre Finger in meinen Haaren griffen fester zu, als müsste sie sich festhalten. »Dann tu es.«

Ich stöhnte und überwand die letzten Zentimeter.

Ihre Lippen waren weich und samtig. Sie schmeckte nach Sonnenstrahlen, die durch Gewitterwolken drangen, während Blitze am Horizont wüteten.

Wir küssten einander so hungrig, dass sie schwankte und ich sie fester packen musste, um nicht selbst zu fallen. Verlangen pulsierte durch meine Adern, und ich stöhnte, als sie ihre Zunge vorschnellen ließ.

Ich vertiefte den Kuss, und alles in mir loderte und brannte. Wir wurden zu einem Inferno aus sengender Hitze, und ich wollte einfach nur noch in diesem Gefühl versinken.

Eine Autotür wurde zugeschlagen und wir stoppten. Zugleich lösten wir unsere Lippen nur zögerlich voneinander. Ich hielt sie einen Moment länger fest, weil ich nicht wusste, wie ich sie loslassen sollte.

Als ich mich endlich dazu durchdrang, ihr ins Gesicht zu sehen, lag Verwunderung in ihrem Blick. »Ich war so sicher, du würdest nicht auf mich stehen.«

Niemals hätte ich mit diesen Worten gerechnet. Sie kamen so unvorbereitet, dass ich lachen musste. »Wieso?«

»Weil wir auf einer Parkbank Kaffee getrunken haben, und wir haben uns Donuts geteilt.« Sie sagte es, als wäre dies in Kombination mit Interesse an einer Frau absolut unmöglich.

»Damals hatte ich auch nicht vor, dich zu beeindrucken«, erwiderte ich und musste grinsen. Unser Kuss klang auf meinen Lippen nach, und alles in mir drängte danach, ihn so schnell wie möglich zu wiederholen. »Geh mit mir aus.«

Verwirrung breitete sich auf ihrem hübschen Gesicht aus und sie trat einen Schritt zurück. »Warum?«

»Du hast es doch gespürt. Das zwischen uns.«

Sie sog ihre Unterlippe ein und schüttelte den Kopf. »Das ist eine dumme Idee.«

Ich grinste schief und strich ihr eine verirrte Strähne aus der Stirn. »Es ist die beste, die ich seit Langem hatte.«

Erneut schüttelte Amber ihren Kopf und sah so aus, als müsste sie ein Lächeln unterdrücken. Dann lachte sie plötzlich los, trat noch einen Schritt von mir weg und legte ihren Kopf in den Nacken. »Bis dann, Brian.«

Mein Grinsen wankte nicht einmal. »Das war kein Nein.«

Sie schmunzelte, stieg in ihren Wagen und fuhr davon. Die ganze Zeit über schaute ich ihr hinterher und grinste wie ein Idiot.

Kurz darauf machte ich mich auf den Weg in das Steakhaus, in das Onkel Steven uns eingeladen hatte. Collins Lieblingsrestaurant in der Stadt.

Ich meldete mich bei der Empfangsdame und wurde anschließend von ihr zu einem Tisch weiter hinten gebracht, von dem aus man einen guten Ausblick auf den Wood River hatte und der von ein paar größeren Pflanzen verdeckt wurde.

Als ich an den Tisch trat, stand mein Onkel auf und gab mir die Hand, aber nicht ohne vorher demonstrativ auf seine Armbanduhr zu schauen. »Pünktlich auf die Minute.«

»Man tut, was man kann.« Ich erwiderte seinen festen Händedruck.

Collin blieb sitzen und lächelte mich nur träge an, während er sich auf seinem Platz zurücklehnte. Wie immer trug er sein hellblondes Haar etwas zu lang, sodass es ihm fast in die

Augen fiel. Dafür saß sein dunkelblauer Designeranzug perfekt. In seinen blauen Augen blitzte Spott auf. »Hallo Brian.«

»Collin.« Ich nickte ihm zu und setzte mich auf den Platz ihm gegenüber.

Sofort erschien eine Bedienung und nahm unsere Getränkebestellungen auf, nachdem sie uns die Speisekarten gereicht hatte.

Als sie gegangen war, herrschte einen Moment lang dieses Schweigen, das immer auftrat, wenn wir zu dritt an einem Tisch saßen. Es war unangenehm, und zugleich fühlte es sich stets so an, als würden mein Onkel und ich nur nichts sagen, weil Collin dabei war. Bescheuert.

»Ich habe übrigens das Problem gefunden«, kam ich sofort zum Geschäftlichen und schilderte ihm meine Beobachtungen.

Onkel Steven nickte bedächtig, während er mich die ganze Zeit ansah. »Ich habe bereits vermutet, dass das Problem in die Richtung gehen könnte. Was ist dein Vorschlag?«

Collin schnaubte und konzentrierte sich auf die Speisekarte. »Kündigt die Vorgesetzte und stellt eine ein, die mehr Ahnung hat.«

Ich dachte an Mrs Simmens, die ansonsten einen guten Job machte und von den Angestellten respektiert und gemocht wurde. Sie zu kündigen, würde eindeutig ein falsches Signal an die restliche Belegschaft setzen. »Ich hatte überlegt, einen Eventkoordinator einzusetzen. Es wäre eine zusätzliche Stelle, vielleicht sogar nur eine halbe. Aber dieser würde sich dann darum kümmern, dass alles Wichtige für Veranstaltungen, Seminare und Konferenzen bereit ist. Währenddessen kümmert sich Mrs Simmens weiter um die Angestellten.«

Mein Cousin schnaubte erneut und hob seine Augen-

186

brauen, während er mich über den Rand der Speisekarte hinweg musterte. »Du bist zu sentimental.«

»Ich habe gesehen, wie sehr sie geschätzt wird. Es würde uns nur schaden, eine Kündigung vorzuschlagen.« Sicher würde ich mich nicht auf eine Diskussion mit ihm einlassen. Deshalb öffnete ich die Speisekarte und überflog sie, obwohl ich längst wusste, was ich essen wollte.

»Es ist eine gute Lösung, einen Eventkoordinator vorzuschlagen. Das Problem ist gefunden, und Mr Morris wird jetzt selbst entscheiden müssen, was er mit dieser Information anfängt.« Mein Onkel schloss die Speisekarte. »Habt ihr euch entschieden?« Er war ein ungeduldiger Mann, was er aber nur vor uns zeigte.

Collin zuckte mit den Schultern. »Klar.«

Als ich nickte, hob mein Onkel seinen Arm, um die Bedienung zu rufen.

Nachdem wir unsere Bestellungen aufgegeben hatten, richtete Onkel Steven seine Aufmerksamkeit auf Collin. »Wie sieht es bei dir aus? Hast du entschieden, um welches Projekt du dich kümmern möchtest?«

Er setzte sich ein wenig aufrechter hin. »Das Good Night Hotel klingt nach einer guten Investition. Der Name ist natürlich für die Tonne, aber es hat Potenzial.«

»Ich hoffe, du wirst denen das nicht in dem Wortlaut sagen«, tadelte mein Onkel ihn und wirkte zugleich zufrieden. Offenbar hätte er dieselbe Wahl getroffen.

»Natürlich nicht«, winkte Collin ab. Ich würde ihm so was durchaus zutrauen, denn es wäre nicht das erste Mal, dass er einen Kunden mit seiner *entwaffnenden* Art vergraulte.

Als hätte er meine Gedanken erraten, richtete er seine Aufmerksamkeit auf mich. »Also kommst du mal wieder ins Büro?«

»Montag.«

»War bestimmt nett, mal den Hausmeister zu spielen«, grinste er, und für jeden anderen hätte sein Lächeln vielleicht freundschaftlich gewirkt. Doch Collin war ein Idiot, der es liebte, mich auf die Palme zu bringen.

»Hm«, machte ich unbestimmt. »War nett.«

»Vielleicht liegt dir das Handwerkliche ja mehr.«

Könnte ihm so passen. »Das behalte ich mir für meine Freizeit vor.«

»Apropos«, warf Onkel Steven ein und sicherte sich damit unsere Aufmerksamkeit. »Wie geht es deinem Vater?«

Ich redete nur ungern vor Collin über meinen Dad. »Lebt sein Leben.«

Onkel Steven runzelte seine Stirn, denn offenbar hatte er sich eine andere Antwort erhofft. »Könnte gut, aber auch schlecht sein.«

Am liebsten hätte ich das Thema gewechselt, doch beide schauten mich an, als würden sie mehr hören wollen. Jeder aus unterschiedlichen Gründen. Collin, weil er den Untergang meines Vaters spannend fand. Onkel Steven, weil er seinen Bruder vermisste.

»Er kommt klar«, war alles, was ich sagte. Schlecht für Collin, der sich mehr erhofft hatte, denn er hatte sich sogar ein klein wenig vorgelehnt.

Gut für meinen Onkel, den diese Nachricht zu beruhigen schien.

»Ich glaube, es wird Zeit, dass ich ihn besuche«, verkündete mein Onkel. »Was denkst du darüber?«

»Also ich frage mich, ob er dich mit einer Mistgabel oder einem Spaten von seinem Grundstück jagen wird«, warf Collin lachend ein.

»Er wird ihn nicht verjagen«, erwiderte ich genervt und war

gleichzeitig nicht vollkommen überzeugt. Dad hatte schon auf meinen letzten Besuch nicht sonderlich euphorisch reagiert. Wenigstens hatte er mich nicht sofort wieder weggeschickt.

Collins Augenbrauen schnellten hoch und er sah mich zweifelnd an. »Was macht dich da so sicher? Er hasst Dad. Weil er selbst ein Versager ist und mein Vater einfach schlauer war als er.«

»Er ist kein Versager«, erwiderte mein Onkel wütend. »Er hat falsche Entscheidungen in seinem Leben getroffen. Das macht ihn aber nicht weniger zu meinem Bruder.«

Das war Familie. Mein Vater hatte alles verzockt und verloren. Doch sein Bruder warf ihm das nicht vor. Nein, er bestand darauf, dass er weiterhin Teil seines Lebens war. Genau das war die Art von Familie, zu der ich gehören wollte. Das war der Grund, warum ich bei der Donovan Corp. arbeiten musste. Die Firma prägte unsere Familiengeschichte und ich wollte ein Teil davon sein.

»Das habe ich auch nicht behauptet«, schnaubte Collin. »Er hat alles verzockt, was er besaß, und dann seine Familie im Stich gelassen. Wegen ihm wird Brian«, betonte er und schaute zu mir herüber, »niemals Erbe der Firma sein können. Das ist schon eine echt miese Nummer.«

»Man muss eine Firma nicht erben, um Geschäftsführer darin zu sein oder Anteile davon zu bekommen«, erklärte mein Onkel knapp.

Grabesstille.

Zum Glück kam in diesem Moment ein Kellner und brachte uns das Essen. Ich hoffte, so könnten wir das Thema wechseln, doch Collin schien gar nicht daran zu denken.

»Das ist nicht dein Ernst«, sagte er langsam. »Brians Vater hat seine Anteile an der Firma verloren, ergo hat auch Brian keine Anteile mehr an der Firma.«

In aller Seelenruhe schnitt Onkel Steven sich ein Stück Steak ab. »Es ist aber nicht so, als könnte ich nicht immer noch eigenständig über meinen Anteil verfügen. Brian hat in den letzten Jahren hart für diese Firma gearbeitet und auch er ist ein Donovan. Er sollte nicht für die Fehler seines Vaters zahlen müssen.«

»Du gibst ihm mein Erbe?«

»Dein Erbe ist es erst, wenn ich tot bin. Vergiss das nicht«, ermahnte Onkel Steven seinen Sohn scharf und fixierte ihn. »Mäßige deinen Ton. Brian erarbeitet sich seinen Erfolg.« Eine unausgesprochene Botschaft lag in seinen Worten und ich wünschte mir, verschwinden zu können.

Es war nett von meinem Onkel, dass er mich mit einbezog und mir offenbar sogar Anteile der Firma geben wollte. Doch darum hatte ich nie gebeten. Das sprach ich nicht laut aus, denn das hätte in dieser Situation nichts geändert.

Collins kalter Blick traf mich. »Deshalb hast du in den letzten Jahren so einen auf Speichellecker gemacht. Jetzt bekommst du offenbar, was du wolltest.« Demonstrativ warf Collin seine Serviette auf den Tisch. »Mir ist der Appetit vergangen.« Damit erhob er sich und ging.

Die Nasenflügel meines Onkels blähten sich. Es war das einzige Anzeichen dafür, dass ihm der Abgang seines Sohnes etwas ausmachte. »Das lief leider nicht so erfolgreich.«

Ich machte ein zustimmendes Geräusch und begann zu essen.

So erfolgreich lief es unglücklicherweise jedes Mal, wenn wir drei an einem Tisch saßen.

15

Amber

»Sehr gut. Ich schätze keine Konkurrenz.«

»Wow«, stieß Ella aus und starrte mich mit großen Augen an, nachdem ich ihr am Sonntagmorgen von Brians Kuss erzählte. Neben ihr grinste Rachel, während Hazel sich vorlehnte und ihre Augenbrauen hüpfen ließ. »Du kannst mit ihm machen, was du willst, aber wenn er dir das Herz bricht –«

»Er wird mir nicht das Herz brechen«, ging ich dazwischen, als sie drohend ihren Zeigefinger hob. Dabei schaute ich mich nach Zuhörern um, weil wir uns im Außenbereich des Cafés befanden und Eastwood überall Ohren und Augen hatte. Ich hatte mich hier mit Ella und Rachel verabredet und kurzerhand Hazel und Olivia eingeladen, als ich zufällig auf dem Hinweg an den beiden vorbeigefahren war.

Der Markt war in vollem Gange. Das Wetter war fantastisch, und ich bereute gerade, diese Bombe vor meinen Freundinnen während eines gemeinsamen Frühstücks platzen gelassen zu haben. »Ich bin erst seit ein paar Monaten von Frederic getrennt. Wie könnte ich da an was Neues denken?«

Olivias Mund klappte auf. »Sag nicht, dass du seitdem keine Dates mehr hattest!«

Meine Wangen brannten. »Ich habe keinen Kopf für Dates.

Ich habe das Hotel und das Praktikum. Wie soll ich denn da an Männer denken?«

»Na ja, so schwer ist das nicht.« Olivia grinste verschmitzt. »Du solltest vielleicht ein bisschen Spaß haben.«

»Ich wette, Frederic verzichtet nicht auf Spaß«, murmelte Hazel und sah aus, als würde sie sich irgendwelche Foltermethoden für ihn überlegen.

Der Gedanke, dass er sich mit einer anderen Frau vergnügte, tat mir nicht mehr weh. Frederic war mir egal. Aber da fiel mir ein, dass er kürzlich angerufen hatte. »Sag mal«, wandte ich mich Hazel zu, »weißt du, warum Frederic behaupten könnte, dass das Haus nach Fisch stinkt? Du warst doch noch am Vorabend vor der Schlüsselübergabe dabei. Hat es da schon übel gerochen?«

Hazels Gesicht verkrampfte sich. Ihre Wangen zuckten und im nächsten Moment brüllte sie vor Lachen los.

»Was auch immer sie gemacht hat«, warf Rachel ein, als ich Hazel fassungslos anstarrte, »dieser Frederic hat es verdient.«

»Aber wie?« Ich merkte selbst, wie meine Mundwinkel hüpften, weil Hazels Lachen so ansteckend war.

Sie verschluckte sich, hustete und löschte den Husten mit einem großen Kaffee. »Fisch im Belüftungssystem.«

»Nein!«, rief ich, und Olivia warf ein »Genial!« ein. Ella prustete los, während ihre Tochter Mia irritiert von ihrem Malbuch aufschaute. Sie sah uns an, als würde sie ernsthaft an unserem Verstand zweifeln.

Hazel grinste und zuckte zugleich unschuldig mit ihren Schultern. »Was denn? Er hat dich um das Haus betrogen und ist sogar noch damit durchgekommen. Irgendwie mussten wir uns doch an ihm rächen.«

Ich konnte nicht anders, als ihr zuzustimmen. Deshalb

hob ich meine Kaffeetasse und prostete ihr zu. »Auf den Fisch im Belüftungssystem!«

»Auf den Fisch!«, wiederholten die anderen, stießen an und lachten.

»Oh«, rief Rachel auf einmal und deutete auf den Markt. »Ist das da Brian?«

Es war lächerlich, dennoch wandte ich meinen Kopf hastig um und suchte nach ihm. Da stand er. Wie immer trug er ein helles Hemd und eine Jeans. Sofort erinnerten sich meine Lippen an unseren Kuss und prickelten.

»Du hast da ein bisschen Sabber«, zog Ella mich auf und deutete auf meinen Mundwinkel. »Brauchst du ein Taschentuch?«

»Da ist keine Sabber«, meinte Mia ernst und schaute ihre Mutter zweifelnd an. »Wieso sagst du das?«

»Ich wollte Amber bloß aufziehen«, erklärte Ella und strich ihrer Tochter über den Kopf. Das Kind war großartig.

»Er kommt auf uns zu«, flötete Hazel und wackelte mit ihren Augenbrauen. »Vielleicht will er dort weitermachen, wo ihr kürzlich aufgehört habt.«

Ich warf ihr einen missbilligenden Blick zu. »Er ist mit seinen Schwestern hier.«

»Brian!«, rief Olivia plötzlich und wedelte mit ihrem Arm, sodass sich der halbe Markt zu uns drehte.

Ich wünschte mir, der Boden würde sich unter uns auftun, und schüttelte zugleich den Kopf. »Das war nicht nötig.«

Olivia grinste verschlagen. »Ich wollte ihm bloß Hallo sagen. Hab ihn immerhin schon seit einer Ewigkeit nicht mehr gesehen.« Sie schaute an mir vorbei. »Ups, jetzt kommt er wohl rüber.«

Ich funkelte sie an. »Das ist kindisch.«

Sie zwinkerte mir provokant zu. »Schnapp ihn dir.«

»Hallo, die Damen«, begrüßte uns Brian keine Sekunde zu früh und stellte sich zu uns an den Tisch. Seine Schwestern flankierten ihn und musterten uns neugierig.

Meine Freundinnen hießen ihn sofort überschwänglich willkommen und sein selbstzufriedenes Grinsen machte mich irre.

»Setzt euch zu uns«, meinte Rachel auf einmal und deutete auf den frei werdenden Tisch neben uns. »Eine große Runde wäre doch nett.«

Ich öffnete schon protestierend meinen Mund, da stimmten Brians Schwestern sofort mit ein und stellten den Tisch kurzerhand neben unseren. Das war eine Verschwörung. Eindeutig.

»Ich muss mal kurz rein«, stieß ich aus und floh, weil ich einen Moment zum Durchatmen brauchte. Die Toiletten des Cafés befanden sich im Untergeschoss, und ich stellte erleichtert fest, dass ich alleine hier war.

Ich wusch mir meine Hände und betrachtete meine geröteten Wangen im Spiegel. Was war nur los mit mir? Wieso lief ich davon, statt mich Brian zu stellen?

Erneut prickelte sein Kuss auf meinen Lippen.

Er war gefährlich.

Frederic hatte Sicherheit und Stabilität bedeutet.

Doch Brian berührte mich auf eine Art, die mir Angst machte.

Dabei hatten wir uns bisher einmal geküsst! Ein einziges Mal!

Ich straffte die Schultern, während ich meine Hände trocknete. Er war heiß und ich reagierte auf ihn. Das bedeutete noch lange nicht, dass ich willenlos war.

Als ich nach oben kam, stockte ich, als ich Brian an einem

einsamen Tisch im hinteren Bereich des Cafés entdeckte. Er grinste mich an und klopfte auf den Platz neben sich. Wegen des Wetters hatten sich die Besucher alle in den Außenbereich gesetzt, sodass wir hier alleine waren. »Was machst du hier?«

»Verstecken. Die Meute da draußen hat es auf uns abgesehen.«

Sein Lächeln war entwaffnend. Es zog mich an wie das Licht die Motten. Ich setzte mich ihm gegenüber. Je mehr Abstand, desto besser.

Er kommentierte das mit einem Grinsen. »Erzähl mir mehr von eurem Hotel. Die ganze Stadt redet darüber und ich bin neugierig. Hat Betty es euch wirklich vermacht, damit ihr es renoviert?«

»Hast du deine Mom etwa deswegen ausgequetscht und keine weiteren Informationen bekommen?«

Sein Grinsen wurde breiter. »Erwischt.«

Ich lachte und entspannte mich. »Betty wollte uns wieder zusammenbringen, schätze ich. Das hat sie geschafft.«

»Das kostet doch sicher einiges, oder?«

»Ja, wir haben ein knappes Budget«, gab ich zu und lachte leise. »Aber wir kaufen vieles von Firmenauflösungen und Abrissen. Hazel sagt immer, wir würden ressourcenschonend arbeiten.«

Brian machte ein nachdenkliches Geräusch. »Besorgt ihr tatsächlich alles so oder gibt es auch Sachen, die ihr neu kauft?«

»Wir kaufen nur das Nötigste neu. Unser Budget ist wirklich knapp.« Es war mir nicht unangenehm, dies vor ihm zuzugeben. Geld war in meinem früheren Umfeld immer ein spezielles Thema, und einzugestehen, dass es einem daran mangelte, wäre der Super-GAU gewesen. Doch seit wir unser Hotel sanierten, war ich in diesem Punkt viel entspannter geworden.

»Das könnte man marketingtechnisch perfekt verwerten«, sagte Brian gedankenverloren. »Es ist auf jeden Fall ein Alleinstellungsmerkmal, wenn ihr das bis zum Schluss durchzieht.«

»Findest du?« Ich richtete mich ein wenig auf. »Wir hatten schon überlegt, auch alle Möbel secondhand zu kaufen und dann aufzuwerten.«

»Ihr wollt es selbst eröffnen?«

»Ja«, gestand ich und merkte, wie sich ein Lächeln quer über meinem Gesicht ausbreitete. »Wir wollen es eröffnen, aber das weiß noch niemand.«

»Machst du deshalb das Praktikum im Westwood Inn?«

»Ja. Ich kann mir ein entsprechendes Studium aktuell nicht leisten, doch ich wollte schon mal die Grundlagen kennenlernen. Mr Morris hat mir versprochen, dass ich alle Bereiche des Hotels durchlaufen werde.«

»Es ist riskant, völlig planlos ein Hotel zu eröffnen«, meinte er und lächelte mich an. »Aber wenn es jemand schaffen kann, dann du.«

»Weil ich so verbissen bin?«, fragte ich provokant.

Er lächelte mich sanft an und beugte sich vor, während er seine Hand auf meine legte. »Weil du schlau und mutig bist und weil du Menschen an deiner Seite hast, die dich unterstützten werden.«

Sicher meinte er damit meine Familie, aber es klang, als würde er sich selbst mit einschließen.

»Es macht mir dennoch Angst«, gestand ich und wagte nicht, meinen Blick von seinen blauen Augen zu nehmen.

»Wäre es nicht so, würde ich dich leichtsinnig nennen.«

»Als du mich nach Ellas Geburtstag nach Hause gebracht

hast, dachte ich, du würdest mich dafür verurteilen, dass ich auf einer Baustelle wohne.«

»Du hast mich an jemanden erinnert«, gab er leise zu. »Zu dickköpfig, um sich helfen zu lassen. Aber du bist viel schlauer als diese Person, weil du nicht alles und jeden wegschubst.«

In seinen Worten schwang Schmerz und Resignation mit, und ich fragte mich, von wem er sprach.

Schritte näherten sich und kurz darauf stand eine Kellnerin neben uns. »Was kann ich euch bringen?«

Einen Augenblick lang überlegte ich, einen Kaffee zu bestellen. Doch dann schaute ich hinaus und entdeckte Ella und Mia, die gerade aufstanden. Wir wollten den Tag heute gemeinsam verbringen, und ich würde nie eine Frau sein, die ihre Freundinnen für einen Typen sitzen ließ.

»Danke, aber wir sind versorgt. Unsere Freunde warten schon«, winkte Brian überraschenderweise ab und erhob sich. »Ich habe Clara und Mila versprochen, noch mit ihnen ins Kino zu gehen. Heute gib es eine Sondervorstellung«, erklärte er, an mich gewandt.

Ich hörte mich verzückt seufzen, und seinem selbstgefälligen Grinsen konnte ich entnehmen, dass er es gehört hatte. Schnell räusperte ich mich. »Genau, wir sollten gehen.«

In dem Moment, als wir das Café verlassen wollten, tauchten Maggy und Elinor auf. Als wäre diese Stadt verhext!

»Amber!«, rief Maggy, tätschelte meine Wange und entdeckte dann meinen Begleiter.

»Ist das etwa Brian Donovan? Eine bessere Wahl hättest du gar nicht treffen können. Ich hatte schon ein paar nette Junggesellen im Blick, aber die haben keine Chance gegen ihn.«

Mir entfuhr ein überraschtes Auflachen. »Da habe ich ja Glück gehabt.«

»Guter Fang«, lobte Elinor, die Brian ungeniert musterte und ihm dann in die Wange kniff. »Viel Spaß noch, Kinder. Wir haben eine Verabredung mit einer Mocca-Sahne-Torte.« Mit diesen Worten wurden wir resolut zur Seite geschoben.

Brian lachte und schaute ihnen hinterher. »Muss ich das verstehen?«

Ich schüttelte den Kopf und lächelte. »Sie wollten mich verkuppeln. Danke, dem entgehe ich nun wohl.«

Sein wölfischer Blick richtete sich auf mich, während er sich vorbeugte und mir in mein Ohr raunte. »Sehr gut. Ich schätze keine Konkurrenz.«

Ich erzitterte am ganzen Körper und versuchte, mir nicht anmerken zu lassen, wie er es schaffte, mich innerhalb eines Wimpernschlags außer Gefecht zu setzen.

16

*»Was wollen Sie denn in so kurzer Zeit dort lernen?
Sie würden nur im Weg rumstehen.«*

Montagmorgen fuhr ich vor meinem Termin mit Mr Morris ins Büro, um ein paar Unterlagen zu holen, als ich dort Collin entdeckte. »Was machst du so früh hier?«

Er lehnte an seinem grauen BMW und trug wie üblich einen schwarzen Anzug, der sein helles Haar betonte. »Der Boss möchte, dass ich mir dein Abschlussgespräch mit Mr Morris anhöre. Ich könnte was lernen.«

Seinen Dad bezeichnete er immer als den Boss, wenn er genervt von ihm war. Ich ließ das unkommentiert. »Alles klar.«

Es störte mich zwar, dass ich ihn mitnehmen musste, aber wenn mein Onkel das so wollte, dann war es eben so. Glücklicherweise war der Weg zum Westwood Inn nicht weit.

Statt wie üblich in meinem Arbeitsoutfit zu kommen, trug ich einen Anzug. Wir durchschritten den modernen Eingangsbereich, und die Empfangsdame war sichtbar irritiert, als sie mich erkannte. »Brian, warum siehst du denn so schick aus?«

»Ich habe einen Termin mit Mr Morris. Alles Weitere erkläre ich später.« So machte ich es immer. Wenn ich mich gut mit Angestellten verstanden hatte, ließ ich sie nur ungern im Unklaren.

Sie zögerte kurz, nickte dann aber und rief Mr Morris'
Sekretärin an. »Ihr könnt mit dem Aufzug hochfahren«,
sagte sie, nachdem sie aufgelegt hatte.

»Danke.«

Die Aufzugtür stand offen, weshalb wir sofort einstiegen.
Ich drückte den Knopf für die Chefetage und die Türen
schlossen sich unter leiser Musik.

»Du bist diesen Leuten keine Erklärung schuldig«, merkte
Collin an und schaute gelangweilt aus dem gläsernen Fens-
ter, von dem aus wir einen beeindruckenden Ausblick über
Westwood hatten. Die Stadt mutete wie eine Kleinstadt an,
obwohl sie mit ihrer Universität, dem Geschäftsviertel, den
Restaurants und Boutiquen einiges zu bieten hatte.

»Das stimmt. Aber ich gebe anderen ungern das Gefühl,
sie benutzt zu haben.«

»Du warst schon immer zu weich. Das Hotelgeschäft ist
schwer, und die Leute müssen gute Arbeit machen, sonst
sind sie raus.«

Ich lachte hart. »Man merkt dir an, dass du dir noch nie
die Mühe gemacht hast, ein Hotel hinter der Rezeption zu
sehen. Für dich gibt es nur die Pools und die Bars.«

»Das Wichtigste eben«, erwiderte er selbstgefällig.

Dankbar trat ich aus dem Aufzug und ging auf die Sekretärin von Mr Morris zu, die uns durchwinkte. »Er erwartet
Sie bereits.« Ihre Augen blitzten vor Neugier, und ich wet-
tete, nach unserem Termin wussten alle Bescheid, dass irgendwas im Busch war.

Ich würde als Erstes zu Amber gehen und ihr alles erklären. Es hatte mich erleichtert, als sie mir gestern gestand,
dass sie diesen Job nur machte, weil sie sich Berufserfahrung
davon erhoffte. Auch wenn ich es nicht vor ihr zugeben
würde, hatte es mich erschreckt, wie eine so zielstrebige

Frau wie sie einfach einen festen Job hinwarf, um kurz darauf ein schlecht bezahltes Praktikum in einem Hotel anzufangen. Natürlich hatte sie für alles ihre Gründe, und es war dumm von mir, überhaupt darüber nachzudenken. Aber als ich sie an dem baufälligen Haus mitten im Nirgendwo absetzte, hatte sie mich an meinen Vater erinnert. Zu stolz, um Hilfe anzunehmen. Zu stur, um wieder aufzustehen, nachdem man gefallen war.

Doch das traf auf Amber nicht zu.

Sie war so viel schlauer als mein Vater.

Der Hotelmanager erwartete uns bereits und erhob sich, um uns die Hände zu geben. »Guten Morgen, meine Herren.«

»Mr Morris, das ist mein Kollege Collin Donovan«, stellte ich die beiden einander vor.

»Es freut mich, Sie kennenzulernen.« Er deutete auf die Plätze gegenüber seinem Schreibtisch. »Kaffee?«

»Gerne.«

Mr Morris rief seine Sekretärin an und bestellt drei Tassen Kaffee, bevor er die Arme auf der Schreibtischplatte ablegte und die Hände verschränkte. »Nun, zu welchem Ergebnis sind Sie gekommen?«

»Es handelt sich um ein Organisationsproblem«, begann ich und lehnte mich zurück, bevor ich ihm von meinen Schlussfolgerungen erzählte.

Er nickte die ganze Zeit und machte sich Notizen. Als ich endete, klopfte es an der Tür und der Kaffee wurde uns gebracht.

Ich schwieg so lange, bis die Tür wieder hinter der Sekretärin ins Schloss fiel. »Natürlich kann ich nur Vorschläge einbringen, aber vielleicht würde ein Eventkoordinator das Problem lösen. Diese Stelle müsste neu geschaffen werden und könnte die wichtigsten Details für alle Veranstaltungen im Auge behalten, während Ihre Hausdame sich weiterhin um die Hotelangelegenheiten kümmert.«

Mr Morris nickte nachdenklich.

»Oder«, merkte Collin an, der die ganze Zeit geschwiegen hatte. »Sie machen Ihrer Hausdame Dampf, damit sie die Arbeiten besser koordiniert.«

Sofort warf ich ihm einen warnenden Blick zu. »Das ist natürlich Ihre Entscheidung, Mr Morris. Wir können nur Empfehlungen aussprechen, da wir möchten, dass Ihr Hotel die bestmöglichen Erfolge erzielt.«

»Danke.« Mr Morris notierte noch etwas, und ich befürchtete, dass er Collins Einwurf als tatsächliche Problemlösung ansah. Verdammt. Ich könnte diesen Idioten erwürgen!

Wir plauderten noch eine Weile, bevor wir uns verabschiedeten.

Als wir aus dem Büro traten, standen überraschenderweise Mrs Simmens und Amber vor uns.

Ambers Augen weiteten sich überrascht, als sie mich erkannte, und runzelte fragend die Stirn, während sie meinen Anzug betrachtete.

»Mrs Simmens, haben Sie ein Anliegen?«, fragte Mr Morris, der uns zur Tür begleitet hatte.

»Ja.« Sie riss ihren irritierten Blick von Collin und mir los. »Ich denke, es gibt ein Abspracheproblem. Miss Wilson behauptet, sie würde im Büro eingesetzt werden. Das kam zur Sprache, als ich gerade die Urlaubsplanung machte. Meines Wissens nach wird sie aber bis zum Ende ihres Praktikums als Zimmermädchen tätig sein. Ist das korrekt?«

Mr Morris nickte. »Das ist korrekt.«

»Sie haben mir versprochen, alle Bereiche des Hotels kennenlernen zu dürfen.« Ambers entrüsteter Tonfall ließ meinen Magen verkrampfen und ich wollte mich einmischen, wusste aber, dass mir dies nicht zustand.

»Das muss ein Missverständnis sein«, versuchte Mr Morris sie zu beschwichtigen. »Das sind die wichtigsten Bereiche des Hotels.«

»Was ist mit dem Büro? Oder dem Empfang?«

Mr Morris lachte leise. »Aber Miss Wilson«, rügte er sie leicht spöttisch. »Was wollen Sie denn in so kurzer Zeit dort lernen? Sie würden nur im Weg rumstehen.«

Amber schnappte nach Luft und ich ballte meine Hände zu Fäusten. Ich sollte hier nicht stehen und zuschauen, aber ich konnte nicht einfach abhauen. Sogar Collin beobachtete neugierig das Geschehen. Das hier war sicher kein Gespräch für den Flur, doch das schien offenbar niemanden zu interessieren.

»Ich kündige«, stieß Amber aus und atmete tief durch, während ihr abgehackter Atem sich langsam beruhigte. »Danke für die Zeit und die Lektion. Aber ich kündige.« Damit fuhr sie herum und ließ uns alle überrascht stehen.

Ich folgte ihr zum Aufzug und konnte gerade noch rechtzeitig die sich schließenden Aufzugtüren aufhalten.

Ambers Augen sprühten Funken, doch ich sah die Verletzlichkeit dahinter. »Ich habe gekündigt.«

»Ich weiß.« Meine Hände zuckten, und ich wollte sie an mich ziehen.

Doch da trat Collin hinter uns in den Aufzug. »Was für ein Auftritt«, spottete er und grinste süffisant. Seine Augenbrauen hoben sich, als er sah, wie nah wir beieinanderstanden.

»Amber, das ist mein Cousin Collin«, stellte ich ihn widerwillig vor.

»Hallo«, erwiderte sie knapp und machte klar, dass sie jetzt keine Lust auf Small Talk hatte. Sie zog ihr Handy aus der Tasche und wählte eine Nummer. Sekunden verstrichen und ich hörte das Freizeichen, doch niemand ging dran.

»Verdammt«, flüsterte sie, als wir unten ankamen und die Türen aufglitten. »Ryans Wagen musste in die Werkstatt, und er wollte mich nach Feierabend abholen.«

»Ich nehme dich mit«, sagte ich sofort und ignorierte Collin völlig, der die ganze Zeit neben uns herlief, während wir durch die Lobby gingen.

Sie nickte fahrig und lächelte mich knapp an. »Ich hole eben meine Sachen.« Dann verschwand sie durch eine unscheinbare Tür.

Während ich zum Empfang ging und dort offenlegte, wer ich war, schlenderte Collin nach draußen.

Ich hatte nicht viel Zeit, denn kurz darauf kam Amber schon wieder. Deshalb verabschiedete ich mich schnell und hoffte, mein Abgang würde keinen üblen Nachgeschmack hinterlassen.

»Ich habe gekündigt«, flüsterte Amber erneut, ein wenig neben der Spur, als wir hinausgingen.

»Zu Recht«, betonte ich und führte sie zu meinem Wagen. Dort trat Collin gerade seine Zigarette aus.

»Der Boss wünscht einen Lagebericht. Du sollst ins Büro kommen.«

Amber runzelte ihre Stirn, fragte jedoch nicht nach. »Ich steige schon mal ein, okay? Ich muss den anderen schreiben.«

»Natürlich.« Der Wagen machte ein piependes Geräusch, als ich ihn entriegelte.

Amber stieg ganz selbstverständlich vorne ein, woraufhin Collin sich nach hinten setzte. Die gesamte Fahrt über schwiegen wir, und ich wünschte, Collin wäre mit seinem eigenen Wagen gefahren.

Vom Rücksitz hörte ich ein interessiertes Schnalzen, als wir von der Landstraße auf die Einfahrt des Hotels fuhren. Er stellte aber keine weiteren Fragen. Ich hielt an und stieg gemeinsam mit Amber aus. »Soll ich gleich wiederkommen?«

Sie lächelte mich ein wenig gequält an. »Ich denke, für heute brauche ich ein wenig Ruhe.«

»Natürlich«, flüsterte ich und strich ihr über die Wange, obwohl ich sie lieber fest an mich gezogen hätte. »Nimm dir so viel Zeit, wie du brauchst.«

»Danke.«

Eigentlich wäre ich gern länger geblieben, doch leider wartete mein Cousin im Auto. Deshalb verabschiedete ich mich schnell und fuhr dann wieder los.

Collin saß noch immer hinten, als wäre ich sein Taxifahrer. »Nettes Hotel.«

Ich brummte zustimmend, ging aber nicht weiter darauf ein. Glücklicherweise schwieg mein Cousin während der restlichen Fahrt.

17

»Dass es jetzt so endet, lässt mich doch
ein wenig planlos zurück.«

Hazel und Olivia traf ich am Morgen nach meiner Kündigung beim Westwood Inn.

»Was für eine Frechheit«, wütete Hazel und stapfte vor uns auf und ab, während wir auf den untersten Stufen im Hotelempfang saßen und an unseren Cappuccinos nippten. Die beiden trugen Malersachen, die voller Farbspritzer waren. »Wie niederträchtig, dich glauben zu lassen, du könntest etwas lernen. Dabei wollten die dich die ganze Zeit nur als Zimmermädchen benutzen!«

»Hast du Ryan schon davon erzählt?«, fragte Olivia und schob sich einen Löffel Cappuccino-Schaum in den Mund. »Immerhin hat er dir das Praktikum besorgt.«

»Nein, ich möchte nicht, dass Ryan sich verpflichtet fühlt, meine Ehre oder so was zu verteidigen. Er hat uns bekannt gemacht und alles Weitere war Pech.« Ich seufzte leise und spürte nagende Verzweiflung an meinen Nervenenden zupfen. »Dann nutze ich die Zeit eben intensiver für das Hotel. Ich sollte mich sowieso viel mehr einbringen. Immerhin lebe ich sogar hier.«

»Wir kommen mit dem Streichen gut zurecht«, versicherte mir Olivia und trank den letzten Schluck aus ihrer Tasse, bevor sie diese auf die Treppenstufe neben sich stellte. »Beim vorigen Mal hast du nur Streifen verursacht.«

Ich musste bei ihrer Ehrlichkeit lachen. »Das sah wirklich fürchterlich aus.«

In diesem Moment kam Derek durch den Hoteleingang. »Guten Morgen.« Er hob die große Papiertüte in seiner Hand an. »Einmal Sandwiches für alle!«

Wir jubelten übertrieben und lachten.

»Eine Begrüßung ganz nach meinem Geschmack.« Derek fiel in unser Lachen ein und trug einen kleinen Tritthocker zu uns, um ihn als Ablage zu verwenden.

Danach verteilte er die Sandwiches an uns. »Wie geht's dir?«

»Ich fühl mich ziemlich verloren. Auch wenn mein Optimismus schwer kleinzukriegen ist, habe ich mir viel von dem Praktikum erhofft. Dass es jetzt so endet, lässt mich doch ein wenig planlos zurück.«

Auf diese ehrliche Antwort folgte Schweigen.

»Der Brief lag übrigens auf der Veranda.« Derek reichte mir einen weißen Umschlag.

Neugierig nahm ich ihn an mich. Mein Name stand überraschenderweise darauf. »Wie seltsam.«

Olivia reichte mir ein Messer, das sie aus ihrer Hosentasche zog, was mich kurz irritierte. »Hast du das immer bei dir?«

Sie lachte und biss in ihr Sandwich. »Man kann nie wissen, wofür man mal ein Messer gebrauchen könnte.«

»Und Troy ist immer noch verrückt nach dir?«, frotzelte Derek und fing sich sofort einen Knuff mit dem Ellenbogen von Hazel ein.

»Natürlich. Ich bin eben einzigartig.« Olivia tat so, als würde sie sich ihre zurückgebundenen Haare über die Schulter werfen.

»Ihre Beziehung ist richtig ekelhaft geworden«, informierte mich Hazel und tat so, als würde sie die Augen verdrehen. »Ständig kichern sie und betatschen sich.«

Olivia deutete vorwurfsvoll auf sie und Derek, während sie versuchte, ein Grinsen zu unterdrücken. »Und ihr seid besser?«

»Wir befummeln uns nicht vor unserer Familie«, warf Derek laut ein.

Mir entfuhr ein vergnügtes Schnauben, während ich den Brief entfaltete und überflog. Dabei fiel mein Lächeln langsam in sich zusammen und wich einem fragenden Stirnrunzeln.

»Was steht drin?« Hazel trat näher.

»Das Schreiben kommt von einer Firma, die in das Hotel investieren will und uns im Gegenzug bei der Eröffnung und dem laufenden Betrieb unterstützt.«

»Aber woher wissen die von uns?«, fragte Hazel und nahm den Brief entgegen, als ich fertig mit Lesen war.

Derek stellte sich neben sie, um mitzulesen.

»Das ist doch eigentlich nichts Ungewöhnliches. Vermutlich redet ganz Eastwood über dieses Hotel, und die haben jetzt davon gehört.« Olivia ging zum Empfang, wo jetzt meine Kaffeemaschine stand. »Ist so was überhaupt seriös? Wie heißen die denn?«

»Donovan Corporation«, las Hazel vor. »Kommt mir nicht bekannt vor.«

Derek zog sein Handy aus der Tasche. »Schauen wir mal nach.« Er machte eine kurze Pause und schien zu lesen. »Das Unternehmen sitzt in Westwood und ist weltweit unterwegs. Sie investieren in Hotels und machen sie zum Teil ihrer Gruppe. Im Gegenzug werden die Hotels vollumfänglich unterstützt.«

»Das klingt, als würde man dann zu einer Kette gehören.«
Ich nickte, als Olivia fragend auf meine Tasse deutete und
reichte sie ihr. Das Geräusch der arbeitenden Kaffeemaschine
erfüllte die gesamte Eingangshalle.

»Die Bewertungen sind wirklich gut«, sagte Derek und
wischte über seinen Handybildschirm. »Ich finde, wir sollten uns das anschauen.«

Ich nickte langsam, unsicher, ob das eine Option für uns
sein könnte. »Sollen wir noch Ryans Meinung einholen?«

»Ich rufe ihn eben an und frage ihn. Sein Terminkalender
ist sowieso der vollste von allen.« Derek trat ein paar
Schritte von uns weg. Da musste ich ihm recht geben. Obwohl Ryan hier momentan lebte und ich ihn ab und zu
nachts hörte, sah ich ihn so gut wie nie. Ehrlich gesagt,
machte ich mir Sorgen um ihn. Natürlich war er ein erwachsener Mann, aber bei seinen Arbeitszeiten würde
selbst der stärkste Elefant über kurz oder lang umfallen.
Doch das war etwas, das ich irgendwann in Ruhe mit ihm
klären würde.

»Was meinst du?«, wandte ich mich an Hazel und dankte
Olivia, als sie mir einen frischen Cappuccino reichte.

»Mich fragt ja keiner«, warf Olivia ein und setzte sich wieder auf die Treppe. »Aber ich würde mir anhören, was sie
für euch tun können.«

Hazel nickte und gab mir den Brief zurück. »Sehe ich auch
so. Wir machen einen Termin und lassen uns ein bisschen
was erzählen.«

Derek lachte so plötzlich, dass wir zu ihm hinüberschau-
ten. Er schob sein Handy zurück in die Hosentasche. »Ryan
hat einfach einen Termin für uns ausgemacht.«

»Gerade eben?« Mein Mund klappte auf.

»Er hat seiner Sekretärin zugerufen, sie soll für morgen

früh einen Termin vereinbaren.« Dereks Mundwinkel zuckte. »Ich brauche auch eine Sekretärin.«

»Wofür denn?« Hazel grinste ihn verschmitzt an. »Damit sie dich daran erinnert, dir neue Jeans zu kaufen?«

Er schaute an sich herunter, auf seine ausgewaschene, uralte Hose. »Die ist doch noch gut!«

»Rede dir das nur ein«, zog Olivia ihn auf.

»Also haben wir den Termin morgen früh?«, hakte ich nach.

»Direkt um acht Uhr«, bestätigte Derek und holte sich ein Sandwich aus der Tüte. »Was brauchen wir wohl dafür?«

Mir wurde eiskalt. »Wir haben doch überhaupt nichts. Sicher wollen die von uns irgendwelche Kalkulationen sehen!«

»Keine Panik.« Hazel lachte, angesichts meiner immer schriller werdenden Stimme. »Während Olivia und ich streichen, kannst du dich ein wenig schlaumachen.«

»Ich kann helfen«, schlug Derek vor.

»Du kannst dir nicht ständig freinehmen«, winkte ich ab. »Ich werde mich informieren und so viel wie möglich zusammensuchen.«

»Ich würde mir da nicht so viel Panik machen«, warf Olivia ein. »Immerhin haben die euch gefunden und nicht andersherum. Die werden euch zur Not sicher sagen, was für Unterlagen sie brauchen, wenn es ernst wird.«

Das nahm mir sofort die Aufregung. »Du hast recht.«

Sie grinste breit. »Weiß ich doch.«

»Guter Einwand«, lobte Derek und kaute den letzten Bissen seines Sandwiches. »Ich habe tatsächlich noch einiges in der Tischlerei zu tun.«

»Apropos«, rief Hazel. »Ich habe ein paar ganz tolle, uralte Möbel gefunden, die wir sicher gebrauchen könnten. Das Holz müsste verschönert werden und ich könnte bei den Stühlen die Polster austauschen. Ich habe im Internet nachgeschaut, wie man das macht.«

Ich lachte bei diesem Tatendrang. »Du kannst echt alles, oder?«

Meine Pflegeschwester zuckte mit ihren Schultern. »Ich lerne einfach gerne neue Sachen.«

»Okay, wenn ich noch eine Minute länger sitzen bleibe, komme ich nicht mehr hoch«, stöhnte Olivia und erhob sich. »Lass uns weitermalern.«

»Sklaventreiber«, grummelte Hazel und streckte die Zunge heraus.

Ich lachte und blieb sitzen, während ich mein Handy herauszog. »Keine Sorge, ich werde eure Arbeit überwachen.«

»Das passt zu dir«, zog sie mich auf.

Ich warf ihr eine Kusshand zu und trank den letzten Schluck meines Cappuccinos. Die beiden schnappten sich ihre Malersachen und gingen zu der Wand hinter dem Empfang, die in einem warmen Cremeton gestrichen werden sollte.

Mein Blick glitt über die weiß verputzten Wände. Wo zuvor dunkles Holz dominierte, war alles heller und einladender. Was ein möglicher Investor dazu sagen würde? Und wollten wir wirklich jemanden im Rücken haben, der uns zwar unterstützte, dem wir aber zugleich unsere Zahlen vorlegen mussten?

Ryans Jaguar fuhr mit einem lauten Dröhnen auf den Parkplatz der Donovan Corp. Wie immer kam er in letzter Sekunde, genau in dem Moment, als der Zeiger meiner Armbanduhr auf acht Uhr vorrückte.

Ich hob vorwurfsvoll die Augenbrauen, während Ryan mit ausgebreiteten Armen und einem Lächeln, das die ganze Welt für sich einnehmen konnte, auf uns zukam.

»Pünktlich auf die Minute«, lachte Derek.

»Dann hören wir uns mal an, was die uns zu bieten haben«, sagte Ryan in seiner typisch lockeren Art, um die ich ihn schon immer ein wenig beneidet hatte. Für ihn war alles nur eine Frage des Blickwinkels. Das Glas war stets halb voll und das Leben bot an jeder Ecke eine Chance. Ich war zwar optimistisch, dachte aber über die meisten Dinge zu viel nach.

Ich gab ihm zur Begrüßung einen Kuss auf die Wange und hakte mich bei ihm unter. »Kennst du die Firma?« Leider hatten wir uns gestern Abend nicht mehr gesehen und darüber austauschen können.

»Nur flüchtig. Aber was ich bisher gehört habe, klang alles gut.« Er grinste selbstbewusst. »Mal schauen, ob sie sich auch verkaufen können.«

Die gläsernen Türen schoben sich auf und offenbarten einen modernen Eingangsbereich. Hier dominierten Glas und schwarze, glänzende Flächen, während rote Blumen und passende Sessel als Eyecatcher im Wartebereich platziert waren. Schwüle Morgenluft wurde durch einen angenehmen Klimaanlagenhauch abgelöst.

Eine hübsche Empfangsdame lächelte uns entgegen, als wir zu ihr traten.

»Ryan Grant«, stellte er sich mit einem Strahlen in seinen Augen vor. »Meine Sekretärin hat gestern einen Termin mit Mr Donovan vereinbart.«

»Guten Morgen, nehmen Sie gerne im Wartebereich Platz. Ich informiere Mr Donovan.« Sie deutete auf die roten Sessel.

Während sie zum Telefon griff, nahmen wir auf der gemütlichen Sitzgruppe Platz. Die Farbe biss sich ein wenig mit meiner hellblauen Hose, zu der ich eine weiße Bluse kombiniert hatte. »Bin ich die Einzige, die nervös ist?«

Hazel lachte. »Es ist ja nicht so, als wäre das jetzt superwichtig für uns.«

»Aber das könnte es werden«, konterte ich und richtete meine Handtasche auf dem Schoß.

»Amber?« Irritiert drehte ich mich nach Brians Stimme um.

Er trug einen teuren Anzug und hatte sein Haar ordentlich nach hinten gestrichen. Er sah heiß aus. Aber was machte er hier?

Ich erhob mich automatisch und ging auf ihn zu, während sich auf meinen Lippen ein Lächeln ausbreitete. »Was für eine Überraschung.«

Brians Hände hoben sich, als wollte er mich an sich ziehen, doch er schaute an mir vorbei zu meinen Pflegegeschwistern. »Ich –«

»Entschuldigen Sie die Wartezeit«, ertönte es von der anderen Seite und ein Mann kam mit langen und sicheren Schritten auf uns zu. Dabei schloss er den Knopf seines Jacketts, als hätte er es gerade erst übergeworfen. Collin. Brians Cousin. Hatten wir etwa mit ihm den Termin?

Er entdeckte mich bei Brian, und kurz wankte sein selbstsicheres Lächeln, bevor er sich wieder auf mich konzentrierte und meine Hand nahm. »Miss Wilson. Es freut mich sehr, dass Sie und Ihre Familie so kurzfristig Zeit hatten.«

»Collin, was wird das?« Brians Stimme klang gepresst vor unterdrückter Wut, und ich fragte mich so langsam wirklich, was er hier machte. Hatte Brian ebenfalls einen Termin?

»Ich habe jetzt einen Termin«, wiegelte Collin ab und begrüßte dann meine Pflegegeschwister, die neugierig und misstrauisch zugleich zwischen ihm und Brian hin und her sahen.

»Amber, wir sollten reden.«

Mein Lächeln war unsicher. »Nach dem Termin, wenn du dann noch da bist.« In meiner Stimme schwang eine Frage mit.

»Ich bringe Sie dann später in Brians Büro«, schlug Collin mir vor und beantwortete damit alles. Sein Büro. Offenbar arbeitete Brian bei der Donovan Corp., was aber nicht erklärte, warum er als Hausmeister im Westwood Inn angestellt war.

Mir fiel wieder ein, dass er und Collin mit Mr Morris einen Termin hatten, kurz bevor ich gekündigt hatte. Langsam setzte sich alles zu einem Bild zusammen.

Brian Donovan.

Donovan Corp.

War Brian Teil des Unternehmens und hatte in deren Auftrag im Westwood Inn etwa – was genau? Überwacht? Kontrolliert?

»Eine gute Idee«, antwortete ich Collin ein wenig zu spät.

Brian schien etwas sagen zu wollen, ließ es dann aber, weil die Situation langsam unangenehm wurde. Es war für alle offensichtlich, dass hier etwas schieflief. Also lächelte ich knapp seinen Cousin an. »Wir sind schon sehr gespannt auf Ihr Angebot.«

Collin Donovan schmunzelte und winkte uns in Richtung eines Flurs.

Mit einem unguten Gefühl folgte ich ihm. Hazel ließ sich zurückfallen und warf mir einen fragenden Blick zu, den ich aber nur mit einem Schulterzucken beantworten konnte.

Offenbar hatte Brian keine Ahnung von diesem Termin,

was bedeutete, dass Collin dafür verantwortlich war. Nun stellte sich mir die Frage, ob er schon vorher von dem Hotel gewusst hatte, oder erst seitdem er und Brian mich nach meiner Kündigung dort hingefahren hatten.

Collin führte uns zu einem Besprechungsraum, wo wir an einem langen Tisch Platz nahmen.

In der Mitte war ein Tablett mit Tassen und einer Kaffeekanne aufgebaut. Nachdem Collin uns nacheinander eingeschenkt hatte, setzte er sich an das Kopfende. »Zunächst einmal danke ich Ihnen, dass Sie einen Termin mit mir wahrnehmen.« Er lächelte mich direkt an. »Ehrlich gesagt bin ich nur auf Sie gekommen, nachdem wir Sie kürzlich bei dem Hotel abgesetzt haben. Seither ließ mich das Gebäude einfach nicht mehr los. Deshalb musste ich diese Chance nutzen und Ihnen ein Angebot unterbreiten.«

»Wir sind gespannt«, sagte Ryan und lehnte sich auf seinem Platz zurück.

»Das können Sie auch sein. Wir haben die Mittel, Sie finanziell zu unterstützen, Ihnen bei der Eröffnung zu helfen und auch danach noch im Hintergrund mitzuwirken, wenn Sie möchten.«

»Was haben Sie davon?«, fragte Derek, wobei er sich nicht anmerken ließ, was er von diesem Angebot hielt.

»Da kommt aber jemand schnell zur Sache.« Collin lachte. »Ich könnte Ihnen das Modell nach allen Regeln der Kunst verkaufen, doch Sie wirken wie Menschen, die sich durch Fakten überzeugen lassen.« Er nahm eine Fernbedienung an sich, die neben dem Tablett lag und startete damit einen Beamer. Kurz darauf wurde ein Liniendiagramm an die Wand gestrahlt.

»Wir listen Sie bei unseren großen Partnern, die Sie in allen Suchmaschinen ganz oben anzeigen werden. Wir bekommen zwanzig Prozent Ihres Gewinns und dafür übernehmen wir das komplette Unternehmensrisiko. Sollte das Hotel, was wir natürlich immer verhindern wollen, nicht laufen, werden Sie nicht mit Ihrem persönlichen Vermögen haften müssen.«

»Zwanzig Prozent erscheinen mir sehr viel.« Ryan lachte und lockerte damit die aufkommende Stille auf. »Immerhin ist das Herrenhaus als solches schon eine Menge wert. Sobald wir merken, dass es nicht läuft, könnten wir es verkaufen.«

»Unsere Firma kann Ihnen helfen, gar nicht erst in die Situation zu kommen, dass es nicht läuft. Wir haben einen immensen Erfahrungsschatz in der Hotelbranche.« Er deutete mit der Fernbedienung auf das Diagramm an der Wand. »Dies ist eine Übersicht unserer Projekte aus den letzten fünf Jahren. Wie Sie sehen können, steigen die Umsätze signifikant. Man könnte das natürlich als Zufall bezeichnen, doch im Grunde waren es unsere Leute, die den Hotels den nötigen Aufschwung verpasst haben.«

»Was genau haben Sie denn gemacht, außer eine Suchmaschinenoptimierung vorzunehmen?«, fragte Hazel und umfasste ihre Kaffeetasse mit beiden Händen. Ihre Augenbrauen waren skeptisch zusammengezogen.

Collin begann auszuführen, was die Donovan Corp. für die Hotels tun konnte, die sich bei ihnen unter Vertrag nehmen ließen.

Ich sollte ihm zuhören. Stattdessen blickte ich aus dem Fenster und merkte, dass mir die Vorstellung nicht gefiel, eine gigantische Firma im Nacken zu haben. Zudem hinterließ es einen schalen Beigeschmack bei mir, dass Collin diesen Termin mit uns ausmachte und Brian offensichtlich nicht darüber informierte. Immerhin wusste er, dass Brian und ich uns näher kannten. Da wäre es doch normal gewesen, ihn mit ins Boot zu holen.

Der Termin dauerte eine Stunde und wir verließen ihn mit Informationsbroschüren in den Händen.

Nachdem Collin uns wieder in die Eingangshalle geführt und sich von meinen Pflegegeschwistern verabschiedet hatte, wandte er sich mir zu. »Soll ich Sie noch zu Brian bringen?«

»Ich denke, ich werde ihn besser später anrufen«, entschied ich, denn die Vorstellung, mich in einem Büro mit ihm auszusprechen, gefiel mir gar nicht. Nie wieder würde ich Berufliches mit Privatem mischen. Erst recht nicht nach dieser Katastrophe mit Frederic. Ich setzte ein höfliches Lächeln auf. »Danke. Sie hören von uns.«

Er nickte zufrieden. »Einen schönen Tag noch.«

Mit meiner Familie verließ ich das Büro und schrieb dabei Brian eine kurze Nachricht, dass wir uns später unterhalten würden.

»Ich habe noch Zeit für einen Brunch«, sagte Ryan nach einem raschen Blick auf sein Handy.

»Ich immer.« Hazel lachte und stopfte die Unterlagen in ihre Handtasche.

»Hast du nicht extra gefrühstückt?«, zog Derek sie auf.

Sie streckte ihm die Zunge entgegen und zog ihn lachend in Richtung seines Autos. »Na und?«

Ich folgte Ryan zu dem Jaguar und stieg in den viel zu niedrigen Wagen ein. »Du solltest dir wirklich etwas mit Komfort zulegen«, sagte ich, wie schon so viele Male zuvor.

Ryan grinste und startete dröhnend den Motor. »Das könnte ich natürlich, aber es würde weniger Spaß machen.«

»Was hältst du denn von der Donovan Corp.?«

»Es gefällt mir nicht, dass da irgendwas hinter dem Rücken eines Kollegen gemacht wird«, machte er deutlich. »Das ist unprofessionell. Er schien gewusst zu haben, dass du Brian kennst, und uns ohne dessen Wissen einzuladen, riecht nach einer miesen Nummer. Mit so etwas will ich nichts zu tun haben.«

»Deutliche Worte.«

»Wie sieht es bei dir aus? Wusstest du überhaupt, dass er da arbeitet?« Ryan klang, als würde er Brian dafür eins auf die Nase geben wollen.

»Nein. Aber das kläre ich später mit ihm. Es wäre allerdings auch ein Grund für mich, keinen Deal mit ihnen einzugehen. Ich will nicht noch einmal Berufliches mit Privatem vermischen.«

»Regel Nummer eins.« Er lachte und warf mir einen kurzen Seitenblick zu. »Und was wäre, wenn Brian nicht dort arbeiten würde?«

»Zwanzig Prozent sind viel Geld. Gleichzeitig könnten wir aber von ihrem Know-how profitieren.«

Er stieß ein zustimmendes Brummen aus, das mit leiser Radiomusik untermalt wurde. Den restlichen Weg über schwiegen wir.

18

Brian

»Versetz mir den letzten Stoß und nimm meinen Platz ein.«

Hast du später Zeit?

Ich starrte auf Ambers Nachricht und war mir nicht sicher, ob das gut oder schlecht war. Amber war nicht der Typ für Smileys, was es mir nicht leicht machte, ihre Nachricht zu deuten.

Direkt nach dem Termin hatte Collin sich zu vermeintlichen Außenterminen verpisst und war bisher nicht wieder aufgetaucht. Kluger Schachzug von ihm, denn ansonsten hätte ich ihm eine verpasst.

Er hatte mich mit Amber gesehen. Sie hinter meinem Rücken einzuladen und ihr ein Angebot zu machen, passte zu dieser miesen Ratte.

Was für ein Glück, dass ich heute früher als geplant aufgetaucht war. Sonst wäre er damit sogar durchgekommen!

Mir war ebenfalls schon der Gedanke gekommen, ihr eine Zusammenarbeit mit der Donovan Corp. vorzuschlagen. Doch ich hatte es gelassen, weil ich mir nicht sicher gewesen war, ob das gut ankommen würde.

Hoffentlich glaubte sie nicht, ich hätte sie die ganze Zeit über angelogen.

Ich hielt es genau bis zu meiner Mittagspause aus. Dann

war ich schon auf dem Weg zum nächsten Drive-in, holte uns zwei Getränke und Muffins, bevor ich auf dem schnellsten Wege zu ihrem Hotel fuhr.

Auf der geschotterten Einfahrt entdeckte ich sofort Ryans Jaguar und Dereks Pick-up.

Ehrlich gesagt, hätte ich Amber lieber alleine gesprochen, aber es war nicht so, als hätte ich etwas zu verbergen.

Als ich aus dem Wagen stieg, öffnete sich der Hoteleingang und Amber trat auf die Veranda. Dabei wandte sie sich dem Inneren zu. »Bleibt gefälligst drin!«

Offenbar war da irgendwer, der doch nicht mehr so gut auf mich zu sprechen war. Großartig. Die Aktion von heute Morgen hatte mir vermutlich keine Pluspunkte eingebracht.

Als sie mir entgegenkam, konnte ich nicht anders, als einen Moment lang fasziniert auf ihre Beine zu starren. Sie trug einen Rock, der nicht einmal sonderlich kurz war, aber ihr verdammt gut stand. »Hi.« Sie strich sich ihr offenes Haar hinters Ohr und blieb vor mir stehen.

Ich lächelte. In meinem Bauch hüpfte etwas, und alles in mir sehnte sich danach, sie an mich zu ziehen. Stattdessen hielt ich die beiden Kaffeebecher hoch. »Wir sollten reden, bevor sich das alles zu einem riesengroßen Missverständnis entwickelt.«

Ihr Lächeln wackelte ein wenig und sie nahm mir die Muffintüte ab. »Das wäre gut. Wir könnten uns an den Steg setzen, wenn du möchtest.«

»Klingt perfekt.« Ich räusperte mich, als meine Stimme rau wurde. »Ich hoffe, du hast ein wenig Hunger.«

Sie lächelte nur und griff nach meiner Hand. Schnell klemmte ich mir die Tüte unter den Arm und umschloss ihre Finger mit meinen.

Mein Herz schwoll an und ich fühlte mich plötzlich wie

ein verknallter Schuljunge. In meinem Magen rumorte es vor Aufregung und alles in mir zog sich vor Verlangen und Freude zusammen. Es war hoffnungslos, gegen meine Gefühle für Amber anzukämpfen, das wurde mir jetzt klar. In der Highschool war ich so verdammt verliebt gewesen und hatte nach der ganzen Zeit geglaubt, all das, was ich für sie empfunden hatte, hinter mir gelassen zu haben. Stattdessen musste ich feststellen, dass die erwachsene Amber genauso umwerfend war wie die junge. Sie löste dieselben Gefühle in mir aus wie damals. Mein Herz klopfte in ihrer Gegenwart immer ein wenig zu schnell, und Aufregung machte sich in mir breit, auch wenn ich sie besser verbergen konnte als damals.

Es fühlte sich so verdammt perfekt an, mit ihr zusammen zu sein.

Der Steg führte auf den kleinen See, dessen Wasser ruhig vor uns lag. Die Mittagshitze brannte unbarmherzig, doch glücklicherweise spendeten die umstehenden Bäume genügend Schatten.

Amber schien dasselbe zu denken und deutete auf den Kaffee. »Oder sollten wir doch lieber reingehen?«

»Ich bin einfach mal davon ausgegangen, dass du Eiskaffee magst.«

Sie lachte melodisch. »Was für ein Glück.«

Dass sie so entspannt war, nahm mir schon mal eine riesige Last von den Schultern.

Ich breitete das Jackett auf dem Steg aus. »Setz dich.«

Kurz wirkte sie, als würde sie protestieren wollen, akzeptierte diese Geste aber. Meine Mutter hatte mir beigebracht, eine Frau niemals auf dem kalten Boden sitzen zu lassen. Ein bisschen mit meiner guten Kinderstube anzugeben, würde mir hoffentlich ein paar Pluspunkte einbringen.

Ich setzte mich neben sie und schaute auf das Wasser hinaus, das meine Schuhsohlen streifte. »Ich bin Mitarbeiter der Donovan Corp. Vor einigen Monaten haben wir Anteile des Westwood Inn erworben und es umstrukturiert. Trotzdem gab es immer wieder ein paar kritische und negative Stimmen. Dem wollten wir entgegentreten, und meine Aufgabe war nun, herauszufinden, woher die angedeutete Unzufriedenheit bei den Kundenbewertungen kam.«

»Aha.« Amber nahm sich einen Moment Zeit, um den Eiskaffee zu probieren, bevor sie nachhakte. »Hast du es herausgefunden?«

»Ja, es ist ein Planungsproblem. Nun liegt es an Mr Morris, das zu beheben.« Ich betrachtete sie genau und suchte nach einem Zeichen, dass sie wütend sein könnte, weil ich ihr die Wahrheit nicht früher offenbart hatte.

Sie legte nachdenklich ihren Kopf schief. »Also kauft ihr Anteile an Hotels und helft ihnen, wenn sie schlecht laufen?«

»So würde ich es zusammenfassen.«

Ihr Blick glitt zu mir und wurde verschlossen. »Wolltest du mir dasselbe anbieten?«

»Nein«, antwortete ich ernst. »Jetzt, da mein Auftrag abgeschlossen ist, hätte ich dir aber die Wahrheit über meinen Job gesagt.«

»Wozu überhaupt das Theater?«

»Es hätte sein können, dass es ein Mitarbeiterproblem ist«, gestand ich ehrlich. »Es geht nicht darum, einen Schuldigen zu suchen. Es war schlicht eine unabhängige Analyse der Situation.«

Sie brummte nachdenklich. »Wieso hättest du mir nicht angeboten, in unser Hotel zu investieren?«

»Weil ich Berufliches und Privates nicht vermische. Wir

hätten noch darüber geredet und bei Interesse wäre mein Onkel dein Ansprechpartner geworden.«

»Und weshalb hat dein Cousin mich zu einem Termin eingeladen?«

Ich schwieg, weil ich für den Moment keine andere Antwort hatte, als dass er ein mieses Arschloch war.

»Verstehe«, meinte sie und nippte an ihrem Eiskaffee. »Haben wir uns schon gedacht.«

»Ich möchte nicht, dass du schlecht von meiner Familie denkst.«

»Tue ich nicht«, meinte sie sofort ernst. »Deine Mutter und deine Schwestern sind wirklich nett.« Sie schmunzelte, sicher weil ihr die letzte Begegnung mit ihnen in den Sinn kam. »Unsere Familie können wir uns nicht aussuchen. Doch es ist unsere Entscheidung, wie viel Raum sie in unserem Leben einnehmen.«

Da konnte ich ihr nur zustimmen. Aber darum sollte es jetzt nicht gehen. »Verzeihst du mir dieses Durcheinander?«

»Ich mag es nicht, wenn mir Dinge vorenthalten werden«, stellte sie klar und schaute mich fest an. »Aber ich nehme dir nicht übel, dass du mich nicht eingeweiht hast. Das«, sie stockte und lächelte, »zwischen uns ist …«

»Noch ziemlich frisch«, half ich, und meine Mundwinkel hoben sich ebenfalls. »Wir daten. Exklusiv«, betonte ich und griff nach ihrer Hand.

Sie blickte auf unsere ineinanderverschränkten Finger und ihre Wangen wurden rot. Sofort schlug mein Herz ein wenig schneller.

»Es ist seltsam, dich nicht mehr als Idioten zu sehen.«

Ich schmunzelte und hatte das Gefühl, das wäre der perfekte Zeitpunkt, um das Thema zu wechseln. »Was stehen denn noch für Aufgaben bei euch an?« Ich nickte in Richtung des Hotels.

»Aktuell streichen wir die Wände, und danach kommen die Böden dran und die Türen. Die müssen ebenfalls noch gestrichen werden. Derek hat die alte Farbe abgekratzt und alle Türen lackiert. Ich werde ab morgen eine neue Farbschicht draufmachen.«

Ich konnte meine Überraschung kaum verbergen. »Du machst das selbst?«

Ihre Augenbrauen hoben sich mahnend. »Denkst du etwa, ich könnte das nicht?«

»Doch natürlich«, ruderte ich sofort zurück. »Du kamst mir bisher einfach nicht wie jemand vor, der daran Spaß hätte.«

»Woran habe ich denn Spaß?« Ihre Stimme war zuckersüß, aber ich erkannte eine Fangfrage, wenn man sie mir stellte. Immerhin hatte ich zwei Schwestern.

Meine Lider senkten sich träge, und ich beugte mich vor, nur um kurz vor ihren Lippen zu stoppen. Mein Atem strich über ihre Wange, als ich sprach. »Daran hoffentlich.«

Sie erzitterte und stieß ein williges Brummen aus. »Gut gerettet.«

»Darf ich dir morgen helfen?«

»Wobei?«, flüsterte sie abwesend und strich nun ihrerseits mit ihren Lippen über meinen Mundwinkel.

»Ich wüsste viele Dinge, aber konkret denke ich gerade an die Türen.«

Sie stahl mir einen kurzen, festen Kuss, bevor sie sich wieder zurücklehnte und sich einen Muffin aus der Tüte schnappte, die ich zwischen uns abgestellt hatte. »Ich kann das schon, aber danke.« Sie sagte es spielerisch, doch ich hörte diesen leisen Trotz in ihren Worten.

»Es geht nicht darum, dass ich es dir nicht zutraue.« Ich schaute ihr fasziniert dabei zu, wie sie ein Stück aus dem Muffin zupfte und es sich in den Mund schob. »Ich würde einfach gern Zeit mit dir verbringen.«

Sie lächelte mich von der Seite her an und war so umwerfend, dass ich mich beinahe zur Abkühlung in den See geworfen hätte. »Ist das so?«

»Unbedingt«, flüsterte ich und betrachtete fasziniert einen zurückgelassenen Krümel an ihrem Mundwinkel. Ohne darüber nachzudenken, hob ich meine Hand und strich ihn weg. »Vielleicht –«

Was auch immer ich sagen wollte, ging im schrillen Klingeln eines Handys unter.

Amber seufzte genervt und zog es aus ihrer Hosentasche. »Ich mache es eben aus.« Ihre Stirn legte sich in Falten, als sie den Namen sah. »Oh, es ist Ella.«

»Geh ruhig dran«, winkte ich ab und schnappte mir ebenfalls einen Muffin. Es wurde Zeit, mich auf andere Gedanken zu bringen. Immerhin konnte man uns vom Hotel aus sicher beobachten.

»Hi«, begrüßte Amber Ella. »Wie geht's dir?«

Sie schwieg kurz und hörte zu.

Ich trank meinen Eiskaffee und schaute über den See auf die dahinterliegenden Wälder. Grüne Blätterdächer unter einem strahlend blauen Himmel. Als wäre man alleine an einem einsamen See. Nur, dass sich direkt hinter uns Ambers Familie in dem Hotel befand.

»Gekündigt?« Fassungslosigkeit ließ Ambers Stimme beben. »Wieso?« Sie riss ihre Augen auf. »Weil du zu spät gekommen bist?«

Mir wurde eiskalt.

»Mrs Simmens sogar?« Amber schnappte nach Luft. »Soll

ich vorbeikommen? Wir finden was Neues für dich!« Sie schaute fragend zu mir und ich nickte sofort. »Gut. Dann schaue ich, wer mich fahren kann, und mache mich direkt auf den Weg. Bis gleich.«

»Ich fahre dich«, entschied ich, nachdem sie auflegte.

»Ella wurde einfach gekündigt. Nur weil sie zu spät gekommen ist. Warum tut Mrs Simmens das?«

Vermutlich, weil Mr Morris ihr Druck gemacht hat, nach Collins dummem Vorschlag, ihr Dampf zu machen. Sicher hatte der Hotelleiter die arme Hausdame verwarnt, und die griff nun härter durch als nötig.

Verdammt!

Amber schien keine Antwort von mir zu erwarten, denn sie stand schon auf. »Als es mir letztes Mal schlecht ging, hat Hazel so einen Cocktail gemixt. Vielleicht wäre der ja ... wobei es mit Kind nicht so schlau wäre, zu trinken«, überlegte sie laut.

»Welches Kind?«

Amber schlug sich die Hand vor den Mund. »Das hätte ich nicht sagen dürfen. Ella hat eine Tochter.«

»Ich weiß von nichts«, versprach ich ihr, und mir wurde schlecht bei dem Gedanken, dass Ella jetzt keinen Job mehr hatte und dies teilweise sogar meine Schuld war.

Nachdem ich Amber bei Ella abgesetzt hatte, fuhr ich zurück ins Büro. Meine Mittagspause war maßlos überzogen, aber das war glücklicherweise kein Problem. Nicht, weil mein Onkel der Chef war, sondern weil ich gute Arbeit leistete und ausschließlich das für ihn zählte.

Wut kochte in mir hoch, nur bei dem Gedanken daran,

dass dieser unfähige Collin schuld war, dass eine Alleinerziehende jetzt ohne Job dastand!

Ich erwischte meinen Cousin in seinem Büro, wo er zurückgelehnt auf dem Stuhl lümmelte und auf seinen Bildschirm blickte, als würde er jeden Moment einschlafen.

Als er mich entdeckte, lehnte er sich ein wenig tiefer in den Stuhl, als würde er mich provozieren wollen. »Schon mal was von Anklopfen gehört?«

»Wegen deinem beschissenen Rat werden jetzt Leute aus dem Westwood Inn gefeuert«, knallte ich ihm an den Kopf und deutete mit dem Finger auf ihn. »Misch dich gefälligst nie wieder in eines meiner Projekte ein!«

Er lächelte träge. »Oh, sind dir etwa die kleinen Angestellten ans Herz gewachsen?« Er beugte sich vor und stemmte seine Ellenbogen auf den Schreibtisch. »Ich sag dir mal was: Die sind austauschbar, und wenn Mr Morris die Leute rauswirft, die ihm nur Kosten bereiten, ist das doch genau das Richtige.«

Angewidert starrte ich ihn an. »Das kann nicht dein Ernst sein. Das sind Menschen. Die Donovan Corp. will Jobs retten und empfiehlt seinen Mandanten nicht, irgendwen zu feuern.«

Collin lehnte sich wieder zurück. »Doch, wenn es nötig wird, schon.«

»Das ist nicht das, was Großvater aus diesem Unternehmen machen wollte«, knurrte ich.

»Verpetz mich ruhig an Dad. Du kannst doch so gut an seinem Rockzipfel hängen«, spie er mir entgegen, und für wenige Sekunden sah ich all die Abscheu und den Neid in seinen Augen. »Offenbar hast du es schon geschafft, als Nachfolger in Betracht gezogen zu werden. Los«, forderte er mit hasserfüllter Stimme, sprang auf und breitete die Arme aus, »versetz mir den letzten Stoß und nimm meinen Platz ein.«

Für Collin würde ich immer nur ein Konkurrent sein. Er sah ausschließlich sich selbst und das, was er verlieren könnte. Collin schien blind für das zu sein, was er alles hatte. Ich schüttelte den Kopf und verließ wortlos sein Büro.

Das hatte nichts gebracht, nur die Erkenntnis, dass eine Zusammenarbeit für die nächste Zeit außer Frage stand. Es war mir scheißegal, was mein Onkel dazu sagen würde, denn noch einmal würde ich nicht zulassen, dass Leute wegen Collin gekündigt wurden.

19

Amber

»Warum fliehen wir?«

Ella war völlig aufgelöst gewesen, als ich bei ihr auftauchte, und wir verbrachten den halben Nachmittag damit, über die Arbeit zu lästern und zu fluchen. Ich konnte nicht sonderlich viel tun, außer zu versuchen, sie ein bisschen emotional zu unterstützen und ihr zu versprechen, ihr bei der Jobsuche zu helfen.

Die ganze Nacht über hatte ich mir den Kopf zerbrochen, wie wir schnellstmöglich eine Anstellung für sie auftreiben konnten, denn im Netz hatten wir nichts Passendes für sie gefunden. Immerhin musste sie sich an die Betreuungszeiten ihrer Tochter anpassen.

Am nächsten Morgen telefonierte ich mit Rachel, während ich in meinem Zimmer auf und ab lief. Ich trug bereits Malersachen, weil ich geplant hatte, die Türen zu streichen, doch bei ihren Worten verwarf ich den Plan wieder.

»Ich habe ein paar Stellen entdeckt, auf die sie sich bewerben könnte«, sagte Rachel durchs Telefon.

»Perfekt. Ich will ihr unbedingt helfen.«

»Dann mach einen Schokoladenkuchen«, schlug sie vor. »Der muntert sie immer auf.«

»Ehrlich?« Unsicher schaute ich mich im Wintergarten um, wohin ich mich zum Telefonieren zurückgezogen hatte.

Derek, Olivia und Hazel waren momentan im Hotel am Streichen, weshalb ich nicht bei ihnen daheim einfallen wollte, um ihre Küchen zu benutzen. Ich war ungern bei jemand anderem allein zu Hause. Und Ryan war für ein paar Tage auf Geschäftsreise an der Westküste.

»Du musst keinen Kuchen backen. Das war nur so ein Gedanke.« Rachel lachte.

»Momentan habe ich sowieso keine richtige Küche.«

»Dann ist das natürlich keine Option. Wie geht es dir denn im Augenblick?« Rachel wusste Bescheid über meine Kündigung im Westwood Inn.

»Ich arbeite viel hier im Hotel. Das lastet mich aus«, winkte ich ab und wurde vom Anklopfen eines weiteren Anrufers unterbrochen. Als ich auf das Display schaute, lachte mir Brians Name entgegen. »Moment, ich bekomme gerade einen Anruf rein.«

»Keinen Stress, ich muss jetzt sowieso weiterarbeiten. Hab noch einen schönen Tag!«

»Du auch.« Ich verabschiedete mich von ihr und nahm Brians Anruf an. »Hi.«

»Hi«, ertönte seine Stimme durch die Telefonleitung, er klang tiefer als sonst. »Ich wollte mich nur erkundigen, ob ich Ella irgendwie helfen kann.«

Mein Herz schwoll an, weil das so nett war. »Ich glaube, momentan nicht. Rachel hat schon vorgeschlagen, dass ich einen Schokoladenkuchen backen kann, aber ich habe keine Küche.«

»Wir könnten zusammen bei mir einen Kuchen backen«, schlug er vor.

Ich schwieg überrascht und schritt an der erneuerten Fensterreihe entlang, durch die man auf den kleinen See hinausschauen konnte. »Wirklich? Musst du nicht arbeiten?«

»Ich habe mir freigenommen.« Seine Stimme klang seltsam, und mich überfiel das Gefühl, sein spontaner Urlaub hatte mit den Ereignissen des gestrigen Tages zu tun. »Und ich kann wirklich gut Schokoladenkuchen backen.«

Ich biss mir auf die Unterlippe. »Gut.«

»Okay, ich hole dich gleich ab.«

Natürlich war ich selbstständig und könnte mir auch ein Taxi rufen oder mir Dereks Auto leihen. Doch um ehrlich zu sein, fand ich es toll, wie er sich um mich bemühte. »Bis gleich.«

»Da hat es aber jemanden ordentlich erwischt.« Hazels Stimme ließ mich erschrocken zusammenfahren und mein Handy knallte zu Boden.

»Ups«, rief sie und schlug sich lachend die Hand auf den Mund.

Ich hob mein Telefon auf und überprüfte es auf Schäden, aber da war nur Staub. »Schleich dich doch nicht so an mich heran!«

»Ich habe nur gehört, wie du ins Telefon gesäuselt hast«, zog sie mich auf und kam zu mir getänzelt. Über ihren normalen Sachen trug sie einen weißen Overall, der voller roter Farbspritzer war. »Also seid ihr jetzt ein Paar?«

Ich zog meine Nase kraus. »Wir daten uns.«

»Gute Idee.« Sie wackelte mit ihrem Zeigefinger in der Luft herum. »Man sollte immer vorher ordentlich Probe fahren, bevor man sich festlegt.«

»Probe fahren?«, prustete ich, schlug mir die Hand vor den Mund und lachte herzlich los. »Hazel!«

»Hach«, seufzte sie und legte einen Arm um mich. »Ich liebe es wirklich, wenn du so bieder tust. Das erinnert mich immer an New York, den Stripper und seinen Bauchnabel.« Von dieser Partynacht kannte ich glücklicherweise nur

Bruchstücke, aber das Besagte war mir leider sehr deutlich vor Augen geblieben.

Ich schob Hazel gespielt genervt von mir. »Zum Glück hast du keine Bilder davon. Sonst würdest du die ausdrucken und überall aufhängen.« Sofort fiel mir meine gemeine Aktion mit ihrem albernen Buch ein. Sie und Olivia hatten in der Highschool die Jungs mit Sternen bewertet, und in einem kindischen Eifersuchtsanfall hatte ich es veröffentlicht. Das war etwas, wofür ich mich Monate später noch schämte. »Was ich auch verdient hätte«, fügte ich deshalb kleinlaut hinzu.

»Ich habe dir längst verziehen.« Sie wollte mich an sich drücken.

Doch ich schob sie schnell weg. »Bitte keine Farbspritzer auf meinem Seidentop!«

Sie lachte und hielt Abstand. »Du sollst eh einmal mit mir kommen, weil wir eine kleine Frage haben.«

»Sicher.« Sofort schaltete ich in den Geschäftsmodus. Seitdem wir beschlossen hatten, dass ich die Leitung des Hotels übernehme, durfte ich alle wichtigen und unwichtigen Entscheidungen treffen. Ich liebte es!

Wir verließen den Wintergarten, liefen durch den Eingangsbereich zum Speiseraum, in dem sie momentan strichen.

Es war ein länglicher Raum, der genug Platz für dreißig Personen bot und in dem sich die Tische durch seinen Schnitt gut verteilen ließen. Eine lange Wandseite war mit großen Sprossenfenstern versehen, und mein Plan war, die gegenüberliegende Seite mit einem warmen Rot zu betonen.

Ich entdeckte beim Betreten des Zimmers sofort den einen roten Streifen, den sie mit einer Rolle an die Wand gebracht hatten. »Okay, das passt gar nicht in den Raum.« Die Mittagssonne schien herein und betonte die Farbe so, dass sie wie Flammen über die Wand züngelte.

»Es dunkelt noch nach«, informierte Olivia uns und betrachtete ebenso skeptisch das Ergebnis. »Aber gut sieht es wirklich nicht aus.«

»Zum Glück haben wir die Farbe umsonst bekommen«, murmelte Hazel und hob sofort unschuldig ihre Hände, als sie meinen tadelnden Blick sah. »Gehört doch zu unserem nachhaltigen Konzept. So wenig wie nötig neu kaufen und Altes verwerten.«

Da hatte sie recht. »Okay, haben wir noch andere Farben, die für die Wand reichen könnten?«

»Khaki.« Derek lehnte auf dem Teleskopstab für die Farbrolle, als wäre es sein Krückstock. »Aber das sieht echt nicht gut aus. Viel zu dunkel.«

»Ich könnte Weiß dazu mischen«, schlug Olivia vor und wartete mein Nicken ab, bevor sie sich ans Werk machte. In der Mitte des Raumes standen verschiedene Farbtöpfe, die wir von einem ortsansässigen Maler geschenkt bekommen hatten. Es waren Reste, die oft nur für eine Wand reichten, mit denen wir aber Akzente setzen konnten. Ein paar der Eimer hatte er uns so gegeben, weil der Kunde sich kurzfristig umentschieden hatte und die Farben zu speziell waren.

Olivia goss einen Teil der weißen Farbe in den Farbtopf mit einem dunklen Khaki und rührte dann mit einem Holzstab um. »Ein grüner Touch würde sich hier hervorragend machen. Gerade mit der Aussicht auf den Wald.«

Ich brummte zustimmend. Jetzt musste der trübe Khakiton nur noch schön aussehen.

»Mit der weißen Farbe verblasst es«, erklärte Olivia und tupfte einen Pinsel in den Farbtopf, bevor sie die Mischung an die Wand brachte: ein blasses Grün, zwar immer noch Khaki, aber viel frischer und einladender.

»Wird es jetzt noch heller?«, fragte ich.

»Ja.« Olivia schien ebenfalls begeistert zu sein. »Gefällt es dir?«

»Auf jeden Fall!«

»Sollen wir direkt streichen oder warten, bis es getrocknet ist?«, hakte Hazel nach.

»Das ist in wenigen Minuten trocken«, winkte Olivia ab.

»Gut«, warf ich ein. »Ich muss kurz hoch und komme gleich wieder.« Damit lief ich schnell raus, da mir einfiel, dass Brian jeden Moment auftauchen müsste.

Ich legte die vielen Treppenstufen im Eiltempo zurück, duschte und schminkte mich, bevor ich mir ein luftiges Sommerkleid und Sandaletten anzog. Leger, angemessen für das heiße Wetter und zugleich elegant. Außerdem zeigte es viel Bein. Mir war natürlich schon aufgefallen, wie Brians Blick immer ein wenig zu lange auf ihnen verharrte. Meinen Haaransatz trocknete ich eilig mit einem Föhn, die vom Duschen nassen Spitzen drehte ich zu einem tiefen Dutt.

Als ich herunterkam, war bereits Brians Stimme aus dem Speisezimmer zu hören. Augenblicklich polterte es in meiner Brust. Wie schaffte er es nur, mich allein mit seiner Anwesenheit so nervös zu machen?

Er sah mich sofort, als ich in den Raum trat, und was auch immer er sagen wollte, ging verloren, während sein Blick meinen fand und wir gleichzeitig die Luft anzuhalten schienen.

Hazel kicherte, doch ich ignorierte sie und begrüßte ihn mit einem ungewohnt scheuen »Hi«.

»Hi«, erwiderte er, den Blick weiterhin auf mir, als könnte er nicht mehr wegsehen.

234

Derek räusperte sich hörbar. »Also, gefällt dir die Farbe? Dann können die beiden loslegen.«

Ich blinzelte und schaute zur Wand, wo der grüne Streifen heller geworden war. »Es sieht toll aus.«

»Gut, wir könnten alle Wände damit streichen«, schlug Olivia vor und linste neugierig zu Brian, genauso wie Hazel. »Von der Farbe haben wir genug. Und da wir so viele Fenster haben, würde die Farbe einen beim Hereinkommen nicht erschlagen.«

»Dann ist das jetzt der Plan«, entschied ich und schaute zu Derek. »Die Türen wollte ich heute Nachmittag fertig machen. Passt dir das?«

Er nickte, während er Brian musterte. »Dann sehen wir uns hier um fünfzehn Uhr?«

»Perfekt«, rief ich und nahm Brians Hand, um ihn rauszuziehen. »Bis später!«

»Warum fliehen wir?«, fragte er lachend.

»Derek sah aus, als würde er dich jeden Moment in die Mangel nehmen, und von Olivia und Hazel erwarte ich irgendwelche peinlichen Fragen.«

»Dann sollten wir wirklich gehen.« Brian lachte, doch als wir nach draußen auf die Veranda traten, stoppte er mich und zog mich mit einem Ruck an sich. Seine Hand fuhr über meine Schulter, in den Nacken und in den tiefen Dutt. »Du siehst fantastisch aus.«

»Danke«, flüsterte ich rau und schloss die Augen, als er mich sanft und innig küsste. Ich schmiegte mich an ihn und erschauderte am ganzen Körper.

Er lachte leise an meinen Lippen und löste sich von mir. »Komm, wir müssen einen Kuchen backen.«

Ich seufzte schwer, weil der Kuss gerne noch ein wenig länger hätte dauern können.

»Holst du dir eigentlich bald ein eigenes Auto?«, fragte ich beim Einsteigen. »Es muss doch teuer sein, ständig mit einem Mietwagen herumzufahren.«

»Ich habe tatsächlich darüber nachgedacht, mich in den kommenden Tagen mal umzusehen.«

Mir fiel wieder ein, warum er seinen letzten Wagen verkauft hatte. »Sind denn in nächster Zeit längere Projekte im Ausland geplant?«

»Momentan nicht. Natürlich kann immer etwas reinkommen, aber –« Er stockte und runzelte die Stirn, während er auf die Hauptstraße abbog.

»Ja?«, hakte ich nach und lehnte mich in dem Sitz zurück.

»Momentan würde ich lieber im Land bleiben«, warf er ein und lächelte in meine Richtung.

»Ist die Donovan Corp. ein Familienunternehmen?«

Er nickte. »Mein Onkel führt es. Mein Dad …« Erneut machte er eine Pause.

»Du musst es mir nicht erzählen«, sagte ich schnell, als mir klar wurde, dass es ein unangenehmes Thema für ihn sein könnte.

»Doch. Ich möchte gerne.« Er konzentrierte sich auf die Straße, während wir das Ortseingangsschild von Eastwood passierten. »Mein Vater war ebenfalls Teilhaber der Firma. Ihm wurde allerdings ein anderes Angebot gemacht, bei dem er angeblich sein Geld verdoppeln könnte.«

Eine böse Vorahnung überfiel mich, die ich mit einem leisen Brummen untermalte. »Oh-oh.«

»Genau.« Brian schnaubte und lächelte traurig. »Er hat sich seinen Anteil auszahlen lassen und natürlich alles verloren. Mein Onkel hat ihm angeboten, er könne weiter für die Firma arbeiten. Doch der Stolz hat meinen Vater daran gehindert. Meine Mutter hat ihn irgendwann verlassen – die beste Entscheidung ihres Lebens.«

»Habt ihr Kontakt?«, fragte ich zögerlich und betrachtete ihn die ganze Zeit, nur um zu prüfen, wann ich eine Grenze überschritt.

»Ja. Aber nur sehr wenig. Ich müsste ihn eigentlich mal wieder besuchen.«

»Ich kann mitkommen, wenn du willst«, schlug ich vor, ohne großartig darüber nachzudenken. Mein Mund verzog sich. »Also, falls du jemanden brauchst, der das Eis brechen kann. Wobei Hazel immer behauptet, sie kennt niemanden, der so steif ist wie ich.«

»Du bist perfekt«, flüsterte Brian und räusperte sich dann. »Klar, gerne. Er ist mir nicht peinlich. Er ist mein Dad und hat dumme Entscheidungen gefällt.«

»Wie kommt er damit zurecht, dass du noch in der Firma arbeitest?«

»Es geht. Vermutlich wäre es leichter für ihn, wenn wir alle den Kontakt zur Firma abgebrochen hätten. Aber es gehört auch zu meiner Familiengeschichte, und wäre es nicht dumm, wenn ich das aufgäbe?«

»Nicht, wenn es dich unglücklich machen würde.«

Brian schwieg und fuhr an Eastwoods Innenstadt vorbei, über die die Vormittagssonne schien. Es war ein schöner und heißer Tag. Wir hielten am Supermarkt und kauften alle nötigen Zutaten ein, inspiriert durch ein Rezept aus dem Internet.

Danach fuhr Brian am Friedhof vorbei, in Richtung der nördlich gelegenen Farmen. Vor einer davon bog er in eine lange Einfahrt ein. Rechts und links standen etliche Reihen von Apfelbäumen, und vor uns erhob sich ein Herrenhaus mit dunkler Steinfassade. »Hier lebst du?«

»Oh«, machte er und warf mir einen verlegenen Blick zu.

»Irgendwie bin ich davon ausgegangen, du wüsstest, dass ich aktuell bei meiner Familie wohne.«

Ich öffnete den Mund vor Überraschung und entdeckte da schon auf der vorderen Veranda seine Mutter. Sie zupfte vertrocknete Blätter aus den Blumenkübeln und winkte uns, als wir parkten.

»Wir können auch einen Kuchen kaufen«, schlug Brian sofort vor.

Mit einer tadelnd erhobenen Augenbraue schaute ich ihn an. »Mach dich nicht lächerlich.«

Er lachte laut und volltönend. »Ich steh echt drauf, wenn du das tust.«

Ich wusste zwar nicht, was er meinte, aber das Kompliment gefiel mir. »Danke.« Dann stieg ich aus dem Wagen, um seine Mutter zu begrüßen.

»Amber.« Sie sah mich an, als würde sie sich wirklich über meinen Anblick freuen, und zog mich in eine Umarmung. »Wie schön, dich zu sehen.« Sie warf Brian einen bedeutungsvollen Blick zu, der mich dazu brachte, mir auf die Unterlippe zu beißen, um nicht zu lachen. »Wenn ich gewusst hätte, dass sie zu Besuch kommt, hätte ich mir was anderes vorgenommen.«

Oje! Ich wurde rot, schaffte es jedoch, ein Lachen zu unterdrücken. »Brian hat mir netterweise einen Backofen angeboten, weil ich für eine Freundin einen Kuchen backen möchte.« Ich deutete auf die Tüte, die Brian in seinen Händen hielt. »Ich hoffe, das ist in Ordnung.«

»Natürlich! Was für eine nette Idee!« Sie strahlte, als hätte ich ihr soeben ein Geschenk gemacht. Dann klatschte sie in die Hände. »Jetzt fällt mir ein, dass ich noch in die Stadt fahren wollte.« Sie tätschelte meine Schulter. »Viel Spaß beim Backen.«

»Danke, Mom.« Brian unterdrückte sein Lachen etwas schlechter als ich.

Sie lächelte selig und verschwand im Haus, wobei sie die Haustür für uns offen ließ.

»Deine Mutter ist toll.«

»Ich weiß«, sagte Brian stolz und legte seine Hand auf meinen unteren Rücken, um mich ins Haus zu führen.

»Dann lass uns mal einen Kuchen backen.«

Das Haus war groß, geräumig und eine Mischung aus altmodisch und modern. Im Flur standen unzählige Schuhe vor einem Schuhregal, was davon zeugte, wie viele Leute hier wohnten. Die Garderobe quoll über mit Jacken. Vom Esszimmer aus konnte man auf die Apfelfelder blicken und an dem großen Echtholztisch standen sechs verschiedene Stühle. Es hätte durcheinander aussehen müssen, stattdessen passte es perfekt.

Die Küche im Landhausstil war weiß und an manchen Stellen abgegriffen, aber sah so aus, als hätte man hier schon unzählige leckere Mahlzeiten gekocht.

»Wie lautet deine unvergleichliche Meinung?«, fragte Brian, während er die Tüte auf der Arbeitsplatte abstellte.

Ich dachte an den klaren Stil, der in meinem alten Zuhause geherrscht hatte. Die schlichten Möbel, das Ambiente, das mir mit einem Mal ganz kalt vorkam. »Dieses Haus sieht nach Leben aus. Als würden hier glückliche Menschen wohnen.«

»Es ist hier zumindest nur selten ruhig. Jetzt nur, weil die Mädels und mein Bruder in der Schule sind und mein Stiefvater sicher irgendwo auf der Plantage zugange ist.«

Ich schaute aus dem Küchenfenster und sog die Aussicht in mich auf. Apfelbäume schienen den Horizont zu säumen, hinter dem Berge sich dem blauen Himmel entgegenstreckten. »Gehört das alles euch?«

»Nur ein kleiner Teil. Mein Stiefvater wollte keine große Plantage. Es reicht, um die Kosten zu decken und nett zu leben.«

»Wenn man hier wohnt, braucht man auch nicht mehr viel«, seufzte ich und versuchte mir nicht vorzustellen, wie es gewesen sein musste, hier aufzuwachsen. Wobei Brian vermutlich nicht sein Leben lang hier gewohnt hatte.

»Ich muss dir was gestehen. Ich habe zwar behauptet, ich könnte backen, aber eigentlich habe ich bisher immer nur die Hilfsarbeiten gemacht.«

Mir entfuhr ein Lachen. »Ich bin auch nicht sonderlich gut im Backen. Das Rezept aus dem Internet soll allerdings sehr einfach sein. Das wird funktionieren.«

»Dann mal an die Arbeit.« Brian holte alle Zutaten aus der Tüte heraus und platzierte sie nebeneinander auf der Arbeitsplatte, als würde unser Erfolg von einer akkuraten Aufstellung abhängen.

Ich schmunzelte und öffnete auf meinem Handy die Internetseite mit dem Rezept.

Brian holte eine Schüssel sowie ein Rührgerät, und ich vermischte die ersten Zutaten miteinander. Während es durch die Küche dröhnte, spürte ich Brian dicht neben mir stehen. Mir wurde überall warm.

Ich blinzelte und deutete auf die Eier. »Die kommen als Nächstes. Kannst du schon mal das Mehl abwiegen?«

Während ich die Eier aufschlug und mit dem Teig vermengte, wog Brian gewissenhaft das Mehl ab. Ich stoppte die Rührstäbe und kippte es hinein. Brians Hand strich mir auf einmal über die Seite, und mein Gehirn schien einen Funktionsausfall zu haben, denn ich schaltete das Rührgerät wieder ein.

Mehl stob wild in alle Richtungen und ich bekam eine

Ladung ins Gesicht. Erschrocken schaute ich auf das Chaos und dann zu Brian, der ebenfalls voller Mehl war. »Ups.«

Einen Moment schien er wie erstarrt, bevor er laut loslachte und mich damit ansteckte. Die Küche war völlig verwüstet. Überall war weißer Mehlstaub.

»Es tut mir wirklich leid«, stieß ich unter meinen Lachanfällen aus und schaute Brian an, dessen Augenbrauen, Wimpern und Bartschatten weiß waren.

»Kann man alles wieder sauber machen«, meinte Brian und rieb sich lachend über sein Gesicht.

Ein Kichern entfuhr mir, bis mir abermals etwas einfiel. »Oh nein«, rief ich und fasste in meinen feuchten Dutt, in dem bereits Mehl festpappte.

»Das wird der schmackhafteste Teig, den es jemals gab.« Brian lachte und wischte mir das Mehl vom Gesicht.

»Wir sollten aufräumen«, flüsterte ich und seufzte leise, als seine Daumen über meine Lippen strichen.

»Vielleicht sollten wir zuerst duschen gehen«, schlug er mit rauer Stimme vor und küsste mich sanft, wobei er mich fest an sich zog und mein gesamter Körper in Flammen aufging.

»Ja«, hauchte ich.

Brian lachte, nahm meine Hand und zog mich aus der Küche. »Wir müssen uns beeilen.«

»Ach ja?«

Er schaute mich über die Schulter hinweg an, während er mich zu einer Treppe und dann nach oben führte. »Sicher bekommen wir das Mehl nur ganz schwer aus deinen Haaren, wenn es trocken ist.«

Ich biss mir auf eine Unterlippe. Aufregung kribbelte auf meiner Haut, während ich ihm nur zu bereitwillig folgte.

Oben angekommen, führte er mich in ein schlichtes, weiß gefliestes Badezimmer. Es gab eine große Dusche, eine Badewanne und einen langen Spiegel, unter dem ein Doppelwaschbecken hing.

Langsam drehte ich mich zu Brian um, der in der Tür stehen geblieben war und mich mit dunklem Blick betrachtete. »Handtücher sind im Schrank hinter der Tür.«

Mein Mundwinkel zuckte. »Du lässt mich also alleine duschen?«

»Angst, nicht sauber zu werden?«

Ich biss mir auf die Unterlippe. »Vielleicht ein bisschen.«

Brian knurrte, trat ein und schloss die Tür hinter sich ab. Dann kam er langsam auf mich zu und streckte zugleich seine Hände nach mir aus. Ich kam ihm entgegen, umschlang seine Taille und keuchte unter seinem harten, drängenden Kuss.

Seine Finger strichen über die Träger des Kleides und schoben sie mir von den Schultern. Gänsehaut überzog meinen Körper, und ich stöhnte an seinen Lippen, löste mich von ihm und drehte mich um. Über die Schulter blickend flüsterte ich: »Mach es auf.«

Seine warmen Finger streiften mich, als er den Reißverschluss in meinem Rücken quälend langsam herunterzog. Sein Daumen hinterließ eine brennende Spur auf meiner Haut, und ich seufzte vor Erleichterung, als das Kleid zu einem Stoffbündel um meine Füße fiel.

Brian sog scharf Luft ein, als ich mich nur in Unterwäsche zu ihm umdrehte. Weiße Spitze verdeckte die letzten Zentimeter meines Körpers. Das hier war nicht geplant. Dennoch hatte ich die Unterwäsche mit dem Gedanken an ihn angezogen.

Ich griff nach dem Saum von Brians Poloshirt und zupfte

daran. Brian übernahm und zerrte es sich mit einem Ruck über den Kopf. Währenddessen öffnete ich seinen Gürtel und schob ihm die Jeans die Beine hinunter. Bis wir uns nur noch in Unterwäsche gegenüberstanden.

Lächelnd griff ich hinter mich und hakte den BH auf.

Brians Lippen teilten sich und er blinzelte, völlig gefangen in dem Anblick meines Körpers. Ein Gefühl von Macht erfüllte mich und ich sog auf, wie sein begehrender Blick über jeden Zentimeter meiner Haut glitt. »Willst du nicht schon mal die Dusche anmachen?«

»Ich will dir viel lieber zuschauen«, stöhnte er, drehte sich dann aber doch zur Dusche, um das Wasser anzustellen.

Als er sich wieder zu mir umdrehte, ließ ich den BH fallen und schob das Höschen herunter.

Ich mochte meinen Körper. Unter seinem Blick jedoch fühlte ich mich anbetungswürdig und spürte nicht eine Sekunde lang die Scham, die man sonst bei einem ersten Mal empfand. Langsam hob ich meine Arme und löste den Dutt.

Brians Augen folgten jeder meiner Bewegungen, und als ich nach unten blickte, schluckte ich. Ihn schien es absolut nicht kaltzulassen.

Langsam ging ich an ihm vorbei und strich über seine Brust, bevor ich in die Dusche und unter den Wasserstrahl trat. »Willst du nur zuschauen?«

»Ich werde definitiv mitmachen«, stieß er hervor und folgte mir, nachdem er seine Boxershorts ausgezogen hatte. Als er die Glastür schloss, erfüllte Wasserdampf die Kabine. Heißes Wasser floss über mich und dennoch hatte ich Gänsehaut.

Ich zog Brian sofort zu einem brennenden Kuss an mich. Er beugte sich zu mir herunter und umschloss meinen Oberkörper mit seinen Armen. Ein Kokon aus Wärme.

Seine Hitze drängte sich gegen meinen Bauch und ließ meine Mitte drängend pulsieren. Ich stöhnte und presste die Beine zusammen. Alles in mir wallte auf. In mir pochte es sehnsüchtig und meine Brüste fühlten sich voller und schwerer an.

Brians Zunge schnellte vor, und ich stöhnte an seinen Lippen, während ich mich aus seiner Umarmung wand. Ohne den Kuss zu lösen, nahm ich seine Hand und führte sie zwischen meine Beine.

Ihm entfuhr ein überraschter Laut, doch er gehorchte. Quälend langsam schob er einen Finger in mich hinein, während sein Daumen über meine empfindlichste Stelle glitt.

Ich stöhnte und packte sein Glied.

Er zuckte zurück und lachte an meinem Mund. »Wenn du das jetzt tust, wird das sehr schnell gehen.«

»Bei mir auch«, keuchte ich und glitt mit der Hand über seine Länge.

Brians kehliges Stöhnen ließ mich schneller werden, während er mich immer wieder an den genau richtigen Stellen berührte und seine Finger kreisen ließ. Das Summen in mir wurde zu einem Vibrieren, und ich legte den Kopf in den Nacken, als mich eine Welle überrollte und mir den Atem raubte. Brian hielt mich, während meine Beine nachzugeben drohten und ich ein leises, befriedigtes Lachen ausstieß.

Dann küsste ich Brian erneut und fuhr mit meiner Hand über sein Glied. »Danke.«

»Immer, immer, immer wieder gerne«, stöhnte er und drängte sich meiner Hand entgegen. »Das hier darf niemals aufhören.«

Erneut lachte ich leise und wurde schneller, bis er ein gedämpftes Keuchen an meinen Lippen ausstieß und mich fest an sich drückte. Er kam pulsierend an meinem Bauch und verharrte in einem unendlich zarten Kuss.

Laut atmete er aus, als er unsere Lippen löste und seine Stirn an meine legte. »Wow.«

»Ja.« Mehr Worte waren nicht nötig.

20

Amber

»Ich mag dich wirklich, aber selbst minderjährige Rapper
reimen besser als du.«

Meine Wangen waren knallrot, als wir unten ankamen. Unglücklicherweise hatte ich mir beim Abtrocknen das Geräusch eines Staubsaugers nicht eingebildet. Die Küche
war blitzeblank. Keine Spur von Mehl oder dem Chaos, das
wir hinterlassen hatten. »Oje«, flüsterte ich, und in meinem
Magen wallte ein unangenehmes Kribbeln auf, als ich mir
vorstellte, dass uns irgendwer gehört haben könnte.

»Keine Sorge«, erwiderte Brian mit gedämpfter Stimme
und zog mich von hinten an sich. »Du warst leise.«

Als könnte er Gedanken lesen. So sehr ich seine Umarmung auch genoss, konnte ich meine Scham dennoch nicht
abschütteln. Immerhin hatten wir so lange unter der Dusche
gestanden, bis das warme Wasser verbraucht war, nur weil
es so unglaublich schön gewesen war, uns gegenseitig ein-
zuseifen. »Bist du sicher?«

»Für mich hättest du gerne noch lauter sein können«,
raunte er mir zu.

»Brian.« Ich wollte tadelnd klingen, stattdessen gurrte ich
eher.

»Vielleicht sollten wir doch noch mal hochgehen.«

Ich kicherte und entspannte mich. Da fiel mir auf, dass

sich die Teigschüssel noch an ihrem Platz befand und der Kuchenteig darauf wartete, weiter verarbeitet zu werden. Die Schale mit Mehl, die danebenstand, sollte wohl ein Zeichen dafür sein, dass das die Zutat war, die noch fehlte. Ich lachte über diesen kleinen, wenig subtilen Hinweis.

»Komm, wir backen endlich den Kuchen. Danach haben wir uns einen Kaffee verdient. Oder eine zweite Runde unter der Dusche«, fügte er hinzu und löste sich von mir, als ich ihm einen spielerischen Klaps auf den Unterarm gab.

Schmunzelnd machte ich mich an die Arbeit. Dieses Mal mischte ich den Teig, ohne irgendein Chaos anzurichten. Brian bereitete die Kuchenform vor und stellte den Backofen zum Vorheizen an. Während ich den Teig in die Form goss, brühte Brian uns Kaffee auf, sodass wir nach draußen auf die Veranda gehen konnten, nachdem ich den Kuchen in den Backofen schob.

Dort saß seine Mutter mit einem Kaffee und las ein Buch.

»Danke fürs Saubermachen.« Besser war es, diese peinliche Situation einfach hinter uns zu bringen. Ich setzte mich zu ihr an den Tisch.

»Für wen ist denn der Kuchen?« Ihre Augen funkelten vergnügt. Ja, sie wusste genau, was wir getan hatten.

Ich überspielte die Verlegenheit mit einem Schluck Kaffee und einem Seitenblick auf Brian, der sich fröhlich zu uns setzte. »Meine Freundin Ella hat ihren Job verloren.«

»Die Arme. Was macht sie denn? Vielleicht könnten wir ihr helfen.« Brians Mutter legte ihr Buch zur Seite. Es war nicht nur eine nette Floskel. Sie meinte das Ernst.

»Sie ist Zimmermädchen.« Gerade als ich es ausgesprochen hatte, schlug ich mir perplex die Hand vor den Mund.

»Alles in Ordnung?«, fragte Brian sofort besorgt und

spannte sich an, als würde er geradewegs aufspringen wollen.

Mit einem breiten Lachen sah ich Brian an. »Sie könnte unser erstes Zimmermädchen werden!«

Brian setzte sich wieder und nickte nachdenklich. »Stimmt. Wenn sie bis zur Eröffnung warten kann.«

»Also wollt ihr Bettys altes Hotel doch behalten?«, hakte Brians Mutter nach.

Ich umfasste aufgeregt meine Kaffeetasse. »Ja, wir werden es eröffnen, was allerdings noch geheim ist. Im Spätsommer, denke ich. Aber ein Zimmermädchen werden wir sicher brauchen. Sie wäre dann unsere erste Angestellte.« Aufregung durchfuhr mich und am liebsten hätte ich mir mein Handy geschnappt und sie sofort angerufen.

»Wie wäre es, wenn wir ihr den Kuchen dann gleich selbst bringen?«, schlug Brian vor. Abgemacht war, dass Rachel ihn abholte und mitnahm. Doch diese Idee war um Längen besser.

»Ich schreibe eben meinen Geschwistern«, entschuldigte ich mich schnell, sprang vom Platz auf und holte mein Handy aus der Handtasche in der Küche. Dass ich da nicht früher drauf gekommen war!

Natürlich konnten wir uns nicht viele Angestellte leisten, aber dass Hazel und ich alleine alles im Hotel machten, war unrealistisch. Wir würden Hilfe brauchen. Und wer würde sich besser eignen als jemand, der schon jahrelange Erfahrung in Hotels hatte?

Hazel antwortete mir sofort, dass sie einverstanden war. Derek ebenfalls. Ryans Antwort würde sicher auf sich warten lassen, aber da mir die Entscheidungsbefugnis von ihnen erteilt wurde, war die Sache geregelt.

Als ich zurück auf die Veranda kam, lachte Brian und

winkte mich zu sich. »Meine Mutter hat vorgeschlagen, einen Schriftzug auf den Kuchen zu machen – *Arbeite für mich!*«

Ich schnappte begeistert nach Luft. »Das ist eine fantastische Idee!«

»Das war eigentlich ein Witz«, sagte Brian und lächelte zwischen mir und seiner Mutter hin und her. »Aber dann muss es ein besserer Spruch werden. Und du musst dir sicher sein.« Sein Lächeln verblasste langsam. »Sie wäre schließlich deine Angestellte. Es könnte eure Freundschaft nachhaltig verändern, sobald sie für dich arbeitet.«

Das hatte ich nicht bedacht und das dämpfte einen Augenblick lang meine Euphorie. »Stimmt.«

»Aber es kommt auch darauf an, welches Verhältnis du zu deinen Angestellten pflegen willst«, warf seine Mutter ein. »Man kann sich auch gut verstehen, solange beide Seiten respektvoll miteinander umgehen und immer ehrlich sind. Du musst dir sicher sein, dass sie dein Vertrauen und deine Freundschaft nicht missbrauchen würde.«

Ich kannte Ella nicht lange, wusste aber, dass sie ein guter Mensch war, der hart für sich und seine Tochter arbeitete. Sollte sie Probleme mit der Betreuung von Mia haben, wäre das kein Hindernis, da im Hotel genug Platz war. »Das wird sie nicht.«

»Gut. Wie wäre es dann mit: ›Willst du mein Zimmermädchen sein?‹«

»Oder scherzhaft«, warf ich ein. »›Ich verspreche dir ein nettes Kleid, also sag nicht Nein. Willst du mein Zimmermädchen sein?‹«

Brian blinzelte langsam. »Ich mag dich wirklich, aber selbst minderjährige Rapper reimen besser als du.«

Seine Mutter schnalzte tadelnd mit der Zunge. »Also ich finde das eine sehr nette Idee.«

Ich verkniff mir ein Lachen und nippte an meinem Kaffee, während wir uns Ideen für die Kuchenbeschriftung zuwarfen.

Gegen Mittag waren Brian und ich auf dem Weg zu Ella. Auf meinem Schoß hielt ich die Torte, auf der Brians Mutter mit geschwungener Schrift aus Sahne die Worte »Sei unser Hotel-Engel« geformt hatte.

Zu sagen, dass ich aufgeregt war, schien untertrieben. Meine Hände zitterten und mein Herz hämmerte wie verrückt.

Ella war eine Freundin, und ich könnte ihr nicht einmal böse sein, wenn sie nicht so lange warten wollte, bis wir eröffneten. Dennoch war es gleichzeitig so viel mehr für mich. Immerhin machten wir damit einen großen Schritt vorwärts. Wir würden gezwungen sein, konkret zu planen, was aufregend und beängstigend zugleich war.

Rachels Wagen stand in der Einfahrt, als wir ankamen, und ich wartete geduldig, bis Brian mir den Kuchen abnahm, damit ich aussteigen konnte.

»Du bist wirklich süß, wenn du aufgeregt bist«, raunte Brian mir zu und stahl mir einen schnellen Kuss.

»Ich hasse es«, gestand ich und musste lachen. »Es macht mich übrigens irre, wenn ich weiß, dass jemand mich überraschen will. Also wenn du irgendwann etwas Überraschendes planen solltest, sag mir das nicht vorher, sonst bin ich ein Wrack.« Kurz stockte ich, als mir klar wurde, dass wir über die Zukunft sprachen.

Doch für Brian schien das kein Problem zu sein, denn er lächelte nur, während er mir bedeutete, vorauszugehen. »Ist notiert.«

Wir klingelten und keine Sekunde später öffnete uns Ellas Tochter Mia. Ernst schaute sie erst Brian, dann mich und zum Schluss den Kuchen an. Sofort leuchteten ihre Augen. »Ist der für uns?«

»Für deine Mom.«

Mia trat zur Seite. »Wenn ihr Kuchen habt, dürft ihr gerne reinkommen.«

»Mia? Wer ist da? Du darfst die Tür nicht aufmachen und irgendwen reinlassen!«, rief Ella, während sie die Treppe heruntergerannt kam.

Als sie uns sah, winkte sie ab. »Okay, ihr dürft rein.«

Ich lachte und begrüßte sie mit einer umständlichen Umarmung. Danach umarmte sie Brian, und erst dann schaute sie auf die Torte. Ihre Lippen formten die Worte, während sie lautlos las und ihre Stirn sich in Falten legte. »Was –« Ihre Augen weiteten sich. »Ist es das, was ich denke?«

»Wir haben noch superviel zu tun und eröffnen erst in ein paar Wochen, aber willst du unsere erste Angestellte sein?«

»Ja!« Ellas Kreischen ließ alle zusammenzucken, und als sie mich stürmisch umarmte, rutschte mir der Kuchen aus den Armen. Brians Hände schnellten vor, und er rettete ihn, bevor er auf den Boden fallen konnte.

»Puh«, stieß Mia aus und brachte uns alle damit zum Lachen.

Ella löste sich von mir. Ihre Augen waren rot und sie schaute mich an, als wäre ich wahnsinnig und wundervoll zugleich. »Bist du dir sicher? Ich komme ständig zu spät und muss Mia –«

»Ich bin mir sicher«, unterbrach ich sie und schaute zu Mia hinüber, die mich skeptisch musterte. »Wir werden immer einen Platz für deine Tochter haben.«

Ella schluchzte so plötzlich und so herzzerreißend, dass mir Tränen in die Augen schossen.

»Mommy«, stieß Mia besorgt aus und eilte sofort zu ihrer Mutter.

»Das sind Freudentränen«, beruhigte sie ihre Tochter und strich ihr lachend und weinend zugleich über den Kopf, während sie sich zu ihr herunterbeugte und sie fest umarmte. »Tut mir leid, dass ich dich erschreckt habe.«

Mia schmiegte sich an Ellas Brust und nickte langsam.

Ella drückte ihr Küsse auf den Kopf und strahlte mich zwischendurch an. Noch nie in meinem Leben hatte sich eine Entscheidung so richtig angefühlt.

21

Brian

»Das sind die hässlichsten Sessel überhaupt.«

Ella überredete Amber zu einem gemeinsamen Barbecue, weshalb wir das Streichen der Türen auf den nächsten Tag verschoben.

Der Abstand zur Firma tat mir gut, weswegen ich meinen Urlaub verlängerte. Auch wenn Ella eine glückliche Lösung gefunden hat, war die Gefahr weiterhin groß, dass ich Collin bei der kleinsten dummen Bemerkung eine reinhauen würde. Je länger ich über unser letztes Gespräch nachdachte, umso wütender wurde ich.

Genervt rollte ich mit den Schultern und versuchte, nicht so angepisst auszusehen, während ich unten im Eingang auf Amber wartete.

Hazel hatte mich abgefangen, und nun saß ich auf der Treppe des Hotels und harrte auf die bevorstehende Befragung.

»Hier dein Kaffee.«

»Danke.«

Hazel setzte sich mit etwas Abstand neben mich. »Es ist echt nett, dass du uns helfen willst.«

Ich zuckte mit den Schultern. »Ihr seid so gut wie fertig. Es wäre schade, wenn ihr wegen Kleinigkeiten die Eröffnung noch weiterschieben müsstet.«

»Aber wir haben Zeit.«

»Stimmt. Dennoch wohnt Amber auf einer Baustelle«, stellte ich nüchtern fest. Etwas, das sich ändern würde, sobald das Hotel eröffnet war.

»Warum stört dich das?«

Ich runzelte meine Stirn und trank einen Schluck Kaffee. »Das stört mich nicht.« Doch während ich das sagte, wurde mir bewusst, dass Hazel recht hatte. Ambers Wohnsituation behagte mir nicht. Es erinnerte mich an die sture Reaktion meines Dads, nachdem er alles verloren hatte und sich in das alte Haus meiner Großeltern zurückzog. Statt bei uns zu bleiben, hatte er lieber in einer baufälligen Ruine gewohnt.

Ich schob den Gedanken von mir. Amber war nicht wie er. Natürlich war das Hotel ein Risiko, und vielleicht war es extrem mutig, das ohne Branchenkenntnisse einzugehen, aber sie war nicht allein damit.

»Okay«, meinte Hazel leichthin und schwieg, um ebenfalls an ihrem Kaffee zu nippen.

»Ihr werdet das Hotel gemeinsam leiten?«

»Ja, das ist unser Plan.«

»Wisst ihr schon, wann ihr eröffnen wollt? Amber hat bisher nur vom Ende des Sommers gesprochen.«

»Das steht noch nicht fest.« Sie zuckte mit ihren Schultern. »Aber da wir nun eine Angestellte haben, sollten wir uns darüber wohl Gedanken machen.«

Das klang so leichtfertig, so … naiv. »Ich könnte euch mit einem Plan unterstützen. Ihr müsst vorher schon Werbung machen, da ihr sonst ein geöffnetes Hotel ohne Gäste habt.«

»Du willst uns doch nicht dazu überreden, das Angebot der Donovan Corp. anzunehmen?«, fragte sie, wobei sich Schärfe in ihren Ton schlich.

Ich schnaubte. »Nein, meine Unterstützung ist umsonst.«

»Alles klar. Vielleicht kannst du uns wirklich helfen.«

Hinter uns ertönten Schritte. »Wobei helfen?«

Ich drehte mich zu Amber um, die in ihrem hellblauen Jogginganzug viel zu schick für die kommende Arbeit aussah. Verdammt, sie war so schön, und bei der Erinnerung an unsere gestrige Dusche wünschte ich mir, allein mit Amber sein zu können. Sofort stand ich auf, um sie zu begrüßen. »Guten Morgen. Ich habe gerade meine Hilfe für die weitere Planung angeboten. Ihr habt noch eine Menge vor euch und ich ein wenig Erfahrung in der Branche.«

Amber küsste mich langsam und lächelte. »Wenn wir Hilfe brauchen, fragen wir dich einfach.«

Das fühlte sich wie ein Korb an. Doch Amber ließ sich nichts anmerken, sondern lief zur Kaffeemaschine und bediente sich. »Derek wird zwischendurch noch vorbeischauen und prüfen, ob wir auch alles richtig machen.«

»Wir schaffen das schon.«

Amber zwinkerte mir über ihre Schulter hinweg zu. »Außer wir veranstalten wieder so ein Chaos wie in eurer Küche.«

Mir wurde warm und meine Hose sofort eng bei der Erinnerung daran, wie ausgiebig wir dieses Chaos auf unseren Körpern beseitigt hatten.

»Okay, hier gehen versaute Dinge vor sich. Ich spüre die Vibes. Hört auf damit, solange ich in der Nähe bin«, forderte Hazel und machte ein angewidertes Geräusch.

Amber und ich tauschten ein Schmunzeln aus.

»Wie viele Türen haben wir insgesamt?«

»Heute sind die acht Türen der Gästezimmer dran«, erklärte Amber und rührte Zucker in ihren Kaffee. »In den Suiten, die Ryan und ich bewohnen, hängen dafür aktuell Türen von unten.«

»Wollen wir nicht direkt alle Türen bearbeiten?«, fragte ich und deutete auf die Tür, die mir am nächsten war und zum Esszimmer führte. »Dann wären wir viel effektiver.«

Amber runzelte leicht irritiert ihre Stirn. »Das wären wir, aber wir hatten nicht mehr genug Böcke und werden sie dann einfach nacheinander streichen.«

Ich nickte, etwas in meinem Tatendrang gedämpft. Ich wollte Amber dabei helfen, ihr Ziel zu erreichen, und hatte das Bedürfnis, noch mehr zu machen und sie weiterzubringen.

»Keine Sorge.« Hazel boxte mir spielerisch gegen den Oberarm. »Hier gibt es noch genug zu tun.«

»Wie sieht es mit Möbeln aus?«

Amber lachte. »Einen Teil haben wir bereits und der wird aktuell restauriert.«

»Was fehlt euch denn noch?«, hakte ich nach und trank meinen mittlerweile kalten Kaffee aus, als ich selbst merkte, dass ich nun derjenige war, der eine Befragung durchführte.

»Ich habe eine Liste und kümmere mich darum. Ihr solltet jetzt aber loslegen.« Hazel warf Amber einen bedeutungsvollen Blick zu. »Dein Freund ist ja richtig heiß darauf, hier mit anzupacken.«

Amber öffnete den Mund und schien widersprechen zu wollen. Ob es an meinem neu zugesprochenen Status lag oder dem Aktionismus, konnte ich nicht sagen. Aber zu behaupten, mir würde die Bezeichnung als »ihr Freund« nicht gefallen, wäre untertrieben. Verdammt, es machte mich total an.

»Ja, ich bin richtig heiß darauf loszulegen«, wiederholte ich und zwinkerte Amber zu.

Hazel gab ein Würggeräusch von sich und verschwand.

Amber schaute mich an, als wäre sie unsicher, ob sie mich tadeln oder küssen sollte. Eine verflucht heiße Kombination.

Ich trat neben sie und legte meinen Arm um ihre Taille. »Wenn ich übertrieben habe, sag es mir ruhig. Ich möchte nicht, dass du jemals wegen mir beschämt bist.«

Sie lächelte gerührt. »Du bist toll.«

»Ohne Wenn und Aber?«, hakte ich nach und drückte ihr einen sanften Kuss auf ihr frei liegendes Ohrläppchen. Sie roch nach Rosen.

»Ich finde sicher ein Wenn und Aber«, seufzte sie und legte ihren Kopf schief, lud mich ein, ihren Hals zu küssen.

»Doch selbst dann wärst du toll.«

»Du bleibst eine Realistin, oder?«

»Immer.« Sie schnurrte unter meinen Lippen, die langsam ihren Hals hinabwanderten.

»Gut, denn du bist auch toll.«

»Nicht eitel, kompliziert und verbohrt?«

»All das, und dennoch so viel besser.« Ich lächelte an ihrer zarten Haut.

Jede andere Frau hätte jetzt eine Aufzählung all ihrer guten Eigenschaften gefordert. Doch Amber machte nur ein zufriedenes Geräusch und zog mich dann zu einem langen Kuss zu sicher herunter.

Wir verbrachten die nächsten Minuten knutschend im Eingangsbereich, und ich wäre beinahe zum Fummeln übergegangen, wenn ich nicht gehört hätte, wie ein Auto auf die Kieseinfahrt bog.

»So ein Mist«, murmelte ich an ihren Lippen und löste mich gezwungenermaßen, bevor ich zurücktrat und sie bewunderte. Ihre Lippen waren rot und geschwollen, ihre Wangen erhitzt und ihre Augen strahlten. Dafür saß ihre Frisur weiterhin perfekt.

»Wir sollten jetzt aber wirklich loslegen.« Amber biss sich auf die Unterlippe und brachte mich damit zum Stöhnen. Lachend ging sie voraus und führte mich in den Wintergarten. Große Fensterfronten zeigten auf die umliegende Natur. Der Boden war mit Malervlies ausgelegt, und darauf standen Holzböcke, auf denen die Türen abgelegt worden waren.

Amber deutete auf die Farbtöpfe. »Wir werden alle Türen weiß vorlackieren. Die zweite Schicht wird dann unterschiedlich sein, weil wir hier auch wieder mit Farbresten arbeiten.«

»Ich würde wirklich gerne mal eure Kalkulationen sehen«, murmelte ich und war begeistert, auf was für Ideen sie kamen, um Geld zu sparen.

»Warum?«, fragte Amber irritiert und strich über eine der Türen.

»Nur interessehalber. Ihr müsst doch Tausende Dollar sparen.«

Sie nickte mit einem stolzen, schiefen Lächeln. »So ist es.«

»Acht Türen haben wir sicher schnell fertig, wenn wir nur eine dünne Schicht auf einer Seite auftragen«, überlegte ich laut. »Wenn du willst, können wir danach noch etwas anderes machen.«

Sie runzelte die Stirn und ihr Lächeln wankte, offenbar irritiert von meinem Aktionismus. »Ähm, klar, aber lass uns das doch erst mal erledigen.« Sie deutete auf die Farbtöpfe, auf denen Rollen, Pinsel und Farbwannen lagen. »Bedien dich. Die Türen hat Derek bereits vorgeschliffen. Sobald die erste Schicht in ein paar Stunden trocken ist, können wir die Türen umdrehen und die andere Seite lackieren. Morgen würde ich dann alles noch mal mit Derek abschleifen und den Vorgang wiederholen.«

»So können wir es machen. Ich habe Urlaub, da schaffen wir sicher noch alle anderen Türen innerhalb dieser Woche.«

Amber nickte und nahm sich eine Farbrolle und eine Wanne.

Ich holte mein Handy heraus und machte leise Radiomusik an, weil es mich beim Arbeiten entspannte.

Wir hantierten nebeneinanderher und schwiegen konzentriert. Musik lief, Sonnenstrahlen fielen durch die Fenster und ich musste immer wieder zu Amber schauen. Wenn man sie normalerweise sah, mit ihrer starken Ausstrahlung und diesem Blick, der jeden in die Knie zwingen könnte, würde man nie glauben, wie heiß sie mit einer Farbrolle in der Hand aussah.

Sie war völlig konzentriert auf die Arbeit und schien zugleich in Gedanken zu sein, weil sie immer wieder die Stirn runzelte und die Lippen zusammenpresste. Etwas beschäftigte sie. Vermutlich die Hoteleröffnung. Sie hatten so lange gewartet und vor sich hin gearbeitet, dass der Gedanke, ein Datum für die Eröffnung festzulegen, ihr mit Sicherheit beängstigend vorkommen musste.

Amber wurde immer nachdenklicher, nachdem wir die erste Schicht auf die Türen gebracht hatten und danach entschieden, zu einem Garagenflohmarkt zu fahren. Hazel hatte online gesehen, dass eine möglicherweise passende Sesselgarnitur dort angeboten wurde.

Während sie mit Dereks Pick-up fuhr, bearbeitete ich einige Mails. Auch wenn ich Urlaub hatte, wurde von mir erwartet, erreichbar zu sein. Wie vermutet, waren Mails von Onkel Steven dabei, der mir ein paar potenzielle Kundenlisten schickte, die ich nach meinem Urlaub abarbeiten sollte. Wir wurden oft von möglichen Kunden direkt angeschrieben, doch manchmal fanden wir attraktive Hotels, die wir uns vorab anschauten, bevor wir ihnen ein Angebot machten. So wie Collin es bei Amber getan hatte.

Ich war froh, dass sie es nicht angenommen hatte. Auch wenn ich insgeheim doch glaubte, es würde ihrem Hotel guttun, jemanden mit Erfahrung in der Hinterhand zu haben. Glücklicherweise war ich da.

Der Garagenflohmarkt stellte sich als Straßenfest heraus.

Amber parkte am Straßenrand und lachte, als sie ausstieg und einer Gruppe Kinder ausweichen musste, die Fangen spielte.

Ich entdeckte einen Kaffeestand. »Lust auf einen Eiskaffee?«

»Dieses Mal bezahle ich.« Sie lief voraus, und ich folgte ihr nur zu gerne, wobei ich aufpassen musste, ihr nicht allzu offensichtlich auf den wohlgeformten Hintern zu starren.

Kurz darauf liefen wir mit zwei Eiskaffee in der Hand die Straße entlang. In den Einfahrten waren kleine Stände aufgebaut und am Straßenrand reihten sich Buden auf mit Essen, Getränken und offiziellen Verkäufern. Es gab sogar jemanden, der Luftballons anbot.

Die Einfahrt, die wir suchten, lag am Rand des Straßenfestes. Überall standen Sessel, Tische, Betten, Lampen, Bilderrahmen und so viel Zeug, dass es den Anschein erweckte, als würden sie ihren gesamten Hausstand verkaufen.

Amber steuerte direkt die Sesselgarnitur an, die aussah, als wäre sie in den Siebzigern modern gewesen. Das Holz war dunkel und zerkratzt und die bunten Bezüge fleckig.

»Perfekt«, murmelte sie und betrachtete die sechs Sessel, die farblich aufeinander abgestimmt nebeneinander am Rand der Einfahrt standen. »Das Holz werden wir abschleifen und streichen. Und die Bezüge können wir wechseln und durch etwas Moderneres austauschen.«

Ich nickte und winkte den Verkäufer heran. »Dann lass uns mal verhandeln.«

»Wir wollen nicht mehr als hundert Dollar ausgeben«, informierte sie mich.

»Wir geben weniger aus«, merkte ich siegessicher an und begrüßte den Mann mittleren Alters, der sich uns als Ralph vorstellte. »Ralph, diese Garnitur sieht aus, als würde sie wegmüssen. Wir erlösen dich und nehmen alle Sessel für dreißig Dollar mit.«

Ralph lachte überrascht und nickte anerkennend. »Fünfzig, aber nur, weil du so mutig bist.«

»Vierzig und wir sind im Geschäft.«

»Fünfundvierzig.« Wir schlugen ein und ich drehte mich zu Amber um. »Soll ich den Wagen holen und du schaust dich um, falls dir noch was Nettes auffällt?«

»Sicher«, sagte sie hörbar distanziert und reichte mir den Schlüssel, damit sie Ralph bezahlen konnte.

Ich öffnete den Mund, um sie zu fragen, was ich falsch gemacht hatte, doch das war nicht unbedingt der richtige Ort, um zu diskutieren. Also ging ich mit Steinen im Magen los und holte Dereks Pick-up. Wegen des Festes musste ich über mehrere Seitenstraßen fahren, um zur Einfahrt zu gelangen. Was ein Glück für uns, dass wir die Sessel nicht quer durch das Fest tragen mussten.

Ich fuhr rückwärts bis zur Bordsteinkante und öffnete die Klappe zur Ladefläche. Amber kam mir mit zwei Jungs entgegen, die aussahen, als würden sie gerade erst ihren Highschool-Abschluss machen. »Die zwei helfen uns.«

Wie ich feststellte, trugen sie bereits für Amber ein paar andere Dinge. Zwei kleine Beistelltische, eine alte Lampe und eine Kiste voller Bücher.

»Was hast du dafür bezahlt?«, fragte ich sie leise.

Sie warf mir ein Stirnrunzeln zu. »Wieso?«

»Vielleicht hätte ich noch was aushandeln können.«

»Möglich«, erwiderte sie und zuckte mit den Schultern. »Aber ich habe es auch alleine hinbekommen.« Dann schnappte sie sich den Bücherkarton und trug ihn zur Beifahrerseite, um ihn in den Fußraum zu schieben. Irgendwas lief hier gewaltig schief, und in mir wuchs die Befürchtung, dass ich es gerade versaute.

Wir verstauten die Sachen und ich drückte den beiden Jungs jeweils fünf Dollar in die Hand für ihre Hilfe.

»Soll ich auf dem Rückweg fahren?«

»Nein, ich mach das gerne«, antwortete Amber knapp und glitt hinter das Lenkrad.

Ich schnallte mich auf dem Beifahrersitz an und schwieg, während sie den Pick-up aus der Kleinstadt herauslenkte, begleitet von Countrymusik aus dem Radio.

»Ich finde es wirklich süß, dass du mir helfen willst«, begann Amber und atmete hörbar aus. »Aber ich brauche keinen Mann, der mir Arbeit abnimmt und alles für mich in die Hand nimmt. Das hat mir bisher nur Schwierigkeiten bereitet. Ich kann auch verhandeln und im Organisieren bin ich richtig gut.« Sie zog ihre Nase kraus. »Du hast mich vorhin echt wütend gemacht. Auch wenn ich weiß, dass du es nett meinst.«

Ich ließ mir ihre Worte durch den Kopf gehen und nickte langsam. »Du hast recht. Tut mir leid. Ich werde einen Gang runterschalten. Sag mir das nächste Mal, wenn ich übertreibe.«

Sie lächelte die Windschutzscheibe an und fuhr auf den Highway. »Mache ich.«

Amber war die faszinierendste Frau, die ich kannte. Jede andere hätte sich die Arbeit dankend abnehmen lassen. Doch sie nicht.

Offenbar hatte es Frederic gründlich versaut – was ein Glück für mich war. Aber mir wurde bewusst, dass sie sich jetzt selbst etwas beweisen wollte. Sie würde allen zeigen, wie gut sie klarkam, und ich würde ihr dabei nicht im Weg stehen. Alles, was ich wollte, war ihr den Rücken zu stärken und zwischendurch einen Kuss zu stehlen.

Derek, Hazel und Olivia halfen uns beim Ausladen der Möbel. »Wow«, stieß Hazel aus und setzte sich auf einen der Sessel, die nun verteilt auf dem Parkplatz standen. »Das sind die hässlichsten Sessel überhaupt.«

Olivia machte es sich gemütlich. »Aber bequem sind sie.«

»Ich habe mir online angeschaut, wie man Polsterbezüge wechselt«, meinte Amber und setzte sich ebenfalls, wobei sie zufrieden über die zerkratzte Holzlehne strich und zu Derek hochschaute. »Wir könnten gleich anfangen und das Holz abschleifen. Meinst du, eine Schleifmaschine wäre da besser, oder sollten wir das eher per Hand machen?«

Derek bückte sich und begutachtete die Sessel genauer. »Mit der Schleifmaschine geht es schneller.« Er schaute zu mir herüber. »Weißt du, wie man die bedient?«

Ich grinste. »Nein. Aber du kannst es Amber zeigen. Ich würde dann die Bezüge abmachen?« Die Frage richtete ich an Amber, deren Augen leuchteten. Offenbar hatte ich ihre Begeisterung richtig gedeutet und sie wollte die Aufgabe selbst erledigen. »Gute Idee.«

»Aber vorher sollten wir was essen«, warf Hazel ein. »Ich habe heute meine Schicht getauscht, damit wir so viel wie möglich schaffen, bevor wir nach New York fahren.«

»Bist du sicher, dass du ein paar Tage in der großen Stadt verkraftest?«, zog Olivia Derek auf und lachte spitz, als dieser das Gesicht verzog.

»Hazel will mir die Stadt unbedingt schmackhaft machen.«

»Ein paar Tage Urlaub werden euch guttun«, bekräftigte Amber und stand auf. »Also organisiert ihr was zu essen? Ich wollte Brian noch das Hotel zeigen.«

»Dann fahre ich besser mit«, rief Olivia und zwinkerte Amber zu. »Ich habe Troy auch letztens die Wohnung *gezeigt*.« Bei dem letzten Wort zeichnete sie Anführungszeichen in die Luft.

»Ja! Das nächste Mal sagst du mir bitte vorher Bescheid, wenn ich länger wegbleiben soll«, maulte Hazel und machte ein Würggeräusch, das uns alle zum Lachen brachte.

Wir trugen gemeinsam die Sachen in das Hotel, bevor die drei losfuhren und etwas zu essen holten. Kaum hatten sie das Gebäude verlassen, packte Amber meine Hand und zog mich hinter sich her. »Komm mit.«

Ihr Tonfall war sinnlich und ließ mich leise stöhnen. »Willst du mir wirklich das Hotel zeigen?«

»Einen Teil davon.« Sie schaute über ihre Schulter und lief die Treppen hoch. »Mein Zimmer.«

Ich knurrte und überholte sie fast, was sie zum Lachen brachte.

Sie stieß im obersten Stock eine Tür auf, schob mich energisch in den Raum und schloss dann hinter sich ab. »Wir haben nicht viel Zeit.«

»Wir müssen jetzt nicht –«

»Oh doch«, schnurrte sie und zog sich ihren Pullover über den Kopf. »Außer, du willst nicht.«

Ich lachte laut und zog sie an mich, um ihren Körper zu

umfassen. »Für unser erstes Mal wollte ich mir Zeit lassen.«

»Wir haben zwanzig Minuten, bis die anderen zurückkommen«, erwiderte sie, küsste mich und fummelte gleichzeitig an meiner Gürtelschnalle.

Mir entwich ein tiefes Stöhnen, während ich zuließ, dass sie meine Hose öffnete und sie nach unten schob. »Das schaffen wir.« Dann bückte ich mich, griff unter ihre Beine und hob sie auf die Matratze, die auf dem Boden lag. Sie keuchte, als ich ihr die Hose samt Slip auszog und sie nur noch im BH dalag.

Ohne Vorwarnung leckte ich über ihre Mitte. Sie bäumte sich stöhnend auf und krallte sich am Bettlaken fest. Das Geräusch war Musik in meinen Ohren, und ich kostete sie, bis sie meinen Namen keuchte.

Als ich mich zurückzog, riss sie entsetzt die Augen auf. »Hör nicht auf!«

»Ich will spüren, wie du kommst.«

Ihr Mundwinkel zuckte, und mit verschleiertem Blick schaute sie mir zu, wie ich mich vollständig auszog. Ich holte ein Kondom aus meinem Portemonnaie, das ich mir selbst überstreifte, ehe ich mich vor sie kniete. Sie hatte sich nicht einen Millimeter bewegt und schien den Anblick zu genießen.

Ich kusste sie, während ich mit einer fließenden Bewegung in sie eindrang. Amber keuchte an meinen Lippen und klammerte sich an mir fest. Ihre Beine umschlangen mich und sie drängte sich meinen Stößen entgegen.

Wir schienen zu verschmelzen, während wir uns bewegten, keuchten und küssten. Ambers Stöhnen war leise und doch kraftvoll. Ihre Lider waren geschlossen, aber in dem Moment, als sie kam und ihr Inneres sich fest um mich zog, riss sie die Augen auf.

Ihr Anblick und ihr genüssliches Seufzen reichten, um mich hart und plötzlich kommen zu lassen.

Die Welt stoppte, und ich inhalierte den Duft ihrer Haut, bevor ich einen langen Moment auf ihr verweilte und mich dann erst herunterrollte.

Amber schnurrte leise und räkelte sich auf ihrem Bett. »Jetzt könnte ich eine Runde schlafen.«

»Zu gerne.« Ich stand auf, um das Kondom im Mülleimer im Badezimmer zu entsorgen. »Aber meinst du, die anderen würden uns nicht beim Essen vermissen?«

»Mist«, flüsterte sie und erhob sich, um wieder in ihre Kleider zu schlüpfen. Sie trug noch immer ihren BH und ich schwor mir, ihn das nächste Mal definitiv zuerst auszuziehen.

Ich zog mich ebenfalls an und wartete dann, während sie im Bad ihre Haare richtete. Bevor wir gingen, zog ich sie fest an mich und küsste sie.

Als hätten wir es gerochen, kamen wir genau in dem Moment unten an, als die anderen vor dem Hotel parkten.

Olivias Augenbrauen wackelten, nachdem sie nur einen Blick auf uns geworfen hatte, und Amber lachte leise. Mein Herz schwoll an, und alles in mir drängte danach, sie in meine Arme zu ziehen.

Ich wollte sie für immer so lachen hören. Vergnügt und gelöst.

Verdammt, es hatte mich wirklich erwischt.

22

Brian

»Es steht dir also nicht zu,
mich des Grundstücks zu verweisen.«

Onkel Steven rief während meines Urlaubs an, und zuerst glaubte ich, es würde um die Arbeit gehen, weshalb ich ihn nicht sofort verstand. »Was hast du gesagt?«

»Ich habe entschieden, deinen Vater jetzt zu besuchen, aber dachte, es wäre nett, wenn ich dich vorher informiere.«

»Ich komme«, sagte ich umgehend und sprang von meinem Platz an der Veranda auf, wo ich die Nachmittagssonne genossen hatte. Amber war verabredet, weshalb ich mich ebenfalls noch mit ein paar Freunden treffen wollte. Doch da würde ich wohl zu spät kommen. Ich legte auf, ohne seine Antwort abzuwarten, und schrieb eine kurze Nachricht in unseren Freundes-Gruppenchat.

Dann schnappte ich mir die Schlüssel von der kleinen Kommode im Flur und eilte hinaus. Ich brauchte nicht lange bis zu meinem Vater und fluchte, als ich den Wagen meines Onkels in der Einfahrt entdeckte.

Da niemand auf das Klingeln reagierte, umrundete ich das Haus und lief geradewegs in Richtung des Schuppens.

»Das ist immer noch auch mein Elternhaus«, hörte ich Onkel Steven sagen. »Es steht dir also nicht zu, mich des Grundstücks zu verweisen.«

Das klang nicht sehr vielversprechend.

»Was willst du hier?«, fragte mein Vater hörbar genervt, aber zugleich schwang in seiner Stimme Resignation mit.

Ich wurde langsamer und stoppte vor der Tür, sodass sie mich nicht bemerkten.

»Ich wollte meinen Bruder sehen. Du schlägst doch jede meiner Einladungen aus.«

»Weil ich keine Lust auf dich habe«, erwiderte Dad unversöhnlich.

Etwas in mir verhärtete sich. Mein Vater war so stur, dass er jede helfende Hand wegschlug, die sich ihm entgegenstreckte. Er würde für immer der engstirnige alte Mann bleiben, der alles riskiert und alles verloren hatte.

Mein Onkel würde allein mit ihm klarkommen. Die Wut in mir war so groß und brannte so heiß, dass ich mich vom Schuppen wegdrehte und davonmarschierte. Nicht eine Sekunde länger würde ich mir dieses Gespräch anhören.

23

Amber

»Also ist Brian wie Spaghetti ohne Tomatensoße?«

Wir schafften es innerhalb weniger Tage, alle Türen zu streichen, das Holz der neuen Sessel abzuschleifen und die alten Polsterbezüge zu entfernen. Brian war jeden Tag da und arbeitete meistens mit mir zusammen, was sich wirklich gut anfühlte. Wir stahlen uns nach oben, sooft wir konnten, und liebten uns. Ich konnte es nicht anders beschreiben. Mit Brian zu schlafen, war nicht nur Sex. Es war intensiv und fühlte sich nach so viel mehr an.

»Ich finde es so schön, dich so glücklich zu sehen«, hörte ich Rachel neben mir sagen.

Blinzelnd merkte ich, dass ich kurz davor gewesen war, mich einem erotischen Tagtraum hinzugeben. Meine Wangen wurden rot und ich konzentrierte mich wieder auf Rachel. Sie, Ella und Mia waren zu einer Führung ins Hotel gekommen. Wir standen auf dem Balkon der Suite, die ich aktuell bewohnte. Anders als früher war es mir nicht peinlich zu zeigen, dass ich nur auf einer Matratze schlief. »Was hast du gesagt?«

Ella lachte. »Voll erwischt, wie ich gesagt habe.«

»Mommy hat mir erzählt, dass das heißt, du bist verliebt«, erklärte Mia. »In Brian«, machte sie klar, als gäbe es da irgendwelche Verwechslungsmöglichkeiten.

Ich versuchte, mir ein Lachen zu verkneifen, weil sie es so ernst sagte. »Vielleicht ein bisschen.«

»Wie kann man denn ein bisschen verliebt sein?«

Rachel kniete sich neben Mia. »Das ist wie mit Spaghetti. Du magst Spaghetti so richtig doll. Aber du liebst Spaghetti mit Tomatensoße.«

Die Stirn der Fünfjährigen legte sich in Falten. »Also ist Brian wie Spaghetti ohne Tomatensoße?«

Ich riss die Augen auf und lachte zugleich, weil sie in ihrem Alter vermutlich noch keine Metaphern verstand. »Nein. Er ist wie Spaghetti mit Tomatensoße.«

»Also doch nicht nur ein bisschen verliebt?«, neckte mich Ella.

Ich war wirklich glücklich mit Brian. Immer, wenn ich an ihn dachte, kribbelte es in meinem Bauch, und es schien, als würde die Welt nur noch aus Sonnenschein bestehen. Dass er verstand, wie wichtig es für mich war, selbstständig zu sein, erleichterte mich. Auch wenn es noch immer einen faden Beigeschmack hinterließ, wie er versucht hatte, die Kontrolle unseres Flohmarkt-Einkaufs an sich zu reißen. Aber das war sicher nur daraus entstanden, weil er es im Job gewohnt war, die Führung zu übernehmen. Er würde sich daran gewöhnen müssen, dass ich nicht so eine Frau war, die alles für sich machen ließ. Ich war nicht mehr wie früher. Ich würde nie wieder einen Mann für mich entscheiden lassen. Ab jetzt übernahm ich die Verantwortung für mein Leben und niemand konnte mir erneut das Steuer abnehmen. Es tat gut, Entscheidungen zu treffen und zu wissen, dass meine Familie sie unterstützte und annahm. Selbst wenn wir unterschiedlicher Meinung waren, drängte mir keiner seine Ansicht auf.

»Ich freue mich jetzt bereits darauf, hier zu arbeiten. Wisst ihr, wann genau ihr eröffnet?«, fragte Ella. »Habt ihr schon eine Geschäftslizenz bekommen? Die brauchen ja manchmal eine ganze Weile.«

»Darum wollen wir uns jetzt kümmern.«

Ella starrte mich an. »Das kann Jahre dauern.«

Ich wollte lachen, weil das sicher nur ein Scherz sein konnte. »Wie meinst du das?«

»Ich habe mal mit einem Gast gesprochen, der gerade dabei war, ein Hotel zu eröffnen, und sich darüber geärgert hat, dass er schon seit zwei Jahren darum kämpft, endlich eine Geschäftslizenz zu bekommen.«

»Vielleicht solltet ihr euch doch mal schlaumachen«, riet Rachel mir und holte ihr Handy heraus. »Wir können ja mal online nachschauen.«

»Schon okay«, stoppte ich sie und winkte ab. »Das mache ich später mit den anderen. Jetzt möchte ich euch gerne unseren Wintergarten zeigen, in dem hoffentlich irgendwann große Feste gefeiert werden.«

Das Grüppchen folgte mir bereitwillig nach unten, was wirklich gut war, denn Ellas Enthüllung ließ mein Herz wie verrückt rasen. Wir hatten uns über die Geschäftslizenz gar keine Gedanken gemacht und waren davon ausgegangen, dass wir die schnell bekommen würden. Das mussten wir uns später dringend genauer anschauen.

Aber jetzt wollte ich Zeit mit meinen neuen Freundinnen verbringen und ihnen zeigen, was wir in den letzten Monaten alles geschafft hatten.

24

Brian

»Glaub bloß nicht, ich hätte vergessen,
wie ihr mich gemobbt habt.«

»Ich weiß, es war wirklich spontan, aber ich bin froh, dass
du Zeit hast. Ich habe den Geburtstag ganz vergessen«, gab
ich lachend zu, während ich Ambers Outfit bewunderte. Sie
hatte bei einem Anruf vor einer Stunde sofort zugesagt und
mich dann schnell mit der Begründung abgewimmelt, dass
sie sich umziehen müsste. Nun hatte sie ein blassrosa Sommerkleid an und dazu weiße Sandaletten. Es war schick und
zugleich nicht overdressed. Ihr Make-up war dezent und
doch stärker als sonst. Und ihre blonden Haare trug sie ausnahmsweise offen. Sie war wunderschön.

»Ich freue mich schon darauf, deine Freunde kennenzulernen.« Sie straffte die Schultern, während wir auf das Haus
meines Kumpels Jack zugingen. Er war ein guter Freund
von Derek, weshalb es mich nicht wundern würde, wenn er
und Hazel ebenfalls heute Abend hier auftauchten.

»Stimmt, aber du wirst sicher ein paar kennen. Einige
wenige aus der Highschool sind auch immer dabei.«

»Wird schon gut gehen«, antwortete sie abwesend und
knetete ihre Finger.

Ich legte meine Hand auf ihre. »Sie werden dich mögen.«

»Darüber mache ich mir gar keine Gedanken«, schnaubte

sie und lächelte mich an. »Mir ist nur wichtig, dass du mich magst.«

Am liebsten hätte ich sie gepackt, zurück zum Auto getragen und ihr gezeigt, wie sehr ich sie mochte. Stattdessen beließ ich es bei einem frustrierten Stöhnen. »Sehr.«

Ihr Lächeln wurde zu einem Strahlen.

Dann klingelte sie an der Haustür.

Jack bewohnte ein hübsches Einfamilienhaus im Westen Eastwoods. Er steckte mitten in einer Scheidung und hatte entschieden, seinen Geburtstag hier zu feiern, solange seine Frau mit ihren gemeinsamen Töchtern im Urlaub war. Laut ihm war es nicht sicher, ob er das Haus danach jemals wieder betreten dürfte, da es vermutlich sowieso seiner geldgierigen Ex zugesprochen werden würde – seine Worte.

Mein Kumpel öffnete uns die Tür, und als er Amber an meiner Seite entdeckte, grinste er mich an. »Willkommen, meine Freunde.«

»Happy Birthday«, riefen wir gleichzeitig und lachten, während wir ihn nacheinander umarmten und ich ihm dann unser Geschenk überreichte. Ein teurer Whiskey und eine Einladung zum Essen.

»Die werde ich ganz bald einlösen«, versprach er und führte uns in das Innere seines Hauses. Es war schlicht und doch liebevoll eingerichtet. Seine Frau hatte ein Händchen für moderne Dekoration und trotz all der Familienfotos an den Wänden wirkte es nicht überladen.

Ich stellte Amber einigen Freunden vor und sie begrüßte jeden einzelnen von ihnen, als würde sie sich ehrlich freuen, sie kennenzulernen. Amber lächelte einnehmend, war nie zu aufdringlich und stellte genau die richtigen Fragen. Ich merkte ihr sofort an, dass sie schon einige Veranstaltungen besucht hatte. Sie war wie die perfekte Frau.

Ich hoffte, sie würde im Laufe des Abends aus sich herauskommen, sonst würden die anderen noch denken, sie wäre eine Escortdame. Das würde ich selbstverständlich niemals laut aussprechen, aber Amber war so viel mehr als nur ein hübsches Lächeln. Sie hatte Biss und man konnte mit ihr hitzige und tiefsinnige Gespräche führen. Jetzt unterhielt sie sich mit der Frau eines Freundes über dessen Kinder und wirkte, als wäre sie auf einer Wohltätigkeitsveranstaltung.

»Kinder sind wirklich ein Segen«, bemerkte sie.

Ihre Gesprächspartnerin imitierte Ambers Lächeln, aber es schien mit einem Mal gezwungen.

»Amber, lass uns doch etwas zu trinken holen«, schlug ich vor und nickte meinen Freunden zu. In der Küche war eine kleine Bar aufgebaut worden, an der wir uns bedienten. Dann führte ich Amber nach draußen, wo gegrillt wurde.

Irritation flimmerte über ihre Züge, als ich uns in eine ruhigere Ecke dirigierte. Hier gab es eine Bank neben einem Sandkasten, und ich bedeutete ihr, sich zu setzen. Von hier aus konnten wir die Party beobachten und waren doch ungestört. »Ist irgendwas?«, fragte sie.

»Ich wollte nur, dass du dich etwas entspannst.«

»Wirke ich etwa angespannt?«

»Ein bisschen.« Ich setzte mich so nah neben sie, dass unsere Arme sich berührten. Mein Ziel war es, sie ankommen zu lassen. Vielleicht würde sie sich dann wohler fühlen.

Stattdessen versteifte sie sich. »Wie meinst du das? Ich habe mich doch nett unterhalten.«

»Natürlich. Du bist nur so ... angestrengt positiv.«

»Was?« Ihr Ton wurde leiser, bedrohlich.

Oh Mann, jetzt musste ich echt vorsichtig sein. »Du warst sicher auf vielen Events und hast dort Höflichkeiten ausgetauscht.«

»Das war ich.« Sie setzte sich ein wenig gerader hin. »Deshalb verstehe ich nicht, was du meinst.«

Sie wirkte unecht. Aber das konnte ich ihr schlecht sagen, ohne sie zu beleidigen. Das war nicht das, was ich wollte. Sie sollte Spaß haben.

Vielleicht bewirkte ich mit diesem Gespräch das Gegenteil. Immerhin war das Ambers Art, mit ungewohnten Situationen umzugehen. Ich hatte gar kein Recht, ihr Verhalten korrigieren zu wollen. Mann, ich war ein Arschloch.

»Du hast recht. Ich wollte einfach mit dir allein sein. Das Gerede über Kinder ist manchmal ein wenig anstrengend.«

»Magst du keine Kinder?«, fragte sie, und ich konnte ihr nicht anhören, was sie dazu dachte.

»Doch. Ich hatte bisher einfach niemanden, mit dem ich mir Gedanken darüber hätte machen können.«

»Hmm«, machte sie und klang erfreut. Dann trank sie aus ihrem Sektglas und betrachtete die Gäste, die sich auf der Terrasse um den Grill geschart hatten. »Deine Freunde scheinen echt nett zu sein.«

»Sind sie auch. Die meisten von ihnen sind verheiratet und haben Kinder. Andere sind Singles und wieder andere irgendwas dazwischen.«

»So wie wir?«

Ich hob eine Augenbraue und sah bedeutungsvoll zu ihr. »Du bist meine Freundin.«

Sie öffnete ihren Mund, doch kein Ton kam heraus, während ihre Augen lächelten. »Ja?«

»Vielleicht hätte ich dich fragen sollen«, überlegte ich laut und nahm ihre Hand. »Möchtest du meine Freundin sein?«

»Ja«, flüsterte sie und beugte sich zu einem langen, sinnlichen Kuss zu mir.

Ich löste mich nur von ihr, weil irgendwer lachte und sie sich versteifte. Küssen in der Öffentlichkeit war nichts für sie und das würde ich akzeptieren. Wenn wir alleine waren, machte es sowieso weitaus mehr Spaß.

Wir standen von der Bank auf und gingen wieder zu den anderen. Amber war ein klein wenig gelöster, aber nicht viel. Ich hoffte, gleich würden noch ihre Geschwister kommen.

»Du datest doch nicht ernsthaft Amber Wilson?«, hörte ich plötzlich einen alten Schulfreund, Timothy Martins, sagen und merkte, wie mein Puls sprunghaft anstieg.

Timothy war früher mein bester Freund gewesen, nur hatte er sich am Ende als der größte Trottel aller Zeiten offenbart. Ich hasste ihn mittlerweile und war froh, wenn er bei unseren Treffen nicht dabei war.

Amber versteifte sich und reckte ihr Kinn, während sie sich umdrehte und Timothy mit einem Blick bedachte, der jeden anderen um eine Handbreit hätte schrumpfen lassen. Doch Timothy war so betrunken, dass er es gar nicht bemerkte. Er trat neben mich und klopfte mir fest auf die Schulter. »Alles richtig gemacht. Sie ist heißer als damals, aber du solltest am Ende des Abends wirklich aufpassen.« Er machte ein Würggeräusch.

Amber wurde blass.

»Halt dein Maul«, knurrte ich und schlug Timothys Hand weg. »Was soll der Unsinn?«

Mein Kumpel Andrew trat zu uns und lachte. »Sie war also dein legendäres Highschool-Date?«

Ich funkelte ihn an und signalisierte ihm damit, dass dies nicht der richtige Zeitpunkt war, um dumme Fragen zu stellen.

Er verstand und zog schmunzelnd den Kopf ein. »Sorry, Amber, aber die Story ist legendär.«

»Ach ja?«, fragte sie kalt und bemerkte die Blicke der anderen. Sie alle kannten die Geschichte um mein Highschool-Date, weil Timothy sie so gerne erzählte. Er war damals in der ersten Reihe dabei gewesen, als Amber schlecht wurde, und schien es noch heute lustig zu finden.

Andrew biss sich auf die Unterlippe, stammelte etwas und verschwand dann. Aber Timothy blieb und genoss offenbar die Situation. »Ernsthaft, das war so lustig! Du kannst doch jetzt nicht sauer sein, Amber! Das war echt der Knaller und ist schon Jahre her.«

Amber nickte, als würde ihr etwas langsam bewusst werden. Ihr Blick flog über die Gäste, und ich sah ihr an, dass sie nichts anderes wollte, als abzuhauen. Sie blinzelte etwas zu schnell und lächelte schmal, als sie Hazel entdeckte, die gerade mit Derek durch die Tür kam. »Ich finde es schön, dass dich das noch so amüsiert«, sagte sie zu Timothy und konzentrierte sich wieder auf ihn. »Doch ich werde nicht vergessen, wie du mich mein gesamtes Abschlussjahr über fertiggemacht hast und du über den Flur hinweg mit deinen Idiotenfreunden über mich gelacht hast.«

Timothy schnaubte, erwiderte aber nichts.

Ambers Blick wurde herablassend. »Du bist offenbar nur mutig in der Gruppe. Ich werde jedenfalls nicht so tun, als fände ich deine beschissenen Sprüche lustig. Glaub bloß nicht, ich hätte vergessen, wie ihr mich gemobbt habt.« Zum Ende zitterte ihre Stimme ein wenig und sie presste ihre Lippen aufeinander. Dann schaute sie über die Leute, die betreten zugehört hatten, und sah zum Schluss mich an. »Entschuldige die schlechte Stimmung.«

»Ich –«, warf Timothy ein.

»Fick dich einfach«, knurrte ich ihn an und schubste ihn weg, während ich Ambers Hand nahm und sie wegführte.

Hazel und Derek tauschten verwirrte Blicke, weil sie nur einen Teil dessen mitbekommen hatten, was hier vor sich ging, und folgten uns.

Amber löste meine Hand aus ihrer, als wir bei der Haustür ankamen. »Sag Jack bitte, dass ich ihm noch einen schönen Geburtstag wünsche.«

»Aber ich –«

Sie schüttelte ihren Kopf und in ihren Augen tobte ein Sturm. »Du hast gesagt, dieses peinliche Date würde keine Rolle mehr spielen. Nur offenbar ist es ein Running Gag bei euch.«

Ich öffnete meinen Mund, um mich zu erklären. Doch sie kam mir zuvor. »Ich denke, wir brauchen ein wenig Abstand.«

»Wovon redest du?«, fragte ich sie und wollte sie packen, wegtragen und verstehen, was genau hier schieflief.

»Es tut mir leid. Ich mag dich. Sehr. Doch ich möchte nicht, dass Dinge vor mir kleingeredet werden. Du wolltest sicher nur meine Gefühle schonen, aber schlussendlich hast du mich auch belogen. Ich will von meinem Partner nicht kleingehalten werden.«

Mein Herz zog sich zusammen und wollte nach ihren Händen greifen, doch sie zog sie zurück. Sie hätte mir genauso gut ein Messer in die Brust rammen können. »Das lag nie in meiner Absicht.«

»Das weiß ich«, flüsterte sie und rang sichtlich um Fassung. »Aber es gibt Warnsignale, die ich dieses Mal nicht überhören werde.«

Sie klang so endgültig, dass ich nicht wusste, was ich sagen sollte.

Hazel warf mir einen finsteren Blick zu und legte ihre Hand auf Ambers. »Sollen wir dich nach Hause bringen?«

Diese betrachtete mich traurig, als würde sie sich ein letztes Mal meine Züge einprägen wollen. »Ja, bitte.«

Ich öffnete den Mund, um zu kämpfen, um sie davon zu überzeugen, nicht wegzuwerfen, was wir hatten, und bekam doch keinen einzigen Ton heraus.

Derek klopfte mir auf die Schulter, und dann gingen die drei, ohne zurückzublicken.

Ich stand da und schaute Amber hinterher, während ich zu begreifen versuchte, wie dieser Abend nur so hatte schiefgehen können.

Hinter mir öffnete sich die Haustür in dem Moment, als Dereks Pick-up an mir vorbeifuhr. Amber schaute nicht weg, wie andere es getan hätten. Sie blickte mich direkt an und ihre Augen schimmerten im Licht der Straßenlaternen.

»Ernsthaft?«, hörte ich hinter mir Timothy genervt rufen.

»So einen Scheiß will ich nicht in meinem Haus«, erwiderte Jack.

Ich drehte mich um und sah zu, wie Jack offensichtlich Timothy rauswarf.

Als dieser mich entdeckte, stöhnte er. »Wegen deiner Freundin!«

Meine Hände ballten sich zu Fäusten, ich war bereit, ihm so richtig eine zu verpassen. Stattdessen ging ich an ihm vorbei und stieß ihn heftig mit der Schulter an. »Verpiss dich einfach.«

Jack legte seinen Arm um mich. »Komm, du siehst aus, als könntest du einen Drink und ein offenes Ohr vertragen.«

Ich nickte und warf die Tür zu, hinter der Timothy ungehört weiterpöbelte. Er war es nicht wert, dass ich meine Energie auf ihn verschwendete.

Jetzt musste ich nachdenken und herausfinden, wie ich wieder aus diesem Schlamassel herauskommen konnte. Es war ausgeschlossen, dass ich Amber einfach so aufgab. Ich würde kämpfen, nur wusste ich noch nicht, wie.

Meine Freunde empfingen mich mit offenen Armen. Jack drückte mir ein Bier in die Hand, und mir wurde nur langsam bewusst, dass sie klar Stellung bezogen hatten. Zu mir. Zu Amber.

Das hätte ich selbst schon vor Jahren tun sollen.

25

Amber

»Wir sollten uns etwas überlegen, mit dem wir ihn
so richtig an den Eiern packen können.«

Mein Herz schien zu brennen. Mir war, als hätte jemand es
auf der Party in Brand gesteckt, und seitdem hörte es nicht
mehr auf zu schmerzen.

Seit dem Moment, als Derek und Hazel mich weggebracht
hatten, schrie alles in mir, dass ich einen Fehler begangen
hatte.

Zugleich wusste meine Vernunft, dass ich es mir niemals
verzeihen würde, wenn ich die Warnsignale auch dieses Mal
wieder ignorieren würde.

Es war unfair, Brian mit Frederic zu vergleichen. Doch
auch damals hatte es nur kleine Anzeichen gegeben, Kleinigkeiten, die mich gestört haben und die ich dennoch ignoriert hatte.

Das würde mir nie wieder passieren.

Zum ersten Mal waren die Warnzeichen aufgeflammt, als
ich ihn bei der Donovan Corp. traf. Ich warf ihm nicht vor,
dass er mir nicht sofort die Wahrheit über seinen Job erzählt
hatte, doch ich konnte nichts für dieses Gefühl, dass er mir
etwas verheimlicht hatte.

Danach war mir sein Verhalten bezüglich des Hotels übel
aufgestoßen. Er wollte mir helfen. Aber zugleich versuchte

er, die Kontrolle zu übernehmen, weil es ihm nicht schnell genug ging.

Doch Timothys dumme Sprüche auf der Party hatten mir den Rest gegeben.

Dieses blöde Date hatte mir mein Highschool-Abschlussjahr versaut. Brians Behauptung, es würde keine Rolle mehr spielen, war offensichtlich eine Lüge gewesen.

Ich konnte und wollte das nicht übergehen.

Es war richtig, einen Schlussstrich zu ziehen, sagte mir mein Verstand. Gleichzeitig brüllte mein Herz, dass es ein Fehler war, ihn zu verlassen.

Brian war ein großartiger Mann und verdammt, ich liebte ihn.

»Willst du mit dem Polster kuscheln oder es neu beziehen?« Hazels Stimme riss mich aus meiner Erstarrung.

Ich ließ das Polster sinken, das ich fest umklammert hielt, und strich über den Stoff, den sie günstig aus einer Firmenauflösung organisiert hatte. »In den Videos sah es wesentlich leichter aus.« Ich ließ mich seufzend auf dem Sesselgestell nieder. Mal wieder hatte ich mich im Wintergarten ausgebreitet und bereute es zutiefst, weil es so viele Erinnerungen an Brian hochholte.

Hazel durchschaute mich sofort und setzte sich vor mich auf den Boden. »Es ist okay, traurig zu sein, wenn man sich trennt.«

»Ich vermisse ihn«, gestand ich ihr leise.

»Das darfst du auch. Immerhin ist die Verliebtheit nicht weg, nur weil ihr nicht mehr zusammen seid. Deine Gefühle sind nicht einfach gelöscht.« Hazel kannte die Gründe, weshalb ich Brian gestern Abend von mir gestoßen hatte, und sie stand zu mir.

»Hättest du genauso gehandelt?«

»Natürlich. Man sollte immer auf sein Bauchgefühl hören. Er hat versucht, dich zu kontrollieren, und dir verschwiegen, dass in seiner Clique Witze über dich gerissen werden.«

»So hart würde ich es jetzt nicht bezeichnen.« Ich stemmte die Ellenbogen auf die Knie und legte das Kinn auf meine Faust.

Sie hob ihre Augenbrauen. »Hat Timothy Witze gemacht?«

Allein die Erinnerung daran tat weh, denn die Situation hatte mich für wenige Sekunden in das enttäuschte und schwache Teenagermädchen von damals verwandelt. »Das war so demütigend.«

»Ich bin aber stolz auf dich, dass du etwas gesagt hast. Die meisten hätten ihren Ärger heruntergeschluckt und wären heimlich abgehauen. Ich habe übrigens gehört, dass Timothy danach von Jack von der Party geschmissen wurde.«

Das ließ mich ein wenig freier atmen. »Wirklich?«

Hazel nickte grinsend. »Finde ich richtig toll von ihm. Offenbar mag er dich lieber als diesen Trottel.«

»Und was mache ich jetzt?«

»Jetzt konzentrieren wir uns auf das Hotel.« Hazel holte ihr Handy aus der Hosentasche. »Bezüglich der Geschäftslizenz habe ich mich ein wenig schlaugemacht. Wir müssen so einige Unterlagen einreichen, und ehrlich gesagt, habe ich nur die Hälfte davon verstanden.« Sie zog ihre Nase kraus, als würde allein der Gedanke an Bürokram reichen, um sie zu langweilen.

»Das übernehme ich. Aber erst kümmere ich mich um diese Bezüge.«

Angesichts meines wenig begeisterten Tonfalls lachte Hazel und stand wieder auf. »Lass uns tauschen. Ich mache die Bezüge und du den Papierkram.«

»Gute Idee«, stieß ich mit einem erleichterten Stöhnen aus, was sie mit einem lauten Lachen quittierte.

Ich nahm ihre ausgestreckte Hand an und ließ mir hochhelfen.

Gleichzeitig ertönten schnelle, forsche Schritte aus dem Flur, und wir schauten zum Eingang, in dem Olivia kurz darauf erschien. Sie hielt einen Zettel in die Höhe. »Ihr ahnt nicht, was gerade für Post bei mir eingetrudelt ist!«

»Du wirst es uns sicher gleich verraten«, witzelte Hazel mit Neugier in der Stimme.

Olivia deutete auf mich, während sie den großen Raum durchquerte. »Ich dachte erst, der wäre für mich, und habe ihn aufgemacht. Aber eigentlich war der Brief für dich.«

Sie hielt mir den Zettel hin, der sich als eine Karte herausstellte. Auf dieser war ein Post-it angebracht.

»Das ist Frederics Schrift«, sagte ich überrascht und las dann erst die Worte darauf.

»Das ist deine letzte Chance, dich wieder zusammenzureißen. Hier der Probedruck mit Bitte um Rückmeldung bis Ende der Woche. Der Deine, Frederic.«

Mit stummem Erstaunen über seine Dreistigkeit zog ich das Post-it von der Postkarte und blickte auf unsere lachenden Gesichter. Alles Fake. Das ganze Fotoshooting von damals war eine Farce gewesen, und jetzt, während ich mir Frederics betrügerische Züge ansah, erkannte ich auch die Berechnung in seinen Augen.

Darunter waren die Daten für unsere Verlobungsparty abgedruckt, die in wenigen Wochen stattgefunden hätte. Ende September.

»Ist Frederic völlig bescheuert geworden?« Hazel nahm mir die Karte ab, als ich sie mit einem erstaunten Geräusch von mir weghielt.

»Denkt er wirklich, dass das zieht?« Olivia lachte und betrachtete mich zugleich ganz genau.

Ich lachte nicht, denn früher hätte diese Provokation tatsächlich bei mir funktioniert. »Er ist so selbstverliebt, dass er das wirklich denkt.«

»Wir sollten uns etwas überlegen, mit dem wir ihn so richtig an den Eiern packen können«, überlegte Hazel laut und konnte nicht aufhören, auf die Karte zu starren.

Da kam mir eine Idee. »Das ist unser Datum. Der dreiundzwanzigste September.«

»Für die Hoteleröffnung?« Olivias Grinsen nach zu urteilen, gefiel ihr die Idee. »Ist sehr symbolisch.«

»Die Einrichtung haben wir bis dahin sicher fertig, aber auch die ganzen Anträge und den Papierkram?«

»Das schaffen wir«, entschied ich. »Jetzt werde ich Frederic einen Besuch abstatten.«

»In seinem Stinkehaus? Hast du davon eigentlich mal wieder was gehört?« Hazel biss sich auf die Unterlippe und gab mir die Einladungskarte zurück.

Ich wedelte mit der Karte herum. »Nein, aber das erklärt auch, weshalb. Offenbar wollte er mich nicht so sehr reizen.«

»Warum will er dich überhaupt zurück? Er hat es verbockt und die ganze Stadt weiß es. Warum sucht er nicht irgendeine Dumme, die das Weibchen an seiner Seite spielt?«

Hazels Worte waren nicht gegen mich gerichtet, aber sie taten mindestens so weh. Denn ich war früher das dumme Weibchen gewesen. Ich hatte gemacht, was er mir vorgeschlagen hatte, und getan, als hätte ich alles im Griff. Alles zu verlieren, war mein eigener Verdienst und zugleich das Beste, was mir hätte passieren können.

»Es hat sicher mit seiner Firma zu tun. Sein Großvater war

ganz vernarrt in mich und hat immer betont, wie gerne er mich an seiner Seite sieht. Ich wäre diejenige«, ahmte ich nun den Tonfall seines Großvaters nach, »die ihn aus seiner bekloppten Phase herausgeholt hat.«

»Sein Großvater war ein Arsch, oder?«, fragte Hazel, die ihn bisher einmal getroffen hatte, was schon eine Ewigkeit her war.

»Ein Oberarsch, aber mich mochte er immer sehr«, berichtigte ich sie, was die beiden zum Lachen brachte.

Nichts hätte mich darauf vorbereiten können, was der Anblick eines Schildes in mir auslösen könnte.

Ich parkte Ryans Cabrio am Straßenrand und blieb einen Moment lang sitzen, während ich das »Zu verkaufen«-Schild anstarrte und rein gar nichts fühlte. In mir breitete sich eine Ruhe aus, die mich völlig leer werden ließ. Ich hörte meinen eigenen Atem und war ... frei.

Dieses Haus hatte ich jahrelang bewohnt, war darin großgezogen worden und hatte geglaubt, für immer dort leben zu können. Lauren war nicht die Mutter gewesen, die wir verdient hätten. Dennoch gab sie uns einander. Zuvor glaubte ich, dieses Zuhause würde besser werden, wenn ich es mit einer liebevollen Familie füllte.

Doch nun, mit einigen Wochen Abstand, wurde mir klar, dass es immer voller Erinnerungen für uns alle gewesen wäre. Guter wie schlechter.

Ich bedauerte nicht mehr, dass Frederic mir das Haus gestohlen hatte. Doch um das Geld, das ich hineingesteckt hatte, war es ziemlich schade.

Allein die Erinnerung reichte, um wieder all die Wut

hochkochen zu lassen, die ich in den letzten Wochen so gut verdrängt hatte. Frederic war ein Mistkerl, der mich nicht nur betrogen, sondern obendrein noch hintergangen hatte.

Als hätte er meine Gedanken gehört, öffnete sich gerade die Haustür, und er trat überraschenderweise mit seinem Großvater durch die Tür hinaus.

Natürlich entdeckte er Ryans auffällig rotes Cabrio sofort und winkte mich zu sich.

Ein Teil von mir wehrte sich mit aller Kraft dagegen, mich von ihm zu sich zitieren zu lassen. Andererseits kam mir die Anwesenheit seines Großvaters entgegen.

Ich stieg aus dem Wagen und musste sofort grinsen, als Frederic mein legeres Outfit mit einem missbilligenden Gesichtsausdruck quittierte. Ich trug meinen – wie Hazel sagen würde – superschicken Jogginganzug, was ihm offensichtlich missfiel. Wie schön, dass mir seine Meinung mittlerweile egal war.

»Darling«, begrüßte er mich und wollte nach meiner Hand greifen.

Ich wich ihm aus und konzentrierte mich auf seinen Großvater, dem ich wie immer einen Kuss auf die Wange schenkte. »Mr Richardson, wie schön, Sie zu sehen.«

»Amber, meine Liebe. Es ist bereits eine Weile her.« Er warf seinem Enkel einen strafenden Blick zu, der mich mit Genugtuung erfüllte. »Ich habe gehört, ihr wollt das Haus verkaufen. Wie seltsam, dass der Geruch so plötzlich aufgetreten ist, nicht?«

Ich konnte Frederics warnenden Blick spüren und ignorierte ihn weiterhin. »Wirklich seltsam.«

»Großvater, ich danke dir für deine Meinung zum Immobilienwert«, mischte sich Frederic ein und versuchte, entspannt zu klingen, doch ich hörte die leichte Panik in seiner

Stimme. »Der Immobilienmakler wird dir da sicher zustimmen. Wir müssten jetzt auch zum nächsten Termin.«

»Müssen wir nicht«, erwiderte ich scharf und schaute meinem Ex in die Augen, während ich ihm den Tiefschlag verpasste. »Wir beide machen überhaupt nichts mehr zusammen, du Betrüger.«

Frederics Nasenflügel blähten sich auf.

»Was geht hier vor sich?«, verlangte sein Großvater zu wissen, in einem Tonfall, der keine Widerrede duldete.

»Frederic hat mich mit einer meiner Freundinnen betrogen. Zudem hat er mir das Haus gestohlen, indem er mich einen Blankovertrag unterschreiben und die Raten zahlen lassen hat. Als ich ihn dann wegen seines Betrugs verlassen habe, hat er mich aus dem Haus geworfen und mir offenbart, dass in allen Verträgen nur sein Name steht.« Ich zuckte mit den Schultern und merkte, wie die Wut sich legte und Ruhe über mich kam. »Eine Lektion fürs Leben, schätze ich.«

Fassungslosigkeit ließ den älteren Herren zum ersten Mal, seit ich ihn kennengelernt hatte, nach Worten ringen. Er schaute von mir zu seinem Enkel und öffnete seinen Mund, doch kein Ton kam heraus.

Frederic wurde indes blass und versuchte, eine gestammelte Erklärung hervorzubringen.

Ich nutzte diese Ruhe vor dem Sturm und zog seine Einladungskarte samt Post-it heraus und drückte sie meinem Ex in die Hand. »Hör auf mich zu belästigen. Ich werde dich weder heiraten noch habe ich das Bedürfnis, jemals wieder etwas mit dir zu tun zu haben.« Dann wandte ich mich an seinen Großvater, dessen Brauen mittlerweile gefährlich zusammengezogen waren. »Es tut mir leid, dass Sie das mitbekommen haben, und zugleich hoffe ich, endlich meinen Frieden mit dieser unglückseligen Geschichte machen zu können. Ich war gern Teil Ihrer Firma, ich hoffe, das wissen Sie.«

Er nahm meine Hand und drückte sie. »Wir suchen noch immer einen Ersatz, der dir das Wasser reichen kann.«

»Danke. Ich wünsche Ihnen noch alles Gute.«

Er erwiderte die Verabschiedung und schwieg, bis ich wieder in meinem Wagen saß. Als ich den Motor startete und einen kurzen Blick zur Seite warf, konnte ich sehen, wie Frederic neben ihm immer kleiner und kleiner zu werden schien.

Ich fuhr davon und lachte, weil ich endlich frei von meinem Ex war. Dass ich ihm vor seinem gefürchteten Großvater eine Abfuhr erteilt hatte, würde er mir niemals verzeihen.

Gut so, denn ich war fertig mit ihm.

26

Brian

»Wir sind Brüder. Wir streiten und vertragen uns
auf unsere eigene Weise.«

Ich fuhr nicht zu Amber, obwohl alles in mir danach
drängte. Verdammt, ich mochte sie wirklich. Aber je länger
ich darüber nachdachte, umso schmerzhafter wurden ihre
Worte.

Ihre Alarmglocken waren bei mir losgegangen, während
ich versucht hatte, ihr zu helfen.

Sicher, dass ich meine wahre Aufgabe im Westwood Inn
nicht sofort preisgegeben hatte, brachte mir gegenüber einer
zuvor betrogenen Frau keine Pluspunkte ein.

Auch die Tatsache, dass ich verschwiegen hatte, dass
Timothy unser Date immer noch als Witz ausschlachtete,
war nicht okay. Aber man musste mir zugutehalten, dass ich
ein paar Jahre im Ausland gewesen und die Geschichte davor ebenfalls lange kein Thema mehr war. Dass Timothy
sein Arschloch-Verhalten in ihrer Nähe sofort wiederholte,
hatte mich mindestens genauso schockiert wie sie. Uns alle,
um genau zu sein. Selbst unsere gemeinsamen Freunde hatten sich nach dieser Aktion von ihm abgewandt.

Etwas, das mich mit Stolz erfüllte.

Dennoch war ich ratlos, was ich jetzt tun sollte.

Ich könnte vor Amber im Staub knien und mich nach allen

Regeln der Kunst entschuldigen. Zugleich wusste ich, dass dies nichts nützen würde.

Amber wollte selbstständig sein und ihre Ziele ohne einen Mann außerhalb ihrer Familie erreichen.

Mir wurde klar, dass ich ihr so dringend hatte helfen wollen, weil sie auf der Stelle stand und es nicht einmal bemerkte. Sie träumte davon, dieses Hotel zu eröffnen, um allen anderen, aber insbesondere sich selbst, etwas zu beweisen. Zugleich war sie völlig planlos. Etwas, das ihr sicher Angst machte, da sie sonst immer alles im Griff hatte.

Sie wollte sich nicht von mir helfen lassen, und mir wurde klar, dass ich es in meinem Eifer ein wenig übertrieben hatte.

Wir befanden uns in einer Pattsituation. Selbst wenn sie mir verzieh, würde es mich irremachen, wie sie ihr Projekt schleifen ließ. Nicht weil ich es an mich reißen wollte, sondern weil sie ihren Traum leben sollte. Über kurz oder lang würde sie merken, wie sehr sie sich auf Kleinigkeiten versteifte. Aber ich wusste, ihr das jetzt zu sagen, würde der Sache zwischen uns den Todesstoß versetzen.

Und wenn ich mich wieder so extrem einmischte, wäre es dasselbe.

Mir entfuhr ein schwerer Seufzer. Ich hatte keine Ahnung, was ich mit ihr machen sollte. Es war keine Option, sie aufzugeben, aber vielleicht tat uns beiden ein wenig Abstand gut. Nur um wieder freier zu atmen und uns nicht so auf unsere Ansichten zu versteifen.

Jemand klopfte an meine Bürotür, und ich merkte, dass ich seit zehn Minuten eine Mail anstarrte. Ich hob den Kopf und lächelte, als ich Onkel Steven in der Tür entdeckte. »Was kann ich für dich tun?«

Er schien in den Tagen meines Urlaubs gealtert zu sein, denn mir fielen die leichten Ringe unter seinen Augen auf, genauso wie die Müdigkeit in seinem Blick. »Hattest du einen erholsamen Urlaub?«

»Arbeitsreich, aber auch erholsam.« Ich zögerte, weil mir unser letztes Telefonat einfiel. »Ich weiß, ich wollte dabei sein, als du Dad besucht hast, nur – ich konnte einfach nicht.« Die letzten Worte stieß ich aus, als hätten sie mich vom Atmen abgehalten.

Er nickte und trat ins Büro, wobei er die Tür hinter sich zuzog. Statt sich zu setzen, ging er an meinem Tisch vorbei und schaute aus dem Fenster. Von hier aus hatte er einen netten Ausblick auf einen kleinen Park. »Es war gut, dass du nicht gekommen bist.«

Fragend sah ich ihn an.

»Wir haben uns unterhalten. Der Start war etwas holprig.« Er schmunzelte die Scheibe an. »Aber wir hatten danach ein klärendes Gespräch. Dein Vater ist stur.« Nun lachte mein Onkel leise. »Doch das bin ich auch. Auf jeden Fall ist mir klar geworden, dass es nicht richtig gewesen wäre, dich als Puffer zu benutzen. Wir sind Brüder. Wir streiten und vertragen uns auf unsere eigene Weise. Du bist sein Sohn und mein Neffe und solltest in diesen dummen Kampf nie hereingezogen werden.«

»Was bedeutet das?«

»Dein Vater will noch immer nichts mehr mit der Donovan Corp. zu tun haben. Seiner Meinung nach hat er das Recht darauf verwirkt. Aber er hat etwas gefunden, das ihn glücklich macht, und wir reden wieder miteinander. Das reicht mir.«

»Was hat er denn gefunden?«, fragte ich verwirrt und hatte keine Ahnung, was er damit meinen könnte.

Onkel Steven grinste mich an. »Er verkauft handgefertigte Holzschnitzereien im Internet. Kunst. Und offenbar verdient er nicht schlecht, weil irgendein Z-Promi mal damit Werbung gemacht hat.«

Mein Mund klappte auf, völlig ahnungslos, was ich dazu sagen sollte. Schnitzereien? Mein Dad? War es das, was er da in seiner Hütte mit all dem Holz anstellte?

»So habe ich ihn auch angeschaut. Aber es ist wahr, und es freut mich wirklich für ihn.«

»Wow«, stieß ich leise aus und konnte das Erzählte noch immer nicht ganz verarbeiten. Mein Vater war all die Jahre ein verbitterter, trauriger Mann gewesen, der seinen Fehlern hinterhertrauerte. Zu hören, dass er wieder etwas tat, das ihn erfüllte, war seltsam und zugleich befreiend. Ich schaute meinen Onkel an. »Ich hatte zwar erst Urlaub, aber –«

»Fahr zu ihm. Vorher muss ich dir allerdings noch ein Projekt geben, das du für mich prüfen sollst. Sie haben sich beworben und klingen sehr vielversprechend, doch ich bin noch nicht sicher, ob wir es wirklich annehmen wollen.«

Sofort nickte ich und nahm die Akte entgegen, die er mir reichte und die ich zuvor völlig übersehen hatte. Es ging um ein kleines Hotel, nur zwei Fahrstunden von hier entfernt. »Was ist das Problem damit?« Irgendeine Schwierigkeit musste es geben, sonst würde er nicht extra jemanden rausschicken.

»Kein Problem. Ich brauche nur deine Meinung.« Er verschwieg mir offensichtlich etwas. Aber ich hakte nicht weiter nach, da ich gedanklich voll bei meinem Dad war. »Es gibt auch schon einen Termin mit den Inhabern. Gegen elf Uhr.«

Laut meiner Armbanduhr war das in zweieinhalb Stunden. »Ganz schön knapp.«

Onkel Steven lachte. »Was für ein Glück, dass ich mich auf dich verlassen kann.«

Ich stieß ein übertriebenes Seufzen aus, öffnete dann aber die Akte. »Na sicher.«

Mein Onkel lächelte zufrieden und verließ wieder das Büro. Ich schaute mir schnell alle Details zu dem Hotel an. Familiengeführt. Altes Gebäude in gutem Zustand, aber altmodische Einrichtung. Schlechte Besucherzahlen. Vielversprechendes Freizeitangebot in der Umgebung. Die Zahlen waren mies, jedoch nicht katastrophal.

Eigentlich eine ansprechende Investition, die mit ziemlicher Sicherheit lohnend laufen würde. Während der gesamten Fahrt zum Hotel fragte ich mich, warum gerade ich es prüfen sollte.

Doch als ich in die Einfahrt fuhr und Collins Wagen entdeckte, wurde mir klar, weshalb.

Mein Onkel hatte mich als Verstärkung in letzter Sekunde hingeschickt, weil er seinem Sohn nicht zutraute, diesen Deal selbst durchzuziehen.

Ich saß im Auto und starrte das kleine, nette Gebäude an, das nicht im Mindesten mit Ambers Herrenhaus mithalten konnte. Dennoch war es hübsch und mit der richtigen Werbung und einer entsprechenden Renovierung würde man wieder Gäste anziehen können. Das wusste Collin, und das sollte auch Onkel Steven klar sein.

Mein Cousin brauchte mich nicht, um dieses Geschäft durchzuziehen.

Ich wollte gerade wieder den Rückwärtsgang einlegen, da klopfte es an meiner Seitenscheibe.

Collin.

Verdammt.

Ich ließ die Scheibe herunter und setzte zu einer Erklärung an, da schoss seine Faust in das Innere des Wagens, direkt gegen meine Wange.

»Fuck!« Ich riss die Autotür auf und stieß Collin dabei weg.

»Was willst du hier?«, fuhr er mich an und rieb sich seine Faust. »Musst du dich überall einmischen?«

»Ich wollte wieder fahren, du Trottel«, erwiderte ich leise. Ein Fluch entfuhr mir, als sich der Hoteleingang öffnete und ein älteres Ehepaar aus der Tür trat.

»Mr Donovan?«, fragte der Mann irritiert an Collin gewandt. »Was geht hier vor sich?«

Collin setzte sofort eine freundliche Miene auf und lief auf die beiden zu. »Es tut mir wirklich leid.«

Er stoppte, als der Mann seine Frau hinter sich schob. »Bitte verlassen Sie unser Grundstück.«

Collin knurrte, nickte aber und warf mir einen letzten, vernichtenden Blick zu, bevor er zu seinem Wagen stampfte.

Ich sagte nichts mehr, sondern ging ebenfalls zurück zu meinem Auto. Die Leute kannten mich nicht und brauchten keine Erklärung dafür, was hier vorgefallen war.

»Also ist Collin für das Veilchen verantwortlich?« Mein Vater schnaubte belustigt und reichte mir eine Tüte gefrorener Erbsen. Nachdem ich angekommen war, hatte er sich mit besorgt zusammengezogenen Augenbrauen meine Geschichte angehört und mich netterweise mit Schmerztabletten versorgt. Jetzt lachte er erheitert. »Erinnert mich an deinen Onkel und mich. Wir haben nur gestritten. Wegen jedem Unsinn.«

»Nur, dass von euch keiner so hinterhältig ist wie Collin.« Als ich mich heute in seinem Schuppen umschaute, entdeckte ich die kleinen Holzschnitzereien sofort. Eine davon nahm ich in die Hand und betrachtete sie. Zwar hatte ich keine Ahnung von diesem Handwerk, aber auf den ersten Blick sah seine Arbeit anständig aus. Stolz wallte in mir auf, und ich räusperte mich, um diese ungewohnte Sentimentalität loszuwerden. »Seit wann machst du das?«

Mein Vater setzte sich mir gegenüber auf einen Holzhocker. »'ne Weile.«

»Sieht gut aus.« Ich stellte die Schnitzerei wieder zurück und deutete auf das Essen, das ich mitgebracht hatte. »Hunger?«

»Immer.« Er reichte mir eine der beiden Tüten, in denen jeweils ein Burger und eine Portion Pommes steckten. »Danke.«

Ich legte die gefrorenen Erbsen neben die Schnitzerei und holte mir dann einen Burger heraus. Nach dem Desaster mit Collin war ich auf dem direkten Wege ins *Red Chili* gefahren. Dort hatte Hazel mich bedient und mit Fragen gelöchert.

»Dein Onkel Steven war letztens da«, sagte mein Vater nach einigen schweigsamen Minuten, die wir mit Essen verbrachten.

Ich nickte kauend.

»War nett.«

Beinahe wäre ich vom Stuhl gefallen und verschluckte mich glatt an meinem Essen. Ich hustete wie verrückt und sah dabei bestimmt wie der letzte Trottel aus.

Mein Vater lachte und reichte mir einen Becher. »Dachte mir, dass dich das freut.«

Ich trank gierig und atmete lautstark durch. »Woher kommt der Sinneswandel?«

Er zuckte mit den Schultern und schaute zu Boden. »Dein letzter Besuch hat mir zu denken gegeben. Ist nicht schön, wenn der eigene Sohn sich nicht freut, bei einem zu sein.«

Mein Magen zog sich bei seinem betroffenen Tonfall zusammen. »Dad …«

Er winkte ab und grinste halb. »Schon okay. Ich war'n Idiot.«

»Ich bin froh, dass du das sagst«, meinte ich und zog die Nase kraus. »Also, dass du dich nett mit Onkel Steven unterhalten hast.«

Mein Vater schmunzelte, als würde er davon ausgehen, dass es kein Versprecher war. Dann aß er eine Pommes und kaute nachdenklich. »Ich hab nie verstanden, warum du unbedingt zur Donovan Corp. gehör'n wolltest, während ich alles dort aufgegeben hab.« Er lächelte mich an, und kurz sah er genauso aus wie der Vater, den der kleine Junge in mir im Herzen abgespeichert hatte. Liebevoll. Und großartig. »Du wolltest behalten, was zur Familie gehört.«

Ich nickte. »Es ist unser Familienname und ein Erbe, von dem ich immer glaubte, dass es für mich bestimmt ist.«

»Onkel Steven würde dich gerne in der Geschäftsführung sehen.« Stolz verzog er seinen Mund zu einem schiefen Lächeln.

Verdammt, wie hatte ich diesen Gesichtsausdruck vermisst, und nun platzte mein Herz fast vor Freude. Zugleich dämpften seine Worte das Hochgefühl. »Hat er erwähnt.«

Egal, wie wenig Kontakt wir in den vergangenen Jahren gehabt hatten, mein Vater kannte mich. »Aber?« Er lehnte sich vor und stemmte seine Ellenbogen auf seine Knie, aß die letzten Pommes und beobachtete mich genau.

»Ich werde kündigen.« Der Entschluss dazu war mir während der Fahrt gekommen, und als ich ihn einmal in Worte gefasst hatte, konnte ich ihn nicht mehr rückgängig machen. Ohne groß nachzudenken, hatte ich aus dem Auto heraus ein paar alte Studienkollegen angerufen und sie darum gebeten, ihre Fühler für mich auszustrecken.

»Warum?«, fragte er, ohne Vorwurf oder Wertung.

Ich schob mir den letzten Bissen des Burgers in den Mund und kaute bedächtig, während ich mir wieder den Erbsenbeutel aufs Auge legte. Es pochte und der Schmerz strahlte durch meinen gesamten Schädel. Hoffentlich wirkte die Tablette gleich. »Der Job macht mir wirklich Spaß und ich kann ihn gut. Aber Collin wird mich immer als Konkurrenten sehen und Onkel Steven wird mich stets eine Stufe über ihn stellen.« Ich lachte schnaubend. »Es nervt einfach, andauernd auf die Finger meines Cousins zu schauen.«

»Wieso geht'n Collin nicht?« Mein Vater hob vielsagend die Augenbrauen. »Offensichtlich ist der das Problem.«

»Ist er. Und gleichzeitig nicht. Wir sind eine Familie, und die haben nun mal ihre Probleme. Ich will einen Job, in dem ich mich entfalten kann, ohne irgendwelche Vorbelastungen.«

»Dafür würdest du die Möglichkeit sausen lassen, in die Geschäftsführung zu kommen?«

»Der Titel ist mir nicht wichtig, solange ich Spaß habe.« In meinem Kopf wuchs eine Vision, die mich die Augen verdrehen ließ. »Am Ende werden Collin und ich gemeinsam dort oben sitzen und uns gegenseitig an die Gurgel gehen.«

Dad lachte. »Mach, was dir guttut. Ich werd dir nich' mehr sagen, was du zu tun hast.«

Grinsend lehnte ich mich auf dem Platz zurück und griff nach meinem Becher. »Als hätte mich das jemals beeinflusst.«

Dads dröhnendes Lachen erfüllte die Hütte und ich musste mitlachen.

Das hier tat so verdammt gut. Er würde niemals wieder

der Vater sein, den ich als Kind verloren hatte. Doch mir wurde klar, dass diese neue Version von ihm nicht übel war.

Etwas in mir, von dem ich nicht gewusst hatte, dass es zerbrochen war, begann zu heilen. Mein Vater war ein guter Mann, der zwischenzeitlich vom Weg abgekommen war. Dass er von allein zurückgefunden hatte, machte mich nur umso stolzer.

27

»Man sollte immer auf seinen Bauch hören.
Der lügt nicht. Außer, er hat Hunger.«

Eine Wespe setzte sich auf mein Kuchenstück, das im selben Moment für mich gestorben war. Ich rückte mit dem Stuhl vom Tisch ab und stieß ein Wimmern aus.

»Immer noch?«, fragte Hazel belustigt und wedelte mit der Hand, um die Wespe zu verscheuchen. Sofort pumpte Panik durch meine Adern weil ich schon vor meinem inneren Auge sah, wie das Ding wütend auf sie einstach. Stattdessen flog sie grimmig summend davon.

»Ich hasse Wespen«, rechtfertigte ich mich und betrachtete den kontaminierten Kuchen. Ich wollte ihn essen, aber konnte es nicht mehr. Die Vorstellung, wie die Wespe darauf herumgekrabbelt war, ließ sofort Stachel in meinem Hals kratzen. Ich schob den Teller in die Mitte des Tisches und machte ein unwilliges Geräusch, bevor ich mich auf den Cappuccino konzentrierte.

»Das ist der Grund, weshalb wir immer in Eastwood im Café sitzen«, informierte mich Maggy, die von Anfang an skeptisch gewesen war, als wir sie und Elinor zum Kuchenessen nach Westwood mitnehmen wollten.

»Also, ich mag den Kuchen«, warf Elinor ein und hatte heute ihre Augenlider knallig grün geschminkt.

Olivia lachte und aß genüsslich ihr Stück Torte. »Das …« Sie stockte und ihre Augen weiteten sich überrascht, während sie an mir vorbei zum Eingang des Cafés blickte. Wir saßen draußen in einer Nische, die uns vor den Blicken der Passanten schützte, die über die belebte Einkaufsstraße inmitten Westwoods schlenderten.

Hazel folgte ihrem Blick und machte ein Geräusch, als hätte sie jemand getreten. Auch Maggy und Elinor reckten neugierig ihre Hälse, was die beiden alten Damen um mehrere Jahrzehnte jünger wirken ließ.

Sofort drehte ich mich um, und meine Gesichtszüge entglitten mir, als ich Brian mit einer Frau entdeckte. Sie setzten sich an einen Fensterplatz, wobei er mir den Rücken zudrehte. Mein Magen verkrampfte sich, als hätte mich jemand geboxt.

»Er wird kein Date haben«, sagte Hazel bedrohlich. »Oder?«

»Das wäre … Nein«, flüsterte ich und biss mir auf die Unterlippe. Seine Begleitung war groß, hübsch und sah aus, als würde sie gerade aus einer Anwaltskanzlei in New York kommen. Sie hatte einen guten Kleidergeschmack, aber meiner war eindeutig besser. Was wollte er von ihr?

»Eifersüchtig?«, fragte Olivia und zog damit meine Aufmerksamkeit auf sich.

Ich hob trotzig das Kinn. »Habe ich nicht nötig.«

»Und kein Recht zu«, erwiderte sie und hob den Cappuccino an ihre Lippen. »Immerhin hast du ihn verlassen.«

»Du hast ihn verlassen?«, fragte Elinor mit tadelndem Unterton. »Dabei ist Brian doch so süß.«

»Amber ist schlau. Sie hatte sicher einen Grund«, verteidigte Maggy mich sofort und lächelte mir wohlwollend zu.

»Seid doch nicht so.« Hazel lehnte sich auf ihrem Platz zurück und schaute an mir vorbei zu Brian. »Amber und er waren zusammen, und dann ist es schon arschig, dass er jetzt bereits ein neues Date hat.« Sie blickte zu mir. »Ich hätte eine Heckenschere –«

»Du mit deiner Heckenschere«, unterbrach Olivia sie lachend und winkte ab, als ich sie fragend ansah. »Ihre liebste Drohung gegenüber Troy.« Maggy kicherte und Elinor schnappte nach Luft, doch Olivia redete einfach weiter. »Aber das ist ein anderes Thema. Wieso hast du Brian den Laufpass gegeben?«

»Weil ganz viele rote Lampen in ihrem Kopf angegangen sind«, antwortete Hazel für mich. »Man sollte immer auf seinen Bauch hören. Der lügt nicht. Außer, er hat Hunger.«

»Richtig«, kommentierte Maggy.

Olivia ignorierte Hazels Witz und Maggys Einwand. »Du hast auf deinen Bauch gehört. Vielleicht hat ihn das verletzt. Was ist, wenn er sich ablenken will? Würdest du ihm das verdenken wollen?«

Hazel schnappte nach Luft. »Du bist ja richtig gemein!«

»Unrecht hat sie aber nicht«, murmelte Elinor und lächelte mich entschuldigend an, als sie meinen finsteren Blick sah.

Olivia schüttelte den Kopf. »Ich bin nur ehrlich. Wenn man jemanden verlässt, weil es sich richtig für einen anfühlt, ist es unfair, ihm zu missgönnen, wenn er weitermacht.«

Ich dachte über ihre Worte nach. Brian mit einer anderen Frau zu sehen, tat verdammt weh. Ich wollte aufspringen und ihn zur Rede stellen. Stattdessen nickte ich langsam. »Du hast recht.«

»Das macht dich bestimmt irre«, sagte Olivia und aß ein Stück Kuchen.

Hazel warf ihr einen bösen Blick zu. »Jetzt wirst du aber gehässig.«

Doch Olivia schüttelte den Kopf und zeigte mit der Gabel auf mich. »Ich glaube, es war ein Fehler, ihn zu verlassen. Er ist ein guter Kerl, und alles, was für dich rote Lampen waren, sind Dinge, die du mit dir selbst ausmachen musst.«

»Oha«, meinte Elinor, während sie und Maggy mich abwartend anschauten.

»Was ist damit, dass Timothy noch immer ein Arsch gegenüber Amber ist?«, fragte Hazel herausfordernd.

»Timothy ist aus der Clique geflogen. Brian war in den letzten Jahren nicht da. Woher soll er denn wissen, was da für Witze gerissen wurden? Dass seine Freunde sich für euch entschieden haben, sagt doch alles.«

Ich starrte Olivia an und brachte kein Wort heraus. Dass seine Freunde ihn für mich rausgeworfen hatten, rührte mich wirklich tief.

»Genau«, sagte Olivia, als würde sie das Wirrwarr in meinem Inneren spüren. »Und dass du Angst hast, er könnte dir was wegnehmen, während er dir helfen will, liegt einzig und allein an allem, was Frederic dir weggenommen hat.«

»Der hat dir echt eine Menge abgeluchst«, stimmte Maggy zu und rümpfte die Nase, blickte auf ihren Kuchen und schob ihn mit einem Seufzen von sich. »Der Kuchen ist okay, aber nicht gut genug.«

»Gott sei Dank muss ich nicht mehr so tun, als würde ich ihn mögen«, stieß Elinor aus und rückte ihren Teller fort.

Hazel überhörte die beiden und schien nicht fertig damit zu sein, meine Ehre verteidigen zu wollen. »Was ist mit der Hotelsache?«

Nun musste ich aber eingreifen, bevor Hazel sich genötigt sah, einen Fehdehandschuh vor Olivias Füße zu werfen. »Das war blöd. Er hat seinen Job gemacht, und ich habe kein Recht, deshalb wütend zu sein.«

»Also willst du ihn dir zurückholen?«, fragte Hazel, klang aber weder vorwurfsvoll noch zustimmend.

»Ich denke, es wäre schlau, sich auf das Hotel zu konzentrieren. Brian ist ein toller Mann«, flüsterte ich und räusperte mich dann. »Und natürlich wollte er mir immer nur helfen. Dennoch habe ich gespürt, dass es ihn wahnsinnig gemacht hat, wie langsam wir mit dem Hotel vorankommen.«

»Dann könnte er bis dahin weiter diese Frau da daten«, erinnerte Elinor mich jetzt und schaute an mir vorbei, um die beiden zu beobachten.

Ich brauchte all meine Willenskraft, um es ihr nicht nachzutun. Es zerriss mir das Herz, aber ich war noch nicht so weit, mich ihm wieder zu stellen. »Wenn er mich so leicht ersetzen kann, ist er vielleicht nicht der Richtige.«

Dem konnten die anderen nichts mehr hinzufügen. Wir saßen noch eine halbe Stunde an dem Tisch, und die ganze Zeit über kämpfte ich mit mir, nicht doch zu ihm hinüberzuschauen. Er hatte ein Date.

Vielleicht war es tatsächlich das Richtige gewesen, es zu beenden, wenn er so schnell Ersatz für mich fand.

Der Gedanke schmeckte wie bittere Galle in meinem Mund und nicht einmal der leckere Cappuccino half dagegen.

In den nächsten Tagen war ich vollauf damit beschäftigt, alle Unterlagen zusammenzusuchen, die wir für die Geschäftslizenz brauchten. Die gesamte Zeit über hatte ich Bauchschmerzen, weil die Befürchtung, zu spät zu sein, immer lauter wurde. Ella kam jeden Tag ins Hotel und half, wo sie nur helfen konnte. Da wir noch keine Lizenz hatten, konnten wir keinen Arbeitsvertrag aufsetzen. Deshalb kellnerte sie nebenbei in einem Restaurant, während Mia in der Grundschule war, und nachmittags kam sie mit ihr ins Hotel.

Wir gingen gerade Derek zur Hand beim Ausladen von Fliesen, die Hazel irgendwo umsonst organisiert hatte. Sie war eine wahre Meisterin darin, Sachen zu finden, die wir gebrauchen konnten und andere wegschmeißen wollten.

»Reichen die für den Wintergarten?«, fragte ich meinen Pflegebruder. Weil der Raum so groß war und wir kaum so viele gleiche Fliesen umsonst bekommen würden, hatten wir entschieden, das zu mischen, was wir bekamen. Der Wintergarten würde am Ende entweder außergewöhnlich oder scheiße aussehen. Es war ein Risiko. Aber wir hatten so gut wie kein Geld mehr und daher keine andere Wahl.

Derek nickte und wischte sich mit dem Ärmel den Schweiß von der Stirn. »Jetzt müssten wir genug haben.«

»Ich schaue mal, ob Olivia und ich ein schönes Muster hinbekommen«, schlug Hazel vor und zückte auf mein Nicken hin ihr Handy. Olivia war eine Künstlerin. Mit Glück würde sie aus den vielen Farben, die wir schon zusammengesammelt hatten, etwas halbwegs Ordentliches zaubern.

»Also müssen die Fliesen alle in den Wintergarten?«, fragte Ella und schnaufte. Es war früher Nachmittag und brütend heiß.

Ich schaute zu Mia hinüber, die uns von der Veranda aus beobachtete. Derek hatte eine romantische Hollywoodschaukel gebaut und sie gestern erst aufgehängt. Nun saß Mia dort und wirkte, als würde sie nie wieder aufstehen wollen. »Mia? Möchtest du uns vielleicht Eis holen?«

Die Fünfjährige nickte sofort und sprang von der Schaukel. Dann eilte sie hinein. Sie kannte sich mittlerweile bestens aus und wusste, wo der laut brummende Gefrierschrank in der zusammengewürfelten Küche stand.

»War das okay?«, fragte ich Ella sofort unsicher. »Sie soll nicht das Gefühl haben, nur zusehen zu müssen. Irgendwie gehört sie ja dazu.«

Ella machte ein gerührtes Geräusch. »Mehr als okay. Außerdem könnte ich eine Eispause echt vertragen.«

Mia kam kurz darauf mit Eis für alle nach draußen gelaufen. »Ich bringe noch Hazel ein Eis«, informierte sie uns ernst.

»Danke, das ist nett«, antwortete ich und lächelte, während ich ihr nachschaute. »Sie ist so gut erzogen!«

Ella kicherte und zog ihr Eis aus der Verpackung. »Keine Ahnung, woher sie das hat.«

Ich musste lachen und drehte mich zur Einfahrt, als ich hörte, wie Reifen auf dem Kies knirschten. Ein silberner Ford parkte neben Dereks Pick-up.

Fast wäre mir das Eis aus der Hand gefallen, als ich sah, wer da aus dem Wagen stieg. Brians Date! Was machte sie denn hier?

Mein Blick wurde kalt, während ich ihr entgegenstarrte. Sie trug einen hellblauen Jumpsuit mit kurzen Beinen, Sandaletten und eine große, dunkle Brille. Diese nahm sie jedoch ab, als sie vor uns stehen blieb. Oder eher gesagt direkt vor mir.

Sie streckte mir ihre Hand entgegen. »Hi. Ich bin Lilian. Brian Donovan hat euer Hotel empfohlen, und ich würde es mir gerne anschauen und euch dann ein Angebot machen.«

Ich ignorierte ihre ausgestreckte Hand. »Das Hotel steht nicht zum Verkauf.«

Sie schmunzelte und ließ ihren Arm sinken. »Ich bin nicht hier, um es zu kaufen, sondern um euch zu helfen.«

Derek trat hinter mich. »Wir wollen auch keinen Vertrag mit der Donovan Corp. eingehen.«

»Mit denen habe ich nichts zu tun.« Sie schaute mich abwartend an und schien nichts weiter sagen zu wollen. Sie war dreist, mutig und – verdammt, irgendwie auch sympathisch.

Ich zuckte mit den Schultern und biss ein Stück von meinem Eis ab. »Gut, eine kurze Führung und dafür bekommen wir eine ausreichende Antwort. Eis?«

Sie nickte. »Gerne.«

Die Antwort überraschte mich, aber angesichts der Hitze konnte ich ihr das nicht verübeln.

»Dann folgten Sie mir mal, Lilian.« Ich betonte ihren Namen, um ihr zu zeigen, dass sie mich nicht verarschen konnte, und ging voraus.

Zuerst liefen wir in die Küche, und während ich ein Eis herausholte, betrachtete sie die zusammengewürfelte Einrichtung. Selbst ich fragte mich, wie wir hier ein ordentliches Abendessen zaubern sollten, aber mehr hatten wir nicht bekommen, und dann musste es eben reichen.

Während der gesamten Führung stellte sie kaum Fragen und notierte sich nichts. Stattdessen schien es, als müsste sie jede Ecke auf sich wirken lassen.

Als wir wieder unten im Empfang ankamen, lächelte sie auf einmal. »Okay.«

Meine Augenbrauen sprangen hoch. »Okay?«

»Ich arbeite für euch.«

Mir entfuhr ein Lachen. »Was? Es steht kein Job ausgeschrieben.«

»Das ist mir klar. Brian hat mir von euren Umständen erzählt. Ich bin eine erfahrene Hotelmanagerin, und ihr könnt jemanden gebrauchen, der Ahnung vom Business hat.«

»Warum sollte eine erfahrene Hotelmanagerin hier arbeiten wollen?«

»Ich brauche Eigenkapital für ein eigenes Hotel. Für etwas

Großes. Bei meinem jetzigen Arbeitgeber werde ich ausgebrannt.« Sie zog ihre Nase kraus. »Das Hotel ist groß und fordert Überstunden ohne Ende. Hier wird das nicht so sein. Ich könnte mich in meiner Freizeit meinen eigenen Zielen widmen.«

»Das klingt echt nett«, sagte ich langsam. »Aber wir können uns keine Managerin leisten.« Auch wenn wir so jemanden gut gebrauchen könnten. »Wir stehen ganz am Anfang und haben nicht einmal eine Lizenz.«

»Ich helfe euch. Umsonst. Sobald ihr die Lizenz habt und du einsiehst, dass ich das Beste bin, was euch passieren konnte, werdet ihr mich einstellen.«

Ihre Selbstsicherheit machte mich einen Moment lang sprachlos. Dann lächelte ich und hielt ihr die Hand entgegen. »Gut, einen Versuch ist es wert. Aber das ist keine Zusage für eine Stelle. Selbst eine Lizenz bedeutet nicht, dass wir voll ausgelastet sein werden.«

Sie lächelte und schüttelte meine Hand. »Das wird kein Problem sein.«

»Ich werde sowieso Rücksprache mit meinen Geschwistern halten müssen.«

»Kein Problem. Wir werden einen Businessplan aufstellen müssen. Euer Wintergarten ist die perfekte Location für Hochzeiten, Firmenevents, Geburtstage und alles, was man feiern kann. Die Außenanlagen könnte man vortrefflich einbeziehen, sobald sie etwas gepflegt wurden. Nur über die Nutzung der Räume würde ich an eurer Stelle noch einmal nachdenken.«

»Wie meinst du das?« Ich deutete auf die kleine Sesselgruppe, die im Empfang stand und nichts mehr mit den hässlichen Sesseln zu tun hatte, die ich mit Brian bei dem Garagenflohmarkt gekauft hatte.

Lilian setzte sich. »Ihr könnt daraus ein Hotel mit Restaurant machen, aber ich bin ehrlich – ich rate euch davon ab. Die Arbeit ist es nicht wert, bei den wenigen Zimmern. Macht daraus ein Bed and Breakfast, mit der Option, die Zimmer zusätzlich zu einem Event zu mieten.«

Ich starrte sie an. »Ein Bed and Breakfast? Also sollen wir nur die Zimmer mit Frühstück anbieten?«

»Richtig. Und ihr arbeitet mit einem Caterer zusammen, der für das Essen während der Veranstaltungen zuständig wäre. Ich habe mich umgehört. Du sollst ein Händchen fürs Planen von Partys haben.«

Für den Club hatte ich so einige Events geplant. Mir war bereits in den Sinn gekommen, hier Veranstaltungen zu planen oder dies als Service anzubieten. »Möglich.«

»Ich würde mich um den Bürokram kümmern und, wenn nötig, auch hinter der Rezeption stehen. Ihr könntet die Veranstaltungen koordinieren. Wir bräuchten nur noch Personal, das morgens kocht und sich um die Zimmer kümmert.«

»Wir haben bereits ein Zimmermädchen.«

Lilian lächelte. »Perfekt. Also, sollen wir einen Termin machen, um eure Geschäftslizenz zu bekommen? Ich habe gehört, ihr wollt relativ schnell eröffnen. Eine Lizenz für ein B&B zu erhalten, ist deutlich einfacher als für ein Hotel.«

Ich war so überrumpelt von ihrem Vorschlag und all den Möglichkeiten, die sich in meinem Kopf abspielten, dass ich schwieg und nicht wusste, was ich sagen sollte.

Sie lachte und hob ihre Hände. »Entschuldige. Ich bin etwas aufgeregt und überfalle die Menschen dann gerne.« Sie zog eine Karte heraus und reichte sie mir. »Ruft mich an, wenn ihr alles besprochen habt, und dann machen wir einen Termin aus.« Lilian erhob sich.

Ich stand ebenfalls auf und schüttelte ihre Hand. »Danke.«

»Ich danke für das Eis und die Führung.« Sie lächelte ein letztes Mal und verließ dann das Hotel, um zu ihrem Auto zu gehen.

Ich folgte ihr etwas langsamer, noch immer überwältigt, und blieb auf der Veranda stehen. Sie winkte mir noch einmal zu, bevor sie fuhr, und ich erwiderte den Abschiedsgruß, während ich mich fragte, ob das alles ein Traum war.

28

Amber

»Also ist unsere einzige Option, aufzugeben?«

Ella, Derek und Hazel kamen näher. Offenbar hatten sie nur auf Lilians Abgang gewartet. »Und?«

»Ich glaube, Brian hat uns gerade einen Engel geschickt.« Während ich ihnen erzählte, wie die Führung und das Gespräch danach gelaufen waren, füllte sich mein Herz mit tiefer Dankbarkeit. Brian hatte sich eingemischt, aber weil er wusste, dass wir ohne Hilfe verloren gewesen wären. Etwas, das ich mir nur langsam selbst eingestehen konnte. Der trotzige Teil in mir wollte sich bevormundet fühlen. Doch mein Verstand sagte mir, dass es dumm wäre, diese Hilfe abzulehnen.

»Können wir uns das Gehalt einer Managerin leisten?«, fragte Derek skeptisch und lehnte sich an die mittlerweile strahlend weiße Verandabrüstung.

»Amber meinte ja, dass dieser Job nicht vergeben ist. Aber dass Lilian uns trotzdem hilft, finde ich echt gut«, merkte Hazel an.

»Und ein B&B wäre tatsächlich einfacher zu verwalten«, fügte Ella hinzu. »Außer, wir leisten uns noch einen Koch. Dann müssten wir aber schauen, ob wir auch Gäste von außerhalb im Restaurant haben wollen.«

Allein bei dem Gedanken an den Aufwand wurde mir unwohl. Ich holte mein Handy aus der Hosentasche und wählte Ryans Nummer. »B&B klingt gut. Ich frage Ryan nach seiner Meinung.« Als das Freizeichen ertönte, entfernte ich mich ein paar Schritte von den anderen und setzte mich auf die Verandastufen. Die Sonne brannte erbarmungslos auf mich herunter und ich rückte ein wenig nach hinten in den Schatten.

»Schwesterchen«, begrüßte mich Ryan mit gewohnt entspannter Stimme. »Wie schön, dich zu hören!«

Sein Enthusiasmus brachte mich zum Lachen. »Wie laufen die Geschäfte?«

»Hervorragend. Was kann ich denn für dich tun?«

Ich erzählte ihm von Lilian und ihrem Angebot, uns zu helfen, und dafür im Gegenzug eine Option auf die Stelle als Managerin zu erhalten.

»Klingt zu gut, um wahr zu sein«, überlegte Ryan laut. »Aber wenn sie uns umsonst hilft, wieso nicht? Du solltest Brian nur fragen, ob sie wirklich eine alte Freundin ist.«

Ich machte ein zustimmendes Geräusch, auch wenn allein der Gedanke meinem Magen einen Adrenalinschub verpasste.

»Oder hattet ihr Streit?« Ryan kannte mich zu gut.

»Halb so wild.« Außer, dass wir so gut wie zusammen gewesen waren und ich ihm dann einen Korb gegeben habe. Selbst wenn Brian uns geholfen hatte, hieß das noch lange nicht, dass er mit mir reden wollte.

»Soll ich mit ihm sprechen?«

»Nein«, rief ich schnell und räusperte mich, als ich sein belustigtes Schnaufen hörte. »Ich erledige das schon.«

»Gut. Wir sehen uns, sobald ich zurück bin. Ich brauche mal wieder ein Familiendinner.«

»Unbedingt«, stieß ich aus und merkte, wie sehr Ryan mir

fehlte. Er war mein Pflegebruder und zugleich ein Freund. Einer der wenigen, die ich hatte. Aber mittlerweile war mir klar, dass diese wenigen guten Freunde mehr wogen als all die falschen, die mich zuvor umgeben hatten. Allein wenn ich darüber nachdachte, dass sich niemand bei mir gemeldet hatte, nachdem ich Frederic verließ. Es war ein Fehler gewesen, mich so sehr auf ihn zu fixieren. Das würde mir nicht mehr passieren.

Aber würde Brian so etwas überhaupt zulassen?

Nein. Die Antwort lag so klar vor mir, dass ich einen Moment regungslos auf den Verandastufen saß und vor mich hin starrte. Brian wollte niemals die Kontrolle über mich oder mein Leben haben. Er wollte … nur mich.

Mein Herz dröhnte plötzlich in meiner Brust und ich atmete tief durch. Ich hatte mir geschworen, nie wieder ein Alarmzeichen zu übersehen, egal, wie klein es war.

Doch vielleicht hatte Olivia recht. Möglicherweise wogen diese Alarmzeichen nur so viel, weil ich es so wollte. Seine Freunde hatten sich nach Timothys dummen Sprüchen für Brian und mich entschieden und den Idioten rausgeworfen.

Ich sprang auf. »Ich fahre zu Brian.«

Hazel und Ella grinsten, als hätten sie nichts anderes erwartet. Mia war vertieft in ihr Buch, und Derek hatte so tiefe Falten auf der Stirn, dass er zwanzig Jahre älter wirkte. »Bist du dir sicher?«

»Ich will nur herausfinden, ob er Lilian wirklich geschickt hat.«

Ellas Augenbrauen wackelten. »Dafür könntest du ihn auch anrufen.«

»Nein«, meinte Hazel wie aus der Pistole geschossen und versuchte, ernst auszusehen, während sie sich ein Lachen verkniff. »So etwas sollte man persönlich klären. Aber weißt du denn, wo er gerade ist?«

Sofort verpuffte mein Hochgefühl. »Nein.«

»Dann ruf ihn an!«, rief Ella und wedelte mit ihrer Hand, als wollte sie mich zur Eile drängen. »Los!«

»Okay.« Ich wählte seine Nummer und ließ kein Zögern zu, denn wenn ich anfing, darüber nachzudenken, würde ich möglicherweise kneifen – und das wollte ich auf keinen Fall.

Meine Hand zitterte leicht, als ich das Handy nervös ans Ohr hielt und auf den Parkplatz ging, um ein wenig Ruhe zum Telefonieren zu haben.

Das Freizeichen ertönte. Einmal. Zweimal. Dreimal. Beim sechsten Mal legte ich auf und hatte keine Ahnung, woher dieser plötzliche Klumpen in meinem Magen kam.

»Ich rufe Olivia an und sage ihr, sie soll uns einen Eiskaffee mitbringen, wenn sie kommt«, meinte Hazel und umarmte mich halb, als ich mich wieder zu ihnen stellte.

»Gute Idee.« Auch Ella gab mir eine Mitleidsumarmung. Dabei hatte ich die gar nicht verdient. Immerhin war ich diejenige gewesen, die Brian weggestoßen hatte.

Nachdem Hazel ihre Bestellung bei Olivia aufgegeben hatte, machten wir uns wieder daran, die Fliesen in den Wintergarten zu tragen. Hazel sortierte sie nach Farben in verschiedenen Ecken und ich ließ ihr da freie Hand.

Gerade als ich die nächsten Fliesen aus Dereks Pick-up holen wollte, knirschten Reifen auf dem Kies. In Erwartung, Olivia zu sehen, drehte ich mich um und richtete mich ein wenig auf, als ich einen dunkelgrünen Toyota entdeckte.

Mein Herz explodierte schier, als ich Brian hinter dem Steuer erkannte.

Er parkte neben Dereks Wagen und stieg aus, wobei sein

Blick sich die ganze Zeit auf mich heftete. Statt direkt zu mir zu kommen, ging er zum Kofferraum und holte einen riesigen Blumenstrauß heraus.

Ich starrte ihn an und blieb wie festgefroren stehen, während er mir entgegenkam. Rosen. Kamille. Eukalyptus. Diese drei Pflanzen dominierten den Strauß. Er war perfekt.

»Lilian hat mich angerufen und mir erzählt, dass sie hier war«, begann er. »Und als ich deinen verpassten Anruf gesehen habe, musste ich einfach herkommen.« Brian war mir jetzt so nahe, dass mir der intensive Duft der Rosen und des Eukalyptus in die Nase stieg. »Ich weiß, ich habe mich wieder eingemischt, aber ich konnte nicht mehr zusehen. Ihr wolltet dieses Hotel. Doch ihr seid nie den nächsten Schritt gegangen. Irgendwas hat euch aufgehalten, und ich wollte einfach nicht, dass ihr –« Er unterbrach seinen Redefluss und rieb sich den Nacken. »Ich rede mich hier um Kopf und Kragen.«

Ich lächelte. »Ein wenig, ja.«

»Du solltest nur verstehen, dass ich weiß, wie viel Herzblut in diesem Gebäude steckt, und ich mir sicher bin, ihr werdet eure zukünftigen Gäste glücklich machen. Sonst hätte ich dir Lilian nicht aufgehalst.«

Ich biss mir auf die Unterlippe und spürte einen Sog, der mich zu ihm riss. Doch irgendwas hielt mich davon ab, den letzten Schritt zu machen und den Raum zwischen uns zu überwinden. »Sie wirkte nett.«

»Sie überrumpelt einen gerne.« Er blieb ebenfalls stehen. »Als sie meinte, sie würde einen neuen Job suchen, fiel mir sofort euer Hotel ein. Sie hat hervorragende Referenzen und vielleicht kommt ihr auf einen Nenner. Natürlich ist es euch überlassen, was ihr von nun an tut.« Brian streckte mir den Strauß entgegen. »Ich möchte mich entschuldigen. Für –«

»Es gibt nichts zu entschuldigen«, unterbrach ich ihn und nahm die Blumen. Tief sog ich den Geruch ein und lächelte. Zugleich erwachte unendliche Sehnsucht in mir, mich in Brians Umarmung zu schmiegen. Ich trat einen Schritt näher, zögerlich, fast schüchtern.

Brian hob die Hand und strich sanft eine verwirrte Strähne aus meinem Gesicht. »Wie wäre es mit einem Abendessen? Morgen? Heute soll ich meiner Mutter beim Backen helfen. Du bist aber natürlich herzlich eingeladen.«

»Morgen klingt ganz wunderbar.«

Brian lächelte, und die Erleichterung in seinem Blick ließ mir die Knie weich werden und zugleich einen Felsen in meiner Brust entstehen, weil ich so verbohrt war und meinen Stolz nicht einfach begraben konnte. »Ich hole dich dann morgen ab.«

»Ich freue mich schon.« Ich sagte das nicht nur für ihn, damit er sich nicht so stehen gelassen vorkam, sondern auch für mich, weil es wirklich so war. Unsere Blicke verfingen sich ineinander und mit einem Mal fühlte sich selbst Atmen viel zu intensiv an. Alles in mir prickelte und ich umfasste die Blumen fester.

Brian bemerkte meinen schneller werdenden Atem und sein Lächeln vertiefte sich. »Bis morgen.«

Ich sah ihm hinterher, selbst als nur noch aufgewirbelter Staub auf der Einfahrt zu sehen war.

Ella trat neben mich. »Ich verstehe nicht, wie du ihm so lange widerstehen kannst.«

Mir entfuhr ein gequältes Stöhnen. »Weil ich so verdammt stur bin.«

»Offensichtlich.« Ella lachte. »Was ist denn das Problem?«

»Ich möchte gefragt werden. Es … es macht mich einfach

nervös, wenn man mich überrumpelt, wenn es um meine Sachen geht.«

Einen Moment lang betrachtete Ella mich nachdenklich, bevor sie langsam nickte. »Kann ich verstehen. Dein Ex hat wohl viel über deinen Kopf hinweg entschieden, oder?«

Ich atmete erleichtert aus, weil sie das Dilemma verstand. Sie legte mir eine Hand auf die Schulter und kniff mich. Fest und lange.

»Au!« Überrascht schüttelte ich sie ab und rieb meine schmerzende Schulter. »Was soll das?«

»Denkst du etwa, der Mann kann Gedanken lesen?«

Mein Mund öffnete sich, aber kein Ton kam heraus.

»Sag ihm das doch einfach!« Sie redete langsam und deutlich, als wäre ich taub. »Sag ihm, was das Problem ist. Er soll sich nicht einmischen, klar. Er weiß, dass du das nicht magst, aber nicht, wieso. Sag ihm, dass du es nicht leiden kannst, wenn jemand Entscheidungen über deinen Kopf hinweg trifft. Das Hotel ist dein Baby. Er wird es verstehen.« Sie lachte. »Und er wird sich wahrscheinlich tausendmal entschuldigen, weil er so blind dafür war.«

Ihre Worte sickerten langsam in mich hinein und erfüllten mich mit einem Gefühl völligen Versagens. »Du hast recht.«

»Klar habe ich recht.« Sie tat so, als würde sie ihren Longbob über die Schultern werfen. »Schnapp ihn dir!«

Ich lachte und holte mein Handy heraus, um Brian erneut anzurufen. Da fiel mir eine eingegangene Mail des Countys auf. Ich hatte um eine schriftliche Mitteilung gebeten, welche Unterlagen sie für eine Hoteleröffnung bräuchten. Dass es nun ein B&B werden würde, musste ich noch korrigieren.

Derek und Hazel kamen aus dem Hotel gelaufen und machten sich daran, weitere Fliesen von dem Pick-up zu holen.

Ich öffnete die Mail und mit jeder Zeile entglitten mir immer mehr die Gesichtszüge.

Ella bemerkte sofort, dass etwas nicht stimmte, aber vielleicht war mir auch unfreiwillig ein Wimmern entflohen. »Was ist los?«

Unfähig, einen richtigen Satz zu bilden, hielt ich ihr das Handy hin und merkte, wie mein Puls ruckartig anstieg. Das konnte nicht wahr sein! Meine Finger zuckten, weil ich das Display sofort wieder umdrehen wollte, um mich zu vergewissern, dass das kein grauenhafter Scherz war.

»Nein!«, stieß Ella voller Entsetzen aus und vernichtete all meine Hoffnungen auf einen Streich. Sie wedelte mit dem Handy herum. »Wer war das?«

»Was ist los?«, fragte Derek und kam mit Hazel zu uns herüber.

»Es gab eine Beschwerde«, fasste Ella zusammen. »Offenbar hat irgendwer sich bei der Abteilung für Umweltschutz beschwert, weil angeblich neben der Zufahrt zum Hotel irgendein seltener Vogel gesichtet wurde und jetzt erst geprüft werden muss, ob der neu entstehende Verkehr möglicherweise den Vogel stören könnte.« Die letzten Worte spuckte sie aus.

Hazel schnappte nach Luft. »Aber so was dauert Jahre! Oder?«, fügte sie hoffnungsvoll an.

Doch Derek nickte und nahm Ella das Handy ab, um selbst nachzulesen. »Wer könnte sich denn beschwert haben? Frederic?«

»Die ganze Stadt weiß, dass wir ein Hotel renovieren«, murmelte ich und biss mir nervös auf die Unterlippe. »Es muss nichts mit uns zu tun haben. Vielleicht hat wirklich irgendwer einen seltenen Vogel gesehen und wir haben Pech.« Ich versuchte, nicht in Panik auszubrechen, denn das hier war das schlimmstmögliche Szenario, nachdem wir nur knapp dem Kampf mit unserer Pflegemutter entgangen waren. »Oder könnte Lauren es gewesen sein?«

Sofort verdüsterte sich Dereks Gesichtsausdruck und er reichte mir mein Handy zurück. »Sie wäre dumm, sich erneut mit uns anzulegen.«

»Können wir denn irgendwie herausfinden, wer sich beschwert hat?«, fragte Hazel und fummelte nervös an ihren Fingernägeln herum.

Ich zuckte mit den Schultern und presste die Finger auf meine Lippen. Panik wallte in mir auf und ich atmete immer schneller. Die Vorstellung, dass ein Vogel daran schuld sein könnte, dass sich die Eröffnung auf unbestimmte Zeit verschob, war tragisch und grotesk zugleich. Tragisch, weil es keinen Plan B gab. Ich hatte alles darauf ausgerichtet, dass wir ab Spätsommer voll mit dem Hotel zu tun haben würden.

Das Groteske daran war, dass wir dafür gekämpft hatten und ein völlig unbeteiligtes Lebewesen alle Träume allein durch seine Existenz zum Einsturz bringen würde.

»Wir könnten natürlich nachfragen, aber ob wir eine Antwort erhalten, ist eine ganz andere Sache.« Hazel rieb sich ihre Stirn und schüttelte immer wieder ihren Kopf, während sie begann, auf und ab zu laufen. »Es muss eine andere Möglichkeit geben.«

»Wir könnten die Einfahrt verschieben«, schlug Ella vor und hob ihre Schultern, als wir sie alle fragend ansahen. »Nun, da müsste die Stadt mitmachen und wir brauchen sicher eine Genehmigung, doch man könnte die Einfahrt auch verlegen. Das Grundstück ist groß.«

»Das wird aber teuer«, meinte Derek und stöhnte genervt. »Für so was haben wir kein Geld mehr.«

»Also ist unsere einzige Option aufzugeben?«, fragte Ella

und wirkte ebenso aufgebracht wie wir anderen. Es wärmte mein Herz, dass sie sich so auf unsere Zusammenarbeit freute. Mein Magen verkrampfte sich bei dem Gedanken, dass sie sich jetzt doch eine neue Stelle suchen müsste. Und ich ebenfalls, weil ich es mir nicht leisten konnte, ewig arbeitslos zu sein. Meine eigenen Ersparnisse waren so gut wie aufgebraucht.

Hazel stoppte und hob ihren Zeigefinger, als hätte sie die rettende Idee. »Ryan kommt doch in zwei Tagen zurück. Er kennt sicher jemanden bei der Behörde.«

»Das ist wahr«, überlegte ich laut und fühlte mich zugleich wie in einer dumpfen Blase, als könnte ich nicht begreifen, was das für uns bedeutete. Noch schien alles schwammig und unwirklich, doch sobald ich es realisierte, würde die Welt über mir zusammenstürzen. Erst tauchte Lilian auf und eröffnete uns völlig neue Möglichkeiten, und dann machte uns ein Vogel alles kaputt. Ich wollte lachen und zugleich schreien vor Wut über diese Ungerechtigkeit.

»Ich rufe die Frau noch einmal an«, entschied ich, als ich merkte, dass ich kurz vor einem Nervenzusammenbruch stand, und suchte die Nummer heraus, bevor die anderen darauf etwas erwidern konnten. »Sie wird uns sicher sagen können, was die nächsten Schritte sind und an wen wir uns wenden müssen. Vielleicht können wir das Ganze irgendwie beschleunigen.«

»Gute Idee«, meinte Hazel.

Ich hielt mir das Handy ans Ohr, doch nach dem zehnten Freizeichen legte ich wieder auf. »Es geht keiner dran.«

»Behörde«, murmelte Ella und atmete tief durch, während sie einen Blick zu Mia warf, die sich noch immer mit ihren Büchern auf der Hollywoodschaukel beschäftigte. »Jetzt sind wir schon hier und können weiterarbeiten.«

»Da kommt auch Olivia mit dem Eiskaffee.« Hazel drehte sich in Richtung Einfahrt, als wir Kies knirschen hörten, doch statt unserer Freundin fuhr Brians Cousin Collin vor.

»Was macht der denn hier?«, fragte meine Pflegeschwester misstrauisch. Er hatte bei keinem von uns einen guten Eindruck hinterlassen.

»Das werden wir sicher gleich erfahren«, murmelte ich und kniff meine Augen zusammen, während er aus dem Wagen stieg und mit einem siegesgewissen Lächeln auf uns zukam.

»Amber Wilson, wie schön.« Er streckte mir seine Hand entgegen, doch ich ignorierte sie, worauf er sie mit einem gespielten Schmollmund wieder zurückzog.

»Was möchten Sie?«

»Ich habe von Ihrem kleinen Problem gehört«, meinte er ohne Umschweife und lächelte etwas breiter. »Die Donovan Corp. könnte Ihnen helfen. Erst recht jetzt, wo Sie und Brian keinen Kontakt mehr haben.«

Kurz vergaß ich zu atmen, während sich langsam eine dunkle Ahnung in mir ausbreitete. Er deutete doch nicht etwa an, dass er mit dieser Tierschutzgeschichte etwas am Hut hatte? Nein. Das wäre das Niederträchtigste, was mir im Leben passiert war. Und ich hatte wirklich eine Menge Mist in den letzten Monaten mitmachen müssen. »Wie sollten Sie mir helfen können?«

»Wir haben Kontakte, mit denen wir das Problem leicht beheben können.«

»Wie soll man denn eine gefährdete Vogelart beheben?«, fragte Hazel provokant und stemmte ihre Hände in die Hüften.

Collin winkte ab und lächelte etwas überheblich. »Das werden Sie dann sehen.«

Es war nur möglich, wenn er entweder die Person in der

Behörde bestochen hatte oder wenn er log und diese Lüge aufdeckte, sobald er bekam, was er wollte – das Hotel.

»Wieso sollten Sie uns helfen wollen?« Ich schaffte es, mit all meiner Willenskraft zu lächeln und ihm keine Ohrfeige zu verpassen, weil er es wagte, uns zu erpressen.

»Weil Ihr Hotel wirklich eine Perle ist. Kostbar und zugleich ertragreich.« Etwas blitzte in seinen Augen, und sofort wurde mir klar, dass es nicht nur das war. Vermutlich ging es um Brian.

Collin reichte mir einen Umschlag. »Sie sollten sich nicht so viel Zeit lassen.«

Ich nahm ihm den Umschlag ab. »Okay, danke.«

Hazel warf mir einen fragenden Blick zu, doch ich ignorierte sie und verabschiedete mich von Collin, der wieder zu seinem Wagen schlenderte.

Erst als er schon fast das Grundstück verlassen hatte, hielt Hazel es nicht mehr aus. »Was war das denn jetzt? Wir lassen uns doch nicht erpressen!«

»Was meint ihr, wie er es gemacht hat?«, fragte Ella und tippte sich ans Kinn. »Vielleicht hat er die Sachbearbeiterin bestochen. Die, die dir die Mail geschickt hat.«

»Möglich«, nickte ich und sah meine Freunde nacheinander an. »Wir werden das nicht hinnehmen. Was auch immer hier läuft, wir machen daraus ein Riesending.«

Ella und Hazel grinsten, während Derek fragend dreinschaute. »Was meinst du damit?«

Ich lächelte grimmig und bedeutete ihnen zu warten, während ich mein Handy herauszog und die Nummer unseres Anwalts wählte. Glücklicherweise stellte mich seine Sekretärin sofort durch. »Hallo Mr Stewards. Ich brauche wieder Ihre Hilfe. Wir möchten die Donovan Corp. wegen Erpressung anzeigen und zur Not vor Gericht zerren.«

Der Anwalt machte zunächst ein überraschtes Geräusch, dann lachte er. »Kommen Sie doch vorbei und schildern Sie mir genau, was passiert ist.«

Dass er nicht sofort Nein gesagt hatte, war ein gutes Zeichen. »Ich bin gleich bei Ihnen.« Ich verabschiedete mich und setzte erneut dieses grimmige Lächeln auf. »Wenn er uns drohen will, dann hängen wir das einfach an die große Glocke. Es wird sicher nicht im Sinne der Firma sein, dass der kleinste Verdacht einer Straftat mit ihnen in Zusammenhang gebracht wird.«

»Wir haben nichts zu verlieren.« Derek klopfte mir auf die Schulter und nickte ernst. »Machen wir sie fertig.«

Olivia bog in dem Moment auf das Gelände, als ich zehn Minuten später mit hitzetauglichem Businessoutfit in Dereks Pick-up losfuhr.

Meine Lippen waren wieder zu einem grimmigen Lächeln zusammengepresst, und ich war noch nie derart entschlossen gewesen, jemanden so richtig fertigzumachen. Natürlich auf erwachsene Art, die aber deutlich mehr wehtun würde als ein Faustkampf. Zur Not würden wir den Ruf der Donovan Corp. zerstören.

Für einen Moment sackte mein Magen ab, weil mir bewusst wurde, dass Brian Teil der Firma war. Er war nicht nur Angestellter, sondern trug den Namen der Firma mit ganzem Stolz.

Ich hatte keine Ahnung, wie er reagieren würde. Natürlich wusste ich von dem schlechten Verhältnis zwischen Collin und ihm. Doch reichte das aus, um sich bei diesem Thema auf meine Seite zu stellen?

Ich atmete tief durch und drehte das Radio lauter, um meinen Mut mit einem wütenden Rock-Song aufrecht zu erhalten. Erst mal würde ich mit Mr Stewards alles besprechen. Danach blieb mir genug Zeit, um dem Mann, in den ich total verliebt war, zu gestehen, dass ich seine Firma verklagen wollte.

29

Brian

»Amber will nur schützen, was ihr wichtig ist.«

Es kam mir vor, als hätte ich für die Entscheidung ein halbes Leben gebraucht. Zugleich war kaum mehr als eine Woche vergangen, seitdem ich beschlossen hatte, die Donovan Corp. zu verlassen. Innerhalb weniger Tage konnte ich mittels meiner alten Kontakte mehrere Vorstellungsgespräche führen und mir wurde eine Stelle als Unternehmensberater angeboten. In dem Job würde ich vor allem mit kleineren Unternehmen zusammenarbeiten und im Grunde dasselbe tun, wie zuvor schon – nur ohne finanziell beteiligt zu sein.

Ich hatte zugesagt und den Vertrag erst vor einer Stunde unterschrieben. Nun war ich mit der Kündigung in meiner Tasche auf dem Weg ins Büro.

Meine Brust war ungewohnt eng und meine Hände verkrampften sich immer wieder. Zu behaupten, ich wäre nervös, wäre maßlos untertrieben. Ich wurde irre vor Anspannung. Die Donovan Corp. war meine Familie und teilweise mein Leben gewesen. Das war der einzige Grund, weshalb ich es so lange ausgehalten hatte, Collins ständiger Wachhund zu sein.

Jetzt, da es mir bewusst war, würde ich nicht einen Tag länger so tun, als würde es mir nichts ausmachen, wie sehr er mich dafür hasste.

Diese Erkenntnis ließ mich ruhiger werden, und ich atmete lautstark aus, während ich auf den Parkplatz fuhr.

Es war Nachmittag und kurz vor Feierabend. Collins Wagen entdeckte ich sofort in der Reihe der Geschäftsführung. Er hatte es sich noch nie nehmen lassen, den Status als Sohn des Chefs zu betonen.

Ich gönnte mir ein Schnauben und stieg aus dem Wagen. Die Sommerhitze erschlug mich fast und sofort wurde mir in meinem Hemd heiß. Ich beeilte mich, in das klimatisierte Gebäude zu gelangen, wo ich zunächst die Empfangsdame grüßte, bevor ich als Erstes in mein Büro ging.

Dort atmete ich einen Moment durch und rief dann Onkel Steven an, um ihn zu fragen, wann ihm ein Gespräch passen würde.

»Komm ruhig in mein Büro. Ich muss gleich zu einem spontanen Termin.« Er klang abgelenkt, und ich überlegte, die Kündigung zu verschieben, aber eigentlich wollte ich nicht warten. Jede Sekunde länger fühlte sich an, als würde ich meinen Onkel hintergehen, und ich wollte dieses Gefühl unbedingt loswerden. Also trat ich kurz darauf durch seine Bürotür.

»Was kann ich für dich tun?« Er runzelte die Stirn, als er meinen ernsten Gesichtsausdruck sah.

»Darf ich mich setzen?«, fragte ich und schloss zugleich die Tür.

Er nickte und deutete auf die Plätze gegenüber seinem Schreibtisch. »Was ist los?«

Ich atmete tief ein und legte ihm meine Kündigung vor. »Es kommt vermutlich überraschend, aber ich habe entschieden, einen neuen Weg einzuschlagen.«

Onkel Steven war ein Mann, der nie um ein Wort verlegen war und immer freiheraus sagte, was er dachte. Nun schwieg er schockiert und zog die Kündigung an sich, als würde er meine Worte für einen Scherz halten. »Warum?«

»Ich habe für mich den Entschluss gefasst, dass es mir guttun würde, wenn ich ein paar Erfahrungen außerhalb der Familie sammle.« Dass ich wegen Collin und der Tatsache ging, dass mein Onkel immer unbewusst einen Wettkampf zwischen uns anzettelte, ließ ich ungesagt. Es brachte nichts, das zur Sprache zu bringen, wenn ich sowieso gehen würde.

Mein Onkel ließ sich noch immer fassungslos auf seinem Platz zurücksinken. »Das kommt wirklich plötzlich. Ich dachte, du wärst glücklich hier. Reizt dich die Stelle innerhalb der Geschäftsführung nicht? Oder brauchst du eine Gehaltserhöhung?«

»Es geht mir nicht um Geld«, stellte ich klar und lehnte mich ebenfalls zurück. »Es geht um neue Wege und Berufserfahrung. Ich bin seit dem College hier und habe das Gefühl, dass ich noch mehr wachsen könnte.«

Es waren genau die Worte, die mein Onkel hören wollte, denn auf einmal lächelte er, wenn auch nur ein wenig. »Du hast dich noch nie mit Mittelmaß zufriedengegeben.« Stolz schwang in seiner Stimme mit. »Dir steht hier immer eine Tür offen. Ich lasse dich allerdings wirklich ungern gehen.«

Sämtliche Anspannung fiel von mir ab und ich konnte mit einem Mal freier atmen. »Danke.«

Mein Onkel öffnete seinen Mund, wurde jedoch von dem Klingeln des Telefons unterbrochen. Er hob ein wenig genervt die Augenbrauen. »Ein Telefontermin. Es dauert nicht lange. Eine halbe Stunde höchstens. Wenn du dann noch da bist, reden wir über die Übergabe und alles Weitere.«

Nichts würde sich an unserem Verhältnis ändern. Genau das, was ich mir erhofft hatte. Sofort stand ich auf und nickte. »Danke, bis später.«

Er ging ran, als ich das Büro verließ. Ich schloss die Tür hinter mir und blieb einen Moment lang stehen, um die letzten Minuten sacken zu lassen. Ich hatte gekündigt. Bis zum Schluss war es mir unmöglich vorgekommen, ohne böses Blut diese Firma zu verlassen. Doch jetzt schöpfte ich Hoffnung. Collin konnte mir gestohlen bleiben. Ich brauchte ihn nicht in meinem Leben. Aber Onkel Steven hatte in vielerlei Hinsicht oft die Vaterrolle übernommen und war mir wichtig. Ihn zu verlieren, hätte wehgetan.

Doch das würde ich nicht.

Ich grinste und ging pfeifend in Richtung meines Büros. Dort begann ich die offenen Vorgänge zusammenzusuchen, um sie ordentlich übergeben zu können.

Währenddessen überlegte ich, wie ich den Abschied in der Firma feiern sollte. Immerhin würde ich im Guten gehen und mit den meisten Kollegen arbeitete ich schon seit mehreren Jahren zusammen.

Irgendwann meldete sich mein Magen und erinnerte mich daran, dass ich das Mittagessen hatte sausen lassen. Deshalb ging ich in die Küche und holte mir einen Kaffee. Auf dem Rückweg kam ich an dem Büro unseres Prokuristen vorbei und wurde langsamer, als ich Collins Stimme von dort hörte. »Eine Anzeige? Das ist lächerlich! Ich habe dem Hotel lediglich ein Angebot gemacht.«

Ich blieb vor der Tür stehen.

»Diese Frau behauptet, du hättest sie erpresst.« Die Stimme unseres Prokuristen bebte vor Zorn, was bedeuten musste, dass diese Anzeige etwas mit der Firma zu tun hatte. Aber wem könnte Collin ein Angebot gemacht haben, dass sich die Person sogar genötigt fühlte, so weit zu gehen?

»Was genau war das denn für ein Angebot?«

Collin schnaubte. »Sie haben ein Problem, und ich habe

ihnen einfach gesagt, dass unsere Firma dieses für sie lösen kann, wenn sie bei uns einsteigen.«

»Was für ein Problem?«, fragte der Prokurist eisig, bevor er ein resigniertes Stöhnen ausstieß. »Collin, du kannst nicht jedes Mal erwarten, dass ich dir helfe. Das ist hier eine ernste Sache!«

»Wir helfen uns gegenseitig. Das ist nicht das größte Problem, das du für mich gelöst hast.«

»Dein Vater –«

»Mein Vater wird nichts erfahren. Wir müssen nur ein paar drohend klingende Briefe schreiben und dann hört sie schon auf damit. Niemand kann mir was nachweisen. Was auch immer sie behauptet, was ich getan habe, ist nicht wahr.« Er lachte einmal hart und laut.

Jegliche gute Laune verflog, als mir klar wurde, dass Collin mal wieder versuchte, die Leute davon zu überzeugen, seine Spielchen mitzuspielen. Aber ernsthaft? Eine Anzeige?

Plötzlich reichte es mir. Ich wollte nicht eine Sekunde länger für mich behalten, was er verbockte, und tat das, was ich schon seit Jahren hätte tun sollen. Ich drehte mich um und lief geradewegs zum Büro seines Vaters.

Onkel Steven trat gerade heraus, als ich es erreichte, und bemerkte meine schlechte Stimmung sofort. »Was ist los?«

»Wir müssen uns unterhalten.« Ich war so wütend, dass ich nur diesen Satz herausbekam, bevor ich ihm bedeutete, mir zu folgen.

Als ich ihn ins Büro des Prokuristen führte, sah er erst mich und dann Collin fragend an.

»Das hört jetzt auf«, stieß ich aus und deutete auf Collin. »Er wird die Firma irgendwann noch ruinieren. Es tut mir leid, Onkel Steven, aber mein zweiter Grund für eine Kündigung ist, dass ich nicht einen Tag länger den Babysitter spielen werde. Jetzt fängt er auch noch an, potenzielle Kunden zu erpressen und brockt uns eine Anzeige ein!«

Collin kniff seine Augen zusammen. »Du bist so ein elendiger Verräter. Willst du mich wirklich so dringend loswerden? Deine kleine Freundin hat eh keine andere Wahl, als Ja zu sagen.«

Meine kleine Freundin? Mir wurde schlagartig klar, dass es Amber war, die er erpresste, und ich sah rot. Ich wollte mich auf ihn stürzen, doch Onkel Steven hielt mich mit einem Arm zurück. »Aufhören!«

Er schob mich nach hinten und baute sich zu seiner vollen Größe auf, während er sich auf seinen Sohn konzentrierte. »Ist das wahr?«

»Sie hat sich nur nicht auf den Deal eingelassen, weil Brian mich sicher vor ihr schlechtgemacht hat. Das Hotel hat Potenzial und wir sollten es uns nicht entgehen lassen.«

»Das ist nicht die Art, wie wir mit unseren Kunden umgehen«, stieß Onkel Steven aus und atmete schwer, während er seinen Sohn betrachtete, als würde er ihn in einem völlig neuen Licht sehen. »Du wirst auf der Stelle rückgängig machen, was du angerichtet hast.«

»Aber –«

»Sonst bist du mit sofortiger Wirkung gekündigt. Hiermit mahne ich dich ab. Leiste dir noch einen Fehltritt, dann bist du raus. Sohn oder nicht. Ich lasse nicht zu, dass du unseren Namen derart beschmutzt.«

Ich wandte mich von ihnen ab, weil ich Amber anrufen wollte, um sie zu fragen, warum sie nichts von der Erpressung erzählt hatte. Doch vielleicht war dies erst passiert, nachdem ich gestern bei ihr gewesen war. Ein gutes Zeichen war schon mal, dass sie unser heutiges Date nicht abgesagt hatte. Zugleich hasste ich es, dass ich offensichtlich nicht auf der Liste derer stand, bei denen sie Trost und Halt suchte. Sonst hätte sie mich doch angerufen.

Mein Magen verkrampfte sich, und ich hasste die Unsicherheit, die plötzlich in mir aufstieg. Ich hatte versucht, ihr mit Lilian zu helfen, aber gestern war mir an Ambers Verhalten aufgefallen, dass dies vielleicht doch nicht richtig gewesen war.

Umso mehr hoffte ich, dass meine heutige Überraschung für sie gelingen würde.

»Wag es ja nicht, dich zu verpissen, nachdem du mich in den Dreck gezogen hast!«, knurrte Collin hinter mir.

Genervt drehte ich mich zu ihm um. »Keine Sorge. Ich bin dir nicht mehr im Weg. Ich habe gekündigt.«

Collins Mund klappte auf, aber er sagte nichts. Endlich hatte ich es mal geschafft, ihn zum Schweigen zu bringen.

»Gib mir die Adresse«, forderte mein Onkel mich ernst auf. »Wir werden das jetzt wieder geraderücken. Wir können nicht zulassen, dass irgendwer davon erfährt.«

»Amber will nur schützen, was ihr wichtig ist«, verteidigte ich sie, als ich mir bildlich vorstellte, wie er und eine Reihe von Anwälten das Hotel stürmten.

Onkel Stevens Mundwinkel zuckten. »Ich wollte sowieso gerne die Frau kennenlernen, bei der du mittlerweile mehr Zeit verbringst als in deinem Büro.«

Diese Anspielung auf meine vielen Urlaubstage in der letzten Zeit machte mir nichts aus. Ich nickte und schaute auf den verstummten Collin, der mich ansah, als wüsste er nicht, ob er dankbar oder wütend sein sollte. Vielleicht war er beides. Mir war es jedenfalls egal. »Ich werde hier eine saubere Übergabe machen, und dann können wir gemeinsam zu ihr fahren.«

Mein Onkel nickte, und ich notierte schnell auf einem Zettel Ambers Adresse, ehe ich das Büro verließ. Wenn alles gut lief, wäre ich fertig, bevor sie zu Amber aufbrachen. Dann könnte ich ihr in Ruhe erklären, dass ich nichts damit zu tun hatte – falls sie daran zweifeln sollte. Und wenn es so wäre ... dann wüsste ich nicht, ob das mit uns überhaupt noch Sinn hatte.

30

Amber

»Es braucht Mut, Nein zu sagen,
auch wenn das Herz Ja schreit.«

Ich trug mein liebstes Kleid aus rosa Seide, das meinen Körper umschmeichelte und wirkte, als würde ich ansonsten
nichts anderes darunter tragen. Meine blonden Haare lagen
offen auf den Schultern und das Make-up war ein wenig
aufwendiger als sonst. Dieses Date bedeutete viel für uns,
und ich hoffte, dass Brian noch nichts von der Anzeige mitbekommen hatte. Eigentlich wollte ich ihm vorher Bescheid
sagen, aber mein Anwalt hatte mir davon abgeraten. Zu behaupten, ich wäre nervös, war völlig untertrieben. Immer
wieder musste ich tief durchatmen und mir gut zureden. Es
kam mir vor, als hätten wir nur noch diese eine Chance, bevor uns all diese Kleinigkeiten auseinanderreißen würden.
Kleine Dinge, die für jeden von uns von Bedeutung waren
und zugleich ausgesprochen werden mussten, damit wir
eine Lösung dafür fanden.

Mir wurde klar, dass ich Brian nicht verlieren wollte.
Allein der Gedanke an ihn reichte, damit ich lächelte und
mein Herz schneller schlug. Ich wollte ihn küssen und zugleich beim nächsten Sonntagsdinner seine Hand halten.

Als ich unten im Hotel Schritte hörte, wummerte es in
meiner Brust, und ich atmete tief durch, um mich wieder zu

beruhigen. Es gab gar keinen Grund dafür, so nervös zu sein. Zugleich fühlte ich mich wie damals, als der beliebteste Junge der Schule mich zum Ball einlud und ich dachte, ich würde vor Aufregung durchdrehen. Ich hatte extra für Brian unten die Hoteltür offen gelassen.

Auf der Treppe zum Erdgeschoss hielt ich inne und bemerkte, dass ich zu gedankenversunken gewesen war, um zu merken, wie sich zwei Männer im Eingangsbereich stritten.

Ich entdeckte Collin als Erstes und dann einen Mann mittleren Alters mit hellen Haaren und einem teuren Anzug. »Hallo?« Hastig griff ich in meine Handtasche und zog das Handy heraus. »Ich möchte, dass Sie mir sofort sagen, was Sie hier suchen, andernfalls rufe ich die Polizei.« Durch meinen Kopf rasten Schreckensvorstellungen von Drohungen und weiteren Erpressungsversuchen.

Der ältere Mann hob sofort beruhigend seine Hände. »Entschuldigen Sie, wir wollten Sie nicht erschrecken.« Er deutete auf sich. »Ich bin Steven Donovan.«

Er war der CEO der Donovan Corp., Collins Vater. »Wenn Sie möchten, dass ich die Anzeige zurückziehe –«

»Wir sind hier für eine Schadensbegrenzung«, sagte Mr Donovan sofort. »Mein Sohn hat Ihnen etwas zu sagen.«

»Es tut mir leid«, stieß Collin aus, und ich hatte noch nie eine unehrlichere Entschuldigung gehört.

Ich starrte ihn von meiner Position auf der Treppe aus an. Noch war ich mir nicht sicher, ob ich wirklich näher kommen wollte. Immerhin befanden wir uns in einem abgelegenen Hotel und ich war allein. Hoffentlich tauchte Brian schnell hier auf! »Das ändert leider nichts an der Tatsache, dass du mir gedroht hast und wir keine Genehmigung für das Hotel bekommen werden.«

»Wir haben eine schriftliche Aussage an die Behörde geschickt, dass die Sichtung des Vogels eine Erfindung war«, erklärte mir Mr Donovan.

Meine Augenbrauen hoben sich. »Wird das nicht Konsequenzen haben?«

»Das ist dann unser Problem.« Mr Donovan räusperte sich und rieb seine Hände ineinander. »Sie haben jedes Recht, diese Anzeige aufrechtzuerhalten. Dennoch wollte ich Ihnen persönlich mitteilen, dass die Donovan Corp. weder in diese Angelegenheit involviert war noch sie zugelassen hätte. Unsere Firma arbeitet so nicht.« Den letzten Satz richtete er an seinen Sohn.

Dieser presste die Zähne zusammen, und ich meinte, selbst aus der Entfernung das Knirschen zu hören.

Die Tür zum Hotel öffnete sich, und ich schwor mir innerlich, sie nie wieder offen zu lassen. Da kam Brian herein. Ich atmete hörbar aus.

Brian bemerkte mich gar nicht, sondern sah zunächst nur seinen Onkel und Collin. »Was wollt ihr denn hier? Ich habe doch gesagt, dass wir zusammen herfahren!«

Sein Onkel rieb sich die Stirn. »Ich dachte, wir könnten das besser so klären.«

»Ist das dein Ernst? Von dir habe ich mehr erwartet. Wehe, ihr sagt nur ein Wort, bevor ich mit ihr geredet habe«, stieß Brian durch zusammengepresste Zähne aus. »Sie hat euch angezeigt, und das aus gutem Grund. Und ich werde ihr nicht sagen, dass sie die Anzeige zurücknehmen soll, denn offensichtlich hat Collin sie bedroht und erpresst! Wie wolltest du das lösen? Wolltest du dein Scheckbuch rausholen?«

Sein Onkel antwortete nicht, was wohl genug aussagte.

Brian trat ein und ließ die Tür hinter sich zufallen, während er höhnisch lachte. »Denkst du, sie lässt sich kaufen? Amber ist nicht so. Sie will schützen, was ihr wichtig ist.«

»Und was schlägst du vor?«

»Dass ihr das die Anwälte regeln lasst und Collin sich verdammt noch mal entschuldigt«, stieß Brian höhnisch aus, als wäre diese Antwort offensichtlich.

Mr Donovan warf einen Blick zu mir hoch und hob fragend die Augenbrauen.

Brian folgte seinem Blick, und als er mich entdeckte, schien er einen Moment die Luft anzuhalten. Langsam breitete sich ein Lächeln auf seinen Lippen aus, das ihn aussehen ließ wie den glücklichsten Mann der Welt.

Tränen schossen mir in die Augen, als mir klar wurde, dass mich noch nie jemand so angesehen hatte.

Ich lächelte breit und kämpfte gegen die Tränen. Brian hatte sich für mich eingesetzt und genau gewusst, dass diese Anzeige aus einer Not heraus entstanden war und nichts damit zu tun hatte, jemanden zu drangsalieren. Collins Erpressung hatte mich mit dem Rücken zur Wand gestellt, und ich hatte den einzigen Fluchtweg genommen, den ich fand.

»Amber«, hauchte er meinen Namen wie eine Beschwörung auf seinen Lippen.

Ich klammerte mich an das Geländer, als meine Knie weich wurden. »Hi.«

»Es tut mir so leid.« Mit langen Schritten ging Brian auf mich zu und erklomm auf der Treppe immer zwei Stufen auf einmal, bis er endlich vor mir stand.

Seine Hände umfassten zärtlich mein Gesicht. »Das hätte niemals passieren dürfen. Du musst mir glauben, dass ich –«

»Du hättest mir das niemals angetan«, stieß ich aus, als ich den leisen Zweifel in seiner Stimme hörte. Meine Hände legten sich auf seine und ich schmiegte mich in seine Berührung. »Danke, dass du hier bist.«

»Immer.« Er lächelte und rieb mit seinem Daumen über meine Wange. Dann ließ er mich los und stellte sich neben mich. »Du hast meinen Onkel Steven offensichtlich schon kennengelernt.«

Ich nickte und war mit einem Mal ein wenig verlegen. Immerhin war dies kein nettes Kennenlernen auf einem Familienfest. Dann setzte ich mich in Bewegung.

»Es tut mir leid, dass wir Sie so überfallen haben«, entschuldigte sich Mr Donovan erneut. »Brian hat recht. Alles weitere werden unsere Anwälte untereinander klären. Ich möchte sicher nicht, dass diese Geschichte publik gemacht wird oder vor Gericht landet.«

»Es geht mir nicht um Geld«, stellte ich sofort klar und sah mit kaltem Blick zu Collin herüber, der aussah, als würde er sich unwohl fühlen und gleichzeitig langweilen. Er stand mit verschränkten Armen da und wippte dabei hin und her. »Es geht um Gerechtigkeit.«

»Das verstehe ich«, beteuerte mir Mr Donovan und lächelte mich an. »Danke, dass Sie sich unsere Entschuldigung angehört haben. Wir wünschen euch beiden dann noch einen schönen Abend.«

»Danke, gleichfalls«, sagte ich wenig einfallslos und atmete erleichtert aus, als die zwei das Hotel endlich wieder verließen. Dann drehte ich mich zu Brian und schlang ihm die Arme um den Hals, bevor ich ihn fest an mich zog und küsste.

Er knurrte und erwiderte meine Umarmung, während seine Hände über meinen Rücken strichen und er mich ebenso hart küsste wie ich ihn.

Als ich von ihm abließ, atmete ich schwer und lächelte glücklich. »Ich werde die Anzeige zurückziehen.«

»Das musst du nicht.« Er wirkte empört, als hätte er Angst,

dass sein Onkel und Collin mich doch beeinflusst haben könnten.

»Ich wollte die ganze Zeit auf einen Vergleich hinaus«, gestand ich ihm. »Aber ich will kein Geld. Ich will Collin leiden sehen.«

Brian grinste. »Was schwebt dir vor?«

»Gemeinnützige Arbeit könnte seinem Ego vielleicht auf die Sprünge helfen.« Ich zuckte mit den Schultern, und mein Herz explodierte fast, als Brian in ein echtes, lautes Lachen ausbrach.

Ich lachte mit ihm und ließ ihn die ganze Zeit nicht los. Brians Arm lag um meine Schultern und strahlte Wärme und Geborgenheit aus.

»Lass uns auf unser Date gehen«, bat Brian mich. »Ich habe etwas vorbereitet. Beziehungsweise nicht ich alleine. Aber das wirst du schon sehen.«

»Du weißt, dass ich Überraschungen hasse.«

Er nickte langsam. »Es geht schnell. Ich wollte dich nicht überfallen, aber ich glaube, die Freude ist größer, wenn du es mit eigenen Augen siehst.«

Ich kaute auf meiner Unterlippe herum. »Okay, du scheinst dir Mühe gegeben zu haben, und ich will es nicht versauen, nur weil ich seltsam bin. Gib mir wenigstens einen Tipp.«

»Du bist nicht seltsam«, sagte er sanft und küsste mich einmal kurz. »Du bist perfekt, mit allen Ecken und Kanten. Genauso, wie es sein muss.«

Ich war knapp davor, in Tränen auszubrechen. »Und ich mag es nicht, wenn man mir helfen will und dies nicht vorher mit mir bespricht.«

Brian stockte und starrte mich kurz mit offenem Mund an. »Dann habe ich wohl so ziemlich alles falsch gemacht, was ich falsch machen konnte.« Er lächelte und führte mich in

Richtung Ausgang. »Ich verspreche dir, dass ich dir nie wieder ohne deine Einwilligung helfen werde.«

Jeder andere hätte gelacht, aber Brian sagte es so ernst, dass mir eine Träne über die Wange rollte. »Danke.«

»Noch etwas, das ich wissen muss?«

»Ich schreibe dir eine Anleitung.«

»Ich werde jede Zeile inhalieren«, witzelte er zurück und stoppte, um die Träne von meiner Wange zu wischen. »Ich mag dich schon viel zu lange. Dieses Mal machen wir es richtig.«

»Ich mag dich auch. Sehr.«

Brian führte mich zu seinem Wagen, nachdem ich das Hotel abgeschlossen hatte. »Du wolltest einen Tipp, das habe ich natürlich nicht vergessen.«

Ich schaute ihn erwartungsvoll an und er deutete auf mein Kleid. »Du bist perfekt gekleidet für dieses Date.«

Mir entfuhr ein unwilliges und zugleich geschmeicheltes Geräusch, dass sich wie das Schnurren einer Katze anhörte. Brian zwinkerte mir zu und öffnete für mich die Beifahrertür.

Ich stieg ein und lächelte, während mein Herz Saltos schlug. Vor Aufregung und ein bisschen vor Angst. Überraschungen machten mich wahnsinnig.

Wir fuhren mit Brians Auto in Richtung seiner Mutter. »Wo haben wir überhaupt das Date?«

Er grinste. »Ich würde ja sagen, du sollst dich überraschen lassen, aber da ich nicht will, dass du aus dem fahrenden Auto springst, gebe ich dir einen Tipp: Es gibt dort viele Äpfel.«

Offenbar fuhren wir zu seiner Mutter und es war kein Zwischenstopp. Jetzt war meine Neugier geweckt und ich wollte ihn am liebsten ausquetschen. Stattdessen biss ich mir auf die Unterlippe und knetete die Hände im Schoß. »Du machst mich irre.«

Sein Lachen erfüllte den Wagen und wärmte meinen Bauch. »Das höre ich gerne.«

Ich lächelte, während wir auf die Einfahrt bogen. Im Haus war es völlig dunkel. Aber von irgendwoher drang Licht, denn die Bäume dahinter wurden beleuchtet. Vielleicht plante er ein Candle-Light-Dinner auf der Terrasse. Automatisch legte sich meine Aufregung. Das wäre romantisch und perfekt für eine entspannte Atmosphäre. Kein Grund, aufgeregt zu sein.

Ich atmete die frische Luft ein und nahm Brians Hand. Über uns glitzerten die Sterne und dank des heißen Tages war es angenehm warm.

Brian führte mich auf die Veranda und dann an der Haustür vorbei. Die Veranda lief einmal rund um das Haus herum, sodass wir von hieraus auf die Terrasse gehen konnten.

Wir hatten das Haus schon fast umrundet, da stoppte er. »Die anderen wissen nicht, dass du nicht überrascht werden willst, also warne ich dich jetzt. Da werden gleich eine Menge Leute ›Überraschung‹ rufen.«

»Was?«, fragte ich verwirrt und ließ mich von Brian weiterführen.

Im nächsten Moment erblickte ich Lichterketten, Abendkleider und Menschen, die »Überraschung« riefen. Irgendwer machte im selben Augenblick Musik an und die Leute begannen zu tanzen.

Ich klammerte mich an Brian fest und betrachtete den Garten, in dem eine Tanzfläche aufgebaut worden war. Darüber waren Lichterketten gespannt, die alles in warmes Licht tauchten. An dem Rand standen aufwendig dekorierte Tische und es gab sogar ein Buffet und einen DJ.

Meine Brust wurde eng, und ich lächelte, als ich Hazel und Derek entdeckte. Dann erblickte ich Tante Maggy und Elinor an einem der Tische und stieß ein lautes Lachen aus. Selbst Ella und Rachel waren da. Die anderen Leute waren Brians Freunde, die ich auf dem Geburtstag kennengelernt hatte. Sie alle trugen Abendkleidung, teilweise sogar Ballkleider, wie auf einem …

Mein Mund klappte auf und ich starrte Brian an. »Ist das ein Ball?«

»Ich dachte, wir könnten unsere letzte Ballerfahrung durch eine bessere ersetzen. Eine, in der ich dich am Ende küssen kann.«

Ich küsste ihn auf der Stelle und löste mich von ihm, bevor er den Kuss erwidern konnte. Jegliche Anspannung fiel von mir ab und ich lachte, weil Glück mich überall durchströmte. »Ich weiß gar nicht, was ich sagen soll!«

Er nahm meine Hand und küsste sie sanft. »Dann tanz einfach mit mir.«

»Liebend gerne.« Ich ließ mich von ihm auf die Tanzfläche führen und strahlte jeden an, an dem wir vorbeiliefen. Maggy und Elinor zeigten beide ihre Daumen nach oben, und ich lachte so laut, dass ich die Musik übertönte.

Brian zog mich beim Tanzen so fest an sich, dass unsere Schritte nicht sauber waren. Aber das war mir egal.

»Ich bin echt verliebt«, flüsterte ich und küsste seinen Hals.

Brian atmete hörbar aus. »Ich hatte gehofft, dass du es zuerst sagst.«

»Was?«, stieß ich lachend aus und löste mich so weit von ihm, dass ich sein Gesicht sehen konnte. »Ernsthaft?«

»Du solltest dir einfach sicher sein«, bekannte er leise. »Ich hätte dir beinahe auf unserem letzten Ball gestanden, dass ich dich liebe – weil ich dachte, es wäre romantisch, das beim ersten Date zu sagen.«

»Das wäre großartig und fürchterlich zugleich gewesen«, räumte ich ein, während der Teenager in mir überquoll vor Glück.

»Ich bin auch sehr verliebt«, sagte er dann leise und schaute mir in die Augen, als müsste er sich vergewissern, dass ich ihm glaubte.

Meine Wangen taten schon weh, so sehr lächelte ich. »Es tut mir leid, dass ich das alles so schwierig gemacht habe.«

»Hast du nicht. Es ist dein Recht, auf deinen Bauch zu hören. Ich mag dich, genauso wie du bist. Jeder kann immer Ja sagen. Es braucht Mut, Nein zu sagen, auch wenn das Herz Ja schreit.«

Mir entfuhr ein Kichern. »Und wie mein Herz Ja geschrien hat.«

Er lachte, als sich plötzlich ein Arm um seine Schulter legte und Jack uns beide von der Seite her umarmte. »Nette Party, machen wir nächstes Jahr wieder, okay?«

»Nur wenn du die Lichterketten entknotest«, rief Hazel aus dem Hintergrund, was alle zum Lachen brachte. Offenbar hatten sie beim Aufbauen ordentlich Spaß gehabt.

Ich küsste Brian noch einmal, dann löste ich mich von den beiden und ging zu meinen Freundinnen. Ella, Rachel, Hazel und Olivia standen mittlerweile mit Tante Maggy und Elinor in einer Gruppe vor dem Buffet zusammen. Sie alle sahen fantastisch aus, und selbst Hazel, die zerrissene Jeans favorisierte, trug ein schickes Etuikleid, das erst offenbarte, was für eine schöne Figur sie hatte.

»Danke«, stieß ich aus und breitete die Arme aus. »Das alles hier ist so überwältigend.«

»Ich hatte ja gehofft, dass er dir einen Antrag macht«,

meinte Tante Maggy trocken, worauf Elinor sie knuffte. »Vielleicht hat er es ja noch vor!«

»Und wenn, dann hätte ich Nein gesagt«, informierte ich sie und schnappte mir eine Minipizza vom Buffet.

»Das wäre aber dumm«, meinte Elinor trocken. »Schau dir an, was er auf die Beine gestellt hat.«

»Und er hat sogar an uns gedacht«, fügte Tante Maggy hinzu, als würde das den Ausschlag geben.

»Genau. Er ist wundervoll.« Ich seufzte verliebt und schaute zu Brian herüber, der mit seinen Freunden lachte. Derek stand bei ihnen, und als er meinen Blick bemerkte, zwinkerte er mir zu. Offenbar war er mit der Wahl meines Freundes einverstanden.

»Überleg doch mal – wenn er das organisiert, nur um sie zur Freundin zu machen, was veranstaltet er dann, wenn er sie zur Frau machen will?« Hazel kicherte und stieß mich mit dem Ellenbogen an.

Darüber wollte ich nicht nachdenken. Diese Nacht gehörte dem, was wir uns erarbeitet hatten, und unseren Freunden. Sie alle waren Teil unserer Geschichte, und ich fand es wundervoll, dass Brian sie miteinbezogen hatte.

Nie wieder würde ich meine Freunde für jemand anderen zurücklassen.

3 MONATE SPÄTER

31

Amber

»Betty wäre stolz. Auf euch alle.«

»Das wird eine Katastrophe«, stieß ich aus und versuchte
mich zu beruhigen, während sintflutartiger Regen unsere
gesamte Außendekoration davonschwemmte und der Parkplatz aussah, als wäre er eine einzige große Pfütze. Die Stehtische hatten wir retten können, doch der rote Teppich, die
Wimpelketten über dem Parkplatz und all die Ballons waren
in Richtung Wald gespült worden.

Wir arbeiteten seit Monaten auf diesen Tag hin, und jetzt
wurde die Eröffnung zu einem Reinfall!

»Wieso?«, fragte Tante Maggy und trat neben mich auf die
Veranda. Der Regen donnerte so laut auf das Dach, dass ich
sie kaum verstehen konnte. »Immerhin sind doch alle Gäste
schon da.«

»Aber falls noch jemand –«

Sie unterbrach mich brüsk. »Hör auf, ständig alles zu zer-
denken! Die wichtigsten Personen sind da. *Betty's B&B* ist
ausgebucht, und ihr habt an den nächsten Wochenenden genug Partys, die ihr hier im Wintergarten ausrichten müsst.
Mach dich doch nicht wegen einem verpatzten Regentag so
verrückt.«

Überraschenderweise half ihre kleine Schimpftirade, und
ich entspannte mich, während ich dem Regen den Rücken

zukehrte und zur weit offen stehenden Hoteltür schaute. Ein Lächeln breitete sich auf meinen Lippen aus, als ich Brian sah, der sich lachend mit Derek und Ryan unterhielt. Hazel und Ella wuselten umher, und ich entdeckte Mia oben auf der Treppe sitzend, wie sie ein Buch in der Hand hielt. Die Kleine war so eine Leseratte, dass ich eigens für sie eine Kinderleseecke in der Eingangshalle eingerichtet hatte.

Tante Maggy legte mir ihren Arm um die Schultern und zog mich an sich. Wir hatten nie so ein inniges Verhältnis zueinander gehabt wie sie und Hazel, aber ich merkte, dass sich dies in den letzten Monaten verändert hatte. Zum Guten – und ich bereute, dass ich sie nicht schon früher an mich herangelassen hatte. »Betty wäre stolz. Auf euch alle.«

»Ich bin ihr so dankbar für dieses Geschenk.«

»Niemand hätte es so gut hinbekommen wie du.«

Mir entfuhr ein zynisches Lachen, und ich deutete in das Hotel hinein, wo Lilian irgendwo herumwuselte. »Ohne Hilfe hätte ich das niemals geschafft. Allein das Drama um die Lizenz.«

»Sei doch froh um die Erpressung. Die Donovan Corp. hat nur deshalb ein paar ihrer Kontakte spielen lassen. Sonst würden wir sicher noch immer auf die Geschäftslizenz warten.« Sie schnalzte mit ihrer Zunge. »Ich bin noch immer begeistert, dass du diesen Wicht Collin zur gemeinnützigen Arbeit gezwungen hast.«

»Entweder ich oder ein Gericht«, erwiderte ich ohne schlechtes Gewissen. Collin war niemand, dem ich so schnell wieder begegnen wollte.

Dafür war Brians Onkel hier. Er, Tante Maggy, Elinor, Ella und Mia, Brians Kumpel Jack, Olivia und Troy, Joe vom *Red Chili* und Dereks Chef waren unsere ersten Gäste. Sie würden die sechs Gästezimmer und die beiden Suiten, inklusive dem morgigen Frühstück, testen. Die ersten »richtigen« Gäste würden dann nächste Woche zu unserer ersten Veranstaltung anreisen – einer Verlobungsparty.

Ohne die Hilfe von so vielen wundervollen Menschen wäre dieses B&B niemals eröffnet worden. Sie hatten mir beigebracht, dass es okay war, sich helfen zu lassen, und niemand kommen würde, um die Zügel über mein Leben in die Hand zu nehmen. Nicht, solange ich es nicht zulassen würde.

Ich hakte mich bei Tante Maggy unter und ging mit ihr hinein. Der Eingangsbereich war voller Leute. Eigentlich hatten wir zur Feier des Abends ein Catering bestellt. Aber wegen des Sturms war ein Baum direkt vor dem Ortsausgang von Eastwood umgestürzt und das Cateringunternehmen kam nicht durch. Deshalb hatten wir spontan aus allem, was die Vorratskammer hergab, etwas hergerichtet. Glücklicherweise waren unsere ersten Gäste nicht wählerisch.

Selbst wenn die Anfangszeit nicht gut laufen würde, gab es noch das Geld vom Hausverkauf. Richtig. Frederics Großvater hatte ihn dazu gezwungen, mir das Geld dafür zu überweisen.

Brian schaute zu mir herüber, als wir eintraten, und seine Augen leuchteten. So wie damals, als ich mit meinem Ballkleid aus der Haustür meines alten Hauses getreten war.

Wir hatten so viele Hindernisse überwunden, um jetzt hier zu stehen, und ich war zu realistisch, als dass ich mir wünschen würde, es hätte einen direkten Weg für uns gegeben.

Ich löste mich von Tante Maggy und ging auf ihn zu, während er mir entgegenkam.

Wir trafen uns in der Mitte der Eingangshalle, genau unter der großen, altmodischen Lampe, die wir aus dem Sperrmüll gerettet und aufgewertet hatten. Sie passte zu diesem

Gebäude, das wir mit so viel altem Zeug zusammengeflickt hatten.

Brian schnappte sich im Vorbeigehen zwei Sektgläser von einem Stehtisch und reichte mir eins. »Herzlichen Glückwunsch, Miss B&B-Besitzerin.«

Ich nahm ihm das Glas ab und stieß an, ohne den Blick von seinem zu lösen. »Danke. Ich bin froh, dass wir pünktlich fertig geworden sind.«

Brians Mund verzog sich zu einem wölfischen Grinsen. »Also, ich bin schon ein wenig traurig, dass wir die Suite aufgeben mussten.«

Ich lachte und nippte an meinem Sekt. Er war zu warm und gleichzeitig perfekt. »Und ich will wirklich nie wieder auf der Luftmatratze schlafen. Dein Bett ist viel gemütlicher.« Jap. Momentan wohnte ich bei seiner Mutter. Wir wollten uns eine Wohnung suchen, doch dann hatte er einen Rückzieher gemacht. Weil er mich überraschen wollte. Argh!

»Apropos.« Er zog einen Zettel aus der Innentasche seines Jacketts und reichte ihn mir.

Ich faltete ihn umständlich mit einer Hand auf und runzelte die Stirn. »Eine Baugenehmigung?«

»Ich habe ein Grundstück gekauft und mir sofort eine Baugenehmigung erteilen lassen.«

Irritiert sah ich zu ihm hoch und dann wieder auf die Adresse. »Aber, das ist –«

»Auf der anderen Seite des Sees. Richtig. Wir bauen ein Haus.«

Mein Mund klappte auf.

Sofort hob er mahnend einen Finger. »Warte. Nein, ich baue ein Haus. Du kannst dabei sein, wenn du möchtest. Und du darfst achtzig Prozent der Inneneinrichtung bestimmen.«

Eine meiner Augenbrauen wölbte sich nach oben. »Und die restlichen zwanzig Prozent?«

»Bleiben männlicher Charme.« Er schlang einen Arm um mich. »Lust, mit mir ein Häuschen zu bauen? Es ist viel zu früh und wahrscheinlich werden wir uns an die Gurgel gehen, aber –«

»Ich kenne da ein paar Leute, die sicher helfen würden.« Mein Blick fiel auf all die Menschen, die ich liebte und die mir so wichtig waren. Sie waren alle hier.

Brian jubelte. »Wir bauen ein Haus!«

Sofort starrte jeder zu uns herüber und einen Moment lang herrschte völlige Stille.

Ryans lautes Auflachen durchbrach sie als Erstes. Dann kam Dereks »Oh Mann, ich weiß schon, wer die ganze Arbeit macht«, bevor Hazel rief: »Ich kann euch supergünstige Sachen organisieren!«

Alle lachten und ich lehnte mich an Brians Brust und versuchte, das Gefühl von reinem Glück in mich einzusaugen.

Es würden schwere Tage kommen, ganz sicher, aber mit all meinen Lieben an der Seite würden wir auch diese überstehen.

Danksagung

Bücher zu schreiben ist wundervoll, doch sie zu beenden, macht mir am meisten Spaß. Gerade freue ich mich jedoch am allermeisten, dass ich Amber und Brian im dritten Band der Reihe noch einmal wiedersehen darf.

Diese Reise hätte ohne meine wundervolle Agentin Christine Härle niemals begonnen. Ich danke Ihnen so sehr, dass Sie die Pflegegeschwister aus Eastwood direkt unterstützt haben.

Ein großer Dank geht an meine Lektorin Britt Arnold, die mich so wundervoll bei dtv unterstützt.

Vielen Dank meiner Lektorin Ulli, die meine Liebesromane immer ein Stück besser macht.

Lieben Dank der Autorentriade – ohne euch hätte ich niemals meine Abgabetermine einhalten können.

Zudem danke ich all meinen wunderbaren Kolleg:innen, die immer ein offenes Ohr für mich haben. Ganz besonders Lana Rotaru und Verena Bachmann!

Zum Schluss danke ich euch, meinen Leser:innen, denn ohne euch wäre ich jetzt nicht dort, wo ich bin. DANKE!

Eure Valentina

VALENTINA FAST

STILL
searching
FOR YOU

LESEPROBE

1

Kate

»Du bist noch nicht bereit.«

»Ich hoffe, du bist zufrieden.« Ich lächelte einer alten Freundin meiner Mutter zu, an der wir gerade vorbeiliefen. Die Party meiner Eltern war ein voller Erfolg, was zum Teil mein Verdienst war. Der hergerichtete Raum in der Castell Rooftop Lounge bot einen herrlichen Ausblick auf das funkelnde Empire State Building. Die Sonne war schon vor einiger Zeit untergegangen und nun erhellte sanftes Licht den modernen Raum aus dunklem Holzboden, cremefarbenen Wänden und schwarzem Mobiliar. Passend zum Frühlingsmotto hatte ich noch unzählige Blumenarrangements herrichten lassen, von denen nur ein Bruchteil echt war. Entgegen des Ratschlags meiner Mutter hatte ich keine tausend Blumen bestellt, die dann ab morgen in einem Container verwelken würden. Ich hatte sie bei einem Partyverleih gemietet. Sie waren genauso teuer, würden aber dafür morgen in Kartons eingepackt werden und auf ihren nächsten Einsatz warten.

Ich war kein Fan von Verschwendung, und es war noch niemandem aufgefallen, dass die Rosen im Hintergrund nicht echt waren.

Meine Mutter führte mich durch den Raum und lächelte immer wieder anderen Leuten zu. Der Außenbereich war flankiert von Hochhäusern, die in den Himmel aufragten, und sicher war es nicht die schickste Location für die High Society New Yorks, doch ich kam gerne hierher und der begrenzte Raum sorgte für Exklusivität.

»Die Party ist perfekt. Man könnte sagen, dass die Scheckbücher glühen.« Meine Mutter lachte leise und tätschelte meinen Arm. Wir trugen beide weiße Kleider, kombiniert mit goldenem Schmuck. So wie der Rest der Gesellschaft.

»Diese Bar ist ein Paradies. Die Gäste sind zufrieden und das Kinderkrankenhaus hat bald einen neuen Flügel.«

Sie hatte recht. Ab jetzt konnte nichts mehr schiefgehen. Ich hatte getan, was sie wollten, und jetzt mussten sie mein Konto einfach freigeben. Nachdem sie mich den ganzen Winter hier hatten schuften lassen, war diese Party der krönende Abschluss, bevor ich endlich frei war. Diese Frühlingsveranstaltung war die perfekte Gelegenheit, um meine Knechtschaft bei meinen Eltern zu beenden und so schnell wie möglich zu verschwinden.

»Mutter. Katelynn«, ertönte es auf einmal von rechts, wo sich das Buffet befand.

Ach, verdammt!

Mit einem strahlenden Lächeln drehte sich meine Mutter zu meiner Schwester Rosemarie um. Sie und James kamen mit je einem Teller in der Hand auf uns zu. Darauf waren ein paar kleine Häppchen nebeneinander platziert, mit Trauben dazwischen, als wäre ihr Teller ein Statement.

»Rosemarie. James«, begrüßte meine Mutter die beiden strahlend und gab ihnen jeweils zwei Küsschen auf die Wangen. »Wie schön, dass ihr es geschafft habt. Wir haben euch so vermisst.«

»Ja«, sagte ich etwas zu spät und lächelte meine ältere Schwester und ihren Mann gezwungen an. »Sicher haben wir das.«

Leseprobe

Rosemarie störte sich nicht an meinem Tonfall, sondern gab mir ebenfalls einen Kuss auf die Wange. Ich biss meine Zähne zusammen, um nicht zurückzuzucken. »Ich euch ebenfalls. Die Flitterwochen waren fantastisch.«

»Ihr hättet sie nicht extra für die Party unterbrechen müssen«, versicherte ich und trat von James zurück, als er es wagen wollte, mir zu nahe zu kommen. Allein seine Anwesenheit reichte, um mir eine Gänsehaut zu verpassen.

»Ist doch kein Problem. Ich musste deine erste eigene Party einfach miterleben.« Sie schaute sich demonstrativ um und strahlte. »Und sie ist perfekt!«

»Das ist sie«, stimmte meine Mutter mit ein und schaute sich wohlwollend um.

Die beiden sahen aus, als wären sie Schwestern. Beide blond, schlank, klein mit süßen Stupsnasen. Sie waren der Inbegriff von klassischer Schönheit, und während Rosemarie durch ihre Jugend bestach, half meine Mutter mit Botox nach.

Ich hingegen kam ganz nach meinem Vater. Groß, eine ausdrucksstarke Nase, ein kantiges Kinn und die Zurückhaltung eines Ringkämpfers. Ich war schon immer die aufmüpfige und laute Schwester gewesen, die nur Partys im Kopf hatte. Wenn es nach mir ging, musste sich das auch nicht so schnell ändern. Leider hatte mein Vater etwas anderes im Sinn.

James beobachtete mich unauffällig, während er einen Bissen seines Lachs-Dinkel-Häppchens nahm. Ich funkelte ihn an. Er sollte nicht glauben, dass wir jetzt Freunde waren, nun, da er sich in unsere Familie eingeheiratet hatte.

Meine Schwester und ich hassten uns nicht nur, weil sie eine eingebildete Zicke war, sondern auch, weil sie meinen Ex-Freund geheiratet hatte.

Meine Mutter wusste nicht, dass James und ich vorletzten Sommer eine heftige Romanze gehabt hatten. Sie ahnte ebenfalls nicht, dass ihre perfekte ältere Tochter mir meinen Freund ausgespannt und ihn bei der erstbesten Gelegenheit an sich gebunden hatte.

Sie waren das perfekte Paar. Beide reich, beliebt und Erben größerer Unternehmen. Die Medien waren durchgedreht, als sie das erste Mal knutschend in einer Bar entdeckt worden waren. Genauso wie ich.

»Ich muss mich noch ein wenig unter die Leute mischen.« Es war nur ein Vorwand, um zu verschwinden, denn ich konnte nicht eine Sekunde länger in der Nähe der beiden bleiben.

Ich lief zur Bar, bestellte einen dieser rosa Drinks, mit Extraschuss, und machte es mir auf dem Barhocker gemütlich. Kaum hatte ich tief durchgeatmet, setzte sich jemand neben mich. »Darf ich?«

Lächelnd wandte ich mich um und erstarrte einen Moment lang. Neben mir hatte sich kein Geringerer als Ryan Grant niedergelassen, der größte Widersacher meines Vaters – und heißester Typ des Jahrhunderts. Er trug sein blondes Haar zurückgekämmt, seine Haut war braun gebrannt und sein Lächeln umwerfend. Ich zwang mich, nicht seine muskulöse Statur zu bewundern, die von seinem weißen Outfit unterstrichen wurde. Mein Mund wurde trocken bei seinem Anblick. Was machte er hier? Auf meiner Party, zu der ich ihn nicht eingeladen hatte.

Ich gab mich entspannt und lächelte ihn an. »Natürlich.«

Wir waren uns noch nie persönlich begegnet, weil er gegen Dad ankämpfte, seit ich auf dem College war, und da ich die meiste Zeit meines Lebens möglichst weit weg verbracht hatte, war ich mir nicht sicher, ob er überhaupt wusste, wer ich war.

»Ryan«, stellte er sich mir vor, während er auf seinen Drink wartete, und schenkte mir ein zurückhaltendes Lächeln. Er wirkte vorsichtig. Was angesichts der Umstände kein Wunder war. Wieso hatte er sich dennoch neben mich gesetzt?

Ich erwiderte seinen festen Händedruck und lächelte. »Kate. Und was führt Sie hierher, Ryan?«, fragte ich und stützte mein Kinn in die Hände.

Er unterdrückte ein Auflachen, als hätte ich einen Scherz gemacht. »Wohltätigkeit. Und Sie?« Er konzentrierte sich auf den Barkeeper, der ihm gerade sein Getränk reichte.

»Dasselbe«, gab ich zurück und beobachtete ihn genau. Er wirkte, als hätte er keine Lust auf eine Unterhaltung.

Er schaute mich nur kurz an, als er einen Schluck nahm und ein feines Lächeln seine Mundwinkel umspielte. »Ist eine nette Party.«

»Kennen Sie die Gastgeber? Ich habe gehört, sie schmeißen so einige nette Partys.« Mein Grinsen verbarg ich hinter einem Schluck aus meinem Glas.

»Geschäftlich begegnen wir uns hin und wieder«, antwortete er vage und lächelte das Thema höflich beiseite. »Und Sie? Sind Sie in Begleitung hier? Sie kommen mir bekannt vor. Sind Sie vielleicht ein Model?«

Ich lachte so plötzlich los, dass ich beinahe meinen Drink verschüttet hätte. »Sie sind ein Charmeur.«

»Nur ehrlich«, erwiderte er mit einem geschäftsmäßigen Lächeln und schaute auf die Party.

»Ich würde Sie ja gerne auf einen Tanz einladen, aber ich muss jetzt weiter und ein paar Bekannte begrüßen. Bleiben Sie noch lange?«

»Nur kurz. Ich wollte einen Deal besiegeln und brauchte noch einen Drink vor der Abreise.« Er lächelte schief und für einen Moment schien die Luft um uns zu flirren. »Einen schönen Abend, Kate.« Seine blauen Augen strahlten Dominanz und Erfolg aus. Er war ein Mann, der bekam, was er wollte. Aber er war für einen Deal hier und nicht für einen Flirt. Nun war ich mir fast sicher, dass er keine Ahnung hatte, wer ich war.

»Bis dann, Ryan«, murmelte ich und wünschte mir wirklich, ich könnte bleiben und herausfinden, was hinter seiner bisher so steifen Fassade steckte. Ich wusste nicht, woher diese Faszination für ihn kam, aber vielleicht lag es daran, dass mein Vater ihn nicht mochte und ich schon immer gern das Gegenteil von dem getan hatte, was er für gut befand.

Schweren Herzens verließ ich die Bar, um weitere Gäste zu begrüßen. Gerade als ich mich mit einer alten Schulfreundin unterhielt, entdeckte ich meinen Vater. Er stand mit seinem Partner am Rand der Tanzfläche und beobachtete mich genau.

Oje.

Ich verabschiedete mich schnell und ging auf ihn zu. »Hi Dad.« Mein Vater war ein imposanter Mann. Fast zwei Meter groß, graues Haar, ernste Augen und ein kantiges Gesicht.

Ich wandte mich zu seinem Partner und nickte ihm widerwillig zu. »Phil.« Er war ein junger Typ, Mitte zwanzig, der den neuen Online-Geschäftszweig meines Vaters leitete. Er war der größte Speichellecker, der mir jemals begegnet war.

»War das Ryan Grant?«, fragte mein Vater frostig und schaute mich an, als hätte ich ihn um mehrere Millionen betrogen.

Leseprobe

»Ja. Er meinte, er hat einen Deal abgeschlossen.« Noch während ich das sagte, fühlte ich mich wie ein Spitzel. Aber ich hatte keinen Grund, dies meinem Vater zu verheimlichen.

»Wie konntest du ihn einladen?«, knurrte Phil leise, und seine schmalen Lippen wurden zu einer eisigen Linie, während er in Richtung Bar schaute.

Ich folgte seinem Blick, doch Ryan Grant war verschwunden. »Er war nicht eingeladen und muss als Begleitperson gekommen sein. Er meinte, er müsste schon wieder gehen.«

»Weißt du, was das für ein Deal war?«, fragte Phil auf einmal hörbar alarmiert.

Ich schüttelte den Kopf und nippte an meinem Getränk. »Das hat er mir nicht verraten.«

Dann wandte ich mich meinem Vater zu. »Ich habe den ganzen Winter getan, was du wolltest. Ich habe in jeder Abteilung des Unternehmens gearbeitet, habe Immobilien verkauft, mich unter die Fondsmanager gemischt und Phil über die Schultern geschaut. Ich habe im gesamten Beaufort-Imperium gearbeitet.«

»Und?«, fragte mein Vater und hob eine Augenbraue, als wüsste er nicht, was ich von ihm wollte.

In meinem Magen wurde es flau. »Unser Deal. Ich habe alles gemacht, was du wolltest.«

Die zuvor freundliche Miene meines Vaters verschloss sich. »Ich habe nachgedacht. Du bist noch nicht bereit für einen verantwortungsvollen Job. Deshalb wirst du bei uns in der Buchhaltung anfangen. Es ist noch eine Stelle als Fondsbuchhalterin frei, und ich bin sicher, das wird dein Verständnis für das Geschäft schärfen. Du hattest genug Zeit zum Feiern und Faulenzen. Nun solltest du endlich die Chance ergreifen und erwachsen werden.«

Leseprobe

Ich löste mich von ihm und trat einen Schritt zurück. »Sonst was?«

»Ansonsten bist du gezwungen, dir woanders einen Job zu suchen, wenn du deinen Lebensstil so weiterführen willst. Du bist eine Beaufort. Dieser Name steht für Ehrgeiz und Engagement. Wir lassen uns nicht vom Leben treiben.« Ich atmete zittrig ein.

»Wie wäre es, wenn du dir eine Pause gönnst?« Mein Vater lächelte warm und nachsichtig, als wäre ich noch immer ein kleines Kind. »Ich werde dir einen Monat geben. Dann müsste dein Jahresurlaub aufgebraucht sein. Danach möchte ich dich in unserer Buchhaltung sehen. Es ist ein wichtiger Job.«

»Sicher«, erwiderte ich tonlos und wusste nicht, ob ich lachen oder weinen sollte. »Ich begrüße noch ein paar Bekannte. Wir sehen uns später.« Ich konnte kein weiteres Wort ertragen und verschwand, so schnell ich konnte.

Mein Vater hielt mich für eine Versagerin.

Wut lähmte meine Sinne und ich drängte mich durch die Menge, denn ich wollte nur noch weg.

Ich floh zum Aufzug. Die Türen wollten sich gerade schließen und ich schob meine Hand vor, um ihn aufzuhalten. Mein Atem war schnell und unregelmäßig, doch ich zwang mich zu einem entspannten Lächeln, als ich eintrat.

Der Aufzug war nicht leer. Mein Lächeln verrutschte, als ich plötzlich Ryan Grant gegenüberstand, der gerade auf seinem Handy herumtippte.

Stehend war er sogar noch größer, und durch die Beleuchtung von oben verströmte er eine Düsternis, die nicht zu seinem strahlenden Aussehen passen wollte.

Ich machte einen Schritt vor, und die Aufzugtüren schlossen sich hinter mir.

Leseprobe

Der Geruch eines herben Aftershaves hing in der Luft, und ich vermutete, dass er von ihm ausging. Es roch göttlich.

»Geht es Ihnen gut?« Seine Stimme war rau, während sein Blick über mein tief ausgeschnittenes, weißes Kleid glitt und er das Handy in seine Hosentasche schob.

»Nein.« Ich hauchte das Wort und spürte, wie sich all meine Wut und Enttäuschung zu einem brennenden Knoten in meinem Magen zusammenschnürten.

Ich wollte dumm sein. Ich wollte meinem Vater eins auswischen. Ich wollte Ryan Grant küssen.

Wieder machte ich einen Schritt vor, sodass ich direkt vor ihm stand und den Kopf in den Nacken legen musste, um ihm in seine blauen Augen sehen zu können. Seine distanzierte Haltung war verschwunden, und ich sah nun den Mann vor mir, von dem ich schon so viel gehört hatte. Der Mann, der mit nur wenigen Worten reihenweise Frauen abgeschleppt hatte.

»Kann ich Ihnen helfen?« Sein rechter Mundwinkel hob sich. Er bewegte sich nicht, aber in seinen Augen blitzte Neugier auf. Er hatte keine Ahnung, wer ich war, und offensichtlich keine Angst vor einer Frau, die sich nahm, was sie wollte.

Perfekt.

»Ja.« Wieder nur ein Hauchen.

Ich trat vor und legte meine Hand in seinen Nacken. Seine fuhr über meinen unteren Rücken, bis sie knapp über meinem Po lag.

So standen wir eine Sekunde lang einander gegenüber. Zwei Fremde, die sich überall berührten. Die Luft flirrte und mein gesamter Körper kribbelte.

Ich zog ihn fester an mich, und als unsere Lippen sich trafen, schien die Welt stillzustehen. Ryans Hände gruben sich in meinen Rücken, während ich mich an ihn klammerte, und wir küssten uns hungrig und leidenschaftlich. Es gab keine Zurückhaltung mehr, nur rohes, nacktes Verlangen. Ich wollte ihn. Jetzt.

Ein Ping ertönte und wir traten im selben Moment auseinander, als die Aufzugtüren sich wieder öffneten. Ich drehte mich um und sah dem älteren Ehepaar entgegen, das aus einem Flur des unten liegenden Hotels kam.

Ohne zurückzublicken, trat ich aus dem Aufzug und ließ Ryan Grant zurück.

Ich hielt erst an, als die Türen sich wieder schlossen, und lehnte mich dann an eine Wand. Ich war ganz alleine. Mein Herz raste, als wäre ich gerade dreißig Stockwerke in die Tiefe gefallen, und meine Lippen pochten sehnsüchtig.

Ein Lachen entfuhr mir. Es hallte in dem leeren Flur zurück.

Verdammt. Hatte ich gerade wirklich Ryan Grant geküsst?

Unter die Haut

und mitten ins Herz –

die mitreißende

London-Romance-Serie

Man kann sich nicht aussuchen,

an wen man sein Herz verliert